本书列入

2017年国家社会科学基金重大委托项目

“十三五”国家重点图书出版规划项目

中华传统文化百部经典

陆游集（节选）

陆游 著
欧明俊 解读

国家图书馆出版社

图书在版编目（CIP）数据

陆游集：节选 /（宋）陆游著 ；欧明俊解读．— 北京：
国家图书馆出版社，2022.12（2025.8 重印）
（中华传统文化百部经典 / 袁行霈）
ISBN 978-7-5013-7675-9

Ⅰ．①陆… Ⅱ．①陆… ②欧… Ⅲ．①宋词－选集②
古典诗歌－作品集－中国－南宋③古典散文－作品集－中
国－南宋 Ⅳ．① I214.422

中国版本图书馆 CIP 数据核字（2022）第 234404 号

国家图书馆出版社官方微信

书　　名　陆游集（节选）
著　　者　（宋）陆　游 著　欧明俊 解读
责任编辑　于春媚　闫　悦
特约编辑　吴麒麟
责任校对　刘鑫伟
封面设计　敬人设计工作室

出版发行　国家图书馆出版社（北京市西城区文津街 7 号　100034）
　　　　　010-66114536　63802249　nlcpress@nlc.cn（邮购）
网　　址　http://www.nlcpress.com
印　　装　北京科信印刷有限公司
版次印次　2022 年 12 月第 1 版　2025 年 8 月第 2 次印刷

开　　本　710×1000　1/16
印　　张　24
字　　数　308 千字
书　　号　ISBN 978-7-5013-7675-9
定　　价　70.00 元（精装）

本册审订

陶文鹏　　高利华　　张　剑

中华传统文化百部经典

编纂办公室

张　洁　　梁葆莉　　徐　慧　　张毕晓　　马　超　　华鑫文

编纂缘起

文化是民族的血脉，是人民的精神家园。党的十八大以来，围绕传承发展中华优秀传统文化，习近平总书记发表了一系列重要讲话，深刻揭示出中华优秀传统文化的地位和作用，梳理概括了中华优秀传统文化的历史源流、思想精神和鲜明特质，集中阐明了我们党对待传统文化的立场态度，这是中华民族继往开来、实现伟大复兴的重要文化方略。2017 年初，中共中央办公厅、国务院办公厅印发《关于实施中华优秀传统文化传承发展工程的意见》，从国家战略层面对中华优秀传统文化传承发展工作作出部署。

我国古代留下浩如烟海的典籍，其中的精华是培育民族精神和时代精神的文化基础。激活经典，熔古铸今，是增强文化自觉和文化自信的重要途径。多年来，学术界潜心研究，钩沉发覆、辨伪存真、提炼精华，做了许多有益工作。编纂《中华传统文化百部经典》（简称《百部经典》），就是在汲取已有成果基础上，力求编出一套兼具思想性、学术性和大众性的读本，使之成为广泛认同、传之久远的范本。《百部经典》所选图书上起先秦，下至辛亥革命，包括哲学、文学、历史、艺术、科技等领域的重要典籍。萃取其精华，加以解读，旨在搭建传统典籍与大众之间的桥梁，激活中华优秀传统文化，用优秀传统文化滋养当代中国人的精神世界，提振当代中国人的文化自信。

这套书采取导读、原典、注释、点评相结合的编纂体例，寻求优秀传统文化与社会主义核心价值观之间的深度契合点；以当代眼光审视和解读古代典籍，启发读者从中汲取古人的智慧和历史的经验，借以育人、资政，更好地为今人所取、为今人所用；力求深入浅出、明白晓畅地介绍古代经典，让优秀传统文化贴近现实生活，融入课堂教育，走进人们心中，最大限度地发挥以文化人的作用。

《百部经典》的编纂是一项重大文化工程。在中宣部等部门的指导和大力支持下，国家图书馆做了大量组织工作，得到学术界的积极响应和参与。由专家组成的编纂委员会，职责是作出总体规划，选定书目，制订体例，掌握进度；并延请德高望重的大家耆宿担当顾问，聘请对各书有深入研究的学者承担注释和解读，邀请相关领域的知名专家负责审订。先后约有 500 位专家参与工作。在此，向他们表示由衷的谢意。

书中疏漏不当之处，诚请读者批评指正。

2017 年 9 月 21 日

凡　例

一、《中华传统文化百部经典》的选书范围，上起先秦，下迄辛亥革命。选择在哲学、文学、历史、艺术、科技等各个领域具有重大思想价值、社会价值、历史价值和学术价值的一百部经典著作。

二、对于入选典籍，视具体情况确定节选或全录，并慎重选择底本。

三、对每部典籍，均设“导读”“注释”“点评”三个栏目加以诠释。导读居一书之首，主要介绍作者生平、成书过程、主要内容、历史地位、时代价值等，行文力求准确平实。注释部分解释字词、注明难字读音，串讲句子大意，务求简明扼要。点评包括篇末评和旁批两种形式。篇末评撮述原典要旨，标以“点评”，旁批萃取思想精华，印于书页一侧，力求要言不烦，雅俗共赏。

四、原文中的古今字、假借字一般不做改动，唯对异体字根据现行标准做适当转换。

五、每书附入相关善本书影，以期展现典籍的历史形态。

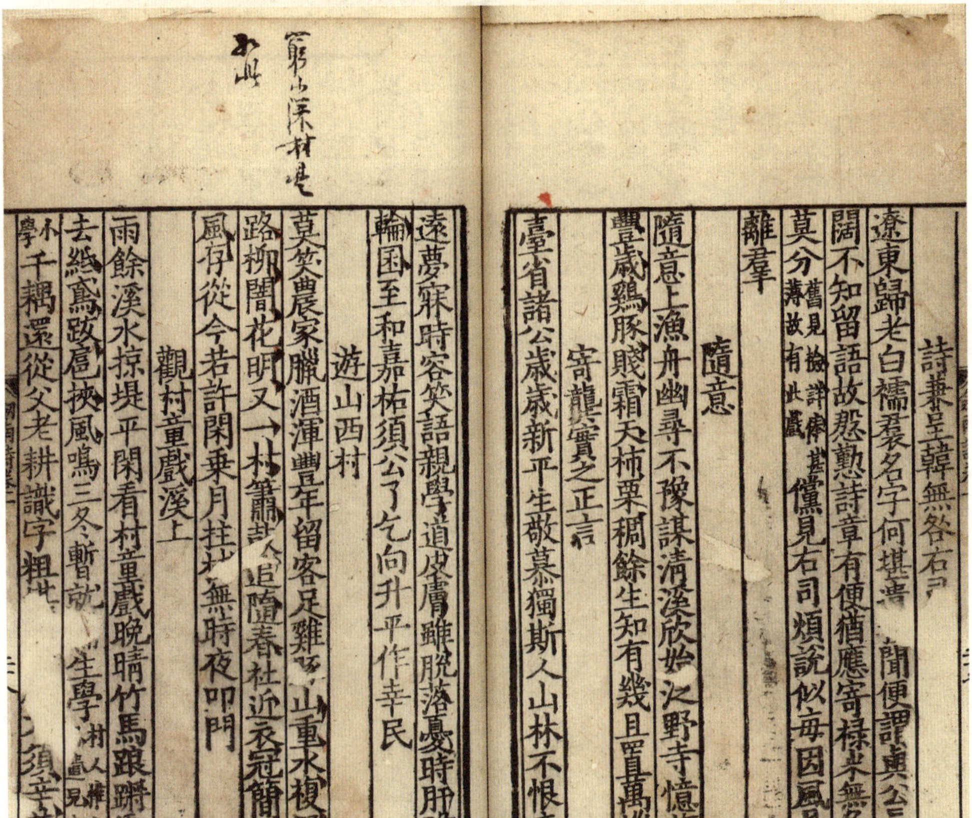
詩兼呈韓無咎右司

遼東歸老白儒衰名字何堪溷聞便謂真公長者闊不知留語故殷懃詩章有便猶應寄祿米無多切莫分舊見檢詳肆甚薄故有此戲儻見右司煩說似每因風月愴離羣

隨意

隨意上漁舟幽尋不豫謀清溪欣始泛野寺憶前游豐歲雞豚賤霜天柿栗稠餘生知有幾且置萬端憂

寄龔實之正言

臺省諸公歲歲新平生敬慕獨斯人山林不恨音塵遠夢寐時容笑語親學道皮膚雖脫落憂時肝膽尚輪囷至和嘉祐須公了乞向升平作幸民

遊山西村

莫笑農家臘酒渾豐年留客足雞豚山重水複疑無路柳闇花明又一村簫鼓追隨春社近衣冠簡朴古風存從今若許閑乘月拄杖無時夜叩門

觀村童戲溪上

雨餘溪水掠堤平閑看村童戲晚晴竹馬踉蹡衝淖去紙鳶跋扈挾風鳴三冬暫就[illegible]生學[illegible]小學千耦還從父老耕識字粗[illegible]須辛苦慕[illegible]

新刊剑南诗稿二十卷 （宋）陆游撰

宋淳熙十四年（1187）严州郡斋刻本 国家图书馆藏

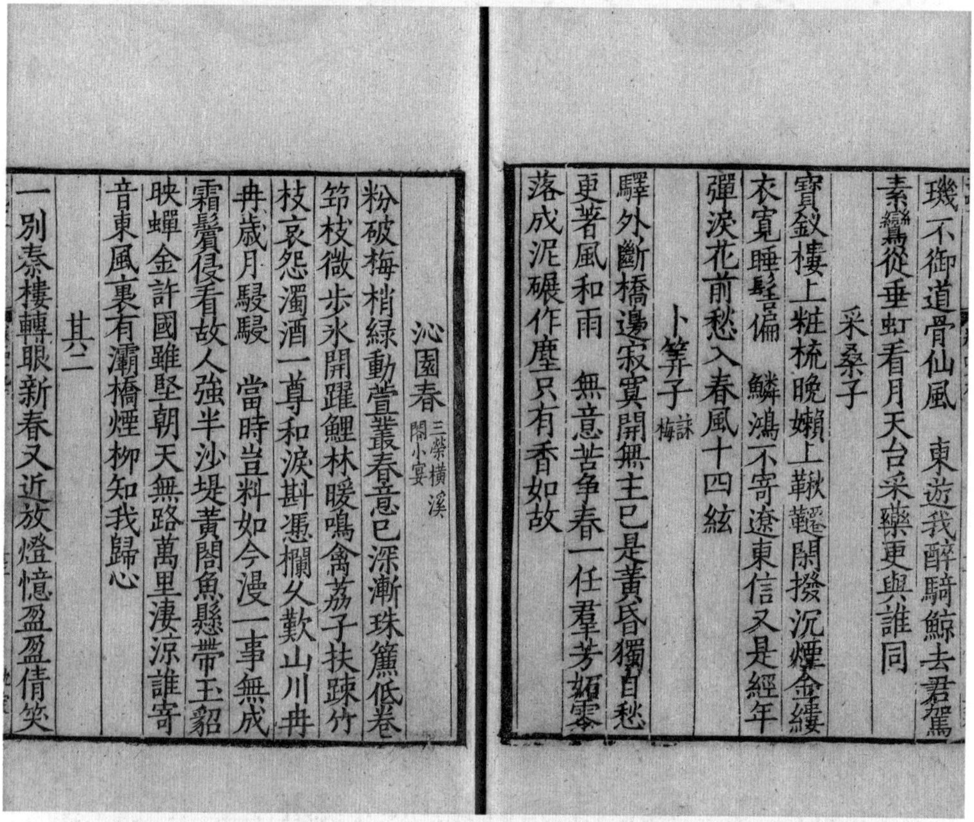

璣不御道骨仙風　東遊我醉騎鯨去君駕
素鸞從垂虹看月天台采藥更與誰同

采桑子

寶釵樓上粧梳晚嬾上鞦韆閑撥沉煙金縷
衣寬睡髻偏　鱗鴻不寄遼東信又是經年
彈淚花前愁入春風十四絃

卜筭子 詠梅

驛外斷橋邊寂寞開無主已是黃昏獨自愁
更著風和雨　無意苦爭春一任羣芳妬零
落成泥碾作塵只有香如故

沁園春 三榮橫溪閣小宴

粉破梅梢綠動萱叢春意已深漸珠簾低卷
筇枝微步氷開躍鯉林暖鳴禽荔子扶疏竹
枝哀怨濁酒一尊和淚斟憑欄久歎山川冉
冉歲月駸駸　當時豈料如今漫一事無成
霜鬢侵看故人強半沙堤黃閣魚懸帶玉貂
映蟬金許國雖堅朝天無路萬里淒涼誰寄
音東風裏有灞橋煙柳知我歸心

其二

一別秦樓轉眼新春又近放燈憶盈盈倩笑

渭南文集五十卷　（宋）陆游撰

宋嘉定十三年（1220）陆子遹溧阳学官刻本　国家图书馆藏

目　录

导　读

渭南文集

文

词

剑南诗稿

南唐书

老学庵笔记

家世旧闻

放翁逸稿

导 读

陆游（1125—1210），字务观，号放翁，越州山阴（今浙江绍兴）人。他是中国文学史上伟大的爱国诗人，也是南宋成就最高的诗人，与杨万里、范成大、尤袤并称“中兴四大诗人”，又是著名词人和散文家，影响广泛而深远，在中国文学史上享有崇高地位。

一、家世与生平

陆游出身于江南望族，其《右朝散大夫陆公墓志铭》描述了家族的荣耀历史，陆氏家族由汉至南宋，绵延千年而不乏秀杰之士，陆游自豪地说“诗书守素业，蝉联二百年”（《岁暮感怀，以“余年谅无几，休日怆已迫”为韵》）。陆游的高祖陆轸（979—1055），字齐卿，宋真宗大中祥符年间进士，官至礼部郎中，追赠太傅，清廉节俭，嗜书博学，观史赋诗，开启业儒守官、诗书传家之“家风”。陆轸晚年学仙修道，号朝隐子，著有《修心鉴》，为修心悟道之言。曾祖陆珪（1020—1073），国子博士，好学尚义，多藏书。祖父陆佃（1042—1102），字农师，号陶山，神宗朝进士，极爱王辅嗣解《易》，以说《诗》得名，从王安石学经，尤精礼学，得神宗赏识。徽宗朝官礼部侍郎、尚书左丞，修《神宗实录》《哲宗实录》，著《春秋后传》《二典义》《尔雅新义》《礼记新义》《礼象》。又从王安石学老、庄，为《鹖冠子》作注。著有《陶山集》。父亲陆宰（1088—1148），历任朝请大夫、直秘阁等。南渡后，因主张抗金，受主和派排挤，遂居家不仕。尚节操，工诗文，通经学，喜道教，家藏书万余卷，著有《春秋后传补遗》。他于蜀中得到《苏氏易传》，并传给陆游。陆游母亲唐氏出身名门，为熙宁初参知政事唐介的孙女。陆氏家族崇尚经学、儒学，敦厚守礼，尊师重教，代代相传。又尊崇佛教，佛学传家，并嗜道家养生之术。陆氏世守农桑，陆游诗中屡屡提及为农“家风”，“为农幸有家风在，百世相传更勿疑”（《农家》）。陆游有自觉的文化传承意识，有家族荣誉感，其成就的取得除个人努力外，还来自“家风”的承继。

陆游的“游”与水有关，不是旅游的“游”。说陆游母亲因梦见秦观而生陆游，因此以秦观名和字分别作陆游的字和名，这纯系附会，不足为凭。陆游字务观，取义可能来自《列子》“务内观”，也有可能来自《孟子》，但都是动词“观看”“游观”的意思，不可能是名词“楼观”的“观”，应读作 guān，而不应读作 guàn[①]。陆游生平大约可以分为早、中、晚三个阶段，即入蜀以前、入蜀以后和晚年家居时期，创作也相应分为三个时期。宣和七年（1125）十月十七日，陆宰奉诏入朝，母亲唐氏于淮河舟上喜生陆游。靖康二年（1127），北宋灭亡，陆宰携家眷逃回故里山阴（今浙江绍兴）。陆游出生后不久适逢“靖康之乱”，《跋傅给事帖》回忆童年时亲见当时士大夫相与言及国事，或裂眦嚼齿，或流涕痛哭，人人自期以杀身翊戴王室。他深受祖父辈爱国思想的熏陶感染，立志“上马击狂胡，下马草军书”（《观大散关图有感》），树立抗金报国的抱负。

他自幼聪慧过人，十二岁即能写诗作文。

大约二十岁时，陆游与表妹唐琬结婚，后被母亲强行拆散。陆游再娶王氏，唐琬也改嫁赵士程。陆游精神上极受打击，为此追怀伤感不已。据《宋史》本传，高宗绍兴二十三年（1153），陆游进京临安（今浙江杭州）参加锁厅试，主考官陈子茂阅卷后，取为第一，因奸相秦桧的孙子秦埙位居陆游之下，秦桧大怒，欲降罪主考。次年，陆游参加礼部考试，秦桧指示主考官不得录取陆游。一直到秦桧死后，陆游始赴任福州宁德县主簿。绍兴三十二年（1162），孝宗赵昚即位，陆游因史浩、黄祖舜举荐善词章、谙典故，赐进士出身，任命为枢密院编修官，开始受到重视。时朝中主战派占上风，陆游热心抗金大业，颇有用武之地。他上书建议整饬吏治军纪、固守江淮、徐图中原，但孝宗并未重视。隆兴元年（1163），孝宗以右丞相兼枢密使张浚主持北伐。陆游上书张浚，建议勿轻率出兵。但张浚冒进北伐，符离之战，宋军大败。次年春，陆游在镇江府通判任上又面见张浚，为"志在恢复"再次献策。四月，"隆兴和议"将成，张浚被解除职务。陆游对枢密使张焘说曾觌、龙大渊利用职权，广结私党，迷惑朝廷，今日不除，后患无穷。张焘闻言奏报朝廷，孝宗大怒。乾道元年（1165），陆游调任隆兴府（治今江西南昌）通判。次年，有人进言陆游"交结台谏，鼓唱是非，力说张浚用兵"②，遂罢黜归乡。

陆游自认为吕本中私淑弟子，年轻时又拜隐居山阴的曾幾（号茶山）为师，作诗从"江西诗派"入，讲求"夺胎换骨""点铁成金"，说："我得茶山一转语，文章切忌参死句。"（《赠应秀才》）诗多雕琢词句，务求奇巧，后来《示子遹》诗反省说："我初学诗日，但欲工藻绘。"陆游入蜀前所作诗今存仅二百首左右。

乾道五年（1169）十二月，朝廷征召已赋闲四年的陆游任夔州（治今重庆奉节县）通判。陆游溯长江而上，一路饱览山川名胜，考察风俗民情，完成《入蜀记》。乾道七年（1171），王炎宣抚川陕，驻军抗金前线南郑（今陕西汉中），召陆游为四川宣抚使司干办公事兼检法官，襄理军务。次年三月，陆游抵达南郑，为期八个月，尽情施展“诗情将略”，积极为王炎出谋划策，认为“经略中原必自长安始，取长安必自陇右始。当积粟练兵，有衅则攻，无则守”③。他常前往骆谷口、仙人原、定军山等前方据点和战略要塞，到过大散关和陇县一带。这一段“金戈铁马”的军旅生活，使陆游意气风发，诗歌创作的题材、主题、风格等都发生了很大变化，渐由学习“江西诗派”之“藻绘”转向“宏肆”，形成“工夫在诗外”的诗歌理论。其《示子遹》曰：“中年始少悟，渐若窥宏大。”晚年回忆“四十从戎驻南郑，酣宴军中夜连日”时，说“诗家三昧忽见前，屈贾在眼元历历”（《九月一日夜，读诗稿有感，走笔作歌》），发现“诗家三昧”，揭示了现实生活是诗歌创作的真正源泉。他写下不少激昂慷慨的诗词，反复歌咏抗敌豪情，也抒发了“报国欲死无战场”（《陇头水》）的悲愤。

是年九月，王炎被召回临安，幕府解散，陆游壮志难酬，回到成都，以后虽调任几处，但都远离前线，请缨无路，报国无门。淳熙二年（1175）六月，范成大任成都府路安抚使权四川制置使，陆游任朝奉郎成都府路安抚司参议官。二人常一起饮酒酬唱。陆游受到挫折，心情苦闷，便借酒浇愁，放浪形骸。淳熙三年（1176）九月，被罢知嘉州（治今四川乐山），原因是臣僚讥弹“燕饮颓放”④。陆游毫不在意，反而自我解嘲，自号“放翁”。淳熙四年（1177）六月，范成大奉召还京，陆游送至眉州（治今四川眉山），恳请范成大回朝后为朝廷出谋划策，“先取关中次河北。……早为神州清虏尘”（《送范舍人还朝》）。陆游自入蜀到东归，前后达九年，是其诗歌创作的成熟期，多抗战、恢复等爱国之作，今存诗二千四百余首。

淳熙五年（1178），五十四岁的陆游奉诏离蜀归朝，受到孝宗召见。

淳熙六年（1179）秋，陆游被任为提举江南西路常平茶盐公事。次年，江西水灾，他号令各郡开仓放粮，上奏朝廷，请求开常平仓赈灾。十一月，陆游奉诏返京，给事中赵汝愚借机弹劾他“不自检饬，所为多越于规矩”，陆游被罢免落职，重回山阴。淳熙八年（1181），绍兴大水，良田被淹，十一月，陆游寄书提举两浙东路常平茶盐公事的好友朱熹，请他早来赈灾，并请为灾民减轻赋税。淳熙十三年（1186），闲居山阴五年后，朝廷重新起用陆游为严州（治今浙江建德）知州，他入京向孝宗辞行，孝宗勉励说：“严陵山水胜处，职事之暇，可以赋咏自适。”⑤严州任上，陆游重赐蠲放，广行赈恤，深得百姓爱戴。闲暇之余，整理以前所作诗歌，题名曰《剑南诗稿》。

淳熙十六年（1189）春，陆游为朝议大夫、礼部郎中。七月，兼实录院检讨官，连续上书光宗，提出广开言路、慎独多思、完成北伐等系统建议。十一月二十八日，因“喜论恢复”，遭到谏议大夫何澹弹劾，以“嘲咏风月”为名被削职回乡。嘉泰二年（1202），罢官十三年后，宁宗诏陆游入京，任同修国史、实录院同修撰，主持编修孝宗、光宗两朝实录和三朝史，不久兼任秘书监。嘉泰三年（1203）四月，升宝章阁待制，遂以此致仕，时年七十九岁，回到山阴。浙东安抚使兼绍兴知府辛弃疾拜访陆游，共论国事，辛弃疾多次提出帮他构筑住宅，都被陆游拒绝。嘉泰四年（1204），辛弃疾奉召入朝，陆游作诗送别，勉励他为国效命，早日实现恢复大计。开禧二年（1206），韩侂胄请宁宗下诏，出兵北伐，陆游闻讯，欣喜若狂，大力支持北伐，并应韩侂胄之请，为其作记题诗。陆游退居乡里，穷愁衰病，见到流民离家失所，仍动心难过，逝世前一年作《春日杂兴十二首》其四“身为野老已无责，路有流民终动心”。嘉定二年（1209）秋，陆游忧愤成疾，入冬后，病情日重，遂卧床不起，十二月二十九日（1210 年 1 月 26 日），与世长辞。临终《示儿》诗谆谆嘱咐儿孙，仍不忘恢复大业，爱国情怀终生不渝。陆游最后二十年基本上蛰居故乡山阴，生活清苦，多田园山水的闲适之作，风格质朴清淡，韵味深长，进入另一种境界。《剑南诗稿》凡八十五卷，计九千三百多首，晚期作品占六十五卷，近六千五百首。

赵翼说："放翁诗凡三变，宗派本出于杜，中年以后，则益自出机杼，尽其才而后止。……虽挫笼万有，穷极工巧，而仍归雅正，不落纤佻，此初境也。……是放翁诗之宏肆，自从戎巴、蜀而境界又一变。及乎晚年，则又造平淡，并从前求工见好之意亦尽消除，所谓'诗到无人爱处工'者，刘后村谓其'皮毛落尽'矣。此又诗之一变也。"⑥此处所说"三变"，指陆游诗歌发展演变的三个阶段。陆游一生笔耕不辍，以志士自期，忠心爱国，但屡遭排挤贬斥，政治抱负不得施展，感叹"生无鲍叔能知己"（《书叹》）。陆游诗歌反映了民族危亡年代广大民众的普遍心理和愿望，在当时及后世都产生了广泛深远的影响，赢得很高的声誉。梁启超《读〈陆放翁集〉》："诗界千年靡靡风，兵魂销尽国魂空。集中什九从军乐，亘古男儿一放翁。"⑦这也是历史对陆游的公允评价。

二、深刻的思想

宋代文人士大夫的典型形象是官员、学者、文人三位一体，陆游是突出代表。他出身于书香门第，饱读诗书，知识渊博，识见深刻，兼具才、情、学、识，崇经尊儒，融合佛、道，尚武论兵，有自己比较完整的思想体系。

自陆游高祖陆轸起，陆氏世代崇尚经学，经术传家。陆游《闲游》自豪地说"五世业儒书有种"，他藏书甚富，自称"充栋贮经史"（《冬夜读书》）。陆游幼承庭训，勤苦读经，"遗经在椟传家学，大字书墙作座铭"（《自述》），自觉承继并躬行家学，恪守经学，"经术吾家事，躬行更不疑"（《自儆二首》其二）。"六经"在陆游心目中有崇高地位，"'六经’圣所传，百代尊元龟”（《六经》），“‘六经’如日月，万世固长悬”（《“六经”示儿子》）。他最看重其中的“道”，“道在‘六经’宁有尽，躬耕百亩可无饥”（《示儿子》）。晚年仍一如既往地崇奉经学，“平生学‘六经’，白首颇自信”（《病中夜思》）。《易经》为群经之首、大道之源，陆游非常尊崇，“大《易》中含造化机，王何元未造精微”（《读〈易〉》），“于虖《易》学幸未泯，安得名山处处藏”（《元日读〈易〉》），“穷每占《周易》，闲惟读《楚骚》”（《遣怀四首》其二），“老喜杜门常谢客，病惟读《易》不迎医”（《读〈易〉》），《周易》是诗人穷愁困顿时排忧解愁的“良药”。从《跋〈苏氏易传〉》《跋〈朱氏易传〉》等文中可以看出陆游对《周易》的研究已很深入，诗中也多用《周易》典故。陆游嗜《尚书》《诗经》，《秋夜纪怀三首》其二：“垂世《诗》《书》在，儿童勿外求。”除“六经”外，陆游还常读《孝经》，继承守礼家风，《寓叹》诗曰：“《孝经》一生行不尽。”

陆游尊儒，“老益尊儒术，闲仍为国忧”（《初秋夜赋》）。他常读《论语》《孟子》，以儒家思想为正宗，为大中至正之道，因而排斥异端，“古学尊皇极，淫辞斥异端”（《示子聿》），“然尊信孔孟者，实学者之本务也”（《题尊信斋并序说》）。其思想核心是儒家的积极进取，建功立业，追求精神不朽。孔子曰：“朝闻道，夕死可矣。”陆游说：“朝闻夕死固当勉，幼学壮行嗟已迟。”（《九月十日夜独坐》）“正令朝夕死，犹足遂吾高。”（《雨欲作步至浦口》）孔子主张“杀身成仁”，孟子主张“舍生取义”“兼善天下”，陆游誓言：“捐躯诚有地，贾勇先三军。不然赍恨死，犹冀扬清芬。”（《言怀》）“战死士所有，耻复守妻孥。”（《夜读兵书》）为收复大业，视死如归⑧。

宋代儒、释、道思想杂糅，是时代风气。陆游思想融合佛、道。他平生崇佛，亲身体验修习过程，如维摩诘心无挂碍。晚年时，“身似头陀不出家”（《病中杂咏》），更加信仰佛教。他对佛理颇有研究，常读《楞伽经》《维摩诘经》《法华经》等。他以佛禅独特的观照方式看世界，诗论也受佛禅影响，强调“参”“悟”。他写有不少寺庙记和序、赞、塔铭赞颂僧禅修行造诣，诗中用大量佛教典故，富有禅意、禅趣[9]。他常有佛家“人生如梦”的深沉感叹，“浮生一梦耳”（《将赴官夔府书怀》），“三十三年真一梦”（《感旧》）。

陆游受道家、道教思想影响亦深，主要是源于宋代崇尚道教的风气[10]。他的老师曾幾研习仙道，也鼓励他钻研道书。陆氏世代信奉道家、道教，陆游诗中说：“吾家学道今四世，世佩施真三住铭。”（《道室试笔六首》其四）他承袭家风，少时即对道家、道教感兴趣，“少年慕黄、老”（《古风》），“少时妄意学金丹”（《溪上夜钓》）。陆游晚年退居故里，书斋悬挂王子乔、梅子真等得道诸仙像，常焚香对之，穿道衣，戴道帽，俨然道士[11]。他将居室命名为“还婴室”，源于《老子》“能婴儿”。陆游多藏道家、道教著作，自述玉笈斋藏道书二千卷。他常读《老子》《庄子》《黄庭经》等，喜抄写、考校道教经典，写作不少道书题跋，创作不少游仙诗词，诗中多用道教典故。他相信内丹，修道不懈，重视养生，“学道先养气，吾闻三住章”（《养气》）。陆游豪放不羁，与道家追求精神自由、人格独立相合。他遭遇挫折或老病时，常流露出道家相对、虚无的思想。

陆游吸收先秦兵家思想，尚武论兵，受时代所赐，正与儒家积极入世思想相合。他首先是英雄，有尚武精神、“烈士”情结，积极主战，抗金复土。受家庭影响，他练剑术，习武功，读兵书，谈兵法，二十岁时即立下宏愿：“上马击狂胡，下马草军书。”（《观大散关图有感》）其诗中屡屡咏及读兵书情景，“孤灯耿霜夕，穷山读兵书”（《夜读兵书》），写有大量军旅诗。陆游有南郑前线从军经历，把自己当成武将，“弹压胸中十万兵”（《弋阳道中遇大雪》），高唱“从军乐事世间无”（《独酌有怀南郑》），梁启超《读〈陆放翁集〉》高度赞扬陆游“从军乐”的英雄精神。陆游有战略眼光，任枢密院编修官时，上《代乞分兵取山东札子》，建议宋军主力大部固守江淮，再分兵奇袭山东；写《论选用西北士大夫札子》，向孝宗建议选用西北人才，被孝宗采纳。他强调战争胜负中，人的因素起决定作用，地势险要靠不住，《剑门关》诗云："剑门天设险，北乡控函秦。客主固殊势，存亡终在人。"陆游重视战争中名将的作用，"堂堂韩、岳两骁将，驾驭可使复中原"（《感事四首》其二），呼唤能死国难的英雄出现。

另外，陆游还读《韩非子》《说苑》等子书，重视法家思想，懂医术，收集并刊刻《陆氏续集验方》，重视养生，不过这些不是其思想主体。

三、诗歌成就

陆游对诗歌创作有独特见解，散见于各体文中。他重视诗歌的价值和地位，《答陆伯政上舍书》批评世人视诗为"小技"，强调诗人"学"和"行"的重要性。陆游重气节，提倡加强诗人自我精神品格的涵养，强调"养气"，提倡悲愤之气，反对萎靡之风。《次韵和杨伯子主簿见赠》："谁能养气塞天地，吐出自足成虹霓。"心正气足才能创作出好诗。受时代政治、文化思潮等影响，他强调现实生活经验的重要性，告诫儿子："汝果欲学诗，工夫在诗外。"（《示子遹》）"纸上得来终觉浅，绝知此事要躬行。"（《冬夜读书示子聿》）要求诗人走出书斋，向生活中学作诗，"诗思出门何处无"（《病中绝句六首》其一），"君诗妙处吾能识，正在山程水驿中"（《题庐陵萧彦毓秀才诗卷后二首》其二）。这些观点堪称古代诗论的卓见。他晚年回顾创作经历，自述从戎南郑后才真正悟得"诗家三昧"（《九月一日夜，读诗稿有感，走笔作歌》）。

陆游讲究诗歌法度，重视表现技巧，"诗家忌草草，得句未须成"（《子聿入城》），强调韵律妥帖，"律令合时方帖妥"（《追怀曾文清公呈赵教授，赵近尝示诗》）。陆游对"江西诗派"更有反思和突破，"我初学诗日，但欲工藻绘。中年始少悟，渐若窥宏大"（《示子遹》）。他反对过于“雕琢”“奇险”，“琢雕自是文章病，奇险尤伤气骨多”（《读近人诗》），“斫削之甚，反伤正气”（《何君墓表》）。陆游提倡诗风要刚健有气骨。《白鹤馆夜坐》诗中不满“兰苕翡翠”般纤巧，而赞美屈原、宋玉赋和李白、杜甫诗鲲鹏搏击云天般的“雄浑”。他还提倡平易自然、清新朴素的风格，“诗情随处有，信笔自成章”（《即事》），“文章本天成，妙手偶得之”（《文章》），自然平淡才是最高境界。陆游反复说“诗到无人爱处工”（《明日复理梦中意作》），“诗到令人不爱时”（《山房》），“大巧谢雕琢，至刚反摧藏”（《夜坐示桑甥十韵》）。《老学庵笔记》卷三指出岑参“豪迈”与韦应物“闲淡”两种不同风格，自己都欣赏。“无意诗方近平淡，绝交梦亦觉清闲”（《幽兴》），追求无意得之的平淡诗风。“身闲诗简淡，心静梦和平”（《幽兴》），“心平诗淡泊，身退梦安闲”（《闲趣》），心地淡泊，才能写出平淡之诗。陆游的诗歌理论自成体系，其理论和创作实践一致，有独到见解，在古代诗歌理论史上占有一席之地，对当代诗学和文艺理论建设也有重要的启示意义。

陆游具有多方面的文学才能，尤以诗歌成就为最，陈振孙称赞陆游“诗为中兴之冠”[12]，清爱新觉罗・弘历等也认为“宋自南渡以后，必以陆游为冠”[13]。陆游自言“六十年间万首诗”（《小饮梅花下作》），流传至今的尚有九千三百多首，涉及的题材和主题极为广泛，几乎涵盖社会生活的各个方面。钱锺书论陆游诗：“他的作品主要有两方面：一方面是悲愤激昂，要为国家报仇雪耻，恢复丧失的疆土，解放沦陷的百姓；一方面是闲适细腻，咀嚼出日常生活的深永的滋味，熨帖出当前景物的曲折的情状。”[14]评赞精切。

陆游生活在民族矛盾异常尖锐、复杂的南宋前期，半壁江山沦入金人之手，主和派占上风，统治者屈辱求和，苟安一隅，不思恢复，沦陷区百姓生活于水深火热中，日夜盼望王师。陆游是主战派，他首先是战士、英雄，是至死不渝的爱国者，然后才是诗人。忠义传家是陆氏“家风”，陆游继承父志，忧虑国事，一直关注国家和民族的前途命运，奔走呐喊，抗敌复土是其诗反复表达的主题，慷慨悲壮，唱出了时代最强音。“剑南”指剑阁以南，陆游以之代指抗金前线、从军生活，将诗集命名为《剑南诗稿》，以为纪念。

陆游有尚武精神，有不怕死的大无畏牺牲精神，呼唤、颂扬“兵魂”。早在青年时他就立志：“平生万里心，执戈王前驱。战死士所有，耻复守妻孥。”（《夜读兵书》）渴望万里从戎，以身报国，决心做战死疆场的英雄，“捐躯诚有地，贾勇先三军。不然赍恨死，犹冀扬清芬”（《言怀》），“一身报国有万死”（《夜泊水村》），舍生以取义，追求生命的崇高道义价值。“从军乐事世间无”（《独酌有怀南郑》），他以从军为乐，表现出豪迈乐观的精神。他的诗中充满恢复中原的豪情壮志，有盛唐边塞诗的遗响。

陆游诗歌有鲜明的批判性。《楚宫行》讽刺南宋朝廷苟且偷安、忍耻事仇。他抨击以秦桧为首的投降派结党营私，迫害忠良，祸国殃民，如“公卿有党排宗泽，帷幄无人用岳飞”（《夜读范至能〈揽辔录〉，言中原父老见使者多挥涕，感其事作绝句》），“诸公可叹善谋身，误国当时岂一秦”（《追感往事五首》其五）。他反对主和派的妥协政策，认为“和亲自古非长策”（《估客有自蔡州来者，感怅弥日》），感叹“诸公尚守和亲策，志士虚捐少壮年”（《感愤》）。

他褒扬抗战名将宗泽，“君不见昔时东都宗大尹，义感百万虎与狼。疾危尚念起击贼，大呼过河身已僵”（《感秋》）。写南宋军民不甘屈服的气概，“楚虽三户能亡秦，岂有堂堂中国空无人”（《金错刀行》）！他深切同情沦陷区百姓的不幸遭遇，表达他们渴盼光复的心情，“三秦父老应惆怅，不见王师出散关”（《观长安城图》），“遗民泪尽胡尘里，南望王师又一年”（《秋夜将晓，出篱门迎凉有感》）。

陆游长期遭排挤、受压抑，尽管有“一片丹心”，誓死报国，有杰出的才能、正确的主张，却“报国欲死无战场”（《陇头水》），只能仰天长叹。其诗多抒发志士空老、无路请缨、壮志难酬、理想破灭的悲愤惆怅，悲壮苍凉。“酒醒客散独凄然，枕上屡挥忧国泪”（《送范舍人还朝》），又由《书愤》想到“世事艰”，诗人罢官闲居故里，双鬓斑白，徒有壮志，感叹不已，沉郁中有悲愤之气，另有《金错刀行》等作亦抒发此情。

现实中无法实现壮志豪情，陆游便借助梦境一吐胸怀。《五月十一日，夜且半，梦从大驾亲征，尽复汉唐故地，见城邑人物繁丽，云：“西凉府也。”喜甚，马上作长句，未终篇而觉，乃足成之》，将希望倾注于不真实的世界里，内心失望得以宣泄，以及“腥臊窟穴一洗空，太行、北岳元无恙”（《九月十六日夜，梦驻军河外，遣使招降诸城，觉而有作》），“夜阑卧听风吹雨，铁马冰河入梦来”（《十一月四日风雨大作》）等。

陆游诗中还塑造出信念坚定、见识不凡、干练进取的爱国主人公形象，有忠义之气、志士之节，胸怀磊落，英武豪迈，如“十年学剑勇成癖，腾身一上三千尺”（《融州寄松纹剑》）。诗人寤寐不忘恢复中原，行役、登览、咏史、怀古、投赠、饮酒、读书等，多以恢复自期，表达抗战报国的壮志。陆游爱国主题诗歌不足十分之三，却是其诗的灵魂和精华，现实感强，情感真挚，忧时感世，声高气雄，充实厚重，感情基调豪放悲壮，构成其诗歌的主旋律，也代表南宋诗歌的主旋律。

历代论者多欣赏陆游的爱国精神和爱国诗歌，给予了极高评价。南宋叶绍翁说陆游：“天资慷慨，喜任侠，常以踞鞍草檄自任，且好结中原豪杰以灭敌。……游宦剑南，作为歌诗，皆寄意恢复。”[15]南宋罗大经说：“其诗号《剑南集》，多豪丽语，言征伐恢复事。”[16]清杨大鹤《〈剑南诗钞〉序》说：“放翁非诗人也，……酒旗鼓，笔刀槊，一饭不忘，没齿不二，临绝《示儿》，使人泪如雨下，此为放翁不可夺之志。”[17]清爱新觉罗·弘历等说陆游少历兵间：“其感激悲愤、忠君爱国之诚，一寓于诗，酒酣耳热，跌荡淋漓。”[18]清赵翼说：“时当南渡之后，和议已成，庙堂之上，方苟幸无事，讳言用兵；而士大夫新亭之泣，固未已也。于是以一筹莫展之身，存一饭不忘之谊，举凡边关风景、敌国传闻，悉入于诗。虽神州陆沉之感，已非时事所急，而人终莫敢议其非。因得肆其才力，或大声疾呼，或长言永叹，命意既有关系，出语自觉沉雄。”[19]

陆游诗中多表现爱民、忧民情怀，“万钟一品不足论，时来出乎苏元元”（《五更读书示子》）。他感叹自己只是一介书生，无力救民，“自叹一生书里活，暮年无力济黎元”（《秋雨顿寒偶书》）。他一直关心民瘼，同情其不幸遭遇，表现出“民胞物与”的情怀，“民无余力年多恶，退士私忧实万端”（《癸丑七夕》），“身为野老已无责，路有流民终动心”（《春日杂兴十二首》其四）。《董逃行》《农家叹》等，哀悯生民多艰。他为民请命，批评官府对农民巧取豪夺，“有司或苛取，兼并亦豪夺”（《书叹》）。他呼唤清官出现，“但得官清吏不横，即是村中歌舞时”（《春日杂兴十二首》其三）。遇上丰年，农民欢喜若狂，陆游也由衷高兴，如《丰年行》《书喜》《春早得雨》等。

陆游至少有三分之二是闲适诗，数量最多，绝大部分是晚年闲居故里二十年中所作，闲人多闲暇，读闲书，赏闲景，寻闲趣，如游山玩水、饮酒品茶、赏花听鸟、学道参禅等。饮食起居、山水田园、草木虫鱼，事无巨细，尽悉入诗，将日常生活诗意化。许多诗题即标“闲”“适”，还有“怡”“趣”“喜”“笑”“戏”等字眼，有些诗题一看便知是写闲适之情，如《逍遥》《小隐》《观棋》等。诗人脱离京洛风尘，淡泊世事，知足常乐，悠然自适，身闲心更闲，追求心灵安逸，尽享清闲之乐。他细心捕捉咀嚼日常平凡生活中的诗意，“万卷古今消永日，一窗昏晓送流年”（《题老学庵壁》），“清啸送落日，与世永相忘”（《竹窗昼眠》）。陆游有隐逸情结，《西村》描绘黄昏中的小桃源，小桃源是自然的，更是诗人心灵的桃花源。陆游闲适诗多妙对佳句，俯拾即是，如“日长似岁闲方觉，事大如山醉亦休”（《秋思》），“山口正衔初出月，渡头未散欲归云”（《鲁墟舟中作》）等。这类诗以口头语，写眼前景或心中事，清新自然，淡中有味，独具特色，历代诗人多给予较高评价。元方回《瀛奎律髓》赞扬陆游“其闲适之诗尤多，姑选此五言六首，每首必有一联一句佳”[20]。清爱新觉罗·弘历等评陆游诗：“至于渔舟樵径，茶椀炉熏，或雨或晴，一草一木，莫不著为咏歌，以寄其意。”[21]清赵翼欣赏陆游“凡一草一木，一鱼一鸟，无不裁剪入诗”[22]。清翁方纲欣赏陆游致仕后“优游镜湖、耶溪间，久领林泉之乐。笔墨之清旷，与心地之淡远，夷然相得于无言之表，固有在叶石林之上者，无论他人之未忘世谛者也”。[23]陆游晚年所作闲适诗，少壮时的激情逐渐褪去，变得心气平和，追求一种闲逸自然的境界，由绚烂归于平淡。有些闲适诗是调节生活及心灵所需，是忙里求闲。闲适诗只是表现了陆游晚年生活和情感状态的一个侧面，也不只是晚年才有，早年、中年亦有不少。陆游闲适诗成为后人模仿的对象，历代论者多看到其闲适悠然一面，把他视为“闲适”诗人。近百年来，研究者又多将陆游视为纯粹的“爱国”诗人，贬低闲适一面，则又走上另一极端。陆游闲适诗亦有不足，数量太多，有时故作闲适，不够自然。

陆游和前妻唐琬情投意合，生活美满，但因母亲不喜，最后夫妻被迫离异。他为此痛苦一生，写下几首追忆、缅怀唐琬的爱情诗，情真意切，感人至深，在爱情主题已基本上从诗歌转移到词的宋代，尤其值得重视。六十三岁时，他作《余年二十时，尝作〈菊枕诗〉，颇传于人。今秋偶复采菊缝枕囊，凄然有感二首》，回忆与唐琬当年携手采菊缝枕、题诗唱和的情景，黯然神伤。六十八岁时重游沈园，往事历历在目，情不能自已，赋诗《禹迹寺南有沈氏小园，四十年前尝题小阕壁间。偶复一到，而园已易主，刻小阕于石，读之怅然》。庆元五年（1199），时唐琬逝去已四十多年，诗人也垂垂老矣，重游旧地，凭吊遗踪，触景生情，无法压抑心中哀痛，不禁潸然泪下，遂作《沈园二首》，真挚深沉，感人至深。开禧元年（1205），八十一岁时，他又作《十二月二日夜，梦游沈氏园亭》二首，仍魂牵梦绕，思念刻骨铭心，可见用情之专、遗憾之深。这些诗歌堪称古代爱情诗的珍品。

陆游诗中还经常写亲情，多教子、示儿诗，写自己和子孙灯下读书，同享读书之乐，如“自怜未废诗书业，父子蓬窗共一灯”（《白发》），“吾儿从旁论治乱，每使老子喜欲狂”（《示儿》）。陆游有浓厚的“故乡情结”，多思乡诗，如《思故山》《怀故山》《春晚怀故山》等，情真意切。他长期游宦各地，心灵受到创伤时，自然寻求亲友安慰，怀乡思归，想回到故乡的怀抱。陆游的友情诗多写送别、赠答、思念、伤悼，如《送范舍人归朝》《岁晚怀故人》《五更闻雨思季长》《哭季长》等，无不真挚动人。

陆游是大诗人，又是散文家和学者，博学多识，诗多书卷气，堪称“学者之诗”，有别于“诗人之诗”的纯粹抒情。其诗善于议论说理，如政论、时论、兵论、史论，论文、论艺、论道、论学，抒发对生活和人生的感悟，有深度，有理趣。论诗诗情理并重，升华为一种诗性哲学。陆游诗多妙语警句，可视为“格言”，清吴焯《批校剑南诗稿》批语中屡屡赞及，如“位卑未敢忘忧国，事定犹须待阖棺”（《病起书怀》），“不如意事十八九，正用此时风雨来”（《新津小宴之明日，欲游修觉寺，以雨不果，呈范舍人》），“青山是处可埋骨，白发向人羞折腰”（《醉中出西门偶书》）等。

陆游嗜酒，有很多饮酒诗，富有文化意蕴。他把酒视为解愁工具，“半瓮酒香安得愁”（《读仙书作》），“劝君莫辞酒，酒能解君愁”（《莫辞酒》）。酒中有真乐，妙不可言，“个中妙趣谁堪语，最是初醺未醉时”（《对酒》）。酒后快乐洒脱，“狂歌醉舞真当勉，剩折梅花插满头”（《醉中自赠》），“痛饮山花插鬓红，醉归棘露沾衣湿”（《饮酒近村》）。皆可见其以酒忘忧、追求适意的生活方式。唐陆羽自称“桑苎翁”，善品茶，被誉为“茶圣”，著有《茶经》，陆游敬慕陆羽，视之为祖上贤人，“我本杞菊家，桑苎亦吾宗”（《村舍杂书》），常以“桑苎家风”自诩，“桑苎家风君勿笑，它年犹得作茶神”（《八十三吟》）。他擅饮茶，以茶解睡解酒，提神醒脑，“自置风炉北窗下，勒回睡思赋新诗”（《老学庵北窗杂书》），还以茶助诗兴，“香浮鼻观煎茶熟，喜动眉间炼句成”（《登北榭》），“茶硙细香供隐几，松风幽韵入哦诗”（《山居》）。陆游善于养生，享高寿，重情志调节，养“心”胜过养“体”，身处逆境，但能做到心安神定，坦然面对，用平常心对待一切，“灵府不摇神泰定，病根已去脉和平”（《仲秋书事》），“心闲天地本来宽”（《初寒宴坐》），心宽、心安、心闲、心静，自然百病不生。陆游笑对生活，善于从庸常生活中发现诗意，寻找乐趣，谱写出一曲曲人生“欢乐调”，如“诗酒放怀穷亦乐”（《东斋偶书》），“饮水读书贫亦乐”（《白发》）。陆游性喜诙谐幽默，将平凡生活游戏化、趣味化，诗多“戏笔”“戏题”“戏书”，豁达、开朗、乐观、潇洒，俗事不萦系于心，抛却烦恼，“老来百事不入眼，惟爱青山如旧时”（《衡门》），“眼明身健残年足，饭软茶甘万事忘”（《新辟小园六首》其二）。

陆游爱游山玩水，多山水风景诗。他自称“爱山入骨髓”（《晨起看山饮酒》），“读书才倦即游山”（《自喜》）。其诗描绘灵山秀水，多写景名句，脍炙人口，如“山重水复疑无路，柳暗花明又一村”（《游山西村》），“舟行十里画屏上，身在西山红雨中”（《连日至梅仙坞及花泾观桃花抵暮乃归二首》其一）。

陆游咏物诗中，咏花诗成就最高。他爱花，“为爱名花抵死狂，只愁风日损红芳”（《花时遍游诸家园十首》其二）。《晚菊》《采菊》《张园观海棠》《夜宴赏海棠醉书》等皆是佳作。《同何元立赏荷花，追怀镜湖旧游》：“三更画船穿藕花，花为四壁船为家。不须更踏花底藕，但嗅花香已无酒。”清范大士评：“赏荷之趣，备极形容，结语亦冲澹可喜。”[24]陆游多咏梅佳作，写出梅花之神，如《大醉梅花下走笔赋此》《梅花绝句》《看梅绝句》《探梅》等。清吴焯评《梅花》：“梅花知己。公咏梅诗最多且好，此尤独绝。”[25]清方东树评《十二月初一日，得梅一枝，绝奇，戏作长句》：“骨

冷神清，是诗家写魂妙手。”㉖

陆游多读书诗。他一生嗜书如命，“我生学语即耽书，万卷纵横眼欲枯”（《解嘲》），“书生习气重，见书喜欲狂”（《抄书》）。他自称“书痴”“书颠”，并以此而自豪，“客来不怕笑书痴”（《读书》），“不是爱书即欲死，任从人笑作书颠”（《寒夜读书三首》其二）。他读书常到忘我境界，废寝忘食，忘老、忘忧，“我于万事本悠悠，危坐读书忘百忧”（《喜雨》）。他说读书“是中有真乐”（《二乐》），诗中写到“读书乐”的比比皆是。书伴随着陆游一生，黄卷青灯，夜读不辍，是生活常态。陆游爱读书、善读书，人格修养得到升华，其诗也因此富有书卷气。

陆游有许多民俗诗，展示了一幅幅淳朴生动的风俗画卷，艺术地再现了百姓婚嫁、祭祀等生活情态，如《赛神曲》描绘了热闹非凡的祭神场面。其诗善于将江南水乡风俗与美景相结合，风景美、风俗美、人情美融为一体。

陆游诗多突出自我，有鲜明的主体精神，如《自笑》《自责》《自嘲》等，“放翁未到忘情处，日暮凭栏独咏诗”（《失鸂鶒》），“放翁一饱真无事，拟伴园头日把锄”（《晚过保福》）。他常以始祖“楚狂接舆”陆通而自豪，径以“楚狂”自许，“天上石渠郎，能来伴楚狂”（《广都道中呈季长》），“素怀华渭嗟谁问？且作狂歌楚接舆”（《遣兴》）。诗中多写“狂”态，如“贪看不辞持夜烛，倚狂直欲擅春风”（《海棠》）。

陆游诗歌写个人遭遇，也是民族命运的缩影，是个人心灵史，又是民族心灵史和时代心灵史。其诗是时代的镜子，被誉为一代“诗史”，宋林景熙《书〈陆放翁诗卷〉后》：“天宝诗人诗有史，杜鹃再拜泪如水。龟堂一老旗鼓雄，劲气往往摩其垒。”㉗

陆游诗歌艺术特色鲜明，成就卓著。其诗有高度的典型性和巨大的艺术概括力，由小见大，表现出时代生活的广度和深度。如《关山月》反对议和，同情遗民，选取典型如厩马肥死、弓断弦、壮士心、征人骨、遗民泪等，浓缩“全息”整个社会现实，言简意丰；《秋夜将晓，出篱门迎凉有感》表达了文人的典型情绪，也是时代表情的自然流露；《游山西村》写江南自然美景、淳朴风俗，是乡村社会生活的缩影，又蕴含哲理。这些作品皆由小我见大我、个别见整体，是大手笔。

陆游诗歌抒情性强，善于调动多种抒情手法。不少诗作直抒胸臆，如“孤臣老抱忧时意，欲请迁都涕已流”（《登赏心亭》），“早岁那知世事艰，中原北望气如山”（《书愤》）。但更多间接抒情，寓情于景，托物言志，手法多样。如“荡开一笔”法，诗至末尾，思绪离开眼前景物情事，展开想象，笔墨荡开，由实转虚，文情摇曳，如“从今若许闲乘月，拄杖无时夜叩门”（《游山西村》），“明年万事不足论，但愿月满人常健”（《八月十四夜三叉市对月》）。“回溯”抒情法则先写眼前，篇末回想过去，今昔交织，如“倦游自笑摧颓甚，谁记飞鹰醉打围”（《春残》），“横槊赋诗非复昔，梦魂犹绕古梁州”（《秋晚登城北门》）。“对比”抒情法，诗人晚年回首一生经历，壮志未酬，感慨万千，常将今昔对比，如“少携一剑行天下，晚落空村学灌园”（《灌园》），“少日猖狂不自谋，即今垂死更何求”（《秋思》）？他善于将多寡、大小、重轻等矛盾对立意象并置一起，形成反差，一反均衡、对称、和谐，形成巨大的艺术张力，表达极为矛盾痛苦之情，是为独特的“逆反”对比抒情法，如“拔地青苍五千仞，劳渠蟠屈小诗中”（《过灵石三峰》），“一枝筇杖疏篱外，占断千岩万壑秋”（《舍北晚眺》）。其诗还善用反衬手法，如“物华撩我缘何事？似恐新年渐废诗”（《正月二十日晨起弄笔》），不说我观物，而说物来撩我，背面衬托，皆堪称新奇精妙。陆游善用比喻，如“暮云细细鳞千叠，新月纤纤玉一钩”（《倚楼》），《梅花绝句三首》其三将梅花比喻为白雪，象征坚贞孤高的人格气节。“喜事一双黄蛱蝶，随人来往弄秋光”（《暮秋》），巧用拟人，写蛱蝶多情。不少诗想象奇特，变幻莫测，夸张大胆，极富浪漫色彩，如“十年学剑勇成癖，腾身一上三千尺”（《融州寄松纹剑》),“风摇北斗柄欲折,雨溢天河浪正生”(《风雨》)。

陆游诗语言多明白晓畅、自然平易、简练生动,易处见工,淡中有味,明显有别于“江西诗派”的雕琢奇险、艰深晦涩。清赵翼说:“至其诗之清空一气,明白如话。”[28]清刘熙载说:“放翁诗明白如话,然浅中有深,平中有奇,故足令人咀味。”[29]陆游诗喜用典故,多自然妥帖,融化无迹,翻陈出新。

“诗眼”指一句或一诗中最精炼传神之处,宋魏庆之说:“盖句中有眼也。古人炼字,只于眼上炼。”[30]“诗眼”为全诗之神,“眼”活,全句、全诗皆活。陆游诗注重锤炼,律诗“诗眼”极多,写景状物,逼真、传神,可触可感,此举数例,字下有“__”标记者表明为“诗眼”:“瓦屋螺青披雾出,锦江鸭绿抱山来。”(《快晴》)“风翻半浦乱荷背,雨放一林新笋梢。”(《题斋壁》)“风来弱柳摇官绿,云破奇峰涌帝青。”(《遣兴》)

陆游诗意象丰富,且有个性特点和时代特色。如菊、梅、莲意象表现高洁孤傲;大量军事意象如刀、剑、笳、号角、铁马等表现战争生活,抒发驰骋疆场的壮志豪情;地理意象如江南、江北、淮河、长江、中原等表现宋、金对峙,国土分离。雁是诗人魂牵梦绕的北国消息,“一点烽传散关信,两行雁带杜陵秋”(《秋晚登城北门》)。陆游还对黄昏意象情有独钟,斜阳、残阳、夕阳等寄托对岁月流逝、功业未就的感叹。每个意象都是一种沉淀深厚的独特审美符号和历史文化符号。

韩愈开启“以文为诗”,陆游也常“以文为诗”,有些诗如《读史》《读道书》一类,多说教,近乎说理文。有的似游记,记录行程踪迹,与游记散文仅有形式上的区别。不少诗是“诗体日记”,记日常生活琐事。清王复礼《放翁诗选·凡例》批评陆游诗多用虚词,甚至开创用四虚字为对者。陆游还以四六为诗,打破诗、文界限,诗歌呈现陌生化特色[31]。

陆游诗多音调和谐,声情并茂。如古体《舒悲》用入声韵,发音直而促,抒发悲愤之情;《九月三日泛舟湖中作》韵脚“霜”“香”“阳”响亮,表现快乐情感；《小园》韵脚“家”“斜”“瓜”，阳性字音悠扬，开口度大，诗人悠闲之声情可闻可感。

陆游诗风格多样，主要分两大类：抒发报国之志、悲愤之情的雄健悲壮、顿挫郁勃，如《月下醉题》《江楼醉中作》等；描写自然景物和日常生活的丰腴清爽、自然平淡，如《出游归鞍上口占》等。陆游性格豪放洒脱，故其诗风格多豪迈、奔放、飘逸、清旷。历代诗人多欣赏陆游诗的平淡风格。宋戴复古《读〈放翁先生剑南诗草〉》说他“入妙文章本平淡”[32]；宋刘克庄《后村诗话》举陆游晚年诗句“客从谢事归时散，诗到无人爱处工”“外物不移方是学，俗人犹爱未为诗”为例，赞曰“皮毛落尽矣”[33]。赵翼指出陆游诗风凡“三变”，初境雅正，不落纤佻；中年宏肆，是又一境界；“及乎晚年，则又造平淡”，欣赏其“流丽绵密”“清圆可诵”“清奇”[34]。

苏轼《书摩诘蓝田烟雨图》赞王维“诗中有画”，陆游写诗也有明确的“如画”意识，对自己“诗中有画”颇为自得，“今代江南无画手，矮笺移入放翁诗”（《春日六首》其五），“樊川诗句营丘画，尽在先生拄杖边”（《舍北晚眺》）。清方东树赞陆游《西村》诗：“情景交融，清空如绘，佳制也。”[35]陆游诗多“如画”名句，可入画图，如“云归时带雨数点，木落又添山一峰”（《晚眺》），“山口正衔初出月，渡头未散欲归云”（《鲁墟舟中作》）。有些诗整首即如一幅画，如“溪涨清风拂面，月落繁星满天。数只船横浦口，一声笛起山前”（《夏日六言》）。

陆游诗众体兼备，古体、近体皆精，最擅长七言古体和七律。古体诗总体上想象奇丽，句式错落有致，音韵铿锵，宛转流动，起伏跌宕，错综开合，一气呵成，慷慨悲壮，雄健有骨力。清赵翼总结说：“抑知其古体诗，才气豪健，议论开辟，引用书卷，皆驱使出之，而非徒以数典为能事。意在笔先，力透纸背，有丽语而无险语，有艳词而无淫词。看似华藻，实则雅洁；看似奔放，实则谨严。”[36]陆游乐府诗数量居宋人之首，其中歌行类乐府多沿用乐府旧题，借题发挥，赋以新意，以齐言体为主，也有不少杂言，别具一格。如《长歌行》(人生不作安期生)，恢宏雄放，句式整饬，似李白《将进酒》，被清方东树《昭昧詹言》推为陆诗“压卷”之作；《金错刀行》托物言志，铺张挥洒，四句一转韵，抑扬顿挫；《剑客行》《出塞曲》等奋发踔厉，雄豪浪漫，追摹李白、岑参；《出塞曲》《大将出师歌》《放歌行》等格调苍古，以古为新。

陆游一生精力多用于七律，现存七律三千余首，约占全部诗作的三分之一，数量为宋人第一，成就最高。陆游七律对仗精巧，炼字炼句，有“猛力炉锤”之妙，音调浏亮，平正妥帖，豪迈悲壮或清新俊逸，重视“活法”，开阖变化，如改变一般上四下三句法，变为上三下四，如清王复礼《放翁诗选·凡例》所举“白菡萏香初过雨，红蜻蜓弱不禁风”等。宋刘克庄说：“古人好对偶，被放翁用尽。”[37]对仗妙句有人名对、地名对、时间对、时空对、数字对、叠字对、色彩对、流水对等等，“山远往来双白鹭，波平俯仰两青天”(《次林伯玉侍郎韵赋西湖春游》)，是数字对，又是颜色对，堪称绝妙。陆游七律为“宋调”代表，清赵翼称：“使事必切，属对必工，无意不搜而不落纤巧，无语不新而不事涂泽，实古来诗家所未见也。”[38]清洪亮吉认为陆游七律善写景，“诗家之能事毕，而七律之能事亦毕”[39]。清舒位认为陆游专工七律，“而集其成”，与杜甫、李商隐完成七律史上“三变”，“而他家之为是体者，不能出其范围矣”[40]。但亦有不满陆游七律者，如元方回《瀛奎律髓》、清纪昀批点《瀛奎律髓》等多讥其“甜熟”“圆熟”“平熟”[41]。陆游五律也有特色，如《夏日》全用对仗，《泛湖至东泾》首联“春水六七里，夕阳三四家”是拗救句。

陆游七绝的数量仅次于七律，多构思新巧，情致深婉，精练流畅，音调谐美，韵味隽永，风格多样，多对起散结或散起对结，功夫多在第三句转折上，如顺流之舟，灵动顺畅[42]。代表作《闻新雁有感》《剑门道中遇微雨》《沈园》等可与苏轼七绝相媲美[43]。陆游五绝和六言绝句也多精巧灵动，各具特色。

与唐诗“唐音”相对，宋诗特点被称为“宋调”，为诗歌发展高峰的另一种审美范式。“宋调”多议论，深辟透彻，以筋骨思理见胜，多理趣，重典故，生活化、学问化，是从容、恬淡的成熟美、老境美。陆游诗在很大程度上代表“宋调”特色，元方回《瀛奎律髓》称为“放翁体”，在文学史上享有崇高声誉。

陆游诗也有一些不足，清朱彝尊《书〈剑南集〉后》批评说：“句法稠叠，读之终卷，令人生憎。”[44]其晚年诗作由其子编辑刊行，许多是草稿，未经删订淘汰，题目、主题、词语、技法、意象、意境皆多重复，缺乏锤炼，浅近滑易，韵味不足。有些诗有句而无篇，缺乏浑成之美，这也是宋诗的共同缺点。

陆游诗歌渊源深厚，善于向前代诗人学习，创造性地接受《诗经》以来的诗歌遗产，屈原、陶渊明、李白、杜甫等都是他倾心的诗人，兼收并蓄，博观约取，择善而从，终成众体兼擅的伟大诗人。陆游崇敬庄子，其闲适诗平淡、自然，深受庄子影响。他视屈原为异代知音，学习其爱国精神，友人杨万里《跋陆务观〈剑南诗稿〉》赞其诗“尽拾灵均怨句新”[45]。陆游继承了古乐府“感于哀乐，缘事而发”的现实精神。陆游的田园诗表达隐逸、闲适情怀，深受陶渊明影响。他喜读陶诗，《跋〈渊明集〉》自述十三四岁时，偶见家里藤床上有陶诗，“因取读之，欣然会心。日且暮，家人呼食，读诗方乐，至夜，卒不就食”。他对陶渊明推崇备至，“学诗当学陶”（《自勉》），“我诗慕渊明，恨不造其微。……千载无斯人，吾将谁与归”（《读陶诗》）？其诗多以陶诗为典范，化用陶诗。

陆游喜读唐人诗集，“插架半唐诗”（《老态》）。《跋〈王右丞集〉》自述年十七八时即熟读王维诗，《小舟过吉泽效王右丞》写静寂枯淡之景，富有禅趣。岑参曾官嘉州刺史，陆游摄知嘉州时，绘岑参像于壁间，又刻其遗诗八十余篇成《岑嘉州诗集》，《跋〈岑嘉州诗集〉》自称少时绝好岑参诗，“以为太白、子美之后，一人而已”。《夜读〈岑嘉州诗集〉》称赏岑参边塞诗“信豪伟”“多杰句”，他描写从军生活之诗正与岑参边塞雄奇豪壮诗风相似。陆游似李白热情奔放、好道求仙、任侠好施、狂放不羁，南宋周必大比之为唐代李白。陆游诗神采飞扬、奇情壮思、奔放飘逸，颇得太白风神，钱锺书《谈艺录》说：“放翁颇欲以‘学力’为太白飞仙语，每对酒当歌，豪放飘逸。……而有宋一代中，要为学太白最似者。”[46]所论颇为中肯。陆游推重杜甫，将其视为“英雄”，认为才不见用，遂退而做诗人。他似杜甫忧国忧民，胸怀天下，其诗悲壮沉郁一面与杜诗相近。清爱新觉罗·弘历等总结说：“观游之生平，有与杜甫类者：少历兵间，晚栖农亩，中间浮沉中外，在蜀之日颇多，其感激悲愤、忠君爱国之诚，一寓于诗，酒酣耳热，跌荡淋漓。至于渔舟樵径，茶椀炉熏，或雨或晴，一草一木，莫不著为咏歌，以寄其意。此与甫之诗何以异哉？”[47]陆游喜白居易诗，“闭门谁共处，枕藉乐天诗”（《自咏》），接受其闲适诗影响，踵武“香山体”，学其平易诗风。清刘熙载说：“诗能于易处见工，便觉亲切有味，白香山、陆放翁擅场在此。”[48]陆游理论上鄙薄晚唐体，“文章光焰伏不起，甚者自谓宗晚唐。欧、曾不生二苏死，我欲痛哭天茫茫”（《追感往事》），但实际上又注意学习模仿。清潘德舆指出：“前谓剑南闲居遣兴七律，时仿许丁卯（许浑）之流，非冤之也。如‘数点残灯沽酒市，一声柔橹采菱舟’，‘高柳簇桥初转马，数家临水自成村’，……‘绿叶忽低知鸟立，青苹徐动觉鱼行’，如此更仆难尽，无句不工，无工句而非许丁卯之流也。”[49]陆游隐逸思想还受晚唐陆龟蒙的影响，他视陆龟蒙为祖上贤人，崇敬有加，“也知笠泽家风在，十岁能吟病起诗”（《喜小儿病愈》）。

北宋诗人中，梅尧臣、苏轼、黄庭坚等都受到陆游的尊奉。他对梅尧臣倾倒之至，《〈梅圣俞别集〉序》说梅尧臣诗“非待学而工，然学亦无出其右者”，将其视为后人无法企及的典范，屡效梅尧臣“宛陵体”诗，得其“平淡之旨”。陆游推崇苏轼及其诗,《跋〈东坡诗草〉》:“近世诗人,老而益严，盖未有如东坡者也。”清爱新觉罗·弘历等认为陆游诗“可以配东坡而无愧”[50]。陆游还学习林逋、苏舜钦、欧阳修、王安石、秦观等诗人。黄庭坚开创“江西诗派”，南渡后诗坛仍是此派的天下，陆游学黄庭坚而又变化发展。清朱彝尊拈出陆游律诗中间两联“似”“如”之例，句法明显与黄庭坚诗相似，钱基博指出陆游诗“以清新为琢炼，此游与庭坚之所同。以生拗出遒宕，盖庭坚与游之所异”[51]。吕本中（字居仁）、曾幾（自号茶山居士）都是“江西诗派”后劲，陆游私淑吕本中，师事曾幾，学其诗“活法”，以传茶山衣钵自期。曾幾七律自然圆密、清劲稳健，陆游七律深得其妙处，中间两联尤自然流转，清翁方纲就指出曾幾“上接香山，下开放翁”[52]。

陆游不只是于“江西诗派”门下讨生活，他将“江西诗法”的生新瘦硬与唐宋诸名家诗融合起来，创造出新警而又质朴流畅的诗风，从“江西诗派”入，又跳出“江西诗派”。其诗出入梅尧臣、苏轼以追杜甫；感激豪宕，似岑参兼李白；清新闲适，又如王维参以白居易。错综诸家，博采众长，融会贯通，而自成大家，既具“宋调”，又有“唐音”。他从历代诗歌中汲取丰富营养，铸造成自己独特的多样化诗风：豪迈奔放、雄奇恢宏、悲壮苍凉或清新自然、俊爽秀逸、平淡闲雅。

随着南宋偏安局面的形成，许多文人渐趋消极，诗坛风气萎靡不振，吟风弄月，琐细卑弱。陆游痛心疾首，感慨“尔来士气日靡靡，文章光焰伏不起”（《谢张时可通判赠诗编》），于是高扬爱国精神，振作诗风。其诗直面现实，关注国事，开拓诗境，在南宋诗坛占有最重要地位，对当时和后世都产生了巨大深远的影响。朱熹《答巩仲至》赞曰：“放翁老笔尤健，在今当推为第一流。”[53]南宋后期诗坛主要是在陆游笼罩下发展。“永嘉四灵”学晚唐，也用陆游诗歌法度。杰出的“江湖诗人”戴复古和刘克庄都师承陆游，戴复古登门受教，刘克庄为私淑弟子，继承了陆游爱国思想和诗歌的现实关怀精神。戴复古《读放翁先生〈剑南诗草〉》称许陆游："茶山衣钵放翁诗，南渡百年无此奇。"[54]刘克庄《〈刻楮集〉序》自述学诗"初余由放翁入"[55]，得陆游真传。他盛赞陆游："记问足以贯通，力量足以驱使，才思足以发越，气魄足以陵暴，南渡而后，故当为一大宗。"[56]《题放翁像》曰："《三百篇》寂寂久，九千首句句新。譬宗门中初祖，自过江后一人。"[57]宋亡之际，忠义之士如文天祥、谢翱、汪元量、郑思肖、林景熙等，皆受陆游爱国精神感召，坚持民族气节，抒发悲愤之情。林景熙《书〈陆放翁诗卷〉后》沉痛追念："青山一发愁蒙蒙，干戈况满天南东。来孙却见九州同，家祭如何告乃翁！"[58]

明、清诗人多欣赏陆游写山水景物和书斋生活的闲适诗，陆游律诗对仗工丽之句常被用作书斋或亭台楹联。明末，以"公安派"为前导，经程嘉燧、钱谦益的大力提倡，陆游诗最为风行。清初诗坛，李振裕《新刊〈范石湖诗集〉序》谓"今《渭南》《剑南》遗稿家置一编，奉为楷式"[59]。汪琬、王士禛、厉鹗、查慎行等皆善学陆游诗，钱谦益、查慎行等喜模仿陆游七律平淡清丽一面[60]，王士禛七绝明显从陆游山水田园风景诗中汲取营养。赵翼特别推重陆游，心摹力追，《瓯北诗话》特辟专章论述陆游，还编写陆游年谱。王国维深爱陆游诗，《题友人三十小像》其一自称："差喜平生同一癖，宵深爱诵剑南诗。"[61]

陆游诗歌悲愤感激，慷慨激越，振聋发聩。清末以来，每当民族危机时，它们就成为鼓舞反抗侵略的精神力量。爱国志士发愤救亡，在陆游诗中找到情感共鸣。1909 年，南社成立，提倡民族气节，反对清朝统治，热衷于陆游诗歌的传播，借以呼唤爱国精神。"五四"之后的"启蒙"与"革命"时代，由于现实的切身感受与斗争需要，陆游更多作为民族志士受到人们的尊奉学习，时代需要陆游的尚武与献身精神。特别是抗日战争时期，爱国情绪高涨，陆游更备受瞩目，陆游的名字与"反侵略""报国"，与国家、民族命运密切相连，其爱国诗歌成为时代的号角。人们多取其“悲愤”一面，气韵风神、闲适隐逸则较少注意。

陆游《放翁自赞四首》其二：“身老空山，文传海外。”陆游诗歌对日本汉诗影响较大，日本汉诗作者认同陆游的爱国情怀，大力推崇、模仿。特别是江户时期，诗坛宋诗风兴起，陆游诗受到热烈追捧，市河宽斋、山本北山等宗宋诗人编选收录众多放翁诗的选本。有人刊刻汉籍《放翁诗话》，日本汉诗诗话中多论陆游其人其诗[62]。陆游诗歌也影响了朝鲜半岛，李朝正祖李祘亲自编选《杜陆千选》《(杜陆)二家全律》，又命弘文馆编《杜陆律分韵》(又称《杜陆分韵》《杜陆律韵》)，研习模仿。

陆游是贴近现实生活的诗人，充满现实关怀，有强烈的使命感，为救亡图存呐喊呼号，有“民胞物与”情怀。其爱国诗激励着一代又一代仁人志士，成为中华民族的伟大精神遗产，历久常新。陆游是性情中人，他豪放旷达、洒脱闲散、歌哭自如，他热爱生活，善于苦中寻乐，从单调中发现趣味，享受生活乐趣。

四、词与散文的成就

陆游擅长填词，现存两卷《放翁词》，计一百四十余首。他有意识地改造词体，以适应时代需要，强调词的现实功能，要求“有补于世”。《跋〈花间集〉》说唐五代时：“天下岌岌，生民救死不暇，士大夫乃流宕如此，可叹也哉！或者亦出于无聊故耶？”批评花间词人沉湎声色，缺乏社会责任感。《〈长短句〉序》《跋〈金奁集〉》《跋〈后山居士长短句〉》《跋〈东坡七夕词〉后》等，皆为词论名篇。

陆游入蜀前所作词今存十余首，多登览宴游、酬唱赠答之作。他出仕不久，宦游所及，友朋相聚，畅饮抒怀，词似东坡言豪情，抒壮志，发感慨，豪迈雄放，境阔格高，充溢浪漫情怀，如《青玉案·与朱景参会北岭》等。镇江通判任上创作了几首豪放词，如《水调歌头·多景楼》

《赤壁词·招韩无咎游金山》等。他重新得到重用，看到恢复的希望，词风高亢豪迈。虽然调任频繁，功业无成，他不免流露出“岁月惊心，功名看镜，短鬓无多绿”（《念奴娇》）的感慨，但只是寻常“闲愁”，与后来大感慨、大悲叹有明显区别。宋黄昇说陆游词风“雄快处似东坡”[63]，清褚人获说“雄壮处似东坡”[64]。

陆游入蜀后至淳熙五年（1178）出蜀东归，前后共九年，是其词作高峰期，今存四十余首。陆游应召入王炎幕期间，他亲上抗敌前线，军中生活激发了其创作热情，意气激昂，写出不少抗战复土、风格豪放雄壮的爱国词，如《秋波媚·七月十六日晚登高兴亭望长安南山》表达了收复长安的热望和必胜信念，展现了雄浑壮阔的画面，感情炽烈，洋溢着昂扬乐观的情调，格调高亢。但不久时局陡转，王炎奉召回临安，陆游杀敌救国的理想破灭，极度苦闷。自汉中赴成都途中，他夜宿葭萌驿（今四川广元昭化区南），作《清商怨》（江头日暮痛饮），抒发了悲愤、沉痛和凄凉心情，风格一变豪迈雄快为沉郁悲怆。《汉宫春·初自南郑来成都作》，回忆“呼鹰古垒，截虎平川”的军中生活，与成都万人游乐的热闹场景对比，概括前线与后方的截然不同，表达徒具“诗情将略”而无处施展的愤激郁闷之情。《夜游宫·宫词》慨叹王炎之君臣遇合，也自悼壮志难酬，寄托遥深，情调哀怨低沉。陆游无用武之地，满怀牢骚，《双头莲·呈范至能待制》词情悲凉，沉郁顿挫，如幽谷流泉，回环曲折，有一种郁勃之气。他满腔忧愤，无所寄托，于是宴饮自放，遭到“燕饮颓放”的讥评，索性自我解嘲，自号“放翁”。故此时词多游宴、赠妓之作，纤丽绮艳，如《汉宫春》（浪迹人间）、《柳梢春》（锦里繁华）、《水龙吟》（春日游摩诃池）等，看出“汩于世俗”（《〈长短句〉序》），受花间词风影响，宋黄昇说陆游词“纤丽处似淮海”[65]，是中肯的。

陆游东归后的词作绝大多数写于淳熙十六年（1189）被弹劾罢官归居山阴之前的十二年间。淳熙十六年所作《〈长短句〉序》云：“乃有倚声制辞，起于唐之季世，则其变愈薄，可胜叹哉！予少时汩于世俗，颇有所为，晚而悔之。然渔歌菱唱，犹不能止。今绝笔已数年，念旧作终不可掩，因书其首以识吾过。”后悔早年词作，故自此以后基本搁笔不作，今存仅《谢池春》三首。这一时期，陆游虽担任一些地方官，但赋闲日子居多，已无此前的慷慨激昂，多写山水田园或闲居逸趣的闲适词。《长相思》五首表现旷达情怀，格调清新，意境深远。陆游晚年仿佛彻底领悟人生，“世事从来惯见，吾生更欲何之”（《乌夜啼》），“残年还我从来我”（《桃源忆故人》）。他摆脱功名利禄的束缚，由抗战志士变成乡野“闲人”，词风也由豪放悲慨、纤丽清婉变为恬淡闲逸、清新自然。同时因年龄渐入老境，绚丽归于平淡，词人静观自然，体悟人生，精神上得到解脱和慰藉。

陆游词风大致顺着豪迈雄放——慷慨沉郁——纤丽清婉——恬淡飘逸的轨迹演进，与时代风云变化、个人身世遭遇、交游唱和以及年龄变化等因素密切相关，词风演变有轨迹可寻。

陆游词大致可分爱国词、闲适词、恋情词三类。最有价值的当推其爱国词，有近二十首。中原沦陷于金人铁蹄之下，民族灾难深重，南宋朝廷屈膝求和，偏安江左，有志之士主张积极抗金，收复失地，和战之争代替北宋以来的新旧党争。陆游爱国词即在这样的政治环境中发展的，《夜游宫·记梦寄师伯浑》以梦境表达重返前线、立功报国的愿望，人老犹存壮心。《水调歌头·多景楼》、《桃源忆故人》（中原当日山川震）、《谢池春》（壮岁从戎）等，皆抒发抗敌复土的愿望以及英雄请缨无门、壮志难酬的悲愤。陆游立志恢复，充满现实关怀，其词关注民族存亡，反映时代精神，跳动着时代脉搏，极具感召力。他是英雄志士，以忠愤之心、英雄之气写词，其词是“英雄之词”，创造出抒情主人公的英雄志士形象，志高、气壮、情豪，又多失意英雄形象，雄豪中带有悲壮色彩。

陆游词的抒情多爆发式、喷涌式，直抒胸臆，强烈的感情直泻而下，一吐为快，笔力遒劲，一气贯注，是典型的“壮词”。陆游的理想抱负多受压抑，词中乐观与悲观、昂扬与低沉、雄豪与悲壮等复杂矛盾的情感往往交织在一起。词人壮志难酬，遂将理想化为梦境，与现实的悲凉构成强烈对比，如《诉衷情（当年万里觅封侯）》回想当年，今昔交错，反差巨大，如同版画黑白分明。陆游词多用英雄之悲和志士之恨的典故，表达报国无门之悲和南北分裂之恨，寻常典故，信手拈来，贴切恰当，化用无痕，词作因此显得厚重。他追求意境的雄奇阔大，如同泼墨大写意画，风格豪迈刚健、高昂激越或悲壮沉郁，追求壮美、崇高美，弥补了词体纤软柔弱之弊，提升了词的品位。这类词是陆游词风的主导方面，量少而质高，可代表“放翁词风”。陆游是南宋爱国词派的先驱之一，影响了辛弃疾、戴复古、刘克庄、刘辰翁等爱国词人。陈廷焯《云韶集》卷六概括其词特色：“放翁词悲而郁，如秋风夜雨，万籁呼号，其才力真可亚于稼轩。人谓放翁颓放，诗词一如其人，不知处放翁之境，外患既深，内乱已作，不得不缄口结舌，托于颓放，其忠君爱国之心实与子美、子瞻无异也。读先生词，不当观其奔放横逸之处，当观其一片流离颠沛之思，哀而不伤，深得风人大旨，后之处乱世者有以法矣。”[66]

陆游闲适词多写“渔隐”，表达隐逸情怀、恬淡心境，有意塑造张志和笔下的“渔父”形象。渔隐是一种情结，是精神寄托。他自号“笠泽渔隐”“笠泽渔翁”“渔隐子”，咏垂钓生活，以山水为背景，放浪林泉。《乌夜啼》五首、《渔父》五首、《长相思》五首、《鹧鸪天》二首、《鹊桥仙》（一竿风月）等，皆萧散平淡、清真飘逸。渔隐词绝大部分作于陆游出蜀东归之后，与中年以后心态渐趋平淡有关，但主要原因是他遭受政敌打击，遂在山水里寻求寄托，医治心灵创伤，以“渔歌菱唱”发泄与掩盖失意与不满。陆游的悠然世外，只是对报国壮志未酬的苦闷情绪的暂时慰藉，其实他从未甘心做一名隐士，“江湖上，这回疏放，作个闲人样”（《点绛唇》），“镜湖元自属闲人，又何必君恩赐与”（《鹊桥仙》），皆是话里有话，飘逸旷达中隐含牢骚不平。《破阵子》(看破空花尘世)，心中不太平，努力“身闲心太平”，深隐用世和出世的矛盾。陆游渔隐词深受张志和与朱敦儒词风的影响。淳熙十三年(1186)，陆游再次被起用，知严州，寄情山水，嘲咏风月，晚上灯下读玄真子张志和《渔歌子》，因怀山阴故隐，于是模仿创作《渔父》词五首，自称“无名渔父”，表达对功名利禄的厌恶和对隐逸生活的向往之情，潇洒闲散，暂时摆脱尘世间一切羁绊。陆游从朱敦儒游，亲炙其旷逸之风，两人渔隐词有许多相似处，风格恬淡闲远、清旷疏放。这类闲适词一扫绮靡纤艳之习，开辟了陆游词的新境界，清冯煦赞曰：“剑南屏除纤艳，独往独来，其逋峭沈郁之概，求之有宋诸家，无可方比。”[67]刘师培也称赏陆游词：“清真绝俗，逋峭沉郁，而出以平淡之词，例以古诗，亦元亮、右丞之匹，此道家之词也。”[68]皆是中肯之论。

陆游恋情词约有五十首，其中艳情词多是年轻时所作，或写自南郑回成都后“燕饮颓放”的生活，多浅俗香艳，也有少数流丽绵密的佳作，如《采桑子》(宝钗楼上妆梳晚)等。真正的爱情词杰作《钗头凤》(红酥手)，写与唐琬的爱情悲剧，是血泪谱写的悲歌，情真语挚，凄婉感人。

陆游还有多首咏梅词，代表作《卜算子·咏梅》以梅的形象自喻，表现清高孤傲、不肯与俗世合流的情怀。托物寄志，独标高格，耐人寻味。《朝中措·梅》借梅自喻，自伤自慰，写出梅之神韵。

陆游词风格多样。南宋刘克庄说：“放翁长短句，……其激昂慷慨者，稼轩不能过；飘逸高妙者，与陈简斋、朱希真相颉颃；流丽绵密者，欲出晏叔原、贺方回之上。”[69]明杨慎评陆游词：“纤丽处似淮海，雄慨处似东坡。”[70]陆游只以余力填词，虽采众家之长，但不能造其极，成就不能与其诗相比。

陆游是南宋散文名家，《渭南文集》五十卷中有各体散文四十二卷、《入蜀记》六卷，另有《老学庵笔记》十卷，史著《南唐书》十八卷、《家世旧闻》二卷，也可视为散文。陆游有自己的散文理论，如《〈傅给事外制集〉序》：“文以气为主，出处无愧，气乃不挠。”认为作者要有高尚的人格节操，才会有刚健不挠的气概，作品才有生气、正气。陆游重视“道”，《上执政书》：“夫文章，小技耳，然与至道同一关捩。惟天下有道者，乃能尽文章之妙。”《上辛给事书》：“君子之有文也，如日月之明，金石之声，江海之涛澜，虎豹之炳蔚。必有是实，乃有是文。”强调创作的现实基础。陆游强调自然为文，“文章本天成，妙手偶得之”（《文章》）。他认为：“自科举取士以来，如唐韩氏、柳氏，吾宋欧氏、王氏、苏氏，以文章擅天下者，莫非科举之士也。”他不以“科举之文”为非文，批评组织古语，剽裂奇字，大书深刻以眩世俗，“而名古之文”（《答邢司户书》）。《跋〈前汉通用古字韵编〉》曰：“近时乃或钞缀《史》《汉》中字入文辞中，自谓工妙，不知有笑之者。偶见此书，为之太息，书以为后生戒。”《入蜀记》中总结自汉魏以来骈文和唐宋古文的发展演变，认为经过韩、柳和欧阳修等“六大家”的共同努力，文风改革才真正完成，才克服骈文弊端，推崇欧阳修其功“可谓大矣”。

陆游札子、书、序、记、铭、赞、传、跋、墓志铭、赋、笔记等各体皆精，内容广博。《上执政书》《上辛给事书》《答邢司户书》《答刘主簿书》等，阐发文学见解。序体名篇有《〈师伯浑文集〉序》《〈徐大用乐府〉序》《〈吕居仁集〉序》等。铭有《梅子真泉铭》《司马温公布被铭》等佳构。赞文多颂扬赞美禅、道的修行造诣，如《钟离真人赞》《大洪禅师赞》，《东坡像赞》誉美苏轼儒雅睿智，《放翁自赞》四则为自我画像，流露出真性情。骈文《祭富池神文》语言浅切，气势雄放。还有《思故山赋》等赋。

忠君爱国是陆氏家风，爱国忧民、志在恢复是陆游散文的主色调。一些奏疏札子如《论选用西北士大夫札子》《上二府论都邑札子》自不必说，题跋也常流露出救国复土的感情，嘉泰四年（1204）所作《跋韩干马》，不忘国事，期盼早日收复失地，感叹英雄老去、壮志难酬。作于去世前的《跋傅给事帖》，回忆儿时“亲见当时士大夫相与言及国事，或裂眦嚼齿，或流涕痛哭”之情景，忠愤悲壮。《静镇堂记》作于乾道八年（1172），将恢复大业寄托在名将王炎身上。《跋〈周侍郎奏稿〉》《书〈通鉴〉后》《书渭桥事》《书〈贾充传〉后》等，皆抒发感慨忧愤，动人肺腑。

陆游各体散文中，记体佳作较多。《烟艇记》流露出“江湖之思”，寄志趣于“烟波洲岛苍茫杳霭之间”；《复斋记》褒扬其兄能“落浮华，反本根”，惭愧自己不能超脱得失忧乐，文笔清雅闲逸；《东篱记》以陶渊明“采菊东篱下”名篇，抒发隐逸之志；《半隐斋记》关于“隐”的高论，饶有深刻哲理；晚年《居室记》谈起居饮食、读书会客，恬淡有味。寺观记多是赋闲山阴时所作，刻画人物形象栩栩如生，如《云门寿圣院记》写寿圣院朴野老僧，寥寥几笔，人物形象跃然纸上。陆游善于写景，《严州重修南山报恩光孝寺记》开头一段短短百余字，即将山清水秀的严州城描绘得美如画卷，其他写景精妙片段还有《广德军放生池记》《灵秘院营造记》等。《云门寿圣院记》《吴氏书楼记》等，将写景、叙事、议论三者融为一体，信笔拈来，无斧凿之迹，多用骈句，比喻得体，夸张巧妙。《抚州广寿禅院经藏记》运用对比法，褒贬分明，首尾连贯，一气呵成。《会稽县重建社坛记》《广德军放生池记》等，骈散相间，长短结合，句式灵活变化，具有精炼错综之美，颇得《水经注》和柳宗元“永州八记”的神韵。《书巢记》吸收赋的手法，设为主客问答，以少总多，语言雅洁。《静镇堂记》连用几个历史典故，含蓄蕴藉，典雅切当。《南园记》《铜壶阁记》《桥南书院记》《心远堂记》等皆是佳作。

陆游一些短篇题跋艺术性更强，是小品美文。论文评艺、怀人抒情、感念时事，样式灵活，随感而发，雅洁凝练，有诗意、理趣、情趣、韵味。《跋韩晋公牛》渴望摆脱尘世羁绊，回归乡野，展现诗情画境。清史承谦评赞“《渭南集》题跋多佳”[71]，他尤爱陆游在史馆时作的《跋韩晋公牛》

《跋画橙》，“读之，可想见此翁胸次”，又说“若《骑牛图》《山谷帖》二跋，固人人所脍炙也”[72]。陆游题跋名篇还有《跋〈东坡诗草〉》《跋刘凝之陈令举骑牛图》《跋〈王右丞集〉》《跋韩干马》《跋程正伯所藏〈山谷帖〉》等。

陆游《入蜀记》是一部日记体游记。乾道六年（1170），陆游携家赴夔州通判任，溯长江而上，入三峡，行五千余里，历时一百六十日，凡沿途山水名胜、历史古迹、风土人情、传闻轶事等，无不排日记录，详尽叙述，细致描绘，并融入自己的人生见解。他还勘查、分析沿途关隘要塞，提出攻守建议，字里行间流露出爱国情思。《入蜀记》描绘巫山神女峰景色，突出神女峰的纤丽奇峭，峰上数片白云，缭绕不去，陆游将之比作鸾鹤翔舞，比喻巧妙；又通过“丝竹之音”“山猿皆鸣”表现神女峰的神异色彩，点染以民间传说，情景交融，清新纯净。写江上风光“风日清美，波平如席，白云青嶂，远相映带，终日如行图画”，简洁传神，文中有画。写三峡汲水、负酒的妇女，如人物速写，形神俱活；描绘颇具特色的民居、物产及服饰，富有生活气息；勾勒出一幅幅美丽、奇特的长江风俗画，彰显风物美和人情美，令人耳目一新，恍若身临其境。作者信笔写来，轻松自然，叙述有致，如行云流水，细腻生动，简洁优美，奇趣盎然，平中有奇，灵活多变。明萧士玮《南归日录》说：“余读欧公《于役志》、陆放翁《入蜀记》，随笔所到，如空中之雨，小大萧散，出于自然。”[73]何宇度说：“宋陆务观、范石湖皆作记妙手，一有《入蜀记》，一有《吴船录》。载三峡风物，不异丹青图画，读之跃然。”[74]四库馆臣说：“游本工文，故于山川风土，叙述颇为雅洁。”[75]《入蜀记》为南宋山水游记的典范，既有史料价值，又有文学价值，对明、清游记影响很大，文人多有意模仿创作。

陆游晚年退居故乡时著有《老学庵笔记》，绍定元年（1228），其子陆子遹刊刻行世。陆游是史家，坚持秉笔直书原则，实事求是地记述考辨，有重要的史料价值。《老学庵笔记》同时也是笔记体散文，有独特的文学价值。书中刻画了忠臣良将、奇人异士、奸党佞臣、达官贵人、商贩走卒等一系列人物形象，生动鲜明，又各具特色。赞扬爱国志士，如宁断右手拇指不为贼人作画的赵广、面对威逼利诱坚决保护藏书的王仲信、不计个人荣辱而以国家安危为忧的李光，皆充溢着浩然正气。写奇人异士，如年已九十以养生之道谈论国事的上官道人、能预知寿命的老道人。写奸恶之人，含憎厌之情，如写秦桧假充爱国志士自金逃归，儿孙仗势欺人，企图霸占他人藏书，兴师动众寻狮猫；叙述秦桧与宋朴谈论自己“可比古何人”之事，秦桧心理由“骇”到“拊髀太息”叫好，展现心理变化过程，表现其“叵测”的阴险性格，笔墨细腻。陆游善于从外貌、神态、语言、行动等方面刻画人物形象，如记述亲见陈康伯（福公）发怒一事，简练传神。陆游能准确把握景物特征，如描写石笋、海眼、仙井、石犀四样景物，分别描绘形状，突出各自特点。陆游调动比喻、排比等修辞手法，增强了文章的形象性、生动性和趣味性。总之，陆游兴之所至，随笔而记，《老学庵笔记》内容丰富，艺术手法多样，语言精炼简洁、自然流畅，在笔记体散文史上占有重要地位。南宋陈振孙称赞陆游“生识前辈，年登耄期，所记见闻，殊可观也”[76]。

陆游《与儿辈论李杜韩柳文章偶成》云：“吏部、仪曹体不同，拾遗、供奉各家风。未言看到无同处，看得同时已有功。”其文用力于韩、柳者深，碑传清省似欧阳修，议论疏快似苏轼，意尽言止。还取法曾巩的自然淳朴、从容不迫等，各取所长，并有创新发展，自成一家。陆游散文兼善众体，多直抒胸臆，笔墨灵活而又不失法度，语言精炼、雅洁、平易、流畅，独具特色，为陆子之文，为宋人之文。陆游的文名一直为其诗名所掩，其子陆子遹《〈渭南文集〉跋》说：“盖今学者，皆熟诵《剑南》之诗。续稿虽家藏，世亦多传写。惟遗文自先太史未病时，故已编辑，而名以《渭南》矣，第学者多未之见。”指出陆游文章取法对象，“于本朝则曾南丰”。明人不重陆游诗，反推崇其文，吴宽《新刊〈渭南集〉

序》称陆游散文“浑成，读之新妙可爱”[77]；祝允明《书新本〈渭南集〉后》赞“放翁文笔简健，有良史风，故为中兴大家”，袁宏道也欣赏陆游散文。《四库全书总目·〈渭南文集〉提要》评陆游文：“根柢不必其深厚，而修洁有余；波澜不必其壮阔，而尺寸不失。……较南渡末流以鄙俚为真切、以庸沓为详尽者，有云泥之别矣。”[78]所言得失，较为中肯。钱基博评论说：“论者以士龙清省为比，固其宜也。然碑传含铿訇于渟蓄，饶有欧味；短题小记，以谈言为微中，尤擅苏笔；盖欧韵而苏笔，余味有在清省之外，特笔意之得于苏者为多。”[79]

陆游继承家学，为著名史学家，著有《南唐书》十八卷，记载五代时南唐历史，纠正以中原五代为正朔的观念，体现出强烈的民族意识，当时对激扬民族意识有积极意义。《南唐书》继承《春秋》简严笔法，又得《左传》《史记》《汉书》真传。同时也是史传散文，具有独特的审美价值。列传部分叙事条理清晰，繁简得当，写战争，并未满足于一般化过程的记叙描写，而是深入揭示出战争起因及后果；塑造了许多个性鲜明的历史人物形象，写出人物性格的丰富性、复杂性，生动传神，栩栩如生，注重细节刻画，善于翻新出奇，有精彩的故事性、传奇性，而不失真实。议论深刻，逻辑严密。有感情色彩，爱憎分明。语言平易、雅洁，简而有法，其风格与《渭南文集》中的散文有内在一致性[80]。

五、《陆游集》版本源流及本书编选说明

陆游一生创作甚富，文集是他亲自编定，名以“渭南”。嘉定十三年（1220）十一月，陆游幼子子遹（又写作子聿）在溧阳令任上于学宫刊刻《渭南文集》五十卷，并作跋，谓凡命名及次第之旨皆出遗意，是为陆氏家刻本，又称宋嘉定本，较为齐全。元刻本《渭南文集》，五十二卷，内容与子遹初刻本同，只是卷帙分别及名目有异。明时通行两种版本《渭

南文集》，五十卷本，弘治十五年（1502），华珵据子遹初刻本以铜活字摹刻印行；五十二卷本，则据绍兴郡所藏校刻于正德八年（1513），前有汪大章序，但集内阑入诗歌九卷。陆游知严州时，自定并刻印《新刊剑南诗稿》二十卷，收录诗至淳熙十四年（1187），知建德县事眉山苏林按年编次，括苍郑师尹序，叙述编纂经过。南宋陈振孙《直斋书录解题》卷二十著录，是为《前集》。陈氏复著录《续稿》六十七卷，谓录自淳熙十五年（1188）至陆游去世前二十余年之作，为陆子遹复守严州时续刻。陈氏又著录《剑南诗稿续稿》八十七卷，当是合严州前、后二刻的总称。嘉定十三年（1220），陆游长子子虡于江州任上编刻《剑南诗稿》八十五卷本，亦按年编次，并作跋详述编刻过程。明末常熟毛晋父子以为五十二卷本《渭南文集》诗、文相混，不得其体，以华珵本为善，严加校订，成《渭南文集》五十卷，汇合前刻《剑南诗稿》，成汲古阁《陆放翁全集》。《剑南诗稿》祖本当即陆子虡江州刻本，为后世通行本。毛晋初印本《陆放翁全集》计有《渭南文集》五十卷（包括《入蜀记》六卷、词二卷）、《剑南诗稿》八十五卷、《放翁逸稿》二卷、《南唐书》十八卷、《老学庵笔记》十卷、《家世旧闻》一卷。后毛扆、毛绥德集合众本，增订精校，毛扆并作跋语。增《斋居纪事》一卷，续添《放翁逸稿》，为后印本，更齐全、精善。世界书局1936年版《陆放翁全集》和中国书店1986年版《陆放翁全集》皆据此本排印。中华书局1976年版校点本《陆游集》，前四册为《剑南诗稿》，第五册《渭南文集》以国家图书馆所藏宋嘉定本为底本，用华珵活字本与毛本校补，附录孔凡礼《陆游佚著辑存》，堪称精良，但非全集。钱仲联、马亚中主编《陆游全集校注》，浙江古籍出版社2016年版，另增《逸稿补遗》一卷，收录最全。

《入蜀记》最初收入汲古阁《陆放翁全集》本《渭南文集》第四十三卷至第四十八卷，共六卷。后有单行本，如《知不足斋丛书》《笔记小说大观》《丛书集成初编》等六卷本；《宝颜堂秘笈》、文渊阁《四库全书》

等四卷本；《说郛》《续百川学海》等一卷本（节本）；日本早稻田大学藏有明治十三年（1880）刻本。今人有蒋方《入蜀记校注》，湖北人民出版社 2004 年版；刘蕴之、黄立新编注《〈入蜀记〉约注》，中国文联出版社 2004 年版；陈文新译注《日记四种》合刊本，湖北辞书出版社 1997 年版。

《放翁词》，陆子遹于溧阳学宫刊刻《渭南文集》五十卷，其中收录词，是为放翁词的最早刻本。毛氏汲古阁《陆放翁全集》中《渭南文集》卷四十九至卷五十为词，共二卷。后汲古阁刻《宋六十名家词》，有《放翁词》一卷。此集外别行本较《陆放翁全集》精密，文渊阁《四库全书》本收录，光绪十四年（1888）钱塘汪氏振绮堂翻刻。有《四部丛刊》影明翻宋刻本，近人吴昌绶辑《双照楼景刊宋元本词》，其中《景宋本渭南词》二卷。唐圭璋《全宋词》辑有《渭南词》，凡 144 首。又有夏承焘、吴熊和笺注《放翁词编年笺注》，上海古籍出版社 1981 年初版，后有陶然订补，上海古籍出版社 2012 年增订本。

《南唐书》十八卷，南宋陈振孙《直斋书录解题》、《宋史・艺文志》皆著录《新修南唐书》十五卷，与通行十八卷编次小异。元天历初，金陵戚光撰《音释》一卷，博士程塾等校刊，赵世延序，与诸史并行，为今存《南唐书》祖本，后有清周在浚笺注、高醇补校，稿本，乾隆间吴氏拜经楼钞本，叶景葵钞本。明嘉靖四十三年（1564）钱穀手录王谷祥钞本《陆氏南唐书》，商务印书馆 1934 年《四部丛刊续编》影印，商务印书馆 2008 年文津阁《四库全书》影印。毛氏汲古阁刻《陆放翁全集》本《陆氏南唐书》，为今通行本。毛晋又将沈士龙、胡震亨校刊《秘册汇函》本残版编入汲古阁《津逮秘书》，是为《津逮秘书》本，后有陆贻典、黄丕烈校并跋。世界书局 1936 年初版《陆放翁全集》本、中国书店 1986 年重排汲古阁本《陆放翁全集》本亦属此本。商务印书馆《丛书集成初编》收《秘册汇函》本，另有中华书局《四部备要》本。道光二年（1822），青浦汤氏绿签山房刻汤运泰《南唐书注》十八卷，《音释补》一卷；1915 年，吴兴刘氏嘉业堂刻周在浚《南唐书注》十八卷附录一卷、刘承幹《补注》十八卷，是为《嘉业堂丛书》本。文物出版社 1982 年影印，上海古籍出版社 2002 年版《续修四库全书》影印。还有与马令《南唐书》合刻，称《马陆南唐书》《南唐书合刻》，清蒋国祥、蒋国祚合辑，襄平蒋氏刻本，黄任恒重辑《翠琅玕馆丛书》本，据光绪十六年（1890）刘晚荣辑《藏修堂丛书》刻本重编[81]。

《老学庵笔记》十卷，为陆游晚年退居故乡山阴所作。绍定元年（1228），陆子遹最早刻于桐江郡庠，即陆氏家刻本。宋以后，刊印传钞多，版本亦多。明有商濬《稗海》本，天启三年（1623）周应仪、王志坚刻本。又有元陶宗仪《说郛》选编本。毛晋汲古阁将《稗海》本《老学庵笔记》，校以影宋本、残宋本，收入《津逮秘书》，流传较广。文渊阁《四库全书》本、虞山张海鹏照旷阁《学津讨原》本及《丛书集成初编》本，均据以传钞影印，略有不同。尚有明穴砚斋钞本，商务印书馆涵芬楼以此为底本，校以何焯校本铅印，收入《宋元人说部书》，实自宋《放翁集》家刻本出。有清傅山手批《老学庵笔记》，现藏人民日报社图书馆。中华书局 1979 年版李剑雄、刘德权校点本，以涵芬楼本为底本。另有杨立英校注《老学庵笔记》，三秦出版社 2003 年版。

《家世旧闻》长期以来仅以节本或钞本的形式流传，有明陶宗仪《说郛》本、《百川学海》重辑本、《稗乘》本、《五朝小说大观》本，汲古阁刻本《陆放翁全集》与《说郛》本同，《丛书集成初编》影印《稗乘》本等，皆为一卷，节本。另有明穴砚斋钞本，二卷，足本，民国时有影钞本，北京大学图书馆藏。孔凡礼以穴砚斋钞本为底本，点校整理《家世旧闻》，上下二卷，与《西溪丛语》合刊，中华书局 1993 年版，堪称精良，亦有疏忽。台湾“中央图书馆”有吴兴张珩藏本，二卷，足本[82]。

汲古阁本《陆放翁全集》外，陆游作品还有陆子聿刊刻《高宗圣政草》一卷，其他署名陆游者如《老学庵续笔记》《放翁家训》《避暑漫抄》

《感知录》，皆不可靠。

本书以汲古阁后印本《陆放翁全集》、《津逮秘书》本《老学庵笔记》为底本，参校其他版本。其中《渭南文集》主要参校国家图书馆所藏宋嘉定本、《四部丛刊》影印明华珵活字本、世界书局 1936 年版《陆放翁全集》、中国书店 1986 年版《陆放翁全集》、中华书局 1976 年校点本《陆游集》、浙江古籍出版社 2016 年版《陆游全集校注》。《剑南诗稿》主要参校国家图书馆藏宋刻《新刊剑南诗稿》严州本残本、《放翁先生剑南诗稿》残本、《四部丛刊》影印明弘治本宋罗椅（《涧谷精选陆放翁诗集・前集》十卷，以下简称涧谷本）、宋刘辰翁（《须溪精选陆放翁诗集・后集》八卷，以下简称须溪本）二家选集等。《入蜀记》主要参校《知不足斋丛书》本、《丛书集成初编》本、文渊阁《四库全书》本、中华书局 1976 年校点本《陆游集》等。《放翁词》主要参校汲古阁刻《宋六十名家词》本及近人诸校注本。《南唐书》参校汲古阁《津逮秘书》本、钱穀钞本、陆贻典和黄丕烈校《津逮秘书》本、汤运泰注本、周在浚注本、贞介堂录藏乾隆钞本等。《老学庵笔记》主要参校汲古阁《津逮秘书》本、《稗海》本、《说郛》本、《学津讨原》本、文渊阁《四库全书》本、涵芬楼《宋元人说部书》本等。《家世旧闻》主要参校《说郛》本、《百川学海》重辑本、《五朝小说大观》本、《丛书集成初编》影印《稗乘》本、明穴砚斋钞本、台湾"中央图书馆"藏钞本、孔凡礼点校本等。以上诸集校勘皆旁及其他有关版本。注重吸收时贤校勘整理成果，如《陆游全集校注》《放翁词编年笺注》等。目录次第有与卷内次第不合者，据卷内次第和他本改正；目录有衍题、衍字、误字者，据他本校正；卷内题目有与各本不同者，择善而从，出入不大者，两存；底本与他本字句不同可两存者，加校语，不轻改，他本较底本为胜者，择善而从；底本有缺字或漫漶不清者，据他本校补；底本少数古字，在不影响意义理解的前提下径改为通行字。

陆游受时代陶熔，同时又陶熔时代。本书选录作品标准，兼顾思想性、艺术性与时代性、超越性，突出重点，兼顾全体，力求全面、系统、客观呈现陆游思想和文学创作全貌。内容上，突出爱国诗，同时重视闲适诗，兼顾爱情、山水、田园、咏史怀古、养生、读书、教子、风俗等；重视抒情诗，同时重视说理诗、写景诗等。风格上，突出最能体现时代特征和陆游个性特色的慷慨悲壮和豪迈旷达、奔放飘逸，同时重视闲适平淡，兼顾其他风格；文体上，陆游诗各体兼备，而最擅长七古、七律和七绝，故突出此三体，兼顾他体，如六言诗即被古今选家基本忽略。兼顾文体、诗体、词体，特别是散文各体，如序、跋、记、笔记文、史传文等，纠正历来轻视陆游散文之弊。注重反映陆游一生不同时期创作的变化，突出艺术个性。尊重历史，吸收古人智慧，重视历代重要选本，如元方回《瀛奎律髓》、清吴焯《批校剑南诗稿》、清王复礼《放翁诗选》、清陈衍编《宋诗精华录》等。同时充分吸收时贤研究成果，如钱仲联、马亚中主编《陆游全集校注》；夏承焘、吴熊和笺注，陶然订补《放翁词编年笺注》；朱东润选注《陆游选集》；王水照、高克勤选注《陆游选集》；刘扬忠注评《陆游诗词选评》；蒋凡、白振奎编选《陆游集》；钱锺书选注《宋诗选注》等。通读陆游全集，研读古今选本，反复斟酌，择善而从，不遗漏历代传诵不衰的经典佳作，又努力选出呈现陆游全貌和个性的作品，矫正长期以来被肢解、遮蔽的陆游形象，力求在继承的基础上有所创新。

① 参见欧明俊《秦观陆游名字考释》，《中国典籍与文化》2007 年第 1 期。
② （元）脱脱等《宋史・陆游传》，中华书局 1977 年版，第 12058 页。
③ 同上，第 12058 页。
④ （清）徐松辑，刘琳等校点《宋会要辑稿》第八册，上海古籍出版社 2014 年版，第 4975 页。
⑤ （元）脱脱等《宋史・陆游传》，中华书局 1977 年版，第 12058 页。

⑥ （清）赵翼著，江守义、李成玉校注《瓯北诗话校注》卷六，人民文学出版社 2013 年版，第 230—231 页。

⑦ 梁启超著，汤志钧、汤仁泽编《梁启超全集》第十七集，中国人民大学出版社 2018 年版，第 583 页。

⑧ 参见邱鸣皋《陆游评传》，南京大学出版社 2002 年版，第 260—281 页；莫砺锋《陆游诗中的生命意识》，《江海学刊》2003 年第 5 期。

⑨ 参见伍联群《论陆游的佛教思想》，《船山学刊》2007 年第 2 期。

⑩ 参见于北山《评陆游的道家思想》，于北山《陆游年谱》，上海古籍出版社 2017 年版，第 572—586 页。

⑪ 参见邱鸣皋《陆游评传》，南京大学出版社 2002 年版，第 265—273 页。

⑫ （宋）陈振孙撰，徐小蛮、顾美华点校《直斋书录解题》卷十八，上海古籍出版社 2015 年版，第 541 页。

⑬ （清）爱新觉罗・弘历等选《御选唐宋诗醇》卷四十二，清乾隆十五年（1750）刻本。

⑭ 钱锺书《宋诗选注》，生活・读书・新知三联书店 2002 年版，第 270 页。

⑮ （宋）叶绍翁撰，冯惠民、沈锡麟点校《四朝闻见录・乙集》，中华书局 1989 年版，第 65 页。

⑯ （宋）罗大经撰，孙雪霄点校《鹤林玉露》甲编卷四，上海古籍出版社 2012 年版，第 45 页。

⑰ （宋）陆游撰，（清）杨大鹤选，许贞干校《剑南诗钞》，扫叶山房石印本。

⑱ （清）爱新觉罗・弘历等选《御选唐宋诗醇》卷四十二，清乾隆十五年（1750）刻本。

⑲ （清）赵翼著，江守义、李成玉校注《瓯北诗话校注》卷六，人民文学出版社 2013 年版，第 233 页。

⑳ （元）方回选评，李庆甲集评点校《瀛奎律髓汇评》卷二十三，上海古籍出版社 2005 年版，第 981 页。

㉑ （清）爱新觉罗・弘历等选《御选唐宋诗醇》卷四十二，清乾隆十五年（1750）刻本。

㉒ （清）赵翼著，江守义、李成玉校注《瓯北诗话校注》卷六，人民文学出版社 2013 年版，第 229 页。

㉓ （清）翁方纲《石洲诗话》卷四，人民文学出版社 1981 年版，第 141 页。

㉔ （清）范大士《历代诗发》卷二十七，清康熙刻本。

㉕ （清）吴焯《批校剑南诗稿》卷八，汲古阁吴尺凫批校本。

㉖ （清）方东树著，汪绍楹校点《昭昧詹言》卷二十，人民文学出版社 1961

年版，第 469 页。

㉗ （宋）林景熙撰，（元）章祖程注，陈增杰补注《林景熙集补注》卷三，浙江古籍出版社 2012 年版，第 308 页。

㉘ （清）赵翼著，江守义、李成玉校注《瓯北诗话校注》卷六，人民文学出版社 2013 年版，第 269 页。

㉙ （清）刘熙载《艺概》卷二，上海古籍出版社 1978 年版，第 69 页。

㉚ （宋）魏庆之编，王仲闻校勘《诗人玉屑》卷八，上海古籍出版社 1959 年版，第 173 页。

㉛ 参见吕辉《陆游七言律诗研究》，陕西师范大学 2008 年博士学位论文。

㉜ （宋）戴复古撰，吴茂云校注《戴复古全集校注》卷六，中国文史出版社 2008 年版，第 195 页。

㉝ （宋）刘克庄撰，王秀梅点校《后村诗话·前集》卷二，中华书局 1983 年版，第 31 页。

㉞ （清）赵翼著，江守义、李成玉校注《瓯北诗话校注》卷六，人民文学出版社 2013 年版，第 230—231 页。

㉟ （清）方东树著，汪绍楹点校《昭昧詹言》卷二十，人民文学出版社 1961 年版，第 461 页。

㊱ （清）赵翼著，江守义、李成玉校注《瓯北诗话校注》卷六，人民文学出版社 2013 年版，第 235 页。

㊲ （宋）刘克庄撰，王秀梅点校《后村诗话·前集》卷二，中华书局 1983 年版，第 30 页。

㊳ （清）赵翼著，江守义、李成玉校注《瓯北诗话校注》卷六，人民文学出版社 2013 年版，第 235 页。

㊴ （清）洪亮吉著，陈迩冬点校《北江诗话》卷二，人民文学出版社 1998 年版，第 26 页。

㊵ （清）舒位《瓶水斋诗话》。张寅彭主编，吴忱、杨焄点校《清诗话三编》第四册，上海古籍出版社 2014 年版，第 2324 页。

㊶ 参见管琴《七律的放翁诗法——从“律熟”的评价说起》，《文学评论》2016 年第 4 期。

㊷ 参见诸雨辰《突转与断片：陆游七绝的构思方式与题材选择》，《中国韵文学刊》2015 年第 3 期。

㊸ 参见陶文鹏《论陆游的七言绝句》，《绍兴文理学院学报》2015 年第 6 期。

㊹ （清）朱彝尊撰，杜泽逊、崔晓新点校《曝书亭序跋》卷十八，上海古籍出版社 2018 年版，第 269 页。

㊺（宋）杨万里撰，王琦珍整理《杨万里诗文集》卷二十，江西人民出版社2006年版，第353页。

㊻钱锺书《谈艺录》（补订重排本），生活·读书·新知三联书店2001年版，第379页。

㊼（清）爱新觉罗·弘历等选《御选唐宋诗醇》卷四十二，清乾隆十五年（1750）刻本。

㊽（清）刘熙载《艺概》卷二，上海古籍出版社1978年版，第69页。

㊾（清）潘德舆撰，朱德慈辑校《养一斋诗话》卷五，中华书局2010年版，第74页。

㊿（清）爱新觉罗·弘历等选《御选唐宋诗醇》卷四十二，清乾隆十五年（1750）刻本。

51 钱基博《中国文学史》（中），上海古籍出版社2015年版，第610页。

52（清）翁方纲《七言律诗钞·凡例》，清稿本。

53（宋）朱熹撰，朱杰人等主编《朱子全书》，上海古籍出版社、安徽教育出版社2010年版，第3108页。

54（宋）戴复古撰，吴茂云校注《戴复古全集校注》卷六，中国文史出版社2008年版，第195页。

55（宋）刘克庄《后村先生大全集》卷九十六，《四部丛刊》本。

56（宋）刘克庄撰，王秀梅点校《后村诗话·前集》卷二，中华书局1983年版，第31页。

57（宋）刘克庄《后村先生大全集》卷三十六，《四部丛刊》本。

58（宋）林景熙撰，（元）章祖程注，陈增杰补注《林景熙集补注》卷三，浙江古籍出版社2012年版，第308页。

59（清）李振裕《白石山房集》卷十四，康熙间香雪堂刊本。

60 参见蒋寅《陆游诗歌在明末清初的流行》，《中国韵文学刊》2006年第1期；张毅《陆游诗传播、阅读专题研究》，复旦大学2008年博士学位论文。

61 王国维著，陈永正校注《王国维诗词全编校注》，中山大学出版社2000年版，第29页。

62 参见李晓田、卞东波《身老空山，文传海外：日本江户时代的陆诗选本考论》，《中华文史论丛》2019年第2期。

63（清）沈雄撰，孙克强、刘军政校注《古今词话·词评》上卷，上海古籍出版社2009年版，第315页。

64（清）褚人获辑撰，李梦生点校《坚瓠集·补集》卷五，上海古籍出版社2012年版，第1095页。

⑥⁵ （清）沈雄撰，孙克强、刘军政校注《古今词话·词评》上卷，上海古籍出版社 2009 年版，第 315 页。
⑥⁶ 孙克强主编，孙克强等辑校《白雨斋词话全编·云韶集辑评》卷六，中华书局 2013 年版，第 154 页。
⑥⁷ 唐圭璋编《词话丛编》第四册，中华书局 1986 年版，第 3593 页。
⑥⁸ 刘师培著，舒芜点校《论文杂记》，人民文学出版社 1959 年版，第 131 页。
⑥⁹ （宋）刘克庄撰，王秀梅点校《后村诗话·续集》卷四，中华书局 1983 年版，第 138—139 页。
⑦⁰ （明）杨慎撰，岳淑珍导读《词品》卷五，上海古籍出版社 2009 年版，第 116 页。
⑦¹ （清）史承谦《静学斋偶志》卷四，清嘉庆刻本。
⑦² 同上。
⑦³ （明）萧士玮《春浮园集》卷上，清光绪刻本。
⑦⁴ （明）何宇度《益部谈资》卷上，文渊阁《四库全书》本。
⑦⁵ （清）永瑢等撰《四库全书总目》卷五十八，中华书局 1965 年版，第 530 页。
⑦⁶ （宋）陈振孙撰，徐小蛮、顾美华点校《直斋书录解题》卷十一，上海古籍出版社 2015 年版，第 336 页。
⑦⁷ （宋）陆游《渭南文集》卷首，汲古阁后印本。
⑦⁸ （清）永瑢等撰《四库全书总目》卷一百六十，中华书局 1965 年版，第 1381 页。
⑦⁹ 钱基博《中国文学史》（中），上海古籍出版社 2015 年版，第 630 页。
⑧⁰ 参见赵永平《论陆游〈南唐书〉的文学成就》，《湖北社会科学》2014 年第 3 期。
⑧¹ 参见郭立暄《汲古阁刻〈南唐书〉版本考》，《图书馆杂志》2003 年第 4 期。
⑧² 参见孔凡礼《〈家世旧闻〉流传的经过及其他》，《孔凡礼古典文学论集》，学苑出版社 1999 年版，第 403—404 页；吴珊珊《〈家世旧闻〉研究》，华东师范大学 2007 年硕士学位论文；张剑《〈家世旧闻〉版本补议——兼议陆游家世诗数量稀少的原因》，《国学学刊》2015 年第 2 期。

渭南文集

文

上二府论都邑札子

某自顷奏记[1]，迨今累月，自顾贱愚、不肖，无尺寸可以上补聪明，而徒以无益之事，上勤省阅，实有罪焉，故久不敢以姓名彻左右。今者偶有拳拳之愚，窃谓相公所宜闻者[2]，伏冀少留观览，幸甚幸甚。伏闻北虏累书请和[3]，仰惟主上圣武，相公威名震叠殊方[4]，足以致此，而天下又方厌兵，势且姑从之矣。然某闻江左自吴以来[5]，未有舍建康他都者。吴尝都武昌[6]，梁尝都荆渚，南唐尝都洪州，当时为计，必以建康距江不远，故求深固之地，然皆成而复毁，居而复徙，甚者遂至于败亡。相公以为此何哉？天造地设，山川形势，有不可易者也。车驾驻跸临安[7]，出于权宜，本非定都，以形势则不固，以馈饷则不便[8]，海道逼近，凛然常有意外之忧，至于谶纬俗语[9]，则固所不论也。今一和之后，盟誓已立，动有拘碍，虽欲营缮[10]，势将艰难。某窃谓及今当与之约：建康、临安皆系驻跸之地，北使朝聘[11]，或就建康，或就临安。如此则我得以闲暇之际，建都立国，而彼既素闻，不自疑沮[12]，黠虏欲借以为辞，亦有不可者矣。今不为，后且噬脐[13]。至于都邑措置[14]，当有节目[15]。若相公以为然，某且有以继进其说。不一二年，不拔之基立矣。某智术浅短，不足以议大计，然受知之深，不敢自以疏远为疑，干冒钧听[16]，下情恐惧之至。

陆游一直十分关心建都问题，《登赏心亭》："孤臣老抱忧时意，欲请迁都涕已流。"《记梦》："梦里都忘困晚途，纵横草疏论迁都。"挂念建都事，老泪纵横，乃至梦中都在上书陈见。

[注释]

[1] 自顷：近来。奏记：上书向公府陈述意见。 [2] 相公：对宰相的敬称，此指二府长官。 [3] 北虏：古时对北方少数民族的蔑称。 [4] 震叠：震动，使恐惧。 [5]“然某”二句：但是我听说江东自三国吴以来，从没有定都在南京之外的。江左，江东，长江下游以东地区。长江自今江西九江至今江苏南京段，为西南—东北走向，江东即长江南岸，指今江苏、浙江及安徽长江

以南地区。建康，今江苏南京。 [6]“吴尝”三句：谓三国吴孙权建都武昌（今湖北鄂州），南朝梁元帝萧绎建都荆渚（今湖北荆州），后周显德五年（958），南唐中主李璟将都城由金陵（今江苏南京）迁至洪州（今江西南昌）。 [7]“车驾”三句：谓高宗暂居临安，为权宜之计，并不是定都临安（绍兴八年即1138年始定都临安）。驻跸（bì），帝王出行，途中停留暂住。 [8]馈饷：指运送粮饷。 [9]谶（chèn）纬：汉代流行的神学迷信。“谶”为巫师、方士制作的隐语或预言，“纬”指已方士化的儒生编集出来的附会儒家经典的著作。 [10]营缮：修建，修缮。此指修建都城。 [11]北使：北方王朝的使者，此指金朝使者。朝聘：古代诸侯亲自或派使臣朝见天子。 [12]疑沮（jǔ）：怀疑，疑惑。 [13]噬（shì）脐：自啮腹脐，喻后悔不及。 [14]都邑：此指京城。措置：处置，安排。 [15]节目：程序。 [16]干冒：触犯，冒犯。钧听：书信中的敬词，敬称接信者尊长听自己诉说。

[点评]

隆兴二年（1164），陆游四十岁，镇江通判任上作。二府指中书门下和枢密院。札（劄）子，古代一种公文，是上呈文书，用于向皇帝或长官进言议事。“隆兴北伐”失利后，宋廷欲与金人重订和约。陆游从军事角度出发，认为临安地势不险固，粮饷运输不便，靠近海路，常有不虞之患，不如建都建康。诗人力主在和约中声明建康、临安皆为皇都，以便将来建都之际不会引起敌人怀疑。这一见解切合实际，并非纸上谈兵。《宋史》本传记载陆游言“经略中原必自长安始，取长安必自陇右始”，主张建都关中，作为长远规划，可行性有待讨论。就艺术而言，本文结构严谨，论说部分以吴、梁、南唐“成而复毁”为开端，写至宋、金和约，由历史过渡至现实，正面论证、反面论证相结合，说理通透。全文用语平易朴实，简洁透彻。

《师伯浑文集》序

乾道癸巳[1]，予自成都适犍为，识隐士师伯浑于眉山。一见，知其天下伟人。予既行，伯浑饯予于青衣江上[2]，酒酣浩歌，声摇江山，水鸟皆惊起。伯浑饮至斗许，予素不善饮，亦不觉大醉。夜且半，舟始发，去至平羌[3]。酒解，得大轴于舟中[4]，则伯浑醉书。纸穷墨燥，如春龙奋蛰[5]，奇鬼搏人，何其壮也。后四年，伯浑得疾不起。子怀祖集伯浑文章，移书走八千里，乞余为序。

呜呼！伯浑自少时名震秦、蜀[6]，东被吴、楚[7]，一时高流皆尊慕之，愿与交。方宣抚使临边[8]，图复中原，制置使并护梁、益兵民[9]，皆巨公大人，闻伯浑名，将闻于朝，而卒为忌者所沮[10]。夫伯浑既决不肯仕，即无沮者，不过有司岁时奉粟帛牛酒劳问，极则如孔旼、徐复辈[11]，赐散人号，书其事于史而已。于伯浑何失得，而忌已如此。乡使伯浑出而事君，为卿为公，则忌者当益众，排击沮挠，当不遗力，徒比景[12]，输左校[13]，殆未可知。安得如在眉山，躬耕妇织，放意山水，优游以终天年邪？则伯浑不遇，未见可憾。

或曰："伯浑之才气，空海内无与比，其文章英发钜丽，歌之清庙[14]，刻之彝器[15]，然后为称。今一不得施，顾退而为山巅水涯娱忧纾悲之言，岂不可憾哉！"予曰："是则有命。识者为时惜，不为伯浑叹也。"

淳熙某月某日山阴陆某序。

陆游与师伯浑感情深厚，《山中观残菊追怀眉山师伯浑》一诗所写情感与本文相近，诗末以呼告形式直抒胸臆："君不见，仁人志士穷死眉山阳，空使后世传文章！"可与本文对读。

[注释]

[1]"乾道"三句：孝宗乾道九年（1173），陆游从成都前往犍为（今四川乐山），在眉州与师伯浑相识。师伯浑，初字浑甫，州府不试而贡，以志向高远，不赴礼部试。其弟冒名以行，登进士第，浑甫遂以字为名而改字伯浑。事见《老学庵笔记》卷三。 [2]青衣江：大渡河支流，主源为今芦山河与宝兴河。上段称东河，流至飞仙关处与天全河、荥经河汇合后，始称青衣

江。 [3] 平羌：今四川乐山北。 [4] 大轴：条幅。 [5] 春龙奋蛰（zhé）：冬眠的龙在春天苏醒奋发。 [6] 秦、蜀：春秋战国时秦国和蜀国之故地，泛指今陕西、四川一带。 [7] 吴、楚：春秋战国时吴国和楚国之故地，泛指今长江中下游一带。 [8] 宣抚使：镇抚一方之军政长官，此处指四川宣抚使王炎。 [9] 制置使：掌边防军务，南宋多以安抚使兼任。梁、益：梁州和益州。梁州，治南郑。益州，治今四川成都。 [10] 沮（jǔ）：同“阻”，阻止，阻遏。 [11] 孔旼（mín）：字宁极，隐居汝州龙兴（今河南宝丰县）龙山，朝廷赐米帛，授秘书省校书郎，后辞。事见《宋史・隐逸传》。徐复：字复之，一字希颜，建州（治今福建建瓯）人。举进士不第，乃游学淮、浙间，学问广博。仁宗庆历初召见，命为大理评事，固辞不就。事见《宋史・隐逸传》。 [12] 比景：古县名，西汉置，治今越南广平省宋河下游地区。此泛指边远之地。 [13] 左校：东汉左校署的省称，掌工徒修造等事。大臣犯法，常发遣左校劳动。 [14] 清庙：即太庙，古代帝王的宗庙。 [15] 彝器：古代宗庙常用的青铜祭器的总称，如钟、鼎之类。

[点评]

本文作于淳熙七年（1180）左右，陆游时任提举江南西路常平茶盐公事。内容可分两部分，第一部分重在叙述二人相识，选取酒酣浩歌、醉中挥毫两个生动的场景，通过“水鸟惊起”等侧面烘托与“春龙奋蛰”“奇鬼搏人”的新奇喻象描绘，视听结合，虚实映照，凸显师伯浑的雄豪之风与奇伟之态。第二部分重在议论，先写师伯浑早年名满天下，却因受人诋毁而未能入朝一事，蓄起文势。次用转折笔法，不写师伯浑为小人所阻之愤比屋也，而谓之巢，何邪？”

陆子曰：“子之辞辩矣，顾未入吾室。吾室之内，或栖于椟[7]，或陈于前，或枕藉于床，俯仰四顾，无非书者。吾饮食起居，疾痛呻吟，悲忧愤叹，未尝不与书俱。宾客不至，妻子不觌[8]，而风雨雷雹之变，有不知也。间有意欲起，而乱书围之，如积槁枝，或至不得行，则辄自笑曰：此非吾所谓‘巢’者耶？”乃引客就观之。客始不能入，既入，又不能出，乃亦大笑曰：“信乎其似巢也。”

客去，陆子叹曰：“天下之事，闻者不如见者知之为详，见者不如居者知之为尽。吾侪未造夫道之堂奥[9]，自藩篱之外而妄议之，可乎？”因书以自警。

淳熙九年九月三日[10]，甫里陆某务观记。

陶渊明《桃花源记》、王绩《醉乡记》皆虚构一片精神净土，摆脱尘世纷扰，追求理想的桃花源。陆游“书巢”就安置于家中，可随时自由出入，和他《烟艇记》中的“烟艇”一样，成为安放其身心的精神乐土。

陆游《居室记》《东篱记》皆写晚年心态，可与此文对读。

[注释]

[1] 陆子：陆游自称。 [2] 不置：不止，不弃。 [3] 有巢氏：传说中教民为巢的君王。上古之世，人少兽多，百姓难以抵御侵害，圣人构木为巢，教其躲避危害。百姓欢欣，尊以为王，号为有巢氏。事见《韩非子·五蠹》。 [4] [illegible]：[illegible]时期的百

意、“坐拥书城”，沉浸于超越现实一切忧愁悲苦的快乐境界。作者苦心孤诣，营构了内在自足的精神至乐之境，优游其中。他指出客人问难，动听巧辩，却没有实地亲见。逐层深入分析驳难，照应“顾未入吾室”一句，引出“引客就观”几句，借客人亲身体验和情不自禁感叹，加强驳难力度。此段句式整散结合，结构精巧，记叙生动，比喻形象，幽默风趣，又带有苦涩味，写出欲摆脱苦闷、寻求寄托而不能的复杂心情。从“客去”到结束为第三层。新意迭出，由问答“书巢”命名悟出实地考察、亲身体验对认识事物真相的重要性，又联想到做学问，不少人皆是“未造夫道之堂奥，自藩篱之外而妄议之”，因而写文自警，点出为文用心，阐述哲理，体现“躬行”思想。陆游诗中多次咏及“书巢”，如《白云自西来过书巢南窗》《书巢冬夜待旦》《书巢五咏》等，他在书巢中度过了清贫寂寞却精神丰富的晚年。

现实中的陆游“身老空山，文传海外”（《放翁自赞》其二），“进无以显于时，退不能隐于酒”（《放翁自赞》其四），有高才而不受大用，仅以文名世，只得自谦、自嘲为“亦可挟兔园之册以教乡闾”（《放翁自赞》其三）。

放翁自赞四篇

其一

遗物以贵吾身[1]，弃智以全吾真[2]。剑外江南[3]，飘然幅巾。野鹤驾九天之风[4]，涧松傲万木之春。或以为跌宕湖海之士[5]，或以为枯槁陇亩之民。二者之论虽不同，而不我知则均也。淳熙庚子[6]，务观自赞。时在临川，年五十有六。

[注释]

[1] 遗物：遗弃万物，超然物外。贾谊《鹏鸟赋》："至人遗物兮，独与道俱。"贵吾身：谓贵惜自身。《老子·第十三章》："贵以身为天下，若可寄天下。" [2] 弃智：抛弃智巧。《老子·第十九章》："绝圣弃智，民利百倍。"全吾真：保全自我天性。《庄子·盗跖》："子之道狂狂汲汲，诈巧虚伪事也，非可以全真也，奚足论哉！" [3] 剑外江南：此泛指蜀地。剑，剑阁，今属四川。 [4]"野鹤"二句：谓野鹤驾驭长风，在高空飞翔。涧谷底部的松树傲立于万树生长的春天。诗人此处以野鹤、涧松自喻。 [5] 湖海之士：形容气概豪放之人。三国时，刘表、刘备等人谈论天下人物，许汜认为陈登为湖海之士，壮志满怀，无法过渔樵生活。见《三国志·魏书·吕布传》附《陈登传》。 [6]"淳熙"四句：孝宗淳熙七年（1180），陆游五十六岁，在江西抚州作此文。临川，今江西抚州临川区。

[点评]

淳熙七年，陆游任提举江南西路常平茶盐公事时作。他的精神世界中，既有儒家的用世成分，又有道家的逍遥思想。"遗物""贵身""弃智""全真"皆为道家主张。诗人想象自己头戴细绢头巾，如"野鹤驾九天之风，涧松傲万木之春"，飘然于天府之国，睥睨人间。世人目为"湖海之士""陇亩之民"，皆非知己之论。此时诗人逍遥、自在，似乎已不再记挂人间之事，但这终究只是想象。有论者认为本文所言为"假话"，为"伪"情感，这一看法将陆游精神世界简单化。对于在现实中一再受挫的仁人志士而言，道家追求的"齐万物""逍遥游"思想是一种抚慰，"进""退"并非不能两存，只是在不同时期有所侧重。陆游向往超脱世俗，也是一种"真"情感。本文紧扣"自赞"，从形、神两方面塑造“放翁”，想象奇特，形象灵动、潇洒，饶有诗意，感染力强。多用道家语，风格高旷，境界超然。全篇句式多变，四字句到九字句不等，多用偶句，对仗中不乏流动之感，结尾收以散句，骈、散结合，文势贯通。

书《通鉴》后二篇

其　一

司马丞相曰：“天地所生[1]，财货百物，止有此数，不在民则在官。”其说辩矣，理则不如是也。自古财货，不在民又不在官者，何可胜数。或在权臣，或在贵戚、近习[2]，或在强藩、大将，或在兼并，或在老、释[3]。方是时也，上则府库殚乏[4]，下则民力穷悴[5]，自非治世，何代无之？若能尽去数者之弊，守之以悠久，持之以节俭，何止不加赋而上用足哉？虽捐赋以予民[6]，吾知无不足之患矣。彼桑弘羊辈何足以知之[7]？然遂以为无此理，则亦非也。

多用反问句式，驳论、立论并行，破中有立，逻辑缜密，说服力强。

[注释]

[1]“天地”四句：司马光与王安石论理财语。王安石认为

善理财之人，不须增加赋税，便可令国家用度充足。司马光认为天下财数固定，不在民间，便在官家，王安石所言只是暗地与民争利。语见苏轼《司马温公行状》。 [2] 近习：指君主宠爱、亲信之人。 [3] 老、释：老子与释迦牟尼，此代指修道习佛之人。 [4] 殚（dān）乏：竭尽，困乏。 [5] 穷悴（cuì）：困顿憔悴。 [6] 捐赋：蠲免百姓赋税。 [7] 桑弘羊：汉武帝时为治粟都尉，主张设平准制，掌全国货物，平抑物价。又主张吏可入粟补官，罪人可入粟赎罪。施行之后，民赋不增而天下用度充足。事见司马迁《史记·平准书》。

[点评]

本文作年不详，主要抒发财政见解。北宋中叶，以王安石为首的新党主张变法，与以司马光为首的旧党展开激烈辩论。就财政主张而言，王安石重在“开源”，强调“因天下之力以生天下之财”（《上仁宗皇帝书》），司马光则重在“节流”，认为王安石所为只是与民争利。陆游对此问题有自己的见解，认为天下财货并非仅存于民间与朝廷，权臣、贵戚、藩镇、地主、僧道等皆有财货，这些势力上与朝廷争利，下夺民脂民膏，应当重点治理。如能去此数弊，谨守不失，再加以“节流”之举，那么即使蠲免赋税，朝廷用度也不会出现不足。陆游的财政主张介于王安石与司马光之间，切合实际，具有一定可行性。本文脉络清晰，观点明确，论证简明，说理通达。开篇引用司马光观点后立即表明自己见解，反对成说，直入主题，毫不枝蔓。其后就“数者之弊”“不加赋”“捐赋”等问题逐层展开论证。结尾从肯定、否定两方面评价桑弘羊等人，收束全文，强化观点。

跋《李庄简公家书》

对比赵鼎“悲忧出涕”，可见李光胸襟气量非比寻常。

李丈参政罢政归乡里时[1]，某年二十矣。时时来访先君[2]，剧谈终日，每言秦氏，必曰咸阳，愤切慨慷，形于色辞。一日平旦来，共饭，谓先君曰：“闻赵相过岭[3]，悲忧出涕。仆不然，谪命下，青鞋布袜行矣，岂能作儿女态邪[4]？”方言此时，目如炬，声如钟，其英伟刚毅之气，使人兴起。后四十年，偶读公家书，虽徙海表[5]，气不少衰。丁宁训戒之语[6]，皆足垂范百世，犹想见其道“青鞋布袜”时也。

淳熙戊申五月己未[7]，笠泽陆某书。

[注释]

[1] 李丈：李光，字泰发，上虞（今属浙江）人。徽宗崇宁五年（1106）进士，高宗绍兴八年（1138）任参知政事，次年，因与秦桧不合，出知绍兴府，后屡遭贬。绍兴二十九年（1159）卒。孝宗即位，赐谥庄简。参政：参知政事的省称，为宰相的副职。罢政：罢免副宰相官职。 [2]“时时”六句：谓李光常拜访陆宰，畅谈终日，言及秦桧，必蔑称其为“咸阳”，愤慨激昂，容色、

言辞表露于外。先君，已故的父亲。剧谈，畅谈。咸阳，今属陕西，秦故都，此借指秦桧。战国时，齐、韩、魏攻秦，昭王割三城求和，并说："宁亡三城而悔，无危咸阳而悔也。"事见《战国策·秦策四》。秦桧割地求和，事近昭王，且秦都咸阳而桧姓秦，故李光以"咸阳"蔑称之。一说"咸阳"为暴秦代称。 [3] 赵相：赵鼎，字元镇，号得全居士，闻喜（今属山西）人。高宗绍兴（1131—1162）间拜相，受秦桧排挤，于贬地不食而死。 [4] 儿女态：小儿女依恋、忸怩之态。语出韩愈《北极一首赠李观》："无为儿女态，憔悴悲贱贫。" [5] 海表：海外，此指海南岛。 [6] 丁宁：又写作"叮咛"，嘱咐，告诫。 [7]"淳熙"二句：谓孝宗淳熙十五年戊申（1188）五月二十四日陆游作。笠泽，唐宋时期多指太湖或太湖以南、松江上游地区，晚唐陆龟蒙祖宅位于太湖旁，陆游自称"笠泽陆某"，表示对祖上陆龟蒙的追慕之情。

[点评]

李光为著名爱国志士，力主抗战，被后人尊为"南宋四名臣"（其余三人为李纲、赵鼎、胡铨）之一。南渡后，李光任参知政事，力主抗战，曾面斥秦桧，指责其"盗弄国权，怀奸误国"（《宋史·李光传》），故而遭到秦桧一党的诬陷和迫害，屡遭贬谪。绍兴十一年（1141），贬藤州（治今广西藤县）安置，后更贬至琼州（治今海南海口琼山区）安置。居六年，李光又因被诬与胡铨赋诗唱和讽议朝政，于绍兴二十年（1150）三月再移昌化军（治今海南儋州）。李光罢相归里时，经常与陆游父亲陆宰相往还，造访陆家，痛斥秦桧祸国殃民，慷慨悲愤，深深打动了陆游。四十年后，陆游知严州时，应李光后人之请，为李光家书写跋文。偶然见到从前李光所写家书，忆儿时往事。跋文并不拘泥于家书介绍，而是追记摹写李光的语言、神态、行迹，表现其威武不屈的大丈夫精神。他光明磊落，爱憎分明，疾恶如仇，不称秦桧之名，直斥为“咸阳”，表示鄙视，愤切慷慨，形于辞色。他遭贬上路，“青鞋布袜”行，不“作儿女态”，坦然豁达，英伟刚毅，令人肃然起敬。寥寥数笔，简单勾勒，其音容神情便跃然纸上。“目如炬，声如钟”，仅六字，令人如闻其声，如见其人。结尾再次展现“青鞋布袜”，加深读者的印象。全篇概括记叙和具体描绘相结合，娓娓道来，前后照应，层次分明，重点突出，表达作者对李光的钦佩，也寄托效法先贤之志和爱国深情。

陆游诗多写煎茶之乐：“雪液清甘涨井泉，自携茶灶就烹煎。一毫无复关心事，不枉人间住百年。”（《雪后煎茶》）“藤杖有时缘石磴，风炉随处置茶杯。”（《开东园路，北至山脚，因治路傍隙地，杂植花草》）

跋程正伯所藏《山谷帖》

此卷不应携在长安逆旅中[1]，亦非贵人席帽金络马传呼入省时所观[2]。程子他日幅巾、筇杖[3]，渡青衣江，相羊唤鱼潭、瑞草桥清泉翠樾之间，与山中人共小巢、龙鹤菜饭[4]，扫石置风炉，煮蒙顶、紫茁[5]，然后出此卷共读，乃称尔。

［注释］

[1] 逆旅：旅店，客舍。 [2] 金络：即金络头，金饰的马笼头。

入省：进入省中。省，省中，帝王所居宫内。 [3]“程子”三句：谓程正伯将来戴细绢头巾，携筇竹杖，渡过青衣江，徜徉于唤鱼潭、瑞草桥清泉绿荫之间。程子，程垓，字正伯，号书舟，眉山（今属四川）人。苏轼中表程之才之孙。孝宗淳熙间游临安，光宗时尚未仕宦，有《书舟词》。相羊，联绵字，即徜徉、徘徊。唤鱼潭，位于四川青神县，名为苏轼所起。瑞草桥，位于四川青神县，以树条、稻草建造而成。樾（yuè），树阴。 [4]小巢：豆科植物，又名小巢菜。龙鹤菜：蜀中一种野菜，可做羹食。或说即龙巅菜，形似香椿，有刺。陆游有《题龙鹤菜帖》诗，《冬夜与溥庵主说川食戏作》盛赞“龙鹤作羹香出釜”。 [5]蒙顶、紫茁：蒙顶茶与紫茁茶，皆为蜀中名茶。

[点评]

淳熙十三年（1186），友人程垓游都城临安，陆游为其所藏《山谷帖》作跋。跋文指出追逐功名利禄者无法领略《山谷帖》的神妙，只有品行高洁、志趣清雅者，远离尘嚣，驻足林下泉边，食野菜、品清茶时细细观赏品味，才与此帖相称，称赞程垓的风雅志趣。“扫石置风炉”，显煎茶之韵，展卷赏帖，表现文人风雅之趣。煎茶与点茶有清、俗之别，煎茶器古、意古，有诗意雅韵，不同于时尚流俗的点茶。与燎炉相比，风炉轻巧得多，便于携带，燎炉用炭，风炉通常用薪，随意拾取，更饶山野之趣。此跋短小精悍，简洁雅致，趣味盎然，情韵兼胜，极具诗情画意，是典型的小品美文。陆游题跋多佳作，此为代表作之一。清史承谦十分欣赏陆游题跋，说：“《渭南集》题跋多佳，吾尤爱其在史馆时二跋。《跋韩晋公牛》云：'予居镜湖北渚，每见村童牧牛于风林烟草之间，便觉身在图画。自奉诏紬史，逾年不复见此，寝饭皆无味。今行且奏书矣。奏后三日，不力求去，求不听辄止者，有如日。'又《跋画橙》云：'嘉泰癸亥四月十六日，《两朝实录》将进书。予以史官兼秘书监，宿卫于道山堂之东直舍。茶罢，取此轴摩挲久之，觉香透指爪。此物著霜时，予归镜湖小园久矣。'读之，可想见此翁胸次。若《骑牛图》《山谷帖》二跋，固人人所脍炙也。"（《静学斋偶志》卷四）

入蜀记二则

一

八月一日[1]，过烽火矶[2]。南朝自武昌至京口[3]，列置烽燧，此山当是其一也。自舟中望山，突兀而已。及抛江过其下[4]，嵌岩窦穴，怪奇万状，色泽莹润，亦与它石迥异。又有一石，不附山，杰然特起，高百余尺，丹藤翠蔓，罗络其上[5]，如宝装屏风。是日风静，舟行颇迟，又秋深潦缩[6]，故得尽见杜老所谓"幸有舟楫迟，得尽所历妙"也[7]。过澎浪矶、小孤山[8]，二山东西相望。小孤属舒州宿松县[9]，有戍兵。凡江中独山，如金山、焦山、落星之类[10]，皆名天下，然峭拔秀丽皆不可与小孤比。自数十里外望之，碧峰巉然孤起[11]，上干云霄，已非它山可拟，愈近愈秀，冬夏晴雨，姿态万变，信造化之尤物也。但祠宇极于荒残，若稍饰以楼观亭榭，与江山相发挥，自当高出金山之上矣。庙在山之西麓[12]，额曰惠济，神曰安济夫人。绍兴初[13]，张魏公自湖湘还，尝加营葺，有碑载其事。又有别祠在澎浪矶，属江州彭泽县[14]，三面临江，倒影水中，亦占一山之胜。舟过矶，虽无风，亦浪涌，盖以此得名也。昔人诗有“舟中估客莫漫狂，小姑前年嫁彭郎”之句[15]，传者因谓小孤庙有彭郎像，澎浪庙有小姑像，实不然也。晚泊沙夹[16]，距小孤一里。微雨，复以小艇游庙中，南望彭泽、都昌诸山[17]，烟雨空濛，鸥鹭灭没，极登临之胜，徙倚久之而归。方立庙门，有俊鹘抟水禽[18]，掠江东南去，甚可壮也。庙祝云[19]：“山有栖鹘甚多。”

二

八日，五鼓尽，解船，过下牢关[20]。夹江千峰万嶂，有竞起者，有独拔者，有崩欲压者，有危欲坠者；有横裂者，有直坼者[21]；有凸者，有洼者，有罅者[22]，奇怪不可尽状。初冬草木皆青苍不凋，西望重山如阙，江出其间，则所谓下牢溪也。欧阳文忠公有《下牢津》诗云："入峡江渐曲[23]，转滩山更多。"即此也。

陆游入蜀途中，还写下五十八首诗歌，可称"入蜀诗"，值得与《入蜀记》对读。

[注释]

[1] 八月一日：乾道六年（1170）八月一日。 [2] 烽火矶（jī）：设有烽火台的江边石山。矶，江边突出水面的岩山。 [3] 京口：今江苏镇江。 [4] "及抛" 五句：等到坐船从下面经过，只见峭壁、岩洞形状各异，色泽晶莹光润，完全不同于其他山石。窦（dòu），孔，洞。 [5] 罗络：布列。 [6] 潦（lǎo）缩：积水退去。 [7] 杜老：指杜甫。幸有舟楫迟，得尽所历妙：语出杜甫诗《次空灵岸》。 [8] 澎浪矶：又称"彭郎矶"，在今江西彭泽县。小孤山：在今安徽宿松县。澎浪矶、小孤山一在长江南岸，一近长江北岸，相距不远。 [9] 宿松：今属安徽。 [10] 金山、焦山：皆在今江苏镇江。落星：山名，在今江苏南京东北。 [11] 巉（chán）然：高峭陡直的样子。 [12] "庙在" 三句：谓庙宇在小孤山西边山脚，匾额写"惠济"二字，庙神为"安济夫人"。安济，安全渡过。 [13] "绍兴初" 二句：高宗绍兴（1131—1162）初年，张浚从湖南返还。张魏公，张浚，字德远，绵竹（今属四

川）人，孝宗时封魏国公。绍兴五年（1135），张浚出任右相。二月，都督诸路军马，与岳飞、刘延年至湖南镇压杨幺起义。湖湘，湖南省洞庭湖和湘江地带。此代指湖南。　[14] 彭泽县：今属江西。　[15] 昔人诗：指苏轼《李思训画长江绝岛图》："舟中贾客莫漫狂，小姑前年嫁彭郎"。估客：为陆游误记。漫狂：纵情放荡。小姑：谐音"小孤"，指小孤山。彭郎："澎浪"谐音，指澎浪矶。　[16] 沙夹：夹港沙岸。夹，指江河汊口形成的夹港，可停泊船只。　[17] 彭泽、都昌诸山：指位于彭泽、都昌（今属江西）二县境内的各山峰。　[18] 俊鹘（hú）：矫健之鹘。抟（tuán）：鸟向高空盘旋飞翔。"抟"，文渊阁《四库全书》本、鲍廷博《知不足斋丛书》本作"搏"。　[19] 庙祝：庙宇中掌管香火之人。　[20] 下牢关：在今湖北宜昌西北。　[21] 坼（chè）：裂。　[22] 罅（xià）：裂开。　[23]"江"，底本原作"山"，欧阳修集诸版本皆作"江"，据改。明陶宗仪《说郛》节编本、明吴永辑《续百川学海》本作"水"，误。

[点评]

此记舟行赴江州途中所见。第一天经过烽火矶、澎浪矶、小孤山，描绘山石怪奇万状，"宝装屏风"之喻新颖别致。引用杜甫诗句，抒写舟行迟缓，本来令急于赶路之人苦恼，但正因此而领略到自然山水美景，未尝不是一种"幸运"。晚泊沙夹，意犹未尽，遂复撑小艇游小孤庙，徘徊不忍归去。结尾又写到俊鹘抟水禽场面，在寂寞旅途中，忽有此打破平静的景象，作者心情得以振奋，此乃神来之笔。写江山壮丽，壮美与优美结合，不单纯写景状物，而是景中有人，景中有情。叙述有致，层次分明，语言简洁优美，动静结合，笔墨流畅。十月八日，过下牢关时，接连用九个短句，有力排比描写夹江峰嶂之奇形怪状，观察细腻，生动形象，逼真如画，趣味盎然。

词

浣沙溪·和无咎韵

懒向沙头醉玉瓶[1]，唤君同赏小窗明。夕阳吹角最关情。

忙日苦多闲日少[2]，新愁常续旧愁生。客中无伴怕君行。

俞陛云："结句乃客中送客，人人意中所难堪者，作者独能道出之，殆无咎将有远行也。"（《唐五代两宋词选释》）

[注释]

[1]"懒向"句：懒得在沙滩上饮酒。语出杜甫《醉歌行》："酒尽沙头双玉瓶。"玉瓶，酒瓶的美称。"懒向沙头"，毛晋汲古阁《宋六十名家词》本作"谩向寒炉"。 [2]苦：偏。

[点评]

此词调《浣沙溪》，毛晋汲古阁《宋六十名家词》本作《浣溪沙》。韩元吉，字无咎，为陆游至交，隆兴二年（1164）十一月至镇江省亲，陆游时任镇江通判，二人阔别多年，重逢甚乐，游览山水，多有唱和。翌年正月，韩元吉被召赴临安任考功郎，将离镇江，陆游为其送别而作此和词，韩元吉原唱今已亡佚。首二句以叙事起，写饯行之状。词人与他相处的两月里，把臂同游，慨然尽醉。因此临别之际，二人并未饮酒话别，而是临窗览景，共话家常。“沙头醉玉瓶”化用杜甫《醉歌行》诗句，不着痕迹，浑如己出。“夕阳”句于闲处着笔，写所见之景。夕阳西下为目见，鼓角悲壮为耳闻，视听结合，将离愁融入哀景，胸中百感交集，却不点破，以意运词，情韵悠长。过片紧接歇拍意脉，抒发临歧感慨。忙里无暇，聚少离多，相逢不易，又要分别，旧愁未解，新愁又生，愁上加愁。短短数语，委婉细腻，将离愁别绪表现得淋漓尽致。“客中”句点明词旨，千种别愁，万般离绪，汇成一句临行嘱托，客中送客的不舍之情一览无余。此词上阕寓情于景，委婉有致；下阕重笔写情，率直真诚。全词情真景真，自然流露，无做作之嫌、妆束之态。

水调歌头·多景楼

江左占形胜[1]，最数古徐州[2]。连山如画，佳处缥渺著危楼。鼓角临风悲壮，烽火连空明灭[3]，往事忆孙、刘[4]。千里曜戈甲[5]，万灶宿貔貅[6]。

露沾草，风落木，岁方秋。使君宏放[7]，谈笑洗尽古今愁。不见襄阳登览[8]，磨灭游人无数，遗恨黯难收。叔子独千载[9]，名与汉江流[10]。

此词与苏轼《念奴娇 · 赤壁怀古》有异曲同工之妙。后张孝祥书而刻之崖石，毛开有和作《水调歌头 · 次韵陆务观陪太守方务德登多景楼》。

[注释]

[1] 江左：江东，指长江下游以东地区。形胜：指地形优越、风景优美、物产丰饶之地。 [2] 古徐州：徐州为古九州之一，东晋置侨州郡县，以徐州治所在今江苏镇江，故镇江又称古徐州。 [3] 连空明灭：不断地在空中忽明忽暗。 [4] 孙、刘：孙权和刘备，相传二人曾在京口合谋抗曹。 [5] 千里：此处指长江北岸广大平原。曜：同"耀"，照耀。 [6] 灶：军中炊灶，此代指军营。貔貅（pí xiū）：又写作"豼貅"，传说中猛兽名。古时行军，画貔貅于旗上，后用作军队别称。此比喻勇猛的战士。 [7] 使君：汉代刺史的称呼，后用作对州郡长官的尊称。此指镇江知府方滋。宏放：气度宽宏，性情豪放。 [8] "不见"二句：此言西晋大将羊祜事。羊祜镇守襄阳十年，志在灭吴，然生前竟不成功，死后二年吴方灭。他常登襄阳岘山，饮酒赋诗，慨叹古来贤士登此远望者"皆湮灭无闻，使人悲伤"。见《晋书 · 羊祜传》。襄阳，东汉置郡，治所在今湖北襄阳。岘山，在今湖北襄阳南部。 [9] 叔子：羊祜，字叔子。 [10] 汉江：长江最长的支流，流经襄阳。

[点评]

多景楼在今江苏镇江北固山甘露寺内，北对长江，为登览胜地，因遭兵火，废颓已久，后经寺僧修缮。隆兴二年（1164）秋，陆游四十岁，任镇江通判，应知府方滋之邀来到北固山，游甘露寺，登多景楼，极目远眺，触景生情，遂即兴赋此词。上片重在写景，情为景语；下片重在抒情，景为情衬。起首四句写自然景，由“江左”而“徐州”而“连山”而“危楼”，由远而近，由大而小，由鸟瞰而局部，镜头快速移动，逐渐聚焦，苍莽横空，气象森严，古朴遒劲。陆游意在恢复，心绪起伏，寄慨遥深。杜甫《白帝城最高楼》：“城尖径仄旌旆愁，独立缥缈之飞楼。”“缥渺”二字，恍惚若无，见楼之高；“连山如画”，言楼“多景”，紧扣题目。“鼓角”二句，书江防景。杜甫《阁夜》：“五更鼓角声悲壮，三峡星河影动摇。”此处“鼓角”句耳闻，“烽火”句目见，闻鼓角悲壮，见烽火明灭，忆及孙、刘抗曹事，遂转实为虚，寥寥十字，摹尽当年沙场盛况。李贺《雁门太守行》：“黑云压城城欲摧，甲光向日金鳞开。”苏轼《次韵穆父尚书侍祠郊丘，瞻望天光，退而相庆，引满醉吟》：“令严钟鼓三更月，野宿貔貅万灶烟。”赫赫军容，如在目前。陆游化用李、苏诗句写景抒情，笔力雄健，声调铿锵，气魄宏大，有追慕赞叹意，其寄意恢复、图强自振之心可明。然斯人已逝，其时不再，举目眺望，今岁已秋。过片三字一顿，节奏转急，自古而今，再观眼前，寒气侵人，白露沾草，霜风过处，落木萧萧，一片惨淡秋容。“使君”二句，俊彦登楼，宾主谈笑，一洗低回，再变爽朗。而“古今愁”焉能洗尽？羊祜镇守襄阳，志在灭吴，生前难偿夙愿；诗人今欲抗金报国，怎奈壮志难酬。家国之恨，身世之忧，感慨抑郁，又复不平。“叔子”二句，辞意一转，以羊祜事劝勉方滋，望其立志北伐，建功立业，名垂青史。此词百感交集，慷慨激越，妙在曲折跌宕，笔力遒劲，意境壮阔，绝非泛泛咏楼写景之作。

浪淘沙·丹阳浮玉亭席上作

绿树暗长亭[1]，几把离尊[2]。阳关常恨不堪闻[3]。何况今朝秋色里，身是行人。

清泪浥罗巾[4]，各自消魂。一江离恨恰平分。安得千寻横铁锁[5]，截断烟津[6]。

明卓人月、徐士俊："想头愈奇愈痴。"（《古今词统》卷七）

[注释]

[1]长亭：古时在道旁筑亭，供行人歇息。此指浮玉亭。 [2]离尊：饯别的酒器。 [3]阳关：代指送别的歌曲。王维《渭城曲》写送友人出使安西，诗的结句是"西出阳关无故人"，后被制成乐曲《阳关三叠》。 [4]浥（yì）：沾湿。 [5]"安得"句：西晋初年，王濬率晋军沿长江东下伐吴，吴人在江上险要处置铁锁横截之，又作铁锥，置水中，企图挡住晋军战船，然而并未奏效。事见《晋书·王濬传》。唐刘禹锡《西塞山怀古》："千寻铁锁沉江底。"千寻，形容极长。寻，古以八尺为一寻。 [6]烟津：烟水迷茫的渡口。

[点评]

宋黄昇《中兴以来绝妙词选》题为《别恨》。丹阳今属江苏镇江，宋时为镇江府治。浮玉亭在镇江府城西北郊，焦山脚下，长江岸边。乾道元年（1165）七月，陆游由镇江通判改任隆兴军通判，离开镇江时，友人在浮玉亭为其设宴饯行，此词为即席而作。上阕写离亭送别时惆怅难舍之情状。“绿树”三句，用笔简练，借景抒情，一“暗”字点出心中神伤。友人设宴，执盏话别，离愁别恨顿然生起，又闻《阳关》旧曲，曲调幽咽，更引离愁，于是醉不成欢。“何况”二句宕开一笔，指出此番饯别特殊之处：秋色凄清已是堪伤，加之自己身是行人，客中再尝离别苦，倍增愁情。下片依旧抒发离情别绪。“清泪”三句写宴会将止，词人与朋友依依惜别，相互慰勉，悲从中来，泪湿罗巾。“一江”句化用李煜“问君能有几多愁，恰似一江春水向东流”（《虞美人》）词句，以浩渺无际的江水喻愁，让送行者与行者双方平分一江离恨，想象生动。“安得”二句更是想落天外，词人借王濬灭吴之典，变化出新，用千寻铁锁横截烟津以留客，以健笔作硬语，立意峭拔。全词用语凝练，虚实相生，章法井然，上、下阕虽然都写离情，但并不犯复，上阕宛转曲折，下阕想象新奇，各显其妙。

南乡子

归梦寄吴樯[1]，水驿江程去路长[2]。想见芳洲初系缆[3]，斜阳，烟树参差认武昌[4]。

愁鬓点新霜，曾是朝衣染御香[5]。重到故乡交旧少，凄凉，却恐他乡胜故乡。

俞陛云：“满拟以还乡之乐，偿恋阙之怀，而门巷依然，故交零落，转不若寂寞他乡，尚无睹物怀人之感，乃透进一层写法。”（《唐五代两宋词选释》）

明卓人月、徐士俊：“可见放翁以朋友为性命。”（《古今词统》卷八）

[注释]

[1] 吴樯（qiáng）：开往吴地江南的船。樯，帆船的桅杆，借指船。 [2] 水驿：水路驿站，此处指行程。 [3] 芳洲：指鹦鹉洲，位于靠近武昌城的长江东侧（今湖北武汉西南长江中）。 [4] 烟树：云烟缭绕中的树木。 [5] 朝衣染御香：指在朝为官，陆游入蜀前曾在朝中任枢密院编修官。朝衣，君臣上朝时穿的礼服，后泛指官服。御香，朝会时大殿御炉燃的香。

[点评]

此词为淳熙五年（1178）陆游东归途中作，表达伤感寂寞、凄凉惆怅的怀乡之情。词人于乾道六年（1170）四十六岁入蜀，前后九年，常梦萦故土，渴望东归。上片即以“归梦”起笔，写客中愁思，将归梦寄托在开往吴地的船上，与李白“我寄愁心与明月”的浪漫想象异曲同工。“归梦”之切与“去路”之长构成艺术张力，诗人迫不得已，只能“想见”。接下，芳洲系缆、夕阳斜照、参差烟树是词人的回忆与想象，虚写初到鹦鹉洲系缆停留情景，用笔精确，造境优美，秀逸入画，简洁凝练而富有情致。由此联想，将过去、现在、未来三个时空联结，如幻似真。烟树意象常用于归思乡愁书写中，如“桥上车马发，桥南烟树开。青山斜不断，迢递故乡来”（王建《早发汾南》）等。下片由上片想象之景宕开一笔，转写自身情境。词人此次归乡是被召而归，虽然前程未卜，但他始终如范仲淹“居庙堂之高，则忧其民；处江湖之远，则忧其君”（《岳阳楼记》）。“重到”三句悬想归乡后境况，“凄凉”一词直抒胸臆，感怀无限。结句化自杜甫《得舍弟消息》“乱后谁归得？他乡胜故乡”，词人增加“却恐”二字写出担忧，与其面对想象中知交零落的场景愁苦孤独，不如留在他乡客居漂泊，不直面残酷的现实。比较之下，更凸显词人内心之纠葛。全词由景入情，感情曲折细致，行文流畅，动荡开合，衔接自然。

此词与以往同类逃避现实的游仙诗词主题不同，隐然寄托词人胸中感慨，可与李白《古风·西上莲花山》相媲美。刘克庄《清平乐·五月十五夜玩月》明显可见其影响。

好事近

秋晓上莲峰[1]，高蹑倚天青壁[2]。谁与放翁为伴，有天坛轻策[3]。

铿然忽变赤龙飞[4]，雷雨四山黑。谈笑做成丰岁，笑禅龛榔栗[5]。

[注释]

[1]莲峰：指莲花峰，华山西峰。 [2]蹑（niè）：登，踏。 [3]天坛：即王屋山绝顶，以产藤杖著名。策：杖。 [4]铿（kēng）：象声词，如钟声或撞击声。忽变赤龙飞：东汉费长房从壶翁学道不成，辞归。翁赐一竹杖，长房乘杖而归，后杖化为龙。事见《后汉书·费长房传》。 [5]禅龛（kān）：供佛像的小阁，此泛指禅房。榔（jí）栗：手杖，禅杖。

[点评]

此词约作于陆游闲居山阴时，借游仙题材表达现实愿望。上片写自己神游华山。“倚天”二字突出华岳巍峨险峻，词人身处倚天峭壁，视野开阔，俯瞰人间，顿生“一览众山小”（杜甫《望岳》）的豪迈气概。下片进一步展开遐想，由“轻策”引出化龙传说，进而生出飞龙行雨，做成丰岁，造福百姓的愿景。“铿然”二句承接上文，妙用典故，雷声大作的听觉冲击与乌云密布的视觉效果相结合，绘声绘色，给人以遮天蔽日、惊心动魄之感。“谈笑”句概括词旨，连用两个“笑”字，看似轻松，实为讽刺尸位素餐者久居禅龛，空持禅杖，无所作为，抒发渴望济世救民、有所作为的理想。词用入声韵，一韵到底，急促有力，声情并茂。全词想象新奇，笔力劲健，风格恣肆，极富浪漫色彩。但作者并非对世俗之事充耳不闻，即使身处凌云之境，依旧心系苍生。

明卓人月、徐士俊：“天地不仁，如是，如是。”（《古今词统》卷七）

鹧鸪天

家住苍烟落照间[1]。丝毫尘事不相关。斟残玉瀣行穿竹[2]，卷罢《黄庭》卧看山[3]。

贪啸傲，任衰残。不妨随处一开颜。元知造物心肠别[4]，老却英雄似等闲！

陆游词中多写渔隐生活情趣，如“拣得乱山环处，钓一潭澄碧”（《好事近》），“短艇湖中闲采莼。吾何恨，有渔翁共醉，溪友为邻”（《沁园春》）。

[注释]

[1] 苍烟：指湖上苍茫的烟雾。落照：落日斜晖。陆游三山

别业南临浩渺镜湖，隔湖为梅里尖山，后为大泽，左右有韩家山和行宫山。 [2] 玉瀣（xiè）：美酒名。 [3] 卷罢：意谓读毕将书卷起，所读当为卷轴装。《黄庭》：《黄庭经》，道教养生修仙经典。 [4]“元知”句：原知青天心肠与众不同。造物，指天，主宰万物的造物主。此借喻南宋最高统治者。

[点评]

此词作于乾道二年（1166），据《宋史·陆游传》载，词人因被劾“交结台谏，鼓唱是非，力说张浚用兵”，免隆兴府通判，归于故里，退居山阴镜湖三山。此词抒写报国无路、惆怅不平之情。上片重在写境，由远及近，语意内含矛盾，若真“丝毫尘事不相关”，又何须“斟残玉瀣”？其身处“不相关”之境，却实怀“仍相关”之心。至过片，借三字句，用“贪”“任”“不妨”领起，变慢言为快语。初读之下，似承上阕闲淡之意再进一步，然读至下片末句，便知词是故作旷达语写郁结事。在看似悠闲自在、无拘无束的欣然之态背后，是求“不自在”而不能、欲“受拘束”而不得的苦闷。胸中块垒，无法消解，终于难抑，词人于此笔锋一转，情调一变，于是有“元知”二句，至此主旨乃明，曲终奏雅，一唱三叹，余韵不尽。王安石《浪淘沙令》“若使当时身不遇，老了英雄”，庆幸君臣相知，而陆游却因朝廷心肠有别，只能眼看英雄老却，日渐衰颓，却依旧壮志难酬、报国无门。唯此一叹，方是胸中语、肺腑言，使人知前之啸傲开颜不过是无奈之下的自我劝慰，铁马冰河、抗金报国才是其真正的心之所向、九死不悔。

鹧鸪天

懒向青门学种瓜[1]。只将渔钓送年华。双双新燕飞春岸，片片轻鸥落晚沙。

歌缥渺，橹呕哑[2]，酒如清露鲊如花[3]。逢人问道归何处，笑指船儿此是家[4]。

俞陛云："言心无挂碍，如鸥、燕之去住无心，即景以见意也。"（《唐五代两宋词选释》）

[注释]

[1] 青门学种瓜：秦时广陵人邵平为东陵侯，秦亡后在青门外隐居种瓜。事见《史记·萧相国世家》。后以此喻指弃官归隐。青门，长安城东出南头第一门，本名霸城门，因城门色青，俗称青门。 [2] 呕哑：象声词，此指船橹声。 [3] 鲊（zhǎ）：经加工制作便于储藏的鱼食品。 [4] "笑指"句：陆游时号"渔隐"，故称以船为家。中唐张志和浮家泛宅，常往来苕溪与霅溪间。事见《新唐书·张志和传》。

[点评]

乾道二年（1166）春，陆游以"交结台谏，鼓唱是非，力说张浚用兵"（《宋史·陆游传》）的罪名罢官回乡，此词作于归家之初。上阕以言情起句，省去铺垫，

“东风恶”的“恶”字应读è，而不读wù，不是“厌恶”“憎恶”，不是“凶恶”“恶毒”，也不是程度副词，而是形容词，形容春风狂大、厉害、猛烈，并非比喻母亲。有论者认为“东风恶”包含陆游对封建礼教的控诉和批判，具有反封建意义，实为曲解作品原意而厚诬陆游。按情理，即使陆游对母亲不满，也只是轻微的“怨”，不可能是“愤”“恨”，他不可能如此狂悖。认为“东风恶”喻指“当局”或“主和派”，也属牵强附会。唐诗宋词中多写到“东风恶”，皆是形容春风狂大、厉害、凶猛，抒发的是“怨”情，多抱怨命运不佳，感叹自己无能为力，可为佐证。

以邵平种瓜之典直抒渔隐之志。但“懒向”二字表明自己无意效仿邵平隐居闹市，只愿如寄情烟波的张志和那样，逍遥泽畔，归老渔樵。“双双”二句写泛舟所见，对仗工整，叠字新巧，笔调轻快，写景如画。“片片轻鸥”化用杜甫诗句“片片轻鸥下急湍”(《小寒食舟中作》)，信手拈来，如若己出，不露痕迹。燕飞春岸，鸥落晚沙，往来自如，更显词人内心惬意。下阕过片“歌缥渺”三句承上，续写渔家之趣。词人载酒泛舟而游，缥缈渔歌与欸乃橹声相映成趣，酒味清淳，红鲊鲜美，突出渔隐生活的怡然自得，趣味盎然。结二句表达自己归隐之志，词人不只想泛舟湖上，更渴望以船为家，以云水为朋，以鸥鸟为伴，潇洒闲旷。此词紧扣“渔钓”二字，写得轻灵飞动，清新淡雅，境界幽远。

钗头凤

红酥手[1]，黄縢酒[2]。满城春色宫墙柳[3]。东风恶，欢情薄。一怀愁绪，几年离索。错、错、错。

春如旧，人空瘦。泪痕红浥鲛绡透[4]。桃花落，闲池阁。山盟虽在，锦书难托[5]。莫、莫、莫[6]！

[注释]

[1] 红酥：红润柔腻。 [2] 黄縢（téng）酒：即黄封酒，宋

代宫酒，以黄罗帕或黄纸封口而得名。縢，缄封。 [3] 宫墙：指山阴禹迹寺宫墙。沈园在禹迹寺南，故称沈园柳为“宫墙柳”。 [4] 红浥（yì）：泪脸染上胭脂。红，指胭脂。鲛绡（jiāo xiāo）：指揩眼泪的薄纱或丝绸手帕，女子脸上有胭脂，故说红浥鲛绡。“鲛”，底本原作“蛟”，据文渊阁《四库全书》本改。 [5] 锦书：指写在锦上表达思念之情的书信。托：寄。 [6] 莫、莫、莫：罢、罢、罢，表示无奈，劝慰彼此不要再为过去的不幸悔恨悲伤。

[点评]

据宋周密《齐东野语》卷一、宋陈鹄《耆旧续闻》卷十及宋刘克庄《后村诗话·续集》卷二等记载，陆游初娶唐琬，陆母与唐氏为姑侄。婚后，两人情投意合，伉俪相得，但陆母却强迫他们离异。后来陆游另娶王氏，唐琬也改嫁宋宗室赵士程。一次陆游春游，与唐琬在绍兴禹迹寺南沈园相遇，唐琬以酒肴殷勤款待，陆游伤感惆怅，题《钗头凤》于园壁。上片追忆昔日欢情以及被迫离异的痛苦。歇拍连呼三个“错”字，多少沉痛尽在其中。下片回到现实，“春如旧”与“满城春色”、“桃花落，闲池阁”与“东风恶”相呼应，同一空间不同时间的情事历历如绘，即景言情。结拍发出无奈、绝望的叹息：“莫、莫、莫！”意即罢、罢、罢！语气软弱无力，却沉痛厚重，催人泪下。清张星耀《词论》认为“词有重句，是其中最紧要处”，《钗头凤》之“莫、莫、莫”是结上语，结语“要接得着、结得住”，不然，“真嚼蜡矣”。此词感情真挚，哀婉缠绵，字字血，声声泪，节奏急促，声情凄紧，如泣如诉。传说唐琬看到这首词后，和作一首，据考证是后人伪托。陆游、唐琬的爱情故事传扬天下，成为数百年来小说、戏剧经常表现的题材。

秋波媚·七月十六日晚登高兴亭望长安南山

秋到边城角声哀[1]，烽火照高台[2]。悲歌击筑[3]，凭高酹酒[4]，此兴悠哉。

“兴”字一语双关，表示人的意兴，兼契合“高兴亭”之“兴”。

多情谁似南山月，特地暮云开。灞桥烟柳[5]，曲江池馆[6]，应待人来[7]。

［注释］

[1] 边城：此指南郑。地临宋、金分界线，为南宋抗金前线，故称边城。角：即号角，古代军中一种鼓壮士气、鼓舞斗志的管状乐器。 [2] 烽火：用于边防军事通讯，有敌情时，连举多火报警；前线无事时，止举一火，称为“平安火”。见明胡震亨《唐音癸签》卷十七。此指“平安火”。高台：指高兴亭。 [3] 悲歌击筑：用荆轲与高渐离之典。荆轲与高渐离饮酒，酒酣之际，高渐离击筑，荆轲和而歌，见《史记·刺客列传》。筑，古代一种弦乐器，演奏时以竹尺击弦发音，声音慷慨激昂。 [4] 酹酒：以酒洒地祭奠。 [5] 灞桥：在长安（今陕西西安）城东灞水上，《三辅黄图》载，汉朝人常在此折柳送客。 [6] 曲江：池名，在长安东南，池边多亭台楼阁，供游人玩赏。 [7] 应：大概，表示推测，语气较肯定。人：指进军关中的宋军，也包括陆游自己。

[点评]

高兴亭在南郑城西北，正对南山。南山即终南山，秦岭山脉中段，主峰在长安南端。此词作于乾道八年（1172）七月十六日，时陆游接受四川宣抚使王炎邀请，至南郑前线军中，任四川宣抚使司干办公事兼检法官。上阕点明节令、地点，词人登高北眺长安，情绪由低沉转向高扬，以酒祭天、祭地，祷祝宋军顺利收复失地，胜利在望，豪兴无限。角声之哀、歌声之悲，是慷慨悲壮的旋律。下阕是“此兴悠哉”的延伸。词人寄情于南山月，将月拟人化，月亮拨开层层暮云，清辉如昼，既是自然景象，亦比喻人们冲破黑暗见到光明。因为形势大好，宋军正计划收复关中，长安即将回归，这是胜利的曙光。天涯共一轮明月，它既照耀着高兴亭，又照耀着长安。灞桥、河畔杨柳、曲江池，仿佛浮现于词人眼前，都在等待朝廷大军收复。此词呈现出“有我之境”，万物皆著词人主观色彩。其豪兴勃发，思绪跳跃，情感起伏，皆融入景中。眼前仅有一月一山一亭，心中却是万里中原，视角由驻地而长安，情感由慨叹而进取，格调慷慨昂扬，充满乐观精神。

卜算子·咏梅

驿外断桥边[1]，寂寞开无主[2]。已是黄昏独自愁，更著风和雨[3]。

陆游前辈词人朱敦儒《卜算子》（古涧一枝梅）与此词立意相同，笔法相似，皆以梅自况，寄托自身高洁孤傲之意。陆游生活志趣、诗歌创作都明显受到朱敦儒影响。此词也可能受其《卜算子》启发。刘克庄盛赞陆游词“飘逸高妙者，与陈简斋、朱希真相颉颃”（《后村诗话·续编》卷四）。

陆游另有咏梅词经典《朝中措·梅》，写梅花飘零孤恨，清淡孤高，先于百花，开于早春，独立超群，借梅自伤、自慰。沈际飞评：“借梅自写，写出梅神。”（《草堂诗余·别集》卷一）可与此词对读。

无意苦争春[4]，一任群芳妒。零落成泥碾作尘，只有香如故[5]。

[注释]

[1] 驿外：指荒僻、冷清之地。驿，驿站，古代官方设置的供递送公文或其他官吏、差役中转休息的交通站。 [2] 无主：自生自灭，无人照管、欣赏。 [3] 著（zhuó）：同“着”，遭受，承受。 [4] 苦：尽力，竭力。争春：与百花争奇斗艳。 [5] 香如故：香气依旧存在。故，指花开时。

[点评]

历代学者皆未确指此词作年，嘉定十三年（1220），陆游之子陆子遹刊刻《渭南文集》，编于卷四十九。据文集编排顺序，可能作于蜀中。此词是陆游一生中某一特定阶段感情和思想的表达，不应将其普泛化、抽象化理解。上片着力渲染野梅落寞凄清、饱受风雨之苦的情状。梅花如此清幽绝俗，出于众花之上，可竟开在郊野断桥边，清冷幽独，无人欣赏，拟人手法活现梅花神态。梅开之时，又是黄昏，唯有独自生愁，更何况风雨交加，饱受摧残。野梅的遭遇正是作者人生境遇的写照。下片写梅花不与群芳争奇斗艳，而在冰天雪地里孤独开放，任凭群花嫉妒。生存环境如此险恶，它却坚贞自守，傲然不屈，不争浮华，即使花落化成泥土尘埃，仍清香如故。结句有扛鼎之力，振起全篇。卓人月、徐士俊评曰：“想见劲节。”（《古今词统》卷四）《老学庵笔记》曰：

“唐王建《牡丹诗》云：‘可怜零落蕊，收取作香烧。’虽工而格卑。东坡用其意云：‘未忍污泥沙，牛酥煎落蕊。’超然不同矣。”此处结句可能受到启发。通首未见一“梅”字，却处处传出梅之风神气韵，咏物而不滞于物，遗形而取神。以梅花自况，寄寓身世之感，赞梅，亦是词人自赏。梅花高洁孤傲的性格和精神，正是词人高尚人格的写照，物我合一。此词一扫咏梅词绮靡香艳习气，晚明沈际飞赞曰：“排涤陈言，太为梅誉。”（《草堂诗余·续集》卷上）作为陆游词代表作和宋词经典，此词并不是南宋时即享有盛名，晚明词选家始重视；又经康熙御定、沈辰垣等编《御选历代诗余》选录，得到官方的肯定；朱祖谋编选《宋词三百首》亦选录之，其经典地位最终确定。可见，经典的形成有一漫长过程，是历史地“层累”造就的。

汉宫春·初自南郑来成都作

羽箭雕弓，忆呼鹰古垒[1]，截虎平川[2]。吹笳暮归野帐[3]，雪压青毡[4]。淋漓醉墨[5]，看龙蛇、飞落蛮笺[6]。人误许、诗情将略[7]，一时才气超然[8]。

何事又作南来[9]，看重阳药市、元夕灯山[10]？花时万人乐处[11]，欹帽垂鞭[12]。闻歌

明卓人月、徐士俊:“写出脑后风生、鼻端火出之况。”(《古今词统》卷十二)

俞陛云:“此词奋笔挥洒，其才气与东坡、稼轩相似。”(《唐五代两宋词选释》)

感旧，尚时时、流涕尊前[13]。君记取、封侯事在[14]，功名不信由天[15]。

[注释]

[1]呼鹰古垒:意为在古时遗存的营垒边打猎。呼鹰，呼唤经过训练的猎鹰追赶野兽，因指行猎。 [2]截虎平川:在广阔原野上拦击猛虎。作者在南郑曾亲手射杀猛虎，东归后诗作多次忆起此段杀虎经历。 [3]“吹笳”句:傍晚胡笳吹起时回到野外帐幕。笳，胡笳，古代北方少数民族的一种管乐器，两端弯曲。 [4]青毡:覆在帐上的青色毛毡。 [5]淋漓醉墨:指乘着酒兴酣畅淋漓地挥毫泼墨，形容写作书法和文章挥洒自如。 [6]龙蛇:此喻草书笔势灵活飞动如龙蛇飞舞。蛮笺:即蜀笺，唐时指蜀中所造彩色花纸。因古代西南方蜀地为少数民族聚居地，故称“蛮笺”。 [7]“人误”句:时人一致推崇陆游文有诗才、武有将略，才能出众，词人自认为是过奖。 [8]超然:超群出众。 [9]“何事”句:为什么又要南来成都?南来，自南郑到成都。陆游赴南郑前本为夔州通判，此次再次入蜀，故说“又”。 [10]重阳药市:蜀中盛产药材，宋时每年重阳节，成都都有药材集市。元夕:即元宵节。灯山:元宵习俗，将无数花灯叠作鳌背神山形，由官府设置在中心街市，以供观赏。 [11]“花时”句:成都春天百花盛开，每年农历四月十九日为“浣花节”。此日市民倾城出动，到城郊浣花溪杜甫草堂一带举行花会，十分热闹。 [12]攲(qī)帽:斜戴着帽子，表示闲散自在的样子。垂鞭:垂着马鞭，指不用鞭子抽打马，意为骑在马上从容徐缓而行。 [13]尊前:即樽前，酒席前。 [14]封侯:《后汉书·班超传》载，东汉班超立志投笔从戎，效傅介子、张骞建功于异域，求取封侯，相者亦称之“万里侯相”。后来他出使西

域，平五十余国，官至西域都护，被封为定远侯，愿望实现。此处特指驱逐金人，收复北方失地。 [15]“功名”句：不相信功名由上天决定。此句反用《论语》“死生有命，富贵在天”之语典。

[点评]

乾道九年（1173）春陆游在成都作。此前一年，词人自夔州赴南郑，入四川宣抚使王炎幕中。这期间他亲临抗金前线，参谋北伐，期冀建功立业。但在年底，朝廷放弃北伐，王炎被调回，词人被改命为成都府路安抚司参议官。此词通篇采用对比手法，以今昔生活、“万人乐处”与词人“流涕”的鲜明对照力表悲慨之情、豪壮之气。汉中军营里，放鹰射虎，暮归营帐，醉后挥笔泼墨，豪情壮志尽在胸中，雄才武略只待施展。“何事”句，词人愤懑发问，何以调成都、任闲职，恨北伐理想破灭，空余一声长叹。锦城节庆时，灯山入云，繁花似锦，万人游赏，唯有他怆然泪下。国难当头，朝廷坚决主和，忘却恢复；词人忧国忧民，却壮志难酬。由豪迈军旅到闲散优游，由意气风发到有志难伸，更兼人乐而我悲之境，两相对照，更见词人之悲。但结处宕开，抑而后扬，不信天命，事在人为，仍怀必胜信念，一展率性豪放性格。结句点明题旨。词上下两片场景迥然有别，结构跌宕起伏，情调随之抑扬变化，情感丰沛磅礴而不失深沉，抑郁中又见激越。

夜游宫·记梦寄师伯浑

雪晓清笳乱起[1]。梦游处、不知何地。铁骑无声望似水[2]。想关河[3]，雁门西[4]，青海际[5]。

睡觉寒灯里[6]。漏声断、月斜窗纸[7]。自许封侯在万里[8]。有谁知，鬓虽残，心未死。

夏承焘："中间插入'有谁知'三个字，也是顿挫作势，使末二语——人虽老了，而杀敌雄心依然未死——更显得郁郁不平。若去掉这三个字，语意虽也连属，而究竟要相形减色。"(《唐宋词欣赏》)

[注释]

[1] 清笳：凄清悲凉的胡笳声。 [2] 无声：肃静。古时行军，士兵多于口中衔枚前进，避免发出声响。望似水：行军整齐，看上去像一道洪流。 [3] 关河：关隘、河防，泛指边塞要地。 [4] 雁门：雁门山，在今山西代县西北，唐置关于山上，也称雁门关，北宋时位于宋与辽边界，南宋时属于金人统治区。 [5] 青海：青海湖。与上文"雁门"皆泛称西北边防要塞，并非确指。 [6] 睡觉：睡醒。 [7] 漏声断：指一夜将尽。漏，漏壶，古时滴水计时的器具。 [8] 封侯在万里：用班超封定远侯的典故，见《后汉书·班超传》，意为建立封侯事业。

[点评]

《四部丛刊》本无题，宋黄昇《中兴以来绝妙词选》题为《记梦》。师伯浑（？—1177），即师浑甫，字伯浑，眉山（今属四川）人。有才气，善书法，能诗文，范成大、王炎欲引荐他为官，皆未成。陆游于乾道九年（1173）摄知嘉州事，途经眉山，与师伯浑相识，其后两人多有诗文往还，结下深厚友谊。此词作于乾道九年（1173）至淳熙四年（1177）间，记梦兼赠答师伯浑。“梦”为实指，亦可能虚设。上片写梦境。“雪晓”句写所闻，“铁骑”句写所见，中间插入“梦游”句，既是点题，又使词之声情起伏顿挫。“想关河”三句，是对“不知何地”的回答，化虚为实，点明魂牵梦绕的是西北边防前线。下片写梦醒后感慨。灯寒、漏断、月斜，点染凄寒寂寥的周边环境，衬托词人悲凉心境，又与梦里金戈铁马的沙场景象形成鲜明对比，造成强烈的心理落差感。曾经自信能像班超那样在万里之外立功封侯，如今还未实现。虽然词人年事已高，头发变得稀疏，但杀敌报国信念依然坚定不移，至死不休。然而，谁能明白词人雄心壮志，又有谁能赐予词人建功立业的机会？陆游视师伯浑为知己，两人同为主战派，故陆游寄词以诉心曲。结句表现出至死不渝的忧国情怀，令人联想到其临终前的《示儿》诗。全词境界开阔，以豪放为总基调，又在豪情满怀中深蕴忧愤悲慨，沉郁顿挫。此词可与本书所选《〈师伯浑文集〉序》对读。

渔家傲 · 寄仲高

东望山阴何处是？往来一万三千里。写得家书空满纸。流清泪，书回已是明年事。

寄语红桥桥下水[1]，扁舟何日寻兄弟？行遍

清陈廷焯："轩豁是放翁本色。"（《词则·放歌集》卷二）

天涯真老矣。愁无寐，鬓丝几缕茶烟里[2]。

[注释]

[1] 红桥：在山阴西郊。 [2]"鬓丝"句：指岁月都消磨在闲散无聊的生活中。化用杜牧《题禅院》："今日鬓丝禅榻畔，茶烟轻飏落花风。"茶烟，煮茶时缭绕的水雾。

[点评]

淳熙二年（1175）春，陆游五十一岁，时范成大被朝廷任命为四川制置使，兼知成都府，尚未到任，招陆游为参议官，陆游已到成都，清闲无事。漂泊异乡，离开抗敌前线，功业无成，词人客中怀乡思亲，想起废退故里、已入暮年的从兄陆升之（字仲高），遂作此词，《四部丛刊》本无词题。其实，陆升之已于上年六月病逝，因路途遥远，陆游写此词时尚未得知讣告。上片写望乡伤情。起二句自问自答，突出蜀地距家乡路途之远，"望"字点出心驰神往、绵延万里的无限乡思。"写得"三句构思新颖，一波三折，进一步表现思乡情深。离家既远，回家不易，只能修书传情，然而家书往返，越年才见，纵写得密密麻麻，却隔云山万重，路途遥迢，难解乡情，也是徒劳，"空"字妙，如闻叹息声盈耳。"流清泪"三字将心中失望、痛苦和愁怨尽情宣泄，直吐胸襟，情真意切。"书回"句与首二句暗合，时空结合，言山高路远，音书难寄，思乡之情难以慰藉，语极简练，情却凄婉动人。下片承上，转写对陆升之的思念。换头二句照应词题，由思故乡到想红桥，传语脉脉流水以怀人，一声“兄弟”，手足深情跃然纸上。红桥应为二人驾舟曾游之地，“寄语流水”赋无情以有情，急切盼归心情见于言外，与陈与义《临江仙》“试浇桥下水，今夕到湘中”各具奇致。“何日”二字语带惆怅，流露出归期未卜的无奈。结拍三句自述近况，抒迟暮之叹、身世之感。词人羁旅在外，身如飘蓬，年逾半百，“真老矣”三字重若千钧，含无尽悲慨。“愁无寐”二句化用杜牧诗句作结，委婉道出对年华暗逝、壮志未酬的怅恨，沉郁至极。此词本色自然，语浅情深，平易中见巧思。

清陈廷焯：“悲壮语，亦是安分语。”（《词则·别调集》卷二）

鹊桥仙

华灯纵博[1]，雕鞍驰射，谁记当年豪举[2]。酒徒一一取封侯[3]，独去作江边渔父。

轻舟八尺，低篷三扇，占断蘋洲烟雨。镜湖元自属闲人[4]，又何必君恩赐与。

明杨慎：“英气可掬，流落亦可惜矣。”（《词品》卷五）

清许昂霄：“感愤语妙，以蕴藉出之。”（《词综偶评》）

[注释]

[1] 纵博：纵情博弈。博，博弈，古代一种游戏。 [2] 当年豪举：指孝宗乾道八年（1172）三月至十月陆游在南郑的军幕生活。 [3] 酒徒：当年饮酒的同伴。一说指无能之徒。《韩非子·诡使》载，死士之子沦落至道旁乞讨，那些“优笑酒徒之属”则乘

华车，穿丝衣。“一一”，文渊阁《四库全书》本作“一半”。[4]“镜湖”二句：反用唐代贺知章典故。贺知章晚年回乡为道士，唐玄宗下诏将镜湖一曲赐予他。事见《新唐书·贺知章传》。镜湖，即今浙江绍兴鉴湖，汉代会稽太守马臻所修。“君恩”，文渊阁《四库全书》本作“官家”。

[点评]

此为陆游晚年闲居山阴镜湖畔时所作。南郑时期是陆游生命史上慷慨昂扬的戎马时期，成为他此后创作上不竭的源泉。词从回忆南郑幕府生活写起：灯下博弈，驱马驰射，从军豪举，皆成追忆。对句开端，激昂整炼。接下来笔锋陡转，当年豪迈，有谁能记？酒徒封侯，志士遭逐，往日英雄豪杰却做了江边渔父。一“独”字，是拏云心事高悬，悲凉萧瑟，也是英雄末路，孤独冷落。句意拙直，不假藻饰，情真意切。“独”字入声，音调急促，高亢特起，表达出词人深沉的孤愤傲岸之情，声情妙合。渔父意象可上溯至《庄子》《楚辞》，潇洒超然是其共同特征。中唐张志和开创渔父词，宋词人中，黄庭坚、朱敦儒等也写过渔父词，皆是箬笠蓑衣的闲适渔父形象。陆游笔下的渔父有所不同，安心归隐更多让位于驰骋沙场而不得的愤懑不平，逗引出下片中渔父的生活景象。不同于雕鞍驰射的军营生活，轻舟低篷的近处视角空廓清朗，与浩渺苍凉的蘋洲烟雨对举，孤愤蕴蓄其中，昂扬兀傲之气呼之欲出。自古隐逸洒脱的渔父形象于此亦有英气，和陆游壮志未酬的孤愤抑郁声情相称。结句翻用贺知章还乡事，自出新意，将笔锋直指当今皇帝，感愤之语，婉转而出，振起全篇。全词层次分明，曲折推进，语言自然素朴，风格如弹丸脱手，轻快流利。

鹊桥仙·夜闻杜鹃

茅檐人静[1]，蓬窗灯暗[2]，春晚连江风雨[3]。林莺巢燕总无声[4]，但月夜常啼杜宇[5]。

催成清泪，惊残孤梦，又拣深枝飞去。故山犹自不堪听[6]，况半世飘然羁旅[7]。

清许昂霄："不唯句法曲折，而意亦更深。"（《词综偶评》）

明《词统》曰："去国离乡之感，触绪纷来，读之令人于邑。"（清张宗橚《词林纪事》卷十一引）

[注释]

[1] 茅檐：代指茅屋。茅，即白茅，盖屋用的草。 [2] 蓬窗：蓬草编织的窗，谓窗户简陋。 [3] 春晚：即晚春，暮春时节。 [4] 林莺巢燕：林中之莺，巢中之燕，意谓莺、燕都有安身处。 [5] 杜宇：杜鹃鸟的别名。相传古代蜀帝杜宇死后魂魄化为杜鹃鸟，蜀人闻其鸣声而悲。事见《华阳国志》卷三《蜀志》。杜鹃不擅营巢，鸣声凄厉，似"不如归去"，能动旅人归思，又称思归鸟或催归鸟。 [6] 故山：故乡。此指诗人故乡山阴。 [7] "况半世"句：陆游自况，他在蜀时已五十余岁。

[点评]

《四部丛刊》本无词题。此词于蜀中闻杜鹃而作，借物寓意，由杜鹃之鸣兴发半世飘零之感，委婉抒发壮志难酬之悲。上片渲染听杜鹃悲鸣的凄凉环境。“茅檐”“蓬窗”可见住所简陋，“人静”“灯暗”愈显氛围凄清。时为暮春，百花凋零，惹人伤感，更逢风萧瑟、雨凄厉，在江面掀起巨浪，凄凉之感又加重一笔。“总无声”与“常啼”对比鲜明，正因莺燕悄然无声，杜鹃悲啼声才愈显清晰尖锐，词人更添愁怨，且悲鸣由来非一朝，愁绪亦如此。下片抒写夜闻杜鹃悲啼的感受。“清泪”“孤梦”“深枝”，一片凄冷。“故山”二句为透过句，“犹自……况”翻进一层，词人羁旅愁思层层递进，由浅到深，由弱到强，将感情推向高潮，如戏剧中的压轴戏，精彩叫座。至此，身世苍茫之感、去国怀乡之愁达至高潮，戛然而止。全词由景及情，结构分明，章法严密，婉曲情深。

诉衷情

当年万里觅封侯[1]，匹马戍梁州[2]。关河梦断何处[3]？尘暗旧貂裘[4]。

胡未灭[5]，鬓先秋[6]，泪空流。此生谁料，心在天山[7]，身老沧洲[8]。

俞平伯：“有‘老骥伏枥，志在千里’意。”（《唐宋词选释》卷下）

[注释]

[1] 当年：往年，昔年。此指孝宗乾道八年（1172）三月至

十月在南郑军幕生活。万里觅封侯：用东汉班超投笔从戎事，见《后汉书·班超传》。 [2] 匹马：单骑，此指独自从军。戍：戍守，镇守。 [3] 关河：关塞、河防。此处指大散关、渭河一带，是当时宋、金边界，陆游在南郑做王炎幕僚，曾强渡渭水，策马直驱大散关前线。 [4]“尘暗”句：用苏秦潦倒时貂裘破旧的典故。《战国策·秦策一》载，苏秦游说秦王失败，黑貂裘破旧，黄金用尽，最终离秦归乡。 [5] 胡：古时对北方少数民族的通称，此处指占领中原的女真族政权——金。 [6] 鬓先秋：鬓发先白。秋，秋霜，形容鬓发呈白色。 [7] 天山：即祁连山，位于今青海东北部与甘肃西部边境。此泛指南宋西北边疆战场，与金朝对峙的前线。 [8] 沧洲：滨水地方，古时常用以指代隐士居所。此借指词人晚年居住的镜湖边三山。

[点评]

此词写于陆游晚年退居家乡山阴之后。开篇以逆叙当年豪情壮举开头，为全词定下雄浑、悲慨的主旋律。词人单枪匹马万里赴边，戍守梁州，企盼收复中原，建立功业。起笔即暗用班超投笔从戎事典，再现当年戍边情景，充满自豪。然而回首军旅生涯，已恍如南柯一梦，梦醒过后，身在何处，往事难追，关塞、河防已不见，旧日貂皮裘也已尘封色暗。词人用苏秦典故，感叹自己壮志难酬，情感由激昂陡转为悲沉。换头三句，写国仇未雪，老境先至，泪水空流。句短语促，一泻衷情。一个“空”字，笔力千钧。词人的心在西北抗金前线，却由于朝廷主和派占上风，迫不得已“僵卧孤村”(《十一月四日风雨大作》)。“心”与“身”矛盾，“天山”与“沧洲”相对，包孕着心理时空的纵深感与历史感，迸发出强劲的感情张力，境界苍凉悲壮。词的章法大开大合，跌宕起伏，极具艺术震撼力。

谢池春

壮岁从戎[1]，曾是气吞残虏[2]。阵云高、狼烽夜举[3]。朱颜青鬓[4]，拥雕戈西戍[5]。笑儒冠、自来多误。

“漫悲歌”句与“笑儒冠”句对应，一悲一笑，本质上皆是抒发内心之痛。

功名梦断，却泛扁舟吴楚[6]。漫悲歌、伤怀吊古。烟波无际，望秦关何处[7]。叹流年、又成虚度。

[注释]

[1] 壮岁从戎：乾道八年（1172），作者四十八岁时，入四川宣抚使王炎幕，至南郑前线。 [2] 残虏：残余之敌。 [3] 阵云：古人认为浓云似阵是战争前兆。狼烽：亦称狼烟，古代边境白日用以警戒之烟。“狼烽”，文渊阁《四库全书》本作“狼烟”。 [4] 朱颜青鬓：盛年时容颜红润、鬓角乌黑。 [5] 雕戈：镂刻花纹的戈，泛指精美武器。 [6] 吴楚：春秋时吴国与楚国，位于今天长江中下游一带。此处指作者家乡山阴。 [7] 秦关：指秦地关塞，此处代指南郑抗金前线。

[点评]

南宋国土沦丧、偏安一隅，作者借此词抒发忧国忧民、壮志难酬之情。具体写作年月不详，一说作于宋绍熙五年（1194）前后，一说写于作者闲居山阴时（1189—1201）。南郑从戎虽然只有短短八个月，却令词人永生难忘，是一生的骄傲。词人屡屡回忆，更常在梦境中重现。上片追忆。起句出语豪壮，而“曾”字已暗示今非昔比，失志之意初显。次以“阵云”“狼烽”并举，“狼烽”较“狼烟”更能表现出火焰的明亮感，音声更铿锵，从视觉和听觉两方面强烈渲染一触即发的战争形势。“朱颜”句继续铺陈，蓄足文势，其后笔锋陡转，情感由高昂坠入消极。“笑儒冠”句语出杜甫《奉赠韦左丞丈二十二韵》：“纨袴不饿死，儒冠多误身。”词人自比百无一用的书生，一是自嘲“泯然众人”；二是暗讽朝廷苟且偷安，致使英雄无用武之地。词的下片感今。“却”字暗示事与愿违，本希冀大展宏图，却“身老沧洲”（《诉衷情》）。过片“功名”句，情感上与“笑儒冠”句相承，渴望建功立业却报国无门；结构上与“壮岁从戎”呼应，一悲一喜，形成对比。遭此不幸，作者徒然悲歌当哭。接下来，词人转写眼前景象，以宏大浩茫的空间烘托孤寂落寞，由此发出虚度光阴之慨，“叹”字表达自责与不甘，将爱国热情表现得淋漓尽致，较柳永《迷仙引》“常只恐、容易蕣华偷换，光阴虚度”及苏轼《洞仙歌》“又不道流年暗中偷换”境界有大小之别，情感有强弱之分。全词可谓作者以血泪铸就的一曲爱国悲歌。

剑南诗稿

夜读兵书

孤灯耿霜夕[1]，穷山读兵书[2]。
平生万里心[3]，执戈王前驱[4]。
战死士所有[5]，耻复守妻孥[6]。
成功亦邂逅[7]，逆料政自疏。
陂泽号饥鸿[8]，岁月欺贫儒[9]。
叹息镜中面[10]，安得长肤腴？

宋刘辰翁：（“逆料”句）“名言。”（《须溪精选陆放翁诗集·后集》卷五）

[注释]

[1] 耿：照明，照亮。霜夕：秋晚。 [2] 穷山：偏僻的深山。此处指云门山，在今浙江绍兴东南。陆游父亲陆宰在此建有别业，陆游在云门寺西侧建有“云门草堂”。《剑南诗稿》卷十二《山中作》自注：“余书堂在云门寺西。” [3] 万里心：指收复沦陷区、建立功业的抱负。《宋书·宗悫传》载，宗悫（què）少时立志：“愿乘长风破万里浪。”此处暗用此典。 [4]“执戈”句：拿

起武器，参加君主的先遣部队，保卫国家。前驱，先遣部队。此处用《诗经·伯兮》“伯也执殳，为王前驱”之意。 [5]“战死”句：战死疆场是战士应有的本分。“死士”，明刊须溪本作“士死”。 [6] 妻孥（nú）：妻子儿女。 [7]“成功”二句：建立功业需要运气，想要有所预料，未免迂阔而疏于事理。邂逅（xiè hòu），偶然遇见。政，同“正”。 [8] 陂（bēi）泽：地势低洼积水之处，此处比喻困苦处境。号（háo）：哀鸣。饥鸿：饥饿的大雁，此处比喻饥饿的百姓。 [9]“岁月”句：日子飞快流逝，自己功名未立，心中感伤，感觉受到岁月欺压。贫儒，贫苦的读书人，此处是作者自谓。“欺”，明刊须溪本作“多”。 [10]“叹息”二句：看着镜中的面容叹息，怎么能永远保持肌肤丰满光润？肤腴，肌肤丰满润泽。喻指青春常在。

[点评]

此诗乃绍兴二十五年（1155）秋作于山阴。此前一年，陆游应试礼部，因受秦桧排斥落第。诗人夜读兵书，忧心国事，激愤感慨，作此诗。首二句紧扣题目，写挑灯读书，“孤灯”“霜夕”“穷山”点出时间、地点和环境，营造萧瑟清冷氛围。“平生”四句承上而来，写由夜读兵书引出雄心壮志，誓言心驰疆场，冲锋陷阵，为国捐躯，才是丈夫职责；顾念妻室，老死乡里，实在可耻，可见诗人的志向抱负。“成功”二句转入议论，感慨世事难料，时机难遇，风云之会遥遥无期，感情趋于低沉。“陂泽”二句，喟叹饥民流离失所和自己壮志难遂，“欺”字突出其无可奈何与愤懑之情。“号饥鸿”的喻象令人惊心动魄。末二句聚焦临镜自叹这一特写，担心年华老去、朱颜消瘦，渴望有所作为。此首五古诗即事抒怀，情感激烈而深沉，意味悠长，押平声韵，一韵到底，声情并茂，和缓中有郁勃之气。

二月二十四日作

视、听、嗅结合，色、声、味兼备，形象生动，令人如临其境。

棠梨花开社酒浓[1]，南村北村鼓冬冬。
且祈麦熟得饱饭，敢说谷贱复伤农[2]。
崖州万里窜酷吏[3]，湖南几时起卧龙[4]？
但愿诸贤集廊庙[5]，书生穷死胜侯封[6]。

[注释]

[1] 棠梨：蔷薇科，落叶乔木，春天开花，花色白。社酒：春秋社日祭祀土地神时所备之酒。 [2]“敢说”句：岂敢说谷价低会伤害农民。谷贱伤农，指丰年米多，商人压低米价，农民因此受到损失。 [3]“崖州”句：指酷吏曹泳徙崖州事。宋李心传《建炎以来系年要录》载，秦桧死后，右正言张扶、殿中侍御史徐嘉奏曹泳凶酷状，故有是命。 [4] 湖南：宋荆湖南路的简称，今湖南汨水以南部分。卧龙：本指三国时蜀相诸葛亮，此处借指宋抗金名将张浚。张浚以主战为秦桧所恶，奉祠居连州、永州等地。此时秦桧虽死，张浚尚奉祠居郴州。郴州宋属荆湖南路。 [5] 廊庙：庙堂，朝廷。 [6] 书生：陆游自指。胜侯封：胜于自己封侯。

[点评]

绍兴二十六年（1156）二月二十四日春社日，诗人三十二岁，时闲居山阴家中，作此诗。古代一般以立春后第五个戊日为春社，乡民吹箫打鼓祭祀土地神，祈求丰收。首联赋社日热闹情景：馥郁美酒，氤氲着棠梨花的芳香，南村北村鼓声咚咚，社日的欢乐隆重得到多角度的生动呈现。颔联先叙乡民祈愿麦熟饱腹，复以“敢说”反问夹议，意谓乡民仅求能填饱肚子，何谈丰产谷贱而伤农？表现关怀同情。颈联转述酷吏曹泳于秦桧死后即被流放，次年改送崖州编管，令人大快；“卧龙”借指主战派张浚，时奉祠居郴州，诗人企盼朝廷重新起用张浚，以图早日收复中原。尾联愿广大贤才聚集朝廷，国家中兴有日，即便自己困顿而死亦不足惜。诗人心在社稷，不计个人得失乃至生死，意志坚决，胸怀博大。全诗八句，首句与双句押“冬”韵，一韵到底；中两联对仗，但句中不拘平仄，是一首吸收律诗因素的七古，体现出诗人不拘一格的艺术创新精神。

送曾学士赴行在

二月侍燕觞[1]，红杏寒未拆[2]。
四月送入都，杏子已可摘。
流年不贷人[3]，俯仰遂成昔。
事贤要及时[4]，感此我心恻。
欲书加餐字[5]，寄之西飞翮[6]。

清爱新觉罗·弘历等："道义相勖，辞意俱古。"（《御选唐宋诗醇》卷四十二）

陆游恪守师道，来自家传。他师从曾幾，将《别曾学士》诗置于《剑南诗稿》起首，以表对曾幾感激、敬佩之情。曾幾逝世后，陆游不胜悲伤，常感怀恩师，如《追怀曾文清公呈赵教授，赵近尝示诗》："人间可恨知多少，不及同君叩老师。"

念公为民起，我得怨乖隔[7]？
摇摇跂前旌[8]，去去望车轭[9]。
亭鄣郁将暮[10]，落日澹陂泽。
敢忘国士风[11]，涕泣效臧获。
敬输千一虑[12]，或取二三策。
公归对延英[13]，清问方侧席[14]。
民瘼公所知[15]，愿言写肝膈[16]。
向来酷吏横，至今有遗螫[17]。
织罗士破胆[18]，白著民碎魄[19]。
诏书已屡下，宿蠹或未革[20]。
期公作医和[21]，汤剂穷络脉。
士生恨不用，得位忍辞责。
并乞谢诸贤[22]：努力光竹帛[23]。

[注释]

[1] 燕觞：酒宴。燕，同"讌""宴"。 [2] 拆：通"坼"，开放。 [3] 贷：宽恕。 [4]"事贤"句：谓曾幾赴临安后，自己无侍奉的机会。 [5]"欲书"句：要写信劝曾幾多吃饭。古人劝人加餐，有惜别、忆念之意。《古诗十九首·行行重行行》："弃捐勿复道，努力加餐饭。" [6] 翮（hé）：鸟翼，此处代指鸟。 [7]"我得"句：我怎能怨离别？ [8]"摇摇"句：心跟着曾幾向前去的旌旗。语出《战国策·楚策一》："（楚威王）心摇摇

如悬旌。”摇摇，心不定。跂（qǐ），跂望，抬起脚后跟站着。此指盼望。“跂”，底本原作“跂”，当为“跂”形近之误。［9］去去：远去。车轭（è）：驾车时套在牛、马颈上的人字形木制用具。代指车。［10］亭：驿亭，行旅休息之处。鄣：通“障”，此处指修筑在险要之地的堡垒。［11］“敢忘”二句：我岂敢忘记先生的国士风度，像庸俗的人一样啼哭？臧获，奴仆，此处指庸俗的人。［12］“敬输”二句：我恭敬地贡献愚见，或许能蒙您采纳几句。千一虑，是对自己意见的谦称。《晏子春秋·内篇杂下》：“圣人千虑，必有一失；愚人千虑，必有一得。”［13］延英：唐宫殿名，此处借指南宋宫殿。［14］清问：虚心求教。侧席：不正坐，表示尊重贤者。［15］民瘼：百姓疾苦。［16］愿言：想要，希望。写肝膈（gé）：倾泻内心的话。写，通“泻”。肝膈，肝胆，此处借指心里话。［17］遗螫（shì）：余毒，遗毒。螫，同“蛰”，毒虫咬刺。此处引申为毒。［18］织罗：即罗织，罗织罪名诬陷人。［19］白著：指税收外的横征暴敛。［20］宿蠹（dù）：积弊。蠹，蛀虫。［21］“期公”二句：盼望您能作为良医，使汤药到达周身脉络。此处指希望曾幾为民解除痛苦，好比良医治好人的疾病。医和，春秋时秦国良医，名和。［22］“并乞”句：并请您代为问候在朝诸公。谢，告诉，告知。［23］“努力”句：努力建立功业，光耀于史册。竹帛，竹简和白绢。古代用竹帛书写文字，引申指书籍、史册。

［点评］

曾学士，即曾幾，字吉甫，赣县（今江西赣州）人。学士，官名，凡编修、撰述一类官，皆称学士。曾幾做过博士校书郎、集英殿修撰等官，故诗中称为学士。行在，帝王出巡临时驻跸之地。此处指南宋都城临安。绍兴二十五年（1155）冬，秦桧病死家中，高宗希望重整朝廷，曾幾因此被起用，于当年十一月任提点刑狱，次年三月奉知台州之命。本诗作于三月在山阴与曾幾离别时。二月，诗人侍候酒宴，曾幾为陆游老师，“侍”字表明诗人以师礼对待曾幾。诗开篇起兴，渲染季节景色，富于意境美。一、二句为回忆，三、四句为遥想，形成对照。“俯仰遂成昔”语意取自晋王羲之《兰亭集序》“夫人之相与，俯仰一世”，言时间仓促。“事贤”八句夹叙夹议，“亭鄣”二句插入景物描写，如断云横岭，文势跌宕。“敢忘”句以下再入议论、叙事，将针砭时弊、立志报国、拳拳期望等复杂情感融为一体。全诗深情流贯，内涵丰富，寄寓诗人政治理想，有离愁而无悲意。抒情、写景、叙事、说理交织穿插，手法高妙。语言平易晓畅，用字简古，风格清朴。

清爱新觉罗·弘历等：“颔联写浮桥，语颇伟丽；五、六雄浑中兴象自远，有涵盖一切之气。”（《御选唐宋诗醇》卷四十二）

清方东树：“起叙至南台之由，是从题前著神。次句入题。三、四写浮桥，琢句奇辟。五、六至南台，语句俯仰生情。收入自己，兼映起句。”（《昭昧詹言》卷二十）

度浮桥至南台

客中多病废登临，闻说南台试一寻。
九轨徐行怒涛上[1]，千艘横系大江心。
寺楼钟鼓催昏晓[2]，墟落云烟自古今[3]。
白发未除豪气在[4]，醉吹横笛坐榕阴[5]。

[注释]

[1]“九轨”句：意为建立在江上的浮桥桥面宽阔，可容多辆车马一起行驶。九轨，指浮桥上的多辆车子。轨，车两轮间的距离，引申为车辙，指代车。 [2]寺楼：此指光孝寺，在今福州仓山。 [3]墟落：村落。 [4]“白发”句：虽然头上已生白发，但豪放之气仍未消除。《三国志·魏书·吕布传》附《陈登传》载，许汜语，称赞陈登“湖海之士，豪气不除”。 [5]榕阴：榕树阴。福州城内多榕树，别名“榕城”。

[点评]

浮桥，用船或筏作为桥墩、上铺木板的桥。此特指今解放大桥旧址。南台，福州闽江、乌龙江之间的岛，称南台山，又称仓山。绍兴二十九年（1159），陆游三十五岁，任福州决曹（掌管刑狱），扶病登南台，心生感慨，作此诗。首联铺垫，自述出游缘起。诗人出仕半年，便得升迁，虽客中多病，却踌躇满志。“客中”，透出羁旅之思，加上“多病”，故“废登临”，本颓唐感伤，然闻听南台壮阔之景，不禁跃跃欲试，遂有此行。颔联承所“寻”之迹，描写浮桥浩瀚奇绝景象，气势磅礴，蔚为壮观。“徐”与“怒”相反相成，互为照应，凸显浮桥稳固；“横”字富有气势，笔力恢宏，巧匠人工，可胜自然造化。颈联宕开一笔，回归宁静，写登台见闻，囊括时间、空间，寄慨遥深，意境苍凉。“催”“自”二字，融情入景，有时易世变、逝者如斯之意，又寓时光虚度、壮志未酬之感。钟鼓催昏晓，也是催白发，云烟作为历史见证者，缥缈虚空，悠然无情。尾联以感慨作结，“白发”上承颈联时空之叹，借陈元龙“豪气未除”之典，表明自己豪气未减，壮志凌云；独坐榕阴，醉吹横笛，化豪迈为豁达，语尽意不尽，余韵悠长。前两联写“度浮桥”，后两联写“至南台”，紧扣题意，意脉相连，情思跌宕，格律谨严。

闻武均州报已复西京

清陈衍：“神似少陵《闻官军收河南河北》之作。”（《石遗室诗话》卷二十七）

白发将军亦壮哉[1]，西京昨夜捷书来。
胡儿敢作千年计[2]，天意宁知一日回[3]？
列圣仁恩深雨露[4]，中兴赦令疾风雷[5]。
悬知寒食朝陵使[6]，驿路梨花处处开。

[注释]

[1] 白发将军：指武钜。 [2]“胡儿”句：金人竟敢作永远盘踞的打算。 [3]“天意”句：哪里知道一朝天意回向大宋？ [4]“列圣”句：历代皇帝仁恩之深，犹如雨露滋润万物。 [5] 赦令：大赦的命令。疾风雷：比风雷还快。 [6]“悬知”二句：料想朝陵使寒食节祭扫陵墓，沿途处处梨花盛开。朝陵使，朝祭陵墓的使者。北宋除徽、钦二帝，其余七帝及赵弘殷（赵匡胤之父）均葬于西京皇陵（在今河南巩义），西京既已收复，即可派朝陵使前往祭扫。

[点评]

绍兴三十一年（1161）九月，金人南侵；十月，内讧哗变，仓皇北遁，宋军乘机收复失地；十二月，时任均州（治今湖北丹江口均县镇）知府兼安抚使武钜麾下乡兵总辖杜隐率军一度收复西京洛阳。陆游于临安闻捷喜极而作此诗。首联突兀而起，出手不凡，从捷报写起，盛赞武钜收复西京的壮举，奠定欢快基调。颔联承上，笔锋凌厉，写听闻捷报后的感受，反诘句式，写出快感。“千年计”与“一日回”对仗工整，对比鲜明，指出金人野心不会得逞，宋室中兴有望。颈联写收复失地，国家中兴，朝廷大赦，万民同欢。“疾”字传神，点出速度之快，也是心理快感。尾联由“悬知”领起，进一步发挥想象，写收复旧都，朝廷遣使朝陵，告慰祖先。用驿路梨花处处盛开的美景表现兴奋快乐，以景结情，言尽而意远。全诗情感奔涌，节奏明快，音韵铿锵，律严句工，章法绵密。首二句为实写，后六句为虚写，一气流注，如大江东去，奔流浩荡，可与杜甫《闻官军收河南河北》相媲美，同为“快诗”佳构。

喜小儿辈到行在

阿纲学书蚓满幅[1]，阿绘学语莺啭木[2]。
截竹作马走不休，小车驾羊声陆续[3]。
书窗涴壁谁忍嗔[4]，啼呼也复可怜人。

清吴焯："此一转，笔底有神力。"（《批校剑南诗稿》卷一）

却思胡马饮江水[5]，敢道春风无战尘[6]？
传闻贼弃两京走[7]，列城争为朝廷守[8]。
从今父子见太平，花前饮水勿饮酒[9]。

[注释]

[1] 阿纲：陆游第四子子坦的小名，本年七岁。蚓满幅：像蚯蚓爬满纸。《晋书·许迈传》载，萧子云书法"行行若萦春蚓"。 [2] 阿绘：陆游女儿，生于绍兴三十一年（1161）。学语莺啭木：学讲话就像黄莺在树上婉转啼鸣。黄庭坚《嘲小德》："学语啭春鸟。" [3] 小车驾羊：指幼童所乘坐的一种简便小车。 [4] 涴（wò）：沾污。 [5] 胡马：金兵。江：长江。 [6]"敢道"句：岂能说春风中没有战尘吹来？即战争因素仍存在。 [7]"传闻"句：指绍兴三十一年十二月，武钜收复西京和金人弃都汴京（今河南开封）、入都于燕之事。 [8]"列城"句：指金兵北退时，南宋各地军队纷纷乘机反攻之事。 [9]"花前"句：李白《月下独酌》诗有"花间一壶酒，独酌无相亲"句，黄庭坚《以小团龙及半挺赠无咎并诗，用前韵为戏》诗有"幸君饮此勿饮酒"句。此处袭用黄诗之句，反用李诗之意。

[点评]

绍兴三十一年十二月，武钜收复西京洛阳，诗人大受鼓舞，认为恢复有望。次年春，将家眷接至行在（天子所在之地）临安，欣喜之余，作此诗。全诗分为两部分，前六句以深情笔触，从小儿女娇憨情态落笔，描摹家和民安的太平景象。"蚓满幅""莺啭木"化用《晋书·许迈传》和黄庭坚《嘲小德》中语句，摹写阿纲、阿绘天真嬉闹的情景，琐碎中见情趣。相较孩童无忧无虑，诗人团聚喜悦之余，更忧虑国事。后六句笔锋突转，大捷消息虽已频传，但宋、金交锋的战尘并未消散，诗人依旧担忧金人南下，诗歌原本节奏轻缓，至此倏然急转，前后反差强烈。不过诗人仍积极乐观，认为收复在望，太平可期。此非寻常亲子诗，慈父深情中不忘忧国之志，主题得以升华。

清爱新觉罗·弘历等："五句承上，但觉忠愤填胸，不复论其造句之警。此子美嫡嗣，他人不能到也。"（《御选唐宋诗醇》卷四十二）

清范大士："声情痛楚，惓惓忠国之心，于此可见。"（《历代诗发》）

送七兄赴扬州帅幕

初报边烽照石头[1]，旋闻胡马集瓜洲。
诸公谁听刍荛策[2]，吾辈空怀畎亩忧。
急雪打窗心共碎[3]，危楼望远涕俱流。
岂知今日淮南路[4]，乱絮飞花送客舟。

[注释]

[1]"初报"二句：绍兴三十一年（1161），金主完颜亮率金兵大举南侵，曾一度逼近南京，并攻占瓜洲镇，后来发生兵变，完颜亮被杀，金兵败退。边烽，边界报警的烽火。石头，指石头城，在今江苏南京市内，是当时军事要地。瓜洲，即瓜洲镇，在今江苏扬州邗江区，是当时军事重地。　[2]"诸公"二句：朝廷中的权贵谁肯听草野之人的意见？我们在野之人，只能白白地

为时局担忧。诸公，指朝廷中的权贵。刍荛（chú ráo），打草砍柴，代指草野之人，此为陆游谦辞。《诗经·大雅·板》："先民有言，询于刍荛。"刈草曰刍，析薪曰荛。畎（quǎn）亩忧，在野之人的忧愁，诗人自谦之辞。其时陆游官于玉牒所。[3]"急雪"二句：我的心同猛击窗门的雪珠一道破碎，登高望远，不禁泪下。[4]淮南路：宋路名，辖淮河以南地区，北宋熙宁五年（1072）分为淮南东路和淮南西路。

[点评]

绍兴三十二年（1162）春，诗人于临安玉牒所任上，送别七兄陆濬赴淮南东路安抚使成闵幕，作此诗。其时宋、金战争仍未结束，金人败退后，各地义军纷纷起兵，战争形势向利于南宋一方发展；另一方面，抗金主将刘锜因病去世，王师面临无人可用的困境。全诗采用倒叙手法，首联流水对，"初报""旋闻"，劈空而来，突出金兵南侵的迅疾，蓄起文势。中间两联写关心国家而无路请缨的复杂情感。既有拳拳忧国之忱，又有空怀计策无法施展的忧虑和不平，情感深沉，意境阔大，对仗奇警。尾联写当下，照应题目，"乱絮""飞花"意象，化刚为柔，营造迷离诗境，对应诗人纷乱心情。诗人既关心兄长，又因无法亲至前线施展抱负而怀郁塞之气。"岂知"二字关合过去与现在，写出送别兄弟的迷离之意，陡然作结，余味无穷，一腔热忱，忧虑国事，皆在欲言无言中。有论者认为尾联借春光表示欣喜之情，可备一说。全诗情感真挚，气象雄浑，刚柔并济。前三联对仗精工，尾联化骈为散，形式多变，诗风近于杜甫"沉郁顿挫"。

望江道中

吾道非邪来旷野[1]，江涛如此去何之？
起随乌鹊初翻后[2]，宿及牛羊欲下时。
风力渐添帆力健，橹声常杂雁声悲。
晚来又入淮南路，红树青山合有诗[3]。

诗押“支”韵，声律谐和，意蕴深厚。

[注释]

[1]“吾道”句：难道我的主张有错？竟被派到旷野之地。指乾道元年（1165）陆游调任隆兴府通判。《史记·孔子世家》载，孔子往楚，困于陈、蔡，知弟子有怨怒之心，召子路问曰：“吾道非邪？吾何为于此？”邪，通“耶”。 [2]“起随”二句：我在鸟儿出窝时出发，在牛羊归圈时止宿。乌鹊初翻，指东方欲晓之时。牛羊欲下，指太阳落山之时。曹操《短歌行》：“月明星稀，乌鹊南飞。绕树三匝，何枝可依。”《诗经·王风·君子于役》：“日之夕矣，羊牛下来。” [3]合有诗：应该用诗来描写“红树青山”之景。

[点评]

乾道元年秋，诗人因力主抗战，触怒孝宗，由镇江通判调任后方隆兴府通判。诗人乘船沿长江西上，途经望江（今属安徽），见四野平旷，江涛浩渺，心生茫然，赋此诗。首联以问句开篇，借《史记·孔子世家》典故，感叹自身际遇，抒发苦闷、忧愤之情。颔联化用曹操《短歌行》和《诗经·王风·君子于役》诗句，记叙独自客游在外，朝发夜泊、晨行晚宿的艰苦行旅经历。颈联借景寓情，一扬一抑间，心绪起伏变化皆在其中。尾联则以诗意之眼瞻望前路，赞叹秋日红树青山之景别有一番韵致，正值得赋诗以记。诗人借沿途山水排解羁愁宦思，心态平和，心胸开阔，自我开解，释然放怀。诗用典虽多，却恰到好处，无一赘笔，典中情景与诗人所见融为一体，文辞圆融。前三联皆对仗，先后用了虚字对、流水对、反对兼当句对，对得工整又自然。

秋夜读书，每以二鼓尽为节

腐儒碌碌叹无奇[1]，独喜遗编不我欺[2]。
白发无情侵老境，青灯有味似儿时。
高梧策策传寒意[3]，叠鼓冬冬迫睡期[4]。
秋夜渐长饥作祟，一杯山药进琼糜[5]。

诗人善于品出书中之“味”，如“欹枕旧游来眼底，掩书余味在胸中”（《风雨夜坐》），“暮年于书更多味”（《五更读书示子》），“老来百事废，却觉书多味”（《读书》），“读书有味身忘老”（《不寐》）。

[注释]

[1] 腐儒：迂腐的儒生，此为陆游自嘲。碌碌：平庸的样子。 [2]“独喜”句：只喜欢古人遗著从不欺骗自己。 [3] 策策：象声词，形容风吹动树叶发出的响声。 [4]“叠鼓”句：指更鼓冬冬催人入睡。叠鼓，即“迭鼓”，指轻轻击鼓。此指更鼓。冬冬，象声词，形容鼓声。 [5] 琼糜：像琼浆一样甘美的粥。

[点评]

此诗乃乾道元年（1165）秋到隆兴府通判任后作，诗人时四十一岁。二鼓，即二更，夜里九到十一时。古代夜间击鼓报更，故以鼓代称更。诗写在他乡夜读的情形，表现好学精神。首联自叹为“腐儒”，说只有古人遗编可滋养心灵，这是“夜读”缘起。诗人早年即有报国壮志，以“奇才”自负，不甘心做“腐儒”，自称“腐儒”“叹无奇”，有当道不明、才不见赏的感慨。颔联写室内“夜读”情景，到老好学不倦，“白发”对“青灯”，“无情”对“有味”，“老境”对“儿时”，相映成趣，读书有味，沉浸陶醉其中。这是诗人生活常态，“白首自怜心未死，夜窗风雪一灯青”（《冬夜读书示子聿》），“读书犹自力，爱日似儿时”（《自勉》）。真是情、景、味交融而妙对。颈联从室内转到室外，秋夜里风声与更鼓催迫人，书兴正浓，却睡期难延，“策策”“冬冬”，叠字绘声，声声到耳，以动写静，以景传情。尾联写入睡前进粥食的清苦，将“山药”视作“琼糜”。诗人静心读书，陶醉其中，身心愉悦，读书忘时、忘忧、忘老，进入一种快乐境界。

清贺裳谓陆游“善写眼前景物，而音节琅然可听”，“一诗中必有一联致语，如雨中草色，葱翠欲滴”（《载酒园诗话》卷五）。

清爱新觉罗·弘历等：“有如弹丸脱手，不独善写难状之景。”（《御选唐宋诗醇》卷四十二）

游山西村

莫笑农家腊酒浑[1]，丰年留客足鸡豚[2]。
山重水复疑无路，柳暗花明又一村。
箫鼓追随春社近[3]，衣冠简朴古风存。

从今若许闲乘月[4]，拄杖无时夜叩门。

[注释]

[1] 腊酒：腊月中酿造的酒。 [2] 足鸡豚：指菜肴丰盛。豚，小猪，此处指猪肉。 [3]“箫鼓”句：随处可闻吹箫打鼓之声，方知春社日逐渐临近。春社，古代一般以立春后第五个戊日为春社，祭祀土地神以祈丰收。 [4]“从今”二句：今后若您允许的话，空闲之时我会随时拄着拐杖踏月而来，叩门拜访。

[点评]

山西村，山西边村庄。乾道二年（1166），诗人遭当权派弹劾排挤，以“交结台谏，鼓唱是非，力说张浚用兵”（《宋史・陆游传》）的罪名罢官，自隆兴府通判任上回到山阴镜湖附近居住。此诗当为次年初春作，时四十三岁。首联写游春情事，村民淳厚纯朴，热诚款待诗人，心灵美，人情美，与官场险恶形成鲜明对照，表达诗人眷恋乡村纯朴生活之情。颔联言境地之幽，写出心情。山回水转，“柳暗花明”，一明一暗，映照烘托，有层次，有动态感，是家乡江南山村水乡的优美画卷。观察敏锐细微，善状难写之景，形容入妙，融情入景，韵味深厚，豁然开朗，出乎意料的喜悦，写出心理变化。两句对仗，“山重水复”“柳暗花明”既是句中对，又是流水对，工稳贴切，整饬中见流动之美。语言平易精美，生动传神，风格清丽明快、圆润流转，如珠落玉盘。“山重”二句，当受前人诗歌启发，如王维“遥爱云木秀，初疑路不同。安知清流转，偶与前山通”（《蓝田山石门精舍》），耿沣

“花落寻无径，鸡鸣觉近村”（《仙山行》），王安石“青山缭绕疑无路，忽见千帆隐映来”（《江上》），苏辙“乱山环合疑无路，小径萦回长傍溪。仿佛梦中寻蜀道，兴州东谷凤州西”（《绝句二首》其一），孔武仲“山腰仄塞元无路，洞底虚无别有天”（《登齐山》），绍兴年间人强彦文诗句“远山初见疑无路，曲径徐行渐有村”（周煇《清波别志》卷中载）。钱锺书评陆游此联写得“题无剩义”（《宋诗选注》）。此联写景中蕴含深刻哲理，有不尽之意，成为格言，脍炙人口，千古传诵，后人引用已远远超出文学范围。颈联由自然入人事，转写淳朴习俗之美，描绘出一幅社会风俗画：箫鼓喧闹，祈求丰年，洋溢着节日的喜庆气氛，场面热闹，渲染出丰收之年农村欢悦景象；村民穿着简朴，古风淳厚，与市朝浮薄侈靡正好相反。尾联宕开一笔，以今后频来之约收束全诗，与首联紧相呼应，“夜叩门”三字，表现诗人与农家感情深厚。此诗体现律诗典型的“六二”结构特色，即前六句实写，后二句虚写。全诗纪游、写景、抒情结合，没出现“游”字，却处处切“游”字，层次分明。清方东树评：“以游村情事作起，徐言境地之幽、风俗之美，愿为频来之约。”（《昭昧詹言》卷二十）

晚 泊

半世无归似转蓬[1]，今年作梦到巴东[2]。

清吴焯："二语皆晚景也。"(《批校剑南诗稿》卷二)

清方东树："前四句情景交融。五、六晚泊之景，收亦自然。"(《昭昧詹言》卷二十)

身游万死一生地，路入千峰百嶂中。
邻舫有时来乞火[3]，丛祠无处不祈风。
晚潮又泊淮南岸，落日啼鸦戍堞空[4]。

[注释]

[1] 似转蓬：漂泊无定如蓬草不由自主地飘转。语出杜甫《客亭》："多少残生事，飘零似转蓬。"王安石《嘲白发》："久应飘转作蓬飞。" [2] 巴东：郡名，东汉末年益州牧刘璋置，包括今重庆奉节、云阳、巫山诸县。此处代指夔州。 [3] "邻舫"二句：邻船有人来借火种，在这荒野神祠中，总有人在祈求一路顺风。祈风，祈祷风向好，船行顺利。 [4] "落日"句：黄昏时戍楼上空无一人，只有乌鸦在上面鸣叫。戍，戍楼，古代边防用以瞭望军情、防守的岗楼。堞（dié），城墙上如齿状的矮墙。

[点评]

乾道六年（1170）六月，诗人自山阴赴夔州通判任，溯江西上，途经瓜洲（在今江苏扬州邗江区），作此诗。首联感慨远离故乡和亲人，半生播迁，恰似蓬草随风飘摇，功业无成，"转蓬"之叹后有入蜀之梦，可见矛盾心态。颔联承上而来，写巴东道路艰险，层峦叠嶂，人临其地，万死一生，"残年走巴峡，辛苦为斗米"(《投梁参政》)，道路险阻也预示着前途坎坷艰辛。颈联入题，写夜泊所见，邻船借火，丛祠祈风，景象真切，又荡开一笔，声情转缓和。尾联以景结。瓜洲与镇江隔江相望，隆兴二年（1164），诗人通判镇江，当时"楼船夜雪瓜洲渡"

（《书愤》），意气风发，情绪高昂。六年后，羁旅江上，旧地重到，见晚潮落日，鸦啼戍楼，武备松弛，一派萧瑟荒凉，诗人思绪万千，心中的郁闷凄苦可想而知。全诗押“东”韵，平仄合律，前三联对仗工切而自然，叙事、写景、抒情融为一体。前二联偏于概括，后二联偏于具体，二者结合，相互映衬。诗中感叹个人身世遭遇，情感起伏变化，深沉感人，明显可见杜甫七律影响。清陈衍说：“翁与石湖、诚斋，皆倦游者。而石湖但说退居之乐，陆、杨则甚言老于道途之苦。似与官职大小亦有关系。”（《宋诗精华录》卷三）

黄　州

局促常悲类楚囚[1]，迁流还叹学齐优。
江声不尽英雄恨，天意无私草木秋。
万里羁愁添白发，一帆寒日过黄州。
君看赤壁终陈迹[2]，生子何须似仲谋！

清戴第元：“有沉郁顿挫之致。”（《唐宋诗本》卷五十九）

清陆次云：“结语往往出人头地。”（《五朝诗善鸣集》）

[注释]

[1]“局促”二句：我时常自悲身不由己，好像楚钟仪被囚禁一样；又叹息自己遭贬谪放逐，还要学齐国优伶讨好尊上。楚囚，本指春秋时被晋国拘押的楚国囚犯。后比喻处境窘迫的人。典出《左传》成公九年。齐优，齐国的女乐。此处借指取悦于人的优

伶。 [2]“君看”二句：请您看看当年三国鏖战的赤壁，如今早已成为陈迹，功业终会消失，生子何必再以孙权为榜样。《三国志·吴书·吴主传》裴松之注引《吴历》载，曹操见吴国军伍整肃，喟然叹曰：“生子当如孙仲谋，刘景升儿子若豚犬耳。”陆游反用其义，抒发怀才不遇、壮志难酬的感慨。“似仲谋”，明刊须溪本作“万户侯”。

[点评]

乾道六年（1170）八月，诗人四十六岁，西行入蜀，赴夔州通判任，舟行经黄州（治今湖北黄冈），赋此诗。诗人览赤壁遗迹，叹多年四处迁调，蹉跎岁月，功业未就，徒增白发，一时客愁羁恨涌上心头。首联以“楚囚”“齐优”比拟自己之境遇难堪。颔联“英雄恨”指当年于赤壁大战的三国风流人物之遗恨，也寄寓自己“局促”“迁流”之感。江声滔滔，催生无尽感慨，诗人惊草木枯落，感天意无私，时序变化自有定时，情景相契，悲秋之情油然而生。颈联具体写客途，羁旅穷愁，徒增白发，秋气肃杀，日色亦显清冷。王国维《人间词话删稿》：“一切景语皆情语也。”“一帆寒日”的惨淡景象，正是诗人羁旅情绪的投射。尾联反用典故，喟叹生不逢时。朝廷执意求和苟安，纵有孙仲谋之雄才大略，又如何能力挽狂澜？愤激牢骚之语，言虽尽而意无穷。诗题为《黄州》，其意却不在纪行、写景，而是怀古，更是伤今。全诗押“尤”韵，音节顿挫有力。中两联对仗字字工切，不即不离，若即若离，畅达自然，显示出诗人七律的高超艺术功力。清方东树评：“此非咏黄州也，胸中无限凄凉悲感，适于黄州发之。起自咏，三、四即景生感，五、六写行役情景，收即黄州指点以抒悲。”（《昭昧詹言》卷二十）清陈衍赞曰：“翻案不吃力。”（《宋诗精华录》卷三）

系舟下牢溪游三游洞二十八韵

旧观三峡图，常谓非人情。
意疑天壤间，岂有此峥嵘[1]。
画师定戏耳，聊欲穷丹青[2]。
西游过沔、鄂[3]，莽莽千里平。
昨日到峡州[4]，所见始可惊。
乃知画非妄，却恨笔未精。
及兹下牢戍，峰嶂毕自呈。
下入裂坤轴[5]，高骞插青冥[6]。
角胜多列峙，擅美有孤撑[7]。
或如釜上甑[8]，或如坐后屏。
或如倨而立，或如喜而迎。
或深如螺房[9]，或疏如窗棂[10]。
峨巍冠冕古，婀娜髻鬟倾[11]。

其间绝出者，虎搏蛟龙狞。
崩崖凛欲堕[12]，修梁架空横。
悬瀑泻无底，终古何时盈？
幽泉莫知处，但闻珩佩鸣[13]。
怪怪与奇奇[14]，万状不可名。
久闻三游洞，疾走忘病婴[15]。
窦穴初漆黑[16]，伛偻扪壁行。
方虞触蚃蛇[17]，俯见一点明。
扶接困僮奴[18]，恍然出瓶罂[19]。
穹穹厦屋宽[20]，滴乳成微泓。
题名欧与黄，云蒸苍藓平。
穿林走惊麇[21]，拂面逢飞鼪[22]。
息倦盘石上，拾樵置茶铛[23]。
长啸答谷响，清吟和松声。
辞卑不堪刻，犹足寄友生。

清吴焯："作记看。"（《批校剑南诗稿》卷二）

清爱新觉罗·弘历等："语奇句老，颇近昌黎，视《南山》盖具体而微尔。"（《御选唐宋诗醇》卷四十二）

[注释]

[1] 峥嵘：形容山势高峻突兀。 [2] 丹青：即朱砂、石青，古代绘画常用颜料，借指绘画。 [3] 沔、鄂：即沔州、鄂州。沔州治今湖北武汉汉阳区，鄂州治今湖北武汉武昌区。 [4] 峡州：治今湖北宜昌。 [5] 坤轴：古人想象中的地轴。 [6] 青冥：青

苍幽远，指青天。 [7] 孤撑：独自撑拄。 [8] 釜：古炊器，敛口，圆底，或有二耳，置于灶口，上置甑以蒸煮。甑（zèng）：古炊器，底部有透气小孔，置于鬲上蒸煮食物。 [9] 螺房：以房屋比喻螺壳之大。 [10] 棂（líng）：指窗上的格子。 [11] 髻鬟（jì huán）：环形发髻。 [12] 凛：害怕，畏惧。 [13] 珩（héng）佩：杂佩，各种不同的佩玉。珩，佩玉上面的横玉，形似磬而小，或上有折角，用于璧环之上。 [14] “怪怪”二句：语出韩愈《送穷文》：“不专一能，怪怪奇奇。” [15] 病婴：久病缠身不愈。婴，缠绕。 [16] 窦穴：孔洞。 [17] 虞：忧虑，忧患。 [18] 僮奴：书童。 [19] 瓶罂（yīng）：泛指小口大腹的陶瓷容器。 [20]“穹穹”四句：《入蜀记》卷六载，三游洞中年深日久，钟乳石垂向地面，宛如石柱，上刻黄庭坚等人名，一旁石壁上刻欧阳修等人名，缺字、磨损较严重。穹穹，高大的样子。泓，形容水深而广。云蒸，水气升腾。 [21] 麋（mí）：獐子，状似鹿而小，行动灵敏。 [22] 鼪（shēng）：鼪鼠，俗称黄鼠狼。 [23] 茶铛（chēng）：煎茶用的釜。

[点评]

乾道六年（1170）十月，诗人四十六岁，赴夔州通判任过峡州作。下牢溪、三游洞，在今湖北宜昌。此为五言古体，全诗共五十六句，“庚”“青”二韵邻韵通押，大体以六句为一段落。首六句写“三峡图”之奇，怀疑人间并无此种景象，欲扬先抑。“西游”六句写亲到峡州后，反觉“三峡图”笔力未精，一抑一扬，构思奇特。“及兹”六句总写下牢溪边山峰高、奇的特点。紧接六句“或”字句式，连用六个比喻写山峰具体情状，用笔铺张，想象奇崛，与韩愈《南山》诗连用数十“或”字句式各擅胜场。自创“螺房”一词，精巧新颖。“峨巍”六句再次总写山峰，穿插“绝出者”描写，突出奇、险，关合前文，神完气足。“悬瀑”六句转而写水，“泻无底”“珩佩鸣”等视、听结合，侧面写山之“怪奇”，别开胜境。“久闻”六句承上启下，写初入三游洞之艰难，蓄起文势。“扶接”八句写洞内景色，有陶渊明《桃花源记》“豁然开朗”之妙。末六句收束全诗，写煮茶、长啸、作诗，文人之雅与山水之胜相辉映。全诗气象雄浑，构思巧妙，结构严谨，意象奇，造语新。此诗明显效法韩愈《南山》，各极其妙，可对读。

清吴焯：“人人有此恨，人人有此险，只写不到，正坐着力。”（《批校剑南诗稿》卷二）

清范大士：“起落有势，险俱在毫端。”（《历代诗发》）

清方东树：“‘浪花’二句似杜。”吴闿生批：“尚有奇气。”（《昭昧詹言》卷十二）

瞿唐行

四月欲尽五月来，峡中水涨何雄哉！
浪花高飞暑路雪[1]，滩石怒转晴天雷[2]。
千艘万舸不敢过，篙工、柂师心胆破[3]。
人人阴拱待势衰[4]，谁敢轻行犯奇祸。
一朝时去不自由[5]，山腹空有沙痕留。
君不见陆子岁暮来夔州，瞿唐峡水平如油。

[注释]

[1] 暑路雪：像酷暑日路上有飞雪。 [2]“滩石”句：意谓滩间石块翻滚，声音好比晴天雷鸣。 [3] 篙工、柂（duò）师：

均指船工。柂，同“舵”。“篙工柂师”，明刊须溪本作“篙师柂工”。 [4]“人人”句：人人私下都拱手默祷，等待水势减缓。 [5] 时去：指过了涨水季节。

[点评]

乾道六年（1170）十月夔州作，诗人四十六岁。瞿唐，峡名，也写作“瞿塘”“瞿塘峡”，在今重庆奉节县东。“行”，明刊须溪本作“歌”，皆表示体裁为歌行体。全诗四句一换韵，分为三段。前四句用“灰”韵，写传闻之景：春夏之交，瞿塘峡水势雄壮，浪花如雪，转石如雷。“浪花”二句喻象相映相对，状景惊心动魄。“千艘”四句换为“个”韵，展开想象，面对险滩激流，船工无奈，只能等待水势渐衰，侧面烘托瞿塘峡之险。末四句换用“尤”韵，写现实之景：秋冬之际，江水退去，瞿塘峡水势平缓，只有“沙痕”昭示当初险急。全诗虚、实相间，构思巧妙，气象雄浑而不失柔和，既有正面描写，又有侧面烘托，手法多样。平声韵、仄声韵交替，“君不见”句呼告语，醒人耳目，变七字句为十字句，节奏灵动，音节铿锵。

入瞿唐登白帝庙

晓入大谿口 [1]，是为瞿唐门。
长江从蜀来，日夜东南奔。

两山对崔嵬，势如塞乾坤。
峭壁空仰视，欲上不可扪。
禹功何巍巍[2]，尚睹镌凿痕。
天不生斯人，人皆化鱼鼋。
于时仲冬月，水各归其源。
滟滪屹中流[3]，百尺呈孤根。
参差层颠屋，邦人祀公孙。
力战死社稷[4]，宜享庙貌尊。
丈夫贵不挠，成败何足论。
我欲伐巨石，作碑累千言。
上陈跃马壮[5]，下斥乘骡昏[6]。
虽惭豪伟词，尚慰雄杰魂。
君王昔玉食，何至歆鸡豚[7]。
愿言采芳兰，舞歌荐清尊[8]。

押“元”韵，一韵到底，一气呵成。

[注释]

[1] 大谿口：在巫山西南九十里，瞿塘峡附近。“谿”，同“溪”。 [2]“禹功”四句：《左传》昭公元年载，春秋时刘夏（定公）称赞大禹治水功绩伟大，认为没有大禹，自己将化为鱼类。鼋（yuán），大鳖。 [3] 滟滪（yàn yù）：即滟滪堆，长江江心突起的巨石，在今重庆奉节县东五公里瞿塘峡峡口。 [4] 死社稷：为国家而死。社稷，即土谷之神，代指国家。公孙述称帝后，东

汉光武帝刘秀多次招降，但他拒不投降，经过几年激战，最终败亡。事见《后汉书·隗嚣公孙述列传》。[5] 跃马：指公孙述。晋左思《蜀都赋》："公孙跃马而称帝。" [6] 乘骡：刘备死后，其子刘禅嗣位，后乘骡车向敌将投降。事见《三国志·蜀书·后主传》。[7] 歆：祭祀时鬼神享受祭品、香火。[8] 荐：进奉。

[点评]

乾道六年（1170）十月夔州作。白帝庙，祭祀公孙述之庙。东汉建武元年（25），公孙述占据蜀地，自号"白帝"。前十六句重在刻画瞿塘峡景象。首八句借"长江""峭壁"突出瞿塘峡之险。"禹功"四句由江水联想到大禹治水之功，抒发对大禹的赞颂之情，"天不"二句用"顶针格"，流畅自然。"于时"四句写回现实，突出瞿塘峡冬季水势之平静。后十六句重在叙述公孙述功绩。"参差"六句写其不屈不挠，为社稷力战而死。"我欲"六句写自己对公孙述的崇敬之情，"上陈"四句有意改换句法，变散句单行为对仗。末四句指出"鸡豚"之祭祀并非公孙述所希冀，诗人希望采摘"芳兰"进奉，暗赞公孙述精神高洁。历史上的公孙述并无特别功绩，诗人对其大加褒扬，其实是借题发挥，意在批判南宋主和派，强调抗战复土。全诗主旨鲜明，脉络清晰，意境阔大，雄壮而不失自然，有流动变化之美。

风雨中望峡口诸山，奇甚，戏作短歌

白盐、赤甲天下雄[1]，拔地突兀摩苍穹。

清范大士："先抑后扬，方见烟雨之妙。从来诗文俱无直说、平说者，于此可以憬然也。"（《历代诗发》）

凛然猛士抚长剑，空有豪健无雍容[2]。
不令气象少渟滀[3]，常恨天地无全功。
今朝忽悟始叹息，妙处元在烟雨中。
太阴杀气横惨澹[4]，元化变态含空蒙[5]。
正如奇材遇事见，平日乃与常人同。
安得朱楼高百尺，看此疾雨吹横风。

[注释]

[1]"白盐"二句：白盐山与赤甲山为天下最壮观之山，拔地而起，高耸突出，仿佛迫近天空。白盐，白盐山，在夔州府（治今重庆奉节县）城东十七里，色如白盐。张珗曾于其上写"白盐赤甲"四个大字。赤甲，在夔州府城东十五里，土石皆赤，如人袒衣露臂。见明正德《夔州府志》卷三《山川》。 [2]"健"，明刊须溪本作"气"。 [3]"少"，明刊须溪本作"久"。渟滀（tíng xù）：凝聚，停留。渟、滀，均指水积聚、停留。 [4]"太阴"句：冬天阴暗无色的景象充满杀气。太阴，指冬天。冬天阴气极盛，故太阴主冬。 [5]"元化"句：大自然的变化都在烟雨迷蒙之中。

[点评]

乾道七年（1171）夔州通判任上作，诗人四十七岁。峡口，指瞿塘峡。诗为歌行体，因诗句较少，故称"短歌"。明刊须溪本无"戏作短歌"四字，亦通。前六句写瞿塘峡之险峻，起笔破空而来，赞美峡之雄伟，"凛然"二句忽作转折，遗憾其缺少"雍容"之态，引发"天地无全功”的慨叹，文势跌宕起伏。以豪健猛士作比，借人写山，想象奇特。“今朝”六句写回现实，借烟雨之妙抒发“奇材遇事见”之理，妙句迭出，情景浑融，议论深刻，兼具苏轼《饮湖上初晴后雨》之美感与《题西林壁》之理趣。末四句想象更登高楼之上，看风雨横吹，颇有王之涣《登鹳雀楼》“更上一层楼”与《古诗十九首·行行重行行》“浮云蔽白日”风味，气象阔大，寓意深厚。全诗“东”“冬”韵邻韵通押，虚实结合，极富层次美。意境雄浑，而不失灵动。

岳池农家

春深农家耕未足，原头叱叱两黄犊[1]。
泥融无块水初浑，雨细有痕秧正绿。
绿秧分时风日美[2]，时平未有差科起[3]。
买花西舍喜成婚，持酒东邻贺生子。
谁言农家不入时[4]，小姑画得城中眉。
一双素手无人识，空村相唤看缫丝[5]。
农家农家乐复乐，不比市朝争夺恶[6]。
宦游所得真几何，我已三年废东作[7]。

清陈衍：“隽炼。”（《石遗室诗话》卷二十七）

[注释]

[1]叱叱：赶牛声。[2]绿秧分时：秧苗插种时节。[3]差科：官府对农户所征的劳役和赋税。[4]“谁言”句：谁说农家儿女装扮不时髦。[5]缫（sāo）丝：把蚕丝浸在滚水里抽丝。[6]市朝：公众聚集之地，此处指官场。[7]东作：指春季农事。方位“东”对应四季之“春”。

[点评]

乾道八年（1172）春，王炎辟陆游为四川宣抚使司干办公事兼检法官，诗人从夔州赴南郑前线，途经岳池（今属四川）有感而作。首四句描绘田园风光，春意浓郁，农民在田里劳作，高声吆喝驱使黄牛犁田，勾勒出农民辛勤劳作的画面。“泥融”二句写景状物细致生动，对仗形式工整、匀称，节奏鲜明，有“泥融飞燕子，沙暖睡鸳鸯”（杜甫《绝句二首》其一）的风味。“绿”字显现万物生机与活力。自“绿秧”句起，描绘岳池农村美好生活，“买花”句与“持酒”句对仗，写邻里生活和谐。“谁言”二句出自朱庆馀《近试上张籍水部》“画眉深浅入时无”，反问句写农家少女爱打扮，表达诗人欣赏之情。村里人争相看农家姑娘缫丝，侧面烘托其人心灵手巧。最后四句抒发感慨，“农家”一词反复咏叹，与“市朝”对比，表达对农村淳朴民风的眷恋。“宦游”句以农家乐反衬官场黑暗，透出对乡村生活的恋恋不舍。该诗歌颂乡村之美（风景美、生活美、人情美、人物美），感叹“宦游”之苦，结构谨严，音调和谐，语言活泼晓畅，风格清新婉丽，读来令人神往。

山南行

我行山南已三日，如绳大路东西出。
平川沃野望不尽，麦陇青青桑郁郁。
地近函秦气俗豪[1]，秋千蹴踘分朋曹[2]。
苜蓿连云马蹄健[3]，杨柳夹道车声高。
古来历历兴亡处，举目山川尚如故[4]。
将军坛上冷云低[5]，丞相祠前春日暮[6]。
国家四纪失中原[7]，师出江淮未易吞[8]。
会看金鼓从天下[9]，却用关中作本根[10]。

宋刘辰翁："起、结次第皆称。"（《须溪精选陆放翁诗集·后集》卷四）

[注释]

[1] 函秦：春秋战国时，秦国以其东有函谷关，故称"函秦"。 [2] 蹴踘（cù jū）：踢球。山南有秋千、蹴鞠之俗，陆游诗中常言及。踘，同"鞠"。古代一种皮球。分朋曹：分队。朋曹，朋辈。此处指比赛的两队人。 [3] 苜蓿（mù xu）：又名草头，可为牛、马饲料。"健"，明刊须溪本作"疾"。 [4]"川"，明刊须溪本作"河"。 [5] 将军坛：即拜将台，在今陕西汉中城南门外。相传为汉高祖刘邦拜韩信为大将时所筑。 [6] 丞相祠：指蜀汉丞相诸葛亮的祠堂，遗址在今陕西勉县北。 [7]"国家"句：古代以十二年为一纪，自钦宗靖康二年（1127）中原沦陷，至此已四十六年，近四纪。 [8]"师出"句：意谓南宋从江淮出兵不容易吞灭敌人。 [9] 金鼓：战争中使用的锣鼓，此处代指军队。 [10] 关中：指函谷关与陇关之间，即今陕西。陆游提出抗

金战略，认为要恢复中原，必须以关中为根据地。

[点评]

乾道八年（1172）三月初抵南郑作，诗人四十八岁。山南，终南山之南，指今陕西汉中一带，当时为宋、金对峙前线。行，指歌行。全诗四句一换韵，分作四段。首四句押“质”韵，写汉中道路笔直，原野平旷，物产丰富，交代地理、农业状况。“地近”四句换用“豪”韵，写此地风俗豪健。“古来”四句换用“遇”韵，写汉中历史遭际。刘邦、诸葛亮当初皆从汉中出兵，欲先取关中，统一天下，与陆游军事见解相近。末四句为全诗中心，换用“元”韵，点明经略关中的重要性，收束前文地理、风俗、历史描写，统率全诗，神完气足。全诗内容充实，脉络清晰，笔力刚健，语言流畅，歌行体而兼有律句，体现出古体、近体的融会。“苜蓿”二句与“将军”二句偶对工整。全诗多为律句，或为正格，或为拗救，仅“我行”“平川”“秋千”“杨柳”四句不合律，全篇声调铿锵，朗朗上口。平声韵、仄声韵交替，富于变化。本诗充分体现了诗人亲至前线后诗歌内容、艺术上的新特点和成就。

宋刻《新刊剑南诗稿》残本（严州本）以“宿青山铺作”为题，且有“二首”二字，《永乐大典》卷一四五七六“铺”字引同严州本。此据补“二首”二字。

太息（宿青山铺作）二首

其　一

太息重太息[1]，吾行无终极。

冰霜迫残岁[2]，鸟兽号落日[3]。
秋砧满孤村[4]，枯叶拥破驿[5]。
白头乡万里[6]，堕此虎豹宅。
道边新食人[7]，膏血染草棘。
平生铁石心[8]，忘家思报国。
即今冒九死[9]，家国两无益。
中原久丧乱，志士泪横臆[10]。
切勿轻书生，上马能击贼[11]。

清范大士：“悲咽之音，纯乎老杜，刘后村推放翁为宋之大宗，不谬也。”（《历代诗发》）

[注释]

[1] 太息：叹息。 [2]“冰霜”句：到处是冰霜，已经迫近年终。 [3] 号（háo）：哀鸣。 [4] 秋砧（zhēn）：秋天的捣衣声。砧，捣衣石，此处指捣衣声。 [5] 拥：堆满。 [6]“白头”二句：白发之人还要向着万里之遥奔波，落在这种虎豹经常出没的地方。乡，向。 [7]“道边”二句：道边虎豹刚吃完人，血浆涂染了周围的野草丛。 [8] 铁石心：坚定的决心。唐皮日休《〈桃花赋〉序》称赞宋广平（璟）“铁肠石心”而能为“清便富艳”之《梅花赋》。 [9] 九死：语出屈原《离骚》：“亦余心之所善兮，虽九死其犹未悔。” [10] 臆（yì）：胸中。 [11]“上马”句：《魏书·傅永传》：“高祖每叹曰：‘上马能击贼，下马作露布，唯傅脩期耳。’”

[点评]

此诗乾道八年（1172）九、十月间作于苍溪（在今四川广元），诗人四十八岁，因公事到阆中，途中宿青山铺作。诗人从军南郑，向王炎陈进取之策，却不被采用，后作《三山杜门作歌》回忆："画策虽工不见用，悲吒那复从军乐？"兼之时局沉闷，前途未卜，家眷尚在赴南郑途中，诗人心情十分抑郁。前二句先以叹息声引人注意，后解释叹息原因，整日四处奔波，此次宿住青山铺，羁旅愁绪应有缓解，然而果真如此？"冰霜"八句承上而来，写留宿青山铺所见、所闻、所感：冰霜、哀鸣、秋砧、孤村、落叶、破驿、虎豹、膏血、野草，一派萧瑟，荒凉险恶，描绘生动，声声入耳，历历在目，这些悲惨景象令诗人的愁思不减反增。"平生"八句转抒己志，诗人虽有"忘家思报国"的雄心壮志，终日冒着死亡危险往来奔波，却一事无成，"家国两无益"。作者盼望到前线战场，"上马能击贼"，充分发挥文才武略。结尾两句满怀悲愤，透露出未被重用、报国壮志难酬的现实境遇，与起首两句遥相呼应。全诗抒情、写景、叙事、言志熔于一炉，沉郁中蕴含刚健。

游锦屏山，谒少陵祠堂

城中飞阁连危亭[1]，处处轩窗临锦屏。
涉江亲到锦屏上，却望城郭如丹青[2]。
虚堂奉祠子杜子[3]，眉宇高寒照江水。

古来磨灭知几人，此老至今元不死[4]。
山川寂寞客子迷[5]，草木摇落壮士悲。
文章垂世自一事，忠义凛凛令人思。
夜归沙头雨如注，北风吹船横半渡。
亦知此老愤未平，万窍争号泄悲怒[6]。

清爱新觉罗·弘历等：“伤今怀古，怀抱略同，忾焉寤叹，如见其人，亦以写其胸臆尔。”（《御选唐宋诗醇》卷四十二）

[注释]

[1]“城中”二句：阆中城里到处是高耸的亭阁，每一扇门窗都面对着锦屏山。“临”，《四库全书》本曹学佺《蜀中名胜记》卷二十四引作“对”。 [2]“望”，《蜀中名胜记》卷二十四引作“对”。 [3]虚堂：空堂。子杜子：古代尊称老师或有德行的人曰“子”，杜子是对杜甫的尊称，前再加“子”，表示特别尊敬。 [4]元：同“原”，原来。 [5]“山川”二句：“客子”“壮士”均指杜甫，杜甫《季秋江村》：“远游虽寂寞，难见此山川。”《恨别》：“草木变衰行剑外，兵戈阻绝老江边。”《咏怀古迹》：“摇落深知宋玉悲。” [6]“万窍”句：山野间洞穴发出各种声响，像是在替杜甫宣泄他胸中悲怒不平的情绪。《庄子·齐物论》：“夫大块噫气，其名为风，是唯无作，作则万窍怒号。”

[点评]

乾道八年（1172）秋作于阆中（今属四川）。锦屏山，在嘉陵江南岸，与阆中城隔江相对，上有杜甫祠堂。全诗四句一换韵，平仄相间，分为四段。首四句用“青”韵，写由城至山，由山观城，照应题目“游锦屏山”。“丹青”设喻巧妙。“虚堂”四句换为“纸”韵，写杜甫“眉宇高寒”，精神“不死”，映衬其高峻人格。诗人从形、神两处着笔，关合题目“谒少陵祠堂”。“山川”四句换用“支”韵，由杜甫身后写至生前，再结以身后之事，眉目清晰。“山川寂寞”“草木摇落”暗喻唐王朝风雨飘摇，由盛而衰，突出杜甫“迷”“悲”之情。“文章”二句点明“忠义”，可见陆游心期所在。末四句押“遇”韵，由归途北风吹雨之景联想至杜甫“悲怒”之情，关合现实与历史，虚实相生，境界深沉。全诗移步换景，以实带虚，虚写为主，明写杜甫“忠义”“悲怒”，暗寓诗人自己的慷慨之气，情感激荡，诗风凝重，是典型的古体风格。

归次汉中境上

云栈屏山阅月游[1]，马蹄初喜踏梁州[2]。
地连秦、雍川原壮[3]，水下荆、扬日夜流[4]。
遗虏孱孱宁远略[5]，孤臣耿耿独私忧。
良时恐作他年恨[6]，大散关头又一秋[7]。

清爱新觉罗·弘历等：“才气慷慨，不诡风人。”（《御选唐宋诗醇》卷四十二）

清方东树：“从题前起，次入归，三、四汉中境上，后半感时忧事。”（《昭昧詹言》卷二十）

［注释］

[1] 云栈：连云栈，由陕入蜀的要道。屏山：锦屏山，在今四川阆中南。 [2] 梁州：指南郑。 [3] 秦、雍：古代国名。秦地在今陕西，雍地在今甘肃和陕西一部分。 [4] 荆、扬：荆州（今属湖北）和扬州（今属江苏），此泛指长江中下游一带。 [5] 孱（chán）孱：弱小的样子，此处表示对金人的蔑视。 [6]“年”，

明刊须溪本作“时”。 [7] 大散关：关中四关之一，在今陕西宝鸡西南大散岭上，因其扼南北交通咽喉，自古为兵家必争之地。南宋与金在西部以大散关为界。

[点评]

乾道八年（1172）十月，陆游考察汉中各地地势，接王炎令，自阆中返汉中，途中作此诗。归次，指奉命赶回到达。次，停留，止息。首联、颔联用作烘染，用字精稳，显露二喜，言复土事，以豪情朴语绘壮阔图景。“云栈”悬于半空，架木为栈，可知地势险峻；“屏山”即锦屏山，两侧群山如屏，上有杜甫祠，此处或含报国无门的生命共感。接以“马蹄初喜”，以情观物，物我互融。“踏”用入声，属平水韵十五合部，急促有力。“马蹄”起落交替。起，似激扬澎湃的抗金壮志；落，如逐金战场的抗敌厮杀。汉中“地连秦、雍”“水下荆、扬”，为兵家胜地，此句含军事谋略。诗人一“喜”历险而归，终得复见汉中川原；二“喜”抗敌有路，收复有望。颈联颇显章法，转叙金人既乏实力，又乏谋略，不足为敌。分析敌方形势，破敌势在必得，看似突转，实则通连，首点复土主题。名词与叠字、虚词互应，对仗工整，用词精妙，“孱孱”“耿耿”强化作者抗敌忧思，出情直露，抒发胸臆。此等“良时”，却使诗人心生忧虑，他曾提出军事策略：“经略中原，必自长安始，取长安，必自陇右始。”（《宋史·陆游传》）如今朝廷主和，复土大业遂被搁置。“孤臣”句，着一“独”字，孤怀欲出，郁情难收。“恐”字炼成细腻之笔，呼应“独私忧”。良机已失，痛惜无限。“逆胡未灭心未平”（《三

清卢世㴶："笔墨之气，脱化殆尽。"（《御选唐宋诗醇》卷四十二引）

清陈衍引罗掞东语："剑南七绝，宋人中最占上峰。此首又其最上峰者，直摩唐贤之垒。"清陈衍接着评道："仆谓以'细雨骑驴入剑门'，博得诗人名号，亦太可怜，况尚未知其是否乎！结习累人至此。然此诗若自嘲，实自喜也。"（《石遗室诗话》卷二十七）

陆游诗中多次出现"诗人骑驴"形象，可与此诗对读，如《夜闻雨声》"我似骑驴孟浩然，帽边随意领山川"，《谢王子林判院惠诗编》"骑驴上灞桥，买酒醉新丰"，《雪意复作》"灞桥策驴愁露手，新丰买酒聊软脚"。

月十七日夜醉中作》），功业未建，岁月蹉跎，空剩孤独叹息。"大散关"在陆游诗中多次出现，为其爱国壮志与驱敌心结的双重映照。诗人感情最后聚结于此，"又"字联系历史时空，表达愤慨、忧虑、叹惋、无望、无助的复杂心情。此诗情感郁结，慷慨多气，或激扬，或低沉，节奏感强，雄浑而沉郁。

剑门道中遇微雨

衣上征尘杂酒痕[1]，远游无处不消魂。
此身合是诗人未[2]？细雨骑驴入剑门。

[注释]

[1] 征尘：旅途中衣服所蒙的灰尘。 [2]"此身"二句：唐李商隐《李长吉小传》载，李贺每日早晨带书童，背锦囊，骑驴外出寻觅诗句。宋尤袤《全唐诗话》载，唐昭宗时，相国郑綮善诗，或问："相国近为新诗否？"对曰："诗思在灞桥风雪中驴子上。此何以得之？"明张岱《夜航船》卷一《天文部·雪霜》载，孟浩然情怀旷达，常冒雪骑驴寻梅，曰："吾诗思在灞桥风雪中驴背上。"合，应该。未，表示发问。"门"，明刊涧谷本作"南"，误。

[点评]

乾道八年（1172），诗人四十八岁，十月，川陕宣抚使幕府已解散，诗人改任成都府路安抚司参议官，十一月，由南郑启程赴成都，途经剑门关，作此诗。剑门，即剑门关，在今四川剑阁县东北。据《大清一统志》载，大剑山在剑州北二十五里，削壁中断，两崖相嵌，如门之辟，如剑之植，故又名剑门山。剑门是大、小剑山中断处，两旁断崖峭壁，峰峦似剑，两侧山壁对峙如门，是由陕入蜀通道与天然关隘，被称为“剑门天下险”“天下第一关”。此前，诗人参预军事机密，到过大散关和陇县一带，常“寝饭鞍马间”（《怀昔》），“大散关头北望秦，自期谈笑扫胡尘”（《追忆征西幕中旧事》）。写作此诗时，他带着悲愤心情，被动离开“铁马秋风大散关”（《书愤》）的战地生活，回到繁华都市做闲官。此行是由前线到后方，由战地到都市，去危就安，去劳就逸。诗人积极主张抗金，恢复中原，但英雄无用武之地，满腹遗憾，郁闷痛苦无法排解，只有借酒浇愁。长路漫漫，衣服上满是灰尘和酒渍，诗人心神黯淡，孤寂落寞，加上细雨连绵，渲染出无限伤感情绪。“细雨骑驴入剑门”，如一幅写意画，人物与景物形象极鲜明独特，不尽之意见于言外，有意境美，含蓄表达了报国无门、悲愤抑郁的情怀。骑驴吟诗，不是诗人初衷，心有不甘，不禁自问：难道只该一直做个诗人？自问自答，问得奇，答得妙，自嘲、自叹，故作诙谐。诗作构思新颖，别出心裁，笔墨简淡，情致深婉，可谓诗中画、画中诗。

剑门城北回望剑关诸峰，青入云汉，感蜀亡事，慨然有赋

清爱新觉罗·弘历等："刘禅庸主，谯周庸臣，七字中含多少感慨。"（《御选唐宋诗醇》卷四十二）

自昔英雄有屈信[1]，危机变化亦逡巡[2]。
阴平穷寇非难御[3]，如此江山坐付人[4]。

[注释]

[1]屈信：弯曲和伸舒，意谓进退沉浮。信，通"伸"。 [2]逡巡（qūn xún）：顷刻，须臾。 [3]"阴平"句：偷越阴平小道的敌人并非难以抵御。三国末，姜维率大军至剑门，阴平防务空虚，邓艾率魏军由未设防的阴平小道进攻，蜀汉亡。事见《三国志·魏书·邓艾传》。阴平，古道路名，自今甘肃文县穿越岷山，经四川平武、江油等县，绕出剑阁之西，直趋成都，路极艰险。穷寇，穷途末路的敌寇，泛指残敌。 [4]坐：无故，徒然。

[点评]

乾道八年（1172）十一月，诗人自南郑前线调往成都后方，途经剑门，感蜀亡事，思古叹今，遂作此诗。前两句立题分析，后两句总结发叹，言短意长，以议论和章法取胜。诗人从主客观辩证分析，言明蜀汉灭亡的两种因由：英雄"屈信"为人事，难免进退沉浮；危机变化为时变，难以防备。"阴平"句转折，总结三国末年蜀汉灭亡事，否定上述缘故。姜维耽误战机，刘禅、谯周

误国，非“英雄”失意；邓艾率魏军偷越阴平得胜，非时变难料。由此指明蜀汉灭亡属内衰，而非外敌强悍。“如此”句，“付”用去声，收以“人”字阳平，吁叹中别具和婉。刘禅庸主，江山终是徒然赠与他人。作者即景怀古，明言蜀亡，实写当朝事，南宋朝廷苟安一隅，不思进取，终与蜀汉无异。诗人期望朝廷积极抗敌，切勿步蜀汉后尘，也将“江山坐付人”。诗用上平声“真”韵，声情跌宕。托怀故实，用语畅达，风格劲健，叹惋中饱含忧思与愤懑。

三月十七日夜醉中作

前年脍鲸东海上[1]，白浪如山寄豪壮。
去年射虎南山秋[2]，夜归急雪满貂裘。
今年摧颓最堪笑[3]，华发苍颜羞自照。
谁知得酒尚能狂，脱帽向人时大叫。
逆胡未灭心未平[4]，孤剑床头铿有声。
破驿梦回灯欲死[5]，打窗风雨正三更[6]。

陆游“不然愤狂虏，慨然思遐征”（《宝剑吟》）二句，可解此“孤剑”有声。

[注释]

[1]“前年”二句：从前在东海捕杀鲸鱼，如山的白浪寄托我的豪情壮志。绍兴二十九年（1159），诗人任福州宁德县主簿、

福州决曹，曾泛舟海上。前年，从前。脍鲸（kuài jīng），指捕杀鲸鱼。脍，切得很细的鱼或肉。此处用作动词，细切。 [2]“去年”二句：去年在南山射虎，夜归时大雪已落满貂皮衣。乾道八年（1172），诗人于南郑王炎幕下任干办公事兼检法官，曾射杀猛虎。南山，此处指终南山以南，在今陕西汉中一带。 [3]摧颓：困顿失意。 [4]逆胡：蔑称，指金人。 [5]灯欲死：灯将熄灭。 [6]三更：半夜十一时至次日凌晨一时。

[点评]

乾道九年（1173），诗人四十九岁，任成都府路安抚司参议官，兼摄蜀州（治今四川崇州）通判。自蜀州返成都，夜宿驿站，忆往昔豪情壮举，感今朝衰态渐起、事业未成，遂作此诗。诗用倒叙，前四句着墨往事，泛海“脍鲸”为虚笔，“如山”海浪与“豪壮”并提，气韵沉雄，何其壮哉！雪夜“射虎”为实，一“急”字将雪虐风饕、冰寒彻骨的夜景历历绘出，烘托诗人的勇猛无畏。然不及半年，诗人调回成都后方，饱受挫折，心力交瘁。今“华发苍颜”，羞于对镜自照，只怕如此窘态惹人嘲笑。此二句自嘲，与前四句对比强烈，更显颓丧失意。“谁知”句，笔锋突转，情感跌宕，借酒发狂，一“尚”字，于怅惘中重拾斗志，老臣怀抱跃然纸上。“逆胡”二句，与前句气脉相承，以孤剑床头铿然发声表达自己仍满怀壮志，期驱敌复土。结句以景作结，颇有弦外之音。“欲死”之灯苍劲有力，象征壮心虽弱不灭，只要一息尚存，此番“打窗风雨”，是否“三更”又有何妨！悲壮中见浑厚，内蕴坚韧心志、不灭豪情。此诗“前年”四句回忆过去，前两句押去声韵，后两句换平声韵。“今年”八句记述当下，前四句押去声韵，后四句又换平声韵。忆昔叹今，跌宕起伏，情随韵转，内含蕴藉，豪壮悲慨。

凌云醉归作

峨嵋月入平羌水[1]，叹息吾行俄至此。
谪仙一去五百年[2]，至今醉魂呼不起。
玻璃春满琉璃钟[3]，玻璃春，眉州酒名。
宦情苦薄酒兴浓。
饮如长鲸渴赴海，诗成放笔千觞空。
十年看尽人间事，更觉麴生偏有味[4]。
君不见蒲萄一斗换得西凉州[5]，
不如将军告身供一醉[6]。

诗人爱酒，酒助诗兴，诗、酒组合屡见于诗，如“尊酒登临遍山寺，歌辞散落满江楼”（《绵州魏成县驿有罗江东诗云：“芳草有情皆碍马，好云无处不遮楼。”戏用其韵》），“倚醉题诗恣豪横”（《病酒新愈，独卧苹风阁，戏书》）。

[注释]

[1] 峨嵋：峨眉山，在今四川峨眉山市西南。平羌水：平羌江，即今青衣江。一说指岷江流经今青神至乐山一段，长五十余里。 [2] 谪仙：贬谪人间的仙人，此处指李白。五百年：李白于开元十四年（726）离蜀时作《峨眉山月歌》，至乾道九年（1173），相距四百四十七年。此处举其整数。 [3] 琉璃钟：半透明的酒杯。 [4] 麴（qū）生：酒的别称。麴，同“曲”。唐郑

綮《开天传信记》载，道士叶法善会朝客，曲秀才忽至，席间高声论辩，叶法善以为妖魅，以剑击之。曲秀才坠于阶下，化为瓶榼，中有美酒。朝客共饮，醉曰："曲生风味，不可忘也。" [5]"君不"句：您难道没有看见以一斛葡萄酒就可以换得凉州刺史的官职？东汉末年，宦官当权，孟他献葡萄酒一斛给宦官张让，即拜凉州刺史。事见《三国志·魏书·明帝纪》裴松之注引《三辅决录》。蒲萄，"葡萄"的异体字。此处指葡萄酒。一斗，宋时一斗为一斛的五分之一。此处代指一斛，相当于现在一百五十斤。 [6]"不如"句：不如以大将军任命状换得一醉。唐肃宗至德二载（757），唐朝正历"安史之乱"（755—763），官爵轻而物价高，朝廷府库无蓄积，专以官爵赏功，时人用大将军任命状换得一醉，事见司马光《资治通鉴》卷二一九《唐纪》。告身，任命状。

[点评]

此诗为乾道九年（1173）夏陆游摄知嘉州事时作。凌云，即凌云山，在今四川乐山东。诗人从前线调至后方，失去杀敌报国的机会，便以酒浇愁。饮酒之趣，不在饮酒本身，而在酒中可寄情寓意。李白一饮三百杯，"但愿长醉不愿醒"（李白《将进酒》），是因心中有"万古愁"待酒来消。陆游几经宦海沉浮，觉人情薄如纸，倒不如酒兴浓好，愈觉得"麹生偏有味"。他到凌云山游赏，那是"酒中仙"李白到过之处，饮酒时自然想起这位古之知己。陆游喝的"玻璃春"是当时眉州名酒，面对美酒佳景，他恣情狂饮，直如李适之"饮如长鲸吸百川"（杜甫《饮中八仙歌》）。酒助诗兴，一篇新作，放笔立就。诗人很欣赏这种狂饮之趣，诗中多次写到，如《吊李翰林墓》:“饮似长鲸快吸川,思如渴骥勇奔泉。”《池上醉歌》:“饮如长鲸海可竭,玉山不倒高崔嵬。”诗借酒力,酒助诗兴,酒后作诗,诗作也具有如饮酒一样酣畅淋漓的气势。诗人谙熟此理,“耳热酒酣诗兴生”(《城东马上作》),“遣醉纵横驰笔阵”(《秋雨益凉写兴》),“诗情恰在醉魂中”(《梅花》),他对此一直津津乐道。陆游饮酒是为助诗兴或解忧泄愤,合乎饮酒之道。他是正直的诗人,所以不忘讽刺缺乏“酒德”的人,提醒人们要引以为戒。

醉中感怀

早岁君王记姓名[1],只今憔悴客边城[2]。
青衫犹是鹓行旧[3],白发新从剑外生[4]。
古戍旌旗秋惨淡[5],高城刁斗夜分明[6]。
壮心未许全消尽,醉听檀槽《出塞》声[7]。

清卢世漼:“三、四无限感慨。”(《御选唐宋诗醇》卷四十二引)

[注释]

[1]“早岁”句:早年时,姓名就被君王所知。绍兴二十三年(1153),诗人二十九岁,进士考试名列第一,为秦桧所忌,以“喜论恢复”除名。绍兴三十二年(1162),诗人三十八岁,孝宗赐进士出身。事见《宋史·陆游传》。 [2]只今:如今。客边城:乾道九年(1173),诗人代理嘉州知州。 [3]“青衫”句:我至

今仍穿着当年在朝中做小官时的旧青衫。青衫，唐制文官八品、九品服饰，后泛指官职卑微。鹓（yuān）行，朝官行列。鹓，传说中类似凤凰的鸟，鹓鸟飞行有序。比喻朝官行伍整齐。[4]剑外：本指剑阁以南，此处指嘉州。[5]古戍：古旧的戍楼。[6]刁斗：古代军中用具，白天用作炊具，夜间用来警戒报时。[7]檀槽：琵琶等弦乐器上架弦的格子，用檀木制成。此处指琵琶。《出塞》：军中曲，声调雄壮，表现将士的边塞生活。

[点评]

此诗乾道九年（1173）秋作于嘉州。作此诗前，诗人由南郑前线调任成都，后改任蜀州通判，摄知嘉州，多地辗转，频繁奔波。首句点出“君王”，拔高基调，突出豪情与才能，今昔对比，徒增忧伤。颔联紧承首句，慨叹其早年久沉下僚，如今置身剑外，昨日犹为青丝，今日已变白发。形象生动，反差强烈，情调凄伤。颈联追忆他曾经历过的前线军营生活情景，旌旗惨淡，刁斗声声，铁血沙场的肃杀之感扑面而来，可见诗人的心仍在前线。尾联直抒胸臆：即使醉中，壮心也未消尽，醉听雄壮《出塞》曲，依旧向往驰骋疆场，统一河山。此诗充溢着作者坚贞不移的爱国之情和壮志难酬的不平之气，跌宕淋漓，余味无穷。

夜读《岑嘉州诗集》

汉嘉山水邦[1]，岑公昔所寓[2]。

公诗信豪伟，笔力追李杜。
常想从军时，气无玉关路[3]。

公诗多从戎西边时所作。

至今蠹简传[4]，多昔横槊赋[5]。
零落财百篇[6]，崔嵬多杰句[7]。
工夫刮造化[8]，音节配《韶》《頀》[9]。
我后四百年[10]，清梦奉巾屦[11]。
晚途有奇事，随牒得补处[12]。
群胡自鱼肉[13]，明主方北顾[14]。
诵公《天山》篇[15]，流涕思一遇[16]。

岑参有“万里奉王事，一身无所求”（《初过陇山途中呈宇文判官》）之心，陆游有“平生万里心，执戈王前驱”（《夜读兵书》）之志，感情共鸣，志向、诗风相似。

[注释]

[1] 汉嘉：指嘉州，因州境近汉代汉嘉旧县，故称。 [2] 岑公：指唐代诗人岑参。 [3] 玉关：玉门关，在今甘肃敦煌。古时为重要军事关隘和丝路交通要道。 [4] 蠹（dù）简：原意为被虫蛀坏的书，泛指古旧书籍。此处指岑参诗集。 [5] 横槊（shuò）赋：军中所写诗文。元稹《唐故检校工部员外郎杜君墓系铭》载，曹操父子往往横持长矛赋诗，指代能文能武的英雄豪迈气概。槊，长矛。 [6] 财：通“才”。百篇：陆游曾选刻岑参遗诗八十余篇，“百篇”为举其整数。 [7] 崔嵬（cuī wéi）：山石高而不平。此处指诗句奇特，气势非凡。 [8] 刮造化：巧夺天工。杜甫《画鹘行》：“乃知画师妙，功刮造化窟。” [9]《韶》《頀（hù）》：古代乐曲名。相传《韶》为虞舜所作，《頀》为商汤乐名。 [10]“我后”句：

岑参卒年（770）至陆游生年（1125），相距三百五十五年，“四百年”为举其整数。 [11] 巾：头巾。屦（jù）：古时用麻、葛等做成的鞋。 [12] 牒：公文。得补处：指陆游任蜀州通判，摄知嘉州。 [13] “群胡”句：金人自相残杀。乾道八年（1172），金国变乱，完颜亮杀金熙宗和宗室大臣，后亦为部下所杀。事见《大金国志》。 [14] “明主”句：孝宗赵昚方才计划北伐。乾道八年（1172）九月，孝宗下诏决定亲征，令虞允文治理军队，等候出征。事见《宋史·孝宗纪》。 [15]《天山》篇：指岑参《天山雪歌送萧治归京》一诗，此处泛指岑参从军时所作诗歌。 [16] 思一遇：希望能有一次像岑参那样随军出征的机会。一说指希望得遇岑参。

[点评]

唐代诗人岑参曾任嘉州刺史，故称“岑嘉州”。乾道九年（1173）夏，陆游摄知嘉州。他自少酷爱岑诗，《跋〈岑嘉州诗集〉》：“今年自唐安别驾来摄犍为，既画公像斋壁，又杂取世所传公遗诗八十余篇刻之，以传知诗律者。不独备此邦故事，亦平生素意也。”此诗作于秋天，写诗人夜读岑参诗的感受。首二句点明地点，写岑参曾为官嘉州。“公诗”二句评价岑诗，赞其诗奇伟，直追李杜，“尝以为太白、子美之后，一人而已”（《跋〈岑嘉州诗集〉》）。后称岑参从军，气壮山河，艰难险阻，视之若无。岑诗流传至南宋，零落散失，不足百篇，但多格调雄奇，巧夺天工，音律优美，气势非凡。“我后”二句表现钦佩和景仰，向往其人，形于梦寐，愿服侍左右，钦慕之情溢于言表。“晚途”二句写自己摄知嘉州，关合开篇。最后四句抒发感慨，“近闻索虏自相残”（《闻虏乱有感》），皇帝亲征，诗人渴望能像岑参一样“一身从远使，万里向安西”（岑参《碛西头送李判官入京》），随军出征，击胡草檄，报效国家。此诗借岑参事言己志，语言质朴，气概豪迈，雄健中隐寓愤慨之情。

九月十六日夜，梦驻军河外，遣使招降诸城，觉而有作

杀气昏昏横塞上[1]，东并黄河开玉帐[2]。
昼飞羽檄下列城[3]，夜脱貂裘抚降将。
将军枥上汗血马[4]，猛士腰间虎文韔[5]。
阶前白刃明如霜，门外长戟森相向。
朔风卷地吹急雪[6]，转盼玉花深一丈[7]。
谁言铁衣冷彻骨，感义怀恩如挟纩[8]。
腥臊窟穴一洗空[9]，太行、北岳元无恙[10]。
更呼斗酒作长歌，要遣天山健儿唱[11]。

押去声韵，一韵到底，韵脚密且为开口音，音韵铿锵，声弘气壮，声情相谐。

[注释]

[1]横：充满，弥漫。[2]并：依傍。玉帐：主帅的军营。[3]羽檄：紧急军用文书。下列城：攻下许多城池。[4]枥：马槽。汗

血马：汉武帝时大将李广利斩西域大宛王，得汗血马，马汗从前肩胛出，色红如血，传闻一日能行千里。事见《汉书·武帝纪》。此处指主帅坐骑。 [5] 虎文韔（chàng）：画有虎头的弓套。韔，弓套。 [6] 朔风：北风。 [7] 转盼：转动眼睛，形容时间短暂。玉花：雪花。 [8] 如挟纩（jiā kuàng）：好像披着棉衣，比喻受人抚慰而感到温暖。《左传》宣公十二年载，楚怀王关怀军士是否受寒、挨冻，军士心里都感到温暖，仿佛穿了棉衣。挟，同"夹"。纩，本意为新丝棉絮，后泛指棉絮。 [9] 腥臊窟穴：蔑称金人居所。古代北方游牧民族吃生牛羊肉，身上有腥臊味，故以"腥臊"指金人。 [10] 太行：即太行山。北岳：即恒山。当时均为沦陷区。 [11] 天山：在今新疆中部，此处泛指西北边境。

[点评]

乾道九年（1173）作于嘉州，时诗人远离前线，报国无门，日思夜梦。河外，黄河以北。此处泛指黄河流域沦陷区。诗题"觉而有作"，坐实梦境。全诗分四层，前四句极写"驻军河外，遣使招降诸城"之景。"横"字有力，仿佛杀气铺天盖地而来，令人生畏。三、四句对仗工稳，昼夜之间，招降诸城，对比强烈，诗意饱满。"飞""下"两个动词从大处入手，写出军情紧迫；"脱""抚"则从细处聚焦，突出仁义之师的风范。接下四句写军幕武卫森严，遣词精警，笔力雄健。"朔风"四句化用岑参"北风卷地白草折，胡天八月即飞雪"与"将军角弓不得控，都护铁衣冷难着"（《白雪歌送武判官归京》）句意，以恶劣环境反衬将士报国之心。末四句呼应开篇四句，写宋军乘胜追击，高唱凯歌，收复秦、汉故土。全诗借梦抒发出师北伐之志，层层推进，风格雄奇刚健，充满豪放之气和乐观精神，明显可见岑参边塞诗风的影响。

闻虏乱有感

前年从军南山南[1]，夜出驰猎常半酣。
玄熊苍兕积如阜[2]，赤手曳虎毛毵毵[3]。
有时登高望鄠杜[4]，悲歌仰天泪如雨。
头颅自揣已可知[5]，一死犹思报明主[6]。
近闻索虏自相残[7]，秋风抚剑泪汍澜[8]。
雒阳八陵那忍说[9]，玉座尘昏松柏寒[10]。
儒冠忽忽垂五十[11]，急装何由穿袴褶[12]？
羞为老骥伏枥悲[13]，宁作枯鱼过河泣。

古乐府《枯鱼诗》："枯鱼过河泣，何时复还入？作书与鲂鱮，相教谨出入。"

可与《汉宫春·初自南郑来成都作》词对读。

[注释]

[1] 南山南：终南山以南。 [2] 玄熊：黑熊。苍兕（sì）：青色野牛。阜：小山。 [3] 曳：拖拉。毵（sān）毵：毛发细长的样子。 [4] 鄠（hù）杜：指鄠县（今陕西西安鄠邑区）和杜陵（今

陕西西安东南)，当时为沦陷区。　[5]“头颅”句：看向头颅，已自知年老。苏轼《答任师中、家汉公》：“头颅已可知。”揣，估计。　[6]明主：指孝宗赵昚。　[7]索虏：蔑称金人。金人蓄辫发，长如绳索。　[8]汍(wán)澜：流泪的样子。　[9]雒阳八陵：北宋八个皇帝的陵墓，在今河南巩义。雒阳，洛阳古称。雒，同“洛”。　[10]玉座：指皇陵。　[11]儒冠：读书人的帽子，此为陆游自指。　[12]急装：扎缚紧凑的装束。袴褶(kù zhě)：古代一种骑服，此处代指戎装。　[13]“羞为”二句：不愿像衰老的千里马那样因伏在马槽而悲愁，又岂肯像枯鱼一样因出水丧生而悔泣。老骥伏枥，语出曹操《步出夏门行·龟虽寿》：“老骥伏枥，志在千里。烈士暮年，壮心不已。”骥(jì)，良马。枯鱼过河泣，自注中“何时复还入”，应为“何时悔复及”，当系误记。

[点评]

此诗乾道九年(1173)九月作于嘉州。所谓“虏乱”，是指乾道八年金国内部动乱，事见宇文懋昭《大金国志》卷十七。诗人常怀报国之心，闻金人内乱有感，作此诗。诗分两层，前八句回忆往昔从军岁月。起四句先写“秋风逐虎花叱拨，夜雪射熊金仆姑”(《秋风》)的游猎盛况，意气风发，豪迈激昂。下四句则笔锋调转，酣畅情绪戛然而止。诗人登高望远，看长安故地仍陷敌手，不禁仰天悲歌，泪如雨下。失地就在眼前，空有杀敌之心，却无用武之地，忍看“遗民泪尽胡尘里”(《秋夜将晓，出篱门迎凉有感》)，悲愤万分。“近闻”八句回到当下，抒发渴望北伐杀敌、恢复故土的愿望。诗人远离前线，但“逆胡未灭心未平”(《三月十七日夜醉中作》)，听闻敌军内乱，内心激动，虽已年近半百，仍愿重整戎装，为国效力，“思为君王扫河洛”(《弋阳道中遇大雪》)。此诗起笔极力渲染当年游猎豪放壮观场面，表现建功立业的期待，而现实中却是老骥伏枥，衰鬓霜白。即便如此，诗人宁做过河出水而丧生的枯鱼，渡河杀敌，也不愿“骈死于槽枥之间”(韩愈《马说》)，一腔报国之情，借“枯鱼”意象表达出来，感人泣下。

醉　歌

我饮江楼上[1]，阑干四面空。
手把白玉船[2]，身游水精宫[3]。
方我吸酒时，江山入胸中。
肺肝生崔嵬[4]，吐出为长虹。
欲吐辄复吞，颇畏惊儿童[5]。
乾坤大如许[6]，无处著此翁[7]。
何当呼青鸾[8]，更驾万里风。

押“东”韵，一韵到底，一气贯注，高昂明快。

[注释]

[1]江楼：指澄江楼，在今四川乐山。　[2]白玉船：白玉所制形似船的酒杯。　[3]“身游”句：在水精宫中游览，此处指游历江楼。水精宫，原为神话传说中的水晶宫殿，唐宋诗人常用来指四面

环水的屋宇。 [4] 崔嵬（cuī wéi）：原指山高不平，此处借指心中不平之气。 [5] 儿童：借指世间平庸无知的人。 [6] 乾坤：原为《易经》中的两卦名，后用作天地的代称。 [7] 著：安置，容纳。此翁：作者自指。 [8] 何当：何时。青鸾：传说中凤凰一类的神鸟，多为神仙坐骑。

[点评]

乾道九年（1173）九月，诗人于嘉州醉登江楼，追念往昔，作此五言古诗。开头二句，写登楼远眺，四野邈远，无际无涯，诗人顿感心胸开阔。“手把”二句对仗工整流动，点出醉后幻觉，超脱空灵。“方我”四句，意境开阔，诗人神游天外，江山入怀，吐纳如虹，气概豪迈。“欲吐”四句写对现实不满，心中郁闷欲吐还休。俯仰宇宙间，无所适从，孤立无援，不禁悲从中来，刹那间，家国之恨、仕途失意、生不逢时、壮志难酬等多重怨恨喷涌而出，化作无处容身的喟叹。结尾二句笔力振起，诗人乘驾青鸾，摆脱束缚，御风万里，高飞远举，潇洒至极。诗是醉歌，借酒抒怀，写痛饮至醉感想，想象恢奇，借豪饮发泄郁积已久的不平之气。兴之所至，脱口而出，毫无雕琢痕迹，笔力遒劲，气势雄放，明显可见李白古体诗风影响。

观大散关图有感

上马击狂胡[1]，下马草军书。
二十抱此志，五十犹癯儒[2]。

大散、陈仓间[3]，山川郁盘纡。
劲气钟义士[4]，可与共壮图。
坡陁咸阳城[5]，秦汉之故都。
王气浮夕霭[6]，宫室生春芜。
安得从王师，汛扫迎皇舆[7]？
黄河与函谷[8]，四海通舟车。
士马发燕、赵[9]，布帛来青、徐[10]。
先当营七庙[11]，次第画九衢。
偏师缚可汗[12]，倾都观受俘[13]。
上寿大安宫[14]，复如正观初[15]。
丈夫毕此愿，死与蝼蚁殊。
志大浩无期，醉胆空满躯。

清爱新觉罗·弘历等："忠愤蟠郁，自然形见，无意于工而自工。"（《御选唐宋诗醇》卷四十二）

[注释]

[1] 狂胡：指进犯的金兵。 [2] 癯（qú）儒：清瘦的儒士。 [3] 大散：即大散关。陈仓：在今陕西宝鸡，为关中、汉中间交通要冲，汉魏以来为攻守战略要地。 [4] "劲气"句：刚毅勇敢之气凝聚于忠义之士身上。 [5] 坡陁（tuó）：山路起伏不平。 [6] "王气"句：帝王云气飘浮在傍晚的云雾中。王气，指象征帝王运数的祥瑞之气。 [7] 汛扫：洒扫。皇舆：皇帝的车驾。 [8] 函谷：函谷关，在今河南灵宝，是历史上建置最早的要塞。 [9] 燕、赵：在今河北及山西部分地区。 [10] 青、徐：青州和徐州。前者今属山东，后者今属江苏。 [11] "先当"二句：

应当先建造好七座祖庙，接着规划四通八达的大道。七庙，古代礼制，天子有七座祖庙。此处指宋朝七座祖庙。九衢（qú），四通八达的街道。九，虚数，多的意思。 [12] 偏师：协助主力军作战的部队。可汗：古代鲜卑、突厥、回纥、蒙古等族对最高统治者的称呼，此处指金主。 [13] 倾都：城中所有居民。 [14] 上寿：献酒祝寿。大安宫：唐代宫殿名，此处借指宋朝宫殿。 [15] 正观：即贞观，唐太宗李世民年号（627—649）。宋人避仁宗赵祯讳，改作“正观”。

[点评]

乾道九年（1173），陆游于嘉州偶观大散关图，心生感慨，作此诗。诗分四层，起四句言明诗人之志和如今境遇。首二句笔锋突兀，少年英气跃然纸上，下二句转折，点出诗人已年逾五旬却仍是“癯儒”，与上句文韬武略的英雄形象相差悬殊。“犹”字于豪放中更见悲恸。“大散”十句为观图之感。此前诗人入王炎幕，亲赴南郑，积极备战。但不过一年，幕府解散，王师出关遂成泡影。此刻的舆图带诗人重游故地，重睹义士，恰似记忆的断片，一下将诗人抛入回忆与想象中，沉湎其间。遥想秦汉故城，嵯峨富庶，而今却王气暗收，宫生春芜，颇近宋张孝祥《六州歌头》“洙泗上，弦歌地，亦膻腥”的黍离之悲。“安得”二句是呐喊，是一腔愤恨的迸发，笔力铿锵，却饱含面对现实的无奈。虽壮志难成，诗人却仍翘首以盼，足见其孤忠。“黄河”十句写王师北净胡尘的场景，全用赋法，诸多动词相互贯穿，如银瓶泄水，一气呵成。但如此中兴图景终是空中楼阁，一切美好只存在于想象或梦境中，更见志士悲壮之处。最后四句潜气内转，回到现实。“丈夫”二句自惜自叹，也正话反说，讽刺为政者庸碌无为，与蝼蚁别无二致。“志大”二句写忧国孤臣对此只能空悲白发，流涕樽前，读之令人叹惋。全诗起句突如其来，结句寄慨遥深，以豪迈起，以落寞结，起承转合，跌宕生姿，又层层递进，使沉郁之情波折而出，于雄健中见勃郁。

金错刀行

黄金错刀白玉装[1]，夜穿窗扉出光芒[2]。
丈夫五十功未立，提刀独立顾八荒[3]。
京华结交尽奇士[4]，意气相期共生死。
千年史策耻无名[5]，一片丹心报天子[6]。
尔来从军天汉滨[7]，南山晓雪玉嶙峋[8]。
呜呼！楚虽三户能亡秦[9]，
岂有堂堂中国空无人！

“丹心”语出阮籍《咏怀》八十二首其五十一：“丹心失恩泽。”后被诗家传用。杜甫《郑驸马池台喜遇郑广文同饮》：“丹心一寸灰。”后晋开运二年官刻《杜甫集》作“丹心一片灰”。曹邺《东郎山》：“一片丹心存万古，谁云坐处是遐荒？”此语袭用前人，但注入爱国情感，足见许国之志。

[注释]

[1] 黄金错刀：典出汉张衡《四愁诗》：“美人赠我金错刀，何以报之英琼瑶。”错，涂饰。装：指刀柄和刀鞘装饰。 [2]“夜穿”句：用龙泉剑气冲斗牛典故。《晋书·张华传》载，晋初，斗、牛

二星宿所在之处常有紫气照射，张华问后，得知乃龙泉宝剑的光辉，后于丰城掘地而得龙泉、太阿二剑。窗扉，窗户和门。[3]“提刀”句：语出《庄子·养生主》：“提刀而立，为之四顾，为之踌躇满志。”八荒，又称八方，四方（东、南、西、北）和四隅（东南、东北、西南、西北）的总称。泛指所处世界的整个空间，直至最远之处。[4]京华：京城，此指南宋都城临安。[5]史策：史书。策，同“册”。[6]丹心：赤诚的忠心。[7]天汉：天河，借指汉水。此处指兴元府治所南郑。[8]南山：指终南山，在今陕西西安南。玉嶙峋：参差矗立，晶莹如玉。[9]“楚虽”二句：即使楚国只剩下三个氏族，也可以灭掉秦国，难道现在堂堂大宋会没有收复失地的人？战国时，楚怀王被扣押在秦国，不愿答应割地要求，后客死秦地。楚国民谚：“楚虽三户，亡秦必楚。”事见《史记·项羽本纪》。中国，泛指中原，此处指南宋。

[点评]

这首七言歌行是乾道九年（1173）陆游在嘉州时作。诗托物寄兴，借咏刀抒报国之志。首二句借刀入题，极写宝刀华美，暗寓自己怀才不遇。刀虽华美无比，却无人能识，遂引出对持刀之人的联想。三、四句笔锋陡转，出人意料。大丈夫持刀能断长蛟、斩楼兰，而诗人此时年近半百却功业无成。“提刀”句化用《庄子·养生主》句意，意境近李白“拔剑四顾心茫然”（《行路难》），无路请缨的失意英雄形象如在目前，苍凉之状令人唏嘘。“京华”四句追念往昔，写结交奇士，同仇敌忾，誓共生死，渴望赤心报国，留名青史，豪气逼人。“尔来”二句写自己从军南郑，北望失地，又起恢复之心。结尾二句，突然振起，“岂有”的反诘式警句冲口而出，如春雷轰鸣，振聋发聩。此诗四句一韵，韵随意转，平仄韵相间，语言精炼，跌宕起伏。全诗仅十二句，熔状物、摹景、叙事、抒情、议论于一炉，意气慷慨，气壮山河，读之令人振奋。

胡无人

须如猬毛磔[1]，面如紫石棱。
丈夫出门无万里[2]，风云之会立可乘。
追奔露宿青海月[3]，夺城夜踏黄河冰。
铁衣度碛雨飒飒[4]，战鼓上陇雷凭凭[5]。
三更穷虏送降款，天明积甲如丘陵。
中华初识汗血马[6]，东夷再贡霜毛鹰[7]。
群阴伏[8]，太阳升。胡无人，宋中兴。
丈夫报主有如此[9]，笑人白首篷窗灯。

古体诗很少对偶，“追奔”以下四句却以律入古，对仗工整，笔力铿锵，别具一格。

[注释]

[1]“须如”二句：胡须如刺猬般张开，面如紫石般威严。《晋书·桓温传》载，桓温“眼如紫石棱，须作猬毛磔”。磔（zhé），分裂肢体的酷刑，此处指张开的样子。棱，威严的样子。 [2]“丈夫”二句：英雄出门不以万里为远，遇到贤主、良机，立即可以

施展抱负。风云之会,《周易·文言》:"云从龙，风从虎。"后以龙虎与风云际会比喻人遇贤主、良机。 [3]"追奔"二句：露宿青海月下，连夜追击奔逃的敌人，踏着黄河冰块夺城。青海，青海湖，此处泛指西北边防要塞。 [4]碛(qì):浅水沙石，引申为沙漠。 [5]"战鼓"句：谓战鼓声响彻边地，直冲云霄。陇，陇山，在今陕西陇县西北。凭凭，象声词，形容声音洪亮。 [6]"中华"句：指宋朝缴获敌人好马。汗血马，产于大宛国的一种良马。 [7]东夷：古代对东方少数民族的蔑称，此处指金国。霜毛鹰：白鹰，毛色白如霜，新罗等国贡与唐朝。 [8]群阴：古时以中国为阳，夷狄为阴。此处主要指金人。伏：伏罪。 [9]"丈夫"二句：大丈夫报效君王就应如此，可笑那些苦读的白头书生，老死在篷窗孤灯下，一事无成。篷窗，用竹篾或芦苇编的窗户，此处指简陋房屋。

[点评]

此诗乾道九年(1173)十月、十一月间作于嘉州。《胡无人》,古乐府名，多用来表现反对异族侵略的主题。胡，此指金人。诗分为四层，起四句将镜头瞄准一位忠勇刚毅的英雄。首二句用笔突兀，活用桓温之典描绘英雄外貌，须髯怒张，状貌奇伟；三、四句言明英雄不畏艰难，若遇良机则才华得展，功业可成；五至八句表现英雄出征艰苦，先从视觉着眼，写其勇往直前，追击胡虏，势如破竹；再从听觉入手，摹状紧张激烈的战争场面，如在目前。风雨声、战鼓声如"万鼓凭凭东北风"(《冬夜戏书》),响彻四野，气势磅礴。接下八句承上而来，续写胜利之景，群阴慑服，戎虏乞降，一夜积甲与山齐；四夷宾服，称臣纳贡，宋室中兴如日升。此刻诗人喜悦之情难以遏制,"群阴伏"四个短句，一气直下，掷地有声，如胜利宣言，似听无数将士高声疾呼，豪情壮志，气震山河。末二句回到现实，自嘲虽历经四朝，但君臣际遇始终相距甚远，报国无门，一事无成。此诗借乐府旧题言志，直抒胸臆，语言生动自然，恣肆酣畅，三、五、七言长短句式交错，音韵节奏多变，充满雄豪与悲凉之气，可与李白《胡无人》相媲美。

对酒叹

镜虽明，不能使丑者妍。
酒虽美，不能使悲者乐。
男子之生桑弧蓬矢射四方[1]，古人所怀何磊落。
我欲北临黄河观禹功[2]，犬羊腥膻尘漠漠[3]。
又欲南适苍梧吊虞舜[4]，九疑难寻眇联络。
惟有一片心，可受生死托。
千金轻掷重意气[5]，百舍孤征赴然诺[6]。
或携短剑隐红尘[7]，亦入名山烧大药。
儿女何足顾，岁月不贷人[8]。
黑貂十年弊[9]，白发一朝新。
半酣耿耿不自得，清啸长歌裂金石[10]。
曲终四座惨悲风，人人掩泪无人色。

化用李白《寄王明府》“莫惜连船沽美酒，千金一掷买春芳”与唐吴象之《少年行》“一掷千金浑是胆，家无四壁不知贫”。

[注释]

[1]“男子”二句：男子出生，以桑木作弓，蓬梗为矢，射天地四方，古人胸怀何等光明正大！《礼记·内则》载，国君世子出生后，为君掌管射事之人以桑弧蓬矢射向天地四方。桑弧，桑木制的弓。蓬矢，蓬梗制的箭。　[2] 禹功：夏禹治水的功绩。此处指龙门山，在今山西河津西北及陕西韩城东北，跨黄河两岸。相传夏禹治水时凿通龙门山，疏洪水，消灾难，故后人称龙门山为“禹功”。　[3] 犬羊：对金人的蔑称。　[4]“又欲”二句：又想向南到苍梧凭吊虞舜，但九嶷山中山峰相似，难以寻找其所葬之地。虞舜，上古五帝之一，名重华，南巡时死于苍梧之野，葬于九嶷山。事见《史记·五帝本纪》。九疑，九嶷山，又名苍梧山，在今湖南宁远县。疑，同“嶷”。　[5]“千金”句：轻视钱财，注重恩义与情谊。千金轻掷，即“一掷千金”，形容用钱满不在乎。千金，汉代以一斤黄金为一金。　[6] 百舍：百里一宿，意谓长途跋涉。战国初期，公输般为楚国制造攻城云梯，准备用来攻打宋国。墨子听到此事，步行百舍，脚底磨起厚茧，赶去阻止公输般。事见《战国策·宋卫策》。赴然诺：去实现诺言。秦末，楚人季布性情耿直，尚侠义，乐助人，只要答应的事，无论多大困难都设法办到，故楚人谚：“得黄金百，不如得季布一诺。”即后世所说“一诺千金”。见《史记·季布栾布列传》。　[7]“或携”二句：若无报国机会，就携带短剑隐于闹市，并到名山炼丹修道。《抱朴子·内篇》卷四《金丹》载，古之道士必于名山中炼制神仙大药。大药，即丹药，用丹砂炼制的药物，道教认为服之可长生不老。　[8] 贷：本意为借贷，此处意谓宽限、等待。　[9]“黑貂”二句：黑貂皮衣穿着十年后已经残破，白发每日都在不断增多。战国时，苏秦游说秦王，上书十次都未见采用，身上的黑貂袍被穿破，黄金百斤用尽，最后离秦。事见《战国策·秦策

一》。 [10] 裂金石：啸歌之声如金石碎裂。

[点评]

此诗淳熙元年（1174）夏任蜀州通判时作。起笔铺排，劈空而下，情势十足。镜虽明晰，却不可改变苍老容颜，首露矛盾心态，扣定题旨。诗人有“爱山入骨髓，嗜酒在膏肓”（《晨起看山饮酒》）句，而此处一反常语，不言酒“解忧”，却说酒无法化悲为乐，可见悲苦深广，有世事难全、怅然失志意。“男子”二句以古代生子桑弧蓬矢的风俗表崇古之心，豪气振荡，有李白遗风。“我欲”四句，效张衡《四愁诗》，“北临黄河”，进军北伐无门，“南适苍梧”，圣君难寻，皆关涉朝政，盼良君良策，有屈原遗风。用神话典，豪气郁结，更添悲愤，有浪漫情调。“惟有”四句，忽宕开一笔，句式错落，节奏顿挫，抒发性情襟抱。面对险阻，诗人直放豪语，以生死表忠诚，未露怯色。语言激昂高亢，先说明重义轻财，后用墨子与季布典，表重义气然诺的高尚人格。“或携”二句退而求次，有现实紧逼、山穷水尽之势态。“儿女”二句再表情志，含及时建功意，与诗人“但悲鬓色成枯草，不恨生涯似断蓬”（《武昌感事》）同一机杼。“黑貂”二句以对比手法，强化年岁将尽、时不我待、“美人迟暮”之感。末四句写郁愁未解，苦闷喷涌而出，悲歌长啸，金石碎裂，呐喊冲破天际，终落归静寂，语尽意不尽。全诗用典恰到好处，随情感变化换韵，句式长短相协，形式自由活泼，风格豪健悲慨。

秋　声

人言悲秋难为情[1]，我喜枕上闻秋声。
快鹰下韝爪觜健[2]，壮士抚剑精神生。
我亦奋迅起衰病[3]，唾手便有擒胡兴。
弦开雁落诗亦成，笔力未饶弓力劲[4]。
五原草枯苜蓿空[5]，青海萧萧风卷蓬。
草罢捷书重上马，却从銮驾下辽东[6]。

宋玉《九辩》有句“悲哉！秋之为气也。萧瑟兮，草木摇落而变衰”，欧阳修有《秋声赋》。古来文人多写秋天萧条寂寥，陆游却翻案作诗，一扫颓唐之气。此诗颇似刘禹锡《秋词》“自古逢秋悲寂寥，我言秋日胜春朝”，然刘禹锡豪兴寄托于晴空白鹤，陆游则寄托于壮士抚剑、唾手擒敌，更添家国情怀。

[注释]

[1]“人言”二句：化用刘禹锡《秋词》：“自古逢秋悲寂寥，我言秋日胜春朝。”难为情，难以忍耐胸中悲情。秋声，指秋天里自然界的声音，如风声、草木摇落之声、虫鸟声等。 [2]韝（gōu）：臂套。觜（zuǐ）：同“嘴”。 [3]奋迅：精神振奋，行动迅速。“亦”，明刊须溪本作“已”。 [4]未饶：不让，不亚于。 [5]五原：关塞名，即汉五原郡之榆柳塞，在今内蒙古五原县。 [6]銮驾：天子车驾，此处代指帝王。辽东：在今辽宁东南，此处指金朝后方。

[点评]

此诗创作时间有争议，一说淳熙元年（1174）初秋蜀州任上作。一说题目虽曰《秋声》，但编次在六月十四日、二十五日所作诸诗之前，当为淳熙元年夏蜀州作。首二句直抒胸臆，次四句以快鹰、壮士的动作与精神为兴象，引发擒敌之意。接下二句“弦开”“雁落”“诗成”

动作紧凑相续，“未饶”二字尤精妙，以弓力比笔力，双双凸显。“五原”二句换东韵，图景自跃马射雁活泼场面转向空荡荒原，恍然有肃杀意。末二句由抑转扬，写草书挥就、上马扬鞭，预备跟随帝王杀敌复土，抑扬间将情感推到高潮。全诗境界壮阔，豪迈雄壮，换韵得当，叙事、摹物生动活泼，细节描写逼真。“五原”“辽东”皆非实景，诗人神思遐飞，于“枕上”造境于万里间，想象新奇，令人叹服。

寓驿舍

闲坊古驿掩朱扉，又憩空堂绽客衣[1]。

九万里中鲲自化[2]，一千年外鹤仍归[3]。

绕庭数竹饶新笋，解带量松长旧围。

惟有壁间诗句在，暗尘残墨两依依。

“九万里”连续三仄声，“一千年”音读入平平，抑扬顿挫，铿锵有力，与诗人“三万里河东入海，五千仞岳上摩天”（《秋夜将晓，出篱门迎凉有感》）句异曲同工。

[注释]

[1] 绽客衣：缝制衣裳。汉乐府相和歌辞《艳歌行》：“兄弟两三人，流宕在他县。故衣谁当补，新衣谁当绽。赖得贤主人，览取为吾绽。”“绽”，明刊涧谷本作“浣”。 [2]“九万”句：化用《庄子·逍遥游》所载鲲鱼化为鹏鸟，乘旋风飞上九万里的寓言。 [3]“一千”句：陶潜《搜神后记》载，辽东人丁令威学道于灵虚山，后变为鹤归乡，少年举弓欲射之，丁令威道：“有鸟有

鸟丁令威，去家千年今始归。城郭如故人民非，何不学仙冢累累。”宋丁谓《寄友人》：“九万里鹏重出海，一千年鹤再归巢。”宋佛印：“九万里鹏从海出，一千年鹤远天归。”

[点评]

淳熙元年（1174）夏，陆游自蜀州至成都，寓居客栈，作此诗。自乾道八年（1172）以来，他于蜀中辗转迁徙，数次落脚成都，此为其中第三次。初至成都，曾作《汉宫春·初自南郑来成都作》，思及南郑前线截虎呼鹰，豪气冲霄，直道“功名不信由天”。然而三年过去，建功立业的愿望仍未实现。此刻故地重游，景况却更不比往昔，不由感慨万千。首联叙事、描物，坊“闲”堂“空”相呼应，又以“朱扉”反衬，尽显寂寥气氛；“绽客衣”用汉乐府《艳歌行》典故，更添漂泊之悲。颔联笔锋一转，用《庄子·逍遥游》鲲鹏奋翅飞天、《搜神后记》丁令威化鹤归辽二典故，表达自己的理想追求和故地重游、物是人非的感慨。“九万里中”“一千年外”承接原典夸张笔法，气势宏大，节奏独特。此联看似与首联意象无联系，实为独憩空堂之想象。颈联由远及近，由静及动，由虚到实，见眼前树木长大，暗寓岁月不居，功业无成。尾联场景回归室内，“依依”不仅摹尘埃漂浮不定、墨迹黯淡模糊之状，更蕴含心中深远绵愁，恍若往日蹈厉皆已消散入暗尘残墨。鹏飞鹤举，我独闲居，此一重悲；树犹如此，人何以堪，此二重悲；物是人非，旧迹残败，此三重悲。全诗寓情于景，未直接抒情，而忧伤感慨尽在不言中。

观长安城图

许国虽坚鬓已斑，山南经岁望南山[1]。
横戈上马嗟心在，穿堑环城笑虏孱[2]。
谍者言：虏穿堑三重，环长安城。
日暮风烟传陇上[3]，秋高刁斗落云间[4]。
三秦父老应惆怅[5]，不见王师出散关。

全诗紧扣一“望”字，谍兵望敌人建重重壕沟，诗人望北方万家灯火，沦陷区百姓望南师收复失地，谍兵、诗人所望是实，百姓之望是虚，侧面批评当权者苟且偷安，无视百姓意愿。

[注释]

[1]“山南”句：身在南郑，终日望向终南山以北的长安城。山南，终南山以南地区，此指南郑。　[2]穿堑（qiàn）：挖掘护城壕沟。　[3]风烟：风吹起的烽烟。古时边塞三十里设一烽火台，燃烟以传递消息。陇上：今陕西西部和甘肃东南部一带，宋时为边塞重镇。　[4]刁斗：古时行军用具，外形似锅，日间用以煮饭，夜间倒悬，击之以警夜传更。　[5]三秦：指沦陷的关中地区。《史记·秦始皇本纪》载，秦亡，项羽三分关中，封秦降将章邯为雍王、司马欣为塞王、董翳为翟王，合称“三秦”。

[点评]

淳熙元年（1174）秋，陆游任蜀州通判。时长安为金人所占，他看长安城图，感慨万分，作此诗。首联写诗人报国之志与衰老之现实，“山南”“南山”用语巧妙。颔联突出理想与现实之对比，“横戈上马”“穿堑环城”对仗工稳，又为句中对，诗人勇猛进取之态与敌人懦弱龟缩之举对比鲜明，诗人直笑金人孱弱，更见其“嗟心在”之悲。颈联写景，从视、听两方面下笔，描写前线情状，渲染肃杀氛围。尾联从沦陷区百姓角度着笔，推测三秦百姓因宋军仍未出关复土而惆怅，谴责之意不言而喻。

长歌行

人生不作安期生[1]，醉入东海骑长鲸[2]。
犹当出作李西平[3]，手枭逆贼清旧京[4]。
金印煌煌未入手，白发种种来无情[5]。
成都古寺卧秋晚[6]，落日偏傍僧窗明[7]。
岂其马上破贼手[8]，哦诗长作寒螀鸣[9]。
兴来买尽市桥酒[10]，大车磊落堆长瓶[11]。
哀丝豪竹助剧饮[12]，如钜野受黄河倾[13]。
平时一滴不入口，意气顿使千人惊。
国仇未报壮士老，匣中宝剑夜有声[14]。
何当凯还宴将士，三更雪压飞狐城[15]。

清马星翼：“放翁《长歌行》最善，虽未知与李、杜何如，要已突过元、白。集中似此亦不多见。”（《东泉诗话》卷二）

清方东树：“压卷。”吴闿生批：“所以压卷，亦以豪迈纵横也。”（《昭昧詹言》卷十二）

[注释]

[1] 安期生：传为秦始皇时仙人，自号抱朴子，琅琊（今山

东青岛）人。卖药东海边，受秦始皇召见，长谈三日三夜，受赐金璧而去。事见刘向《列仙传》。 [2] 骑长鲸：喻指隐道或游仙。杜甫《送孔巢父谢病归游江东，兼呈李白》："若逢李白骑鲸鱼，道甫问信今何如。"李白自署"海上骑鲸客"。后世以"骑鲸客"喻仙家、豪客。 [3] 李西平：唐名将李晟。德宗时，泾原节度使姚令言叛变，奉朱泚为大秦皇帝。李晟于德宗兴元元年（784）平定朱泚叛乱，收复长安，封西平郡王。事见《旧唐书·德宗纪》。 [4] 枭：枭首，悬首示众。旧京：指唐都城长安，李晟率军平定长安，故曰"清旧京"。 [5] 种种：头发短少的样子，指年迈衰微。《左传》昭公三年载卢蒲嫳语："余发如此种种，余奚能为？" [6] 成都古寺：指多福院。陆游另有《客多福院晨起》诗。 [7]"落日"句：化用诗句"夕阳如有意，偏傍小窗明"。北宋惠洪《冷斋夜话》卷四载该句为陈叔宝作，蔡居厚《蔡宽夫诗话》以为系唐人方棫诗，并非陈叔宝作。后人或收入《汉魏六朝百三家集·陈后主集》，或收入《全唐诗》卷七七五方棫诗。 [8] 马上破贼手：骑马杀贼的能手。《魏书·傅永传》："高祖每叹曰：'上马能击贼，下马作露布，唯傅脩期耳。'" [9] 寒螀（jiāng）：寒蝉，秋蝉。 [10] 市桥：桥名，在今成都石牛寺一带。 [11] 磊落：众多错杂的样子。 [12] 哀丝豪竹：指悲壮的音乐。杜甫《醉为马坠，诸公携酒相看》："酒肉如山又一时，初筵哀丝动豪竹。"丝，指弦乐器。竹，指管乐器。 [13] 钜野：古代大泽，在今山东巨野县北，邻近黄河下游，面积广大，元末以后被黄河冲决而逐渐干涸。钜，通"巨"。 [14]"匣中"句：晋王嘉《拾遗记》卷一载，颛顼有曳影之剑，未用之时，常在匣里作龙虎之吟。此借喻有才能而不受重用。匣，剑鞘。 [15] 飞狐：古关隘名，隋置，在今河北涞源县，当时被金人占领。

[点评]

淳熙元年（1174）秋，诗人居成都古寺多福院。恰逢半百之年，国仇未报，而壮士渐老，客居古寺的生活看似静美，实则闲散无聊，诗人身在寺中，心在前线。他以“剧饮”豪情表达报国之志，抒发对现实的愤懑和对未来的希冀。诗为七言歌行体，字句间尽显宛转流动、纵横开阖之态。首四句即“平空提起”，气概非凡，连用仙家“安期生”和名将“李西平”的典故，于对比中彰显心志，渴望建功立业之情喷薄而出。“金印”二句对仗工整，形成“逆折”，远大理想抱负受到现实阻碍，掀起第一层波澜。“秋晚”“落日”等意象强化感伤、愁苦之情。“岂其”二句可作一句看，以散文句法入诗，反问语气承上启下，上接“手枭”句之雄心壮志，下启“匣中”句之不平则鸣，抒情强烈，自然流畅，激起第二层波澜。情绪铺垫至此，“酒”意象的融入又增添不少诗兴。“兴来”不可挡，“尽”“堆”“剧”“倾”等字笔调夸张，酣畅淋漓，胸中意气透纸而出。“平时”句为“转笔”，“意气”句再掀波澜，情绪饱满充实，风格“飞扬”而不“跋扈”，热烈中显深沉。末四句借物写人，情景交融，呼应开头，展开想象，笔触生动细腻。从“凯还宴将士”到“雪压飞狐城”，镜头由局部渐渐扩充至整体，人在景中，景寓希望，境界阔大。全诗有起有伏，衔接自如，复杂情感行乎其间，几度达到高峰。

楼上醉歌

我游四方不得意，阳狂施药成都市[1]。
大瓢满贮随所求，聊为疲民起憔悴[2]。
瓢空夜静上高楼，买酒卷帘邀月醉[3]。
醉中拂剑光射月，往往悲歌独流涕。
刬却君山湘水平[4]，斫却桂树月更明。

太白诗：刬却君山好，平铺湘水流。

老杜诗：斫却月中桂，清光应更多。

丈夫有志苦难成，修名未立华发生[5]。

宋刘辰翁："起得便高妙。"（《须溪精选陆放翁诗集·后集》卷二）

宋刘辰翁："真哀歌憔悴之音。"（《须溪精选陆放翁诗集·后集》卷二）

[注释]

[1] 阳狂：即"佯狂"，假装狂人。阳，通"佯"。施药：赠送药物为人治病。 [2] 起憔悴：使憔悴的病人恢复健康。 [3] 帘：即市招，酒家门口所挂旗帜。邀月醉：李白《月下独酌》："花间一壶酒，独酌无相亲。举杯邀明月，对影成三人。" [4]"刬却"二句：比喻铲除前路障碍，追求光明，语出李白、杜甫诗。陆游诗中自注所引乃李白《陪侍郎叔游洞庭醉后三首》其三及杜甫《一百五日夜对月》。君山，又名湘山，在今湖南岳阳洞庭湖中。桂树，神话认为月中暗影为五百丈高桂树，树下吴刚持斧劈砍，随砍即合，永无休止。事见东晋虞喜《安天论》。 [5] 修名：美名，屈原《离骚》："老冉冉其将至兮，恐修名之不立。"此处指功名。

[点评]

此诗淳熙二年（1175）六月作于成都。好友范成大任四川制置使，邀请诗人任成都府路安抚司参议官兼四川制置使司参议官，诗人于是自荣州（治今四川荣县）再返成都。《宋史·陆游传》:“范成大帅蜀，游为参议官，以文字交，不拘礼法，人讥其颓放，因自号放翁。”诗写醉中抚剑悲歌，慨叹怀才不遇，诉说抗金复土壮志不得实现的苦闷之情。开头记述自己施药济民事，以浪漫想象邀月同醉，表现旷达豪情。化用李白和杜甫“刬君山”“斫月桂”名句，皆自然贴切，如同己出。末二句言年岁渐老，功名未立，徒有壮志，发自胸臆，真情流露，动人肺腑。诗前八句押“置”韵，后四句换为“庚”韵，情感由悲至喜，再至悲，一波三折，自然流动，声情相偕。宋人诗歌“市”字多用为“纸”韵，“涕”字多用为“霁”韵，极少押“置”韵。除此诗外，陆游另有将“市”字用为“置”韵者，如《白塔道中乘卧舆行》等，亦有将“涕”字用为“置”韵者，如《冬日读白集，爱其“贫坚志士节，病长高人情”之句，作古风十首》其三等，并非一时误用。

雨

映空初作茧丝微[1]，掠地俄成箭镞飞[2]。
纸帐光迟饶晓梦[3]，铜炉香润覆春衣[4]。

池鱼鲅鲅随沟出[5]，梁燕翩翩接翅归。

惟有落花吹不去，数枝红湿自相依[6]。

[注释]

[1] 茧丝微：形容细雨如丝。 [2] 箭镞：箭头，此处形容春雨变大后落地的势头。 [3] 纸帐：剡溪藤纸所制帐子。饶：多。 [4] "铜炉"句：雨天潮湿，把春日湿衣放在铜炉上熏香烤干。 [5] 鲅（bō）鲅：鱼鲜活跳跃的声音。 [6] 红湿：花著雨的颜色。杜甫《春夜喜雨》："晓看红湿处，花重锦官城。"相依：雨湿花枝，落花风吹不起，故曰"相依"。

[点评]

淳熙三年（1176）二月，诗人五十二岁，寓居成都范成大幕府。首联即用对仗正面写雨，"茧丝微""箭镞飞"呈现雨由高到低、由弱到强的动态变化，富灵动之妙。"箭镞"以形象的比喻赋予雨凌厉之感，"飞"说明雨此时速度之快。颔联着眼于人的活动，阴雨绵绵，纸帐光迟，使人忘记时辰，重重叠叠的梦侵扰帐中人。春衣沾上湿意，铜炉熏之何其妙哉？颈联着眼于"池鱼""梁燕"，前者爱雨，雨落水涨，欢蹦跳跃，池水四溢，好不快乐。后者稍显惊慌，"翩翩""接翅归"妙写梁燕回巢接踵而至的亲昵情态。一出一归，描写自然生物对春雨的不同反应，可见诗人观察细致。"鲅鲅""翩翩"叠词对仗，活泼鲜明，富有意象与韵律美。尾联与杜诗"晓看红湿处，花重锦官城"（《春夜喜雨》）有异曲同工之妙，均以“红湿”作结。“落花”何以“吹不去”，正是绵绵春雨使花重陡增。“自相依”，雨中花枝的娇美鲜艳跃然纸上，但也隐含诗人寓居成都幕府，闲居无事的孤寂落寞之意。全诗无一“雨”字，却处处含“雨”。诗人工于体物，侧面着笔，刻画人和动植物，物中含情，表达对它们的纯粹喜爱；用笔机灵，描绘出一幅春雨万物图，营造烟雾朦胧、恬淡闲适、悠远绵长的意境，令人读来回味不已。

对 酒

清范大士：“起有奇气。”（《历代诗发》）

清范大士：“始终极颂酒德，亦是放翁寄托之词。”（《历代诗发》）

闲愁如飞雪，入酒即消融。
好花如故人，一笑杯自空。
流莺有情亦念我[1]，柳边尽日啼春风。
长安不到十四载[2]，酒徒往往成衰翁。
九环宝带光照地[3]，不如留君双颊红[4]。

[注释]

[1]“流莺”二句：化用李商隐《流莺》诗意。流莺，鸣声圆转流美的黄莺鸟。“春”，明刊须溪本作“东”。 [2]“长安”句：陆游自隆兴元年（1163）三十九岁罢官离临安，四十六岁入蜀，至淳熙三年（1176）作此诗，近十四年。这期间曾到临安，此云“不到”，特指不在京师任职。长安历史上数次为京城。此处代指

南宋都城临安。 [3]九环宝带：古时帝王和高官穿常服所用腰带。官员腰带分品级，起自南北朝时北魏、北周，隋、唐沿用。九环为王侯贵臣服饰，天子有十三环。见《旧唐书·舆服志》。光照地：唐敬宗时，臣下进贡夜明犀，将其制为明珠镶嵌在腰带上，可照耀百步。见清张英等纂《御定渊鉴类函》卷三七一。 [4]双颊红：饮酒至醉，脸颊发红。

[点评]

淳熙三年（1176）三月，诗人任蜀州通判，为制置使范成大幕僚，酒酣之际，写下此古体诗。首二句比喻新奇，以“飞雪”比“闲愁”，用“飞雪入酒”诗情画意消解“借酒浇愁”的平淡，想人所不敢想，构思奇巧，新人耳目。“好花”二句拟人，当时诗人寓居蜀州，故友皆不在侧，孤身饮酒赏花之际，思绪翩翩，忆往昔与故友赏花饮酒，目睹“好花”，犹见“故人”，因有此句。故友相见，心中自是欢乐，言笑晏晏，更开怀畅饮，“一笑杯自空”。前四句极富诗意和浪漫情怀，名士风流，审美效果强烈，展现诗人超凡丰富的艺术想象力，颇具气概。“流莺”二句极写春日风光秀丽动人。“流莺”“柳”“春风”意象呼应上文“好花”，强调风和莺啼，春光美好，笔调柔婉细腻，又不失灵动。后四句宕开一笔，由景中含情转入直接抒情。诗人不在临安做官，与故友分别长达十四年，时间跨度之长，令人唏嘘，当年意气风发的“酒徒”，如今已是垂垂老矣的“衰翁”，“酒徒”中那些壮志凌云之士也只能被时光辜负，被统治者忽视。诗人借此抒发物是人非悲凉之感，饱含有识之士不受赏识、统治者浪费人才之叹，既叹他人，也叹自身。末二句更添慷慨之音，“九环宝带”借代上流社会中的王公贵族，“光照地”兼用唐敬宗时臣下进贡夜明犀，制为宝带，“光照百步”的典故，刻画权贵豪奢得意的模样。诗人心中或许也有对高官厚禄、宝带明珠的向往，但下一句又将自己拉回现实。在他眼中，酒酣之际“双颊红”的艳色足以盖过明珠光辉，醉酒人生的自得远比坐拥高位却时时心惊来得畅快。全诗感情基调豪放，以旷达洒脱姿态面对现实挫折，展现出傲视权贵的张扬个性。全诗一韵到底，五字句、七字句并用，层次分明，起伏跌宕。钱锺书《谈艺录》评陆游：“而有宋一代中，要为学太白最似者。”此诗可见一斑。

题醉中所作草书卷后

胸中磊落藏五兵[1]，欲试无路空峥嵘[2]。
酒为旗鼓笔刀槊[3]，势从天落银河倾[4]。
端溪石池浓作墨[5]，烛光相射飞纵横。
须臾收卷复把酒，如见万里烟尘清。
丈夫身在要有立，逆虏运尽行当平[6]。
何时夜出五原塞[7]，不闻人语闻鞭声。

清吴焯：“得之可诵。”（《批校剑南诗稿》卷八）

宋刘辰翁：“得之可诵。”（《须溪精选陆放翁诗集·后集》卷一）

宋刘辰翁：“此坡翁僧履声，变化奇杰。”（《须溪精选陆放翁诗集·后集》卷一）

[注释]

[1]磊落：胸怀坦荡、光明正大的样子。五兵：古时五种兵器，一说为戈、殳、戟、酋矛、夷矛，一说为矛、戟、钺、楯、弓矢。此指用兵韬略。 [2]峥嵘：本指山势高峻突兀。此指胸怀超越寻常，奇特不凡。 [3]槊（shuò）：一种兵器，柄比较长的矛。 [4]“势从”句：形容醉中作草书之气势，有如银河从天上倾落。 [5]端溪石池：指端溪砚台。端州（治今广东肇庆）烂柯山西麓有一溪水，名为端溪，溪边石头所制砚台，唐代起驰名于世，称“端砚”。陆游有素心砚一枚，即为紫端砚。 [6]逆虏：敌寇，此指金人。 [7]“何时”二句：句法本自苏轼《宿海会寺》：“木鱼呼粥亮且清，不闻人声闻履声。”五原塞，汉代边界要塞，在今内蒙古五原县。西汉时，汉军出五原塞北击匈奴，此借喻宋军能如汉军一般英勇北伐。

[点评]

陆游是出色的书法家，受家庭熏陶，从小即喜临池学书，先后临摹过张旭、颜真卿、杨凝式、蔡襄、苏轼书法，博取众家之长，形成自己独特书风。他自称“草书学张颠，行书学杨风。平生江湖心，聊寄笔砚中”（《暇日弄笔戏书》）。他擅长正、行、草三体，尤精于行草。北京故宫博物院藏行书《长夏帖》、《苦寒帖》、《候问帖》、《桐江帖》（又称《拜违道义书》）、《并拥寿祺帖》（又称《尊眷帖》）、《怀成都十韵诗卷》是现存精品，超迈奔放，遒劲飘逸，意致高远。陆游大楷书也很出色，镇江焦山今存其手书《题瘗鹤铭》刻石，端庄雄健，刚劲有力，既得汉碑之含蓄，又兼颜体之浑厚，实为古代擘窠书法中的上乘之作。陆游精于书法鉴赏，对书法理论也有独到见解。此诗可视作书论。陆游不只书品高，人品更高，书法中常充溢强烈的爱国情感，这是他胜过一般书家之处。此诗结尾四句即抒写其题草书卷后激发出渴望投入抗金战斗的激情。元宇文公谅说宋代“南渡后，惟石湖、放翁犹有前辈笔意，下是无足观矣”(《题陆游斋居纪事稿》)。明文彭《题放翁帖》说：“放翁在当时不以书名，而遒丽若此，真所谓人品既高，下笔自然不同者也。”对陆游其人其书极其推崇赞赏。

病起书怀二首

其　一

病骨支离纱帽宽[1]，孤臣万里客江干。
位卑未敢忘忧国，事定犹须待阖棺[2]。
天地神灵扶庙社[3]，京华父老望和銮[4]。
《出师》一表通今古[5]，夜半挑灯更细看。

陆游诗中多处写到诸葛亮《出师表》，如《游诸葛武侯书台》“出师一表千载无，远比管乐盖有余”，《书愤》“《出师》一表真名世，千载谁堪伯仲间”，《七十二岁吟》“渭滨星霣逾千载，一表何人继《出师》”，《感秋》“凛然《出师表》，一字不可删”。

[注释]

[1] 支离：本意指奇离不正，异于常态。此引申为病后衰残瘦弱的样子。　[2]“事定”句：即盖棺定论。　[3] 庙社：宗庙社稷，旧时指代国家。　[4] 京华：此指沦陷的北宋京城汴梁（今河南开封）。和銮：两种车铃，挂于车前横木者称“和”，挂于车驾者为“銮”。此指天子车驾。　[5]《出师》一表：即诸葛亮《出师表》。通今古：指诸葛亮作《出师表》，“讨贼兴复”，出师北伐，与南宋伐金复土大业相通。

[点评]

淳熙三年（1176）夏，诗人遭谗罢官致疾，病愈后作此诗。首联点出“病起”之意，描画形销骨立的病客形象。“纱帽宽”，病后瘦损，故纱帽宽松，言轻意重。离乡万里，悲，久客孤独，更悲，“孤臣”二字，悲愤遭谗罢职，不得其用，意近杜甫诗句“万里悲秋常作客，百年多病独登台”(《登高》)。颔联笔势陡起，转沉郁为激奋，自剖心迹：自己此时职位卑小，仍思虑国势艰危、百姓苦难，“位卑”只是个人失意不幸，但国家兴亡，匹夫有责，不敢不忧，不能不忧，尽显现实关怀，“事定”句表明理想信念。颈联承上而来，寄希望于神明，坚信国家不该亡、不会亡，沦陷区百姓日夜盼望王师北伐，陆游等爱国志士亦心系于此。尾联赞誉《出师表》传诵不绝，表明古今北伐大业相通。“挑灯”“更细看”，动作细微，表明反复思索珍重。《出师表》在陆游诗中多次出现，既有振作国威、鼓舞士气之用，又表明要以具体行动实现“位卑未敢忘忧国”。南宋朝廷无出师之意，弃出师之才，诗人偏偏疾呼“出师”。本诗从衰病起笔，以挑灯夜读《出师表》作结，表现出“亦余心之所善兮，虽九死其犹未悔”（屈原《离骚》）的执着爱国精神。

唐吕岩岳阳楼题诗《绝句》：“朝游北越暮苍梧，袖里青蛇胆气粗。”唐郑遨《与罗隐之联句》：“红旆渡江霞蘸水，青蛇出匣雪侵衣。”宋黄庭坚《翠岩玑禅师真赞》：“逢人虽不杀，袖里有青蛇。”“青蛇”宝剑或“出”或“藏”，“出”则胆气毕露，“藏”则收敛锋芒，适时出手，快意恩仇。

剑客行

我友剑侠非常人，袖中青蛇生细鳞[1]。

腾空顷刻已千里，手决风云惊鬼神[2]。
荆轲专诸何足数[3]，正昼入燕诛逆虏[4]。
一身独报万国仇，归告昌陵泪如雨[5]。

[注释]

[1]“袖中”句：宋范致明《岳阳风土记》载，岳阳楼上有吕洞宾留题：“朝游北越暮苍梧，袖里青蛇胆气粗。三入岳阳人不识，朗吟飞过洞庭湖。”青蛇，喻指宝剑。 [2]手决风云：指剑客腾空飞行。 [3]荆轲：战国末期卫国人，秦灭卫后，逃亡至燕，为燕太子丹刺杀秦王，失败被杀。专诸：春秋时期吴国人，伍子胥荐于吴公子光，为其刺杀吴王僚，成功后被吴王僚左右所杀。二人事俱见《史记·刺客列传》。 [4]正昼：大白天。燕：今北京及河北一带，时为金人统治中心。 [5]昌陵：即永昌陵，宋太祖赵匡胤陵墓，在今河南巩义。

[点评]

乾道八年（1172）冬月，王炎内调，诗人被迫自南郑前线转任成都府路安抚司参议官，至淳熙三年（1176）五月，已逾四年。初到成都，感叹此行不过“小憩聊尔尔”“吾行良未止”（《自兴元赴官成都》），自己迟早被遣归山阴，“冷官无一事，日日得闲游”（《登塔》），归前线无望，故作此诗。开头即唤出人物，谓之“非常人”。用一“生”字，化静为动，可见宝剑非凡，又以外物衬心境，“细鳞”暗生，如恨意、豪情横生。袖中之剑若荆轲刺秦“图中匕首”，为后文引“荆轲”“专诸”典故张本。三、四句以“御剑飞行”印证首句“非常人”，“顷刻”

极言时间短，“千里”极言路途长，一短一长，对比鲜明，“已”字更显剑客腾空之疾。何以“顷刻千里”？因其以手排风，鬼神受惊，风云四散，无所阻抑。“风云”“鬼神”隐喻主和派阻挠，君主摇摆不定，使杀敌报国、收复中原遥遥无期，诗人寄抱负于剑客，借其手劈散蔽日浮云。五、六句引“荆轲”“专诸”典故，以“何足数”反问，加重语气，凸显剑客义薄云天、豪气纵横。末二句一曲终了，余音未散，“一身”“独”与“万国”作比，展示剑客胆识过人、武艺高强。同时亦是诗人绝望内心的投射，金人未灭，国土未复，君王求和，举国苟安，率兵杀敌已是奢望，故将复国之愿寄托于幻想角色，令人唏嘘哀叹。诗人借剑客之口直抒胸臆，不求功名，只为告先帝之灵。然而现实却是二帝命殒胡地，高宗作太上皇时时掣肘，孝宗雄心不再，诗人被迫远离前线，身居闲职，报国无门。诗前六句塑造剑客形象，语言豪壮，意气风发；末两句陡然直下，转壮为悲。全诗气势豪迈，却难掩诗人内心的空落与悲哀。

和范待制秋兴三首

其　一

策策桐飘已半空[1]，啼螿渐觉近房栊[2]。
一生不作牛衣泣[3]，万事从渠马耳风[4]。
名姓已甘黄纸外[5]，光阴全付绿尊中[6]。

淳熙三年后，陆游诗中频繁出现“放翁”，如《晚过保福》：“放翁一饱真无事，拟伴园头日把锄。”《丁酉上元》：“放翁也入少年场，一笑灯前未歇狂。”《野步至青羊宫，偶怀前年尝剧饮于此》：“锦官门外曳枯筇，此地天教著放翁。”《九月三日泛舟湖中作》：“儿童随笑放翁狂。”《园中绝句》：“后五百年君记取，断无人似放翁颠。”

门前剥啄谁相觅[7]，贺我今年号放翁[8]。

[注释]

[1]策策：秋风吹落叶声。 [2]螀（jiāng）：秋蝉。房栊（lóng）：窗户。 [3]牛衣泣：汉王章贫困时曾与其妻卧牛衣下御寒，后为京兆尹，欲再求高升，其妻以“牛衣泣”劝其知足常乐。事见《汉书·王章传》。牛衣，盖在牛身上御寒的编织物，用草或麻编成。 [4]从渠：任凭他。渠，他，吴越地区方言。马耳风：本意为风吹过马耳，喻指不在乎他人言论。李白《答王十二寒夜独酌有怀》：“世人闻此皆掉头，有如东风射马耳。” [5]黄纸：封官诏书。 [6]绿尊：酒樽。绿，绿酒，酒色青中带黄。 [7]剥啄：叩门声。韩愈《剥啄行》：“剥剥啄啄，有客至门。” [8]放翁：陆游号。淳熙三年（1176）九月，陆游任蜀州通判，摄知嘉州，谏官劾其“燕饮颓放”，遭罢官，自号“放翁”。事见清徐松辑《宋会要辑稿·职官·黜降官》。

[点评]

此诗作于淳熙三年，诗人因“燕饮颓放”被朝廷罢官，慨叹之余，作此诗。首联以秋声发端，起兴擒题，桐叶飘零，寒蝉凄切，均为典型的悲秋物象，以物象衰飒衬自身逆境，两相契合。颔联振起，笔调转为激越，用王章、李白故事，力表不惧艰难险阻、讥谗排挤的人生态度，“一生”“万事”相呼应，狂放之态跃然纸上。颈联采用流水对，进一步表明心迹，为国效力而不成，满腹无奈，于是尽付光阴于“绿尊”中。尾联写范成大前来拜访，回扣诗题。他人讥我“颓放”，我便纵酒觅醉，是变相反抗；罢官虽是悲事，友人却为我道贺，是寓庄于谐。诗人自嘲、自慰，潇洒旷达，虽然身处逆境，依旧心有所守。陆游号“放翁”，是个性使然，也是对祖先陆通（字接舆，春秋时期楚人。楚昭王时，政令无常，陆通乃佯狂不仕，时人称为“楚狂”）的崇仰，是对家族文化的自觉继承，《戏遣老怀》其四可证：“旧袭家风号散人，晚承恩诏赐闲身。”

万里桥江上习射

坡陇如涛东北倾，胡床看射及春晴[1]。
风和渐减雕弓力[2]，野迥遥闻羽箭声。
天上欃枪端可落[3]，草间狐兔不须惊[4]。
丈夫未死谁能料，一笴他年下百城[5]。

清方东树：“起有远势，三、四宽博，五、六较逊，收语亦豪。”吴闿生批：“此等语放翁习见。此首较健拔。”（《昭昧詹言》卷二十）

[注释]

[1] 胡床：即交椅，西汉时由西域胡人传入中土，故名胡床。陆游《南唐书·刘仁赡传》载，刘仁赡箭射周世宗，至世宗所据胡床前数步而止。诗用此事而微异。　[2]“风和”句：古时角弓用胶黏结兽角制成，春季气温转暖后，天气多湿润，胶黏力受影响，弓力亦渐减弱。　[3] 欃（chán）枪：彗星别名。古人迷信，谓其为妖星，出现即有战乱。此喻指金人。　[4] 狐兔：喻指小人，一说指寻常盗贼。　[5]“一笴（gǎn）”句：期待自己日后能为国收复城池。《战国

策·齐策六》载，鲁仲连以箭射书信，取聊城。苏轼《送蒋颖叔帅熙河》："愿为鲁连书，一射聊城笴。" 笴，箭杆，此处代指箭。

[点评]

淳熙四年（1177）正月，孝宗诏："自今内外诸军，岁一阅试。"又诏："沿江诸军，岁再习水战。"（清毕沅《续资治通鉴》卷一四五）陆游此诗作于同月，写观看成都万里桥一带演习情景。首句写远处丘陵高低不平，像水中起伏波涛一般朝东北倾流，以景起兴，奠定全诗雄壮基调。正值晴朗春日，诗人坐在交椅上看将士们练习射箭。颔联叙事，写雕弓因气温转暖，弓力减弱，但丝毫不影响将士演习，所射弓箭依然铿锵有力。壮阔景象衬托将士骁勇善战，景与人相得益彰。颈联由将士勇武引发议论：如此认真演练，定能打败金人，"草间狐兔"大可不必惊讶。结尾抒怀，借鲁仲连以箭射书取聊城典故，表明自己只要一息尚存，必将有所作为。尾联慷慨激昂，诗之精神相较首联阔大景象更上一层。全诗以景起势，继而叙事，接下议论，最后抒怀，脉络连贯，首尾呼应。作此诗时，诗人刚任闲职，诗中却未透露任何不满情绪，反而热情歌颂，豪言壮语，体现收复中原的信心和执着，风格刚健豪放。

"朱门"六句，承高适《燕歌行》"战士军前半死生，美人帐下犹歌舞"。

关山月

和戎诏下十五年[1]，将军不战空临边。

朱门沉沉按歌舞[2]，厩马肥死弓断弦。
戍楼刁斗催落月[3]，三十从军今白发。
笛里谁知壮士心[4]，沙头空照征人骨。
中原干戈古亦闻[5]，岂有逆胡传子孙[6]。
遗民忍死望恢复[7]，几处今宵垂泪痕。

[注释]

[1] 和戎：古代汉族与少数民族和平相处的一种政策。此指与金人议和，暗寓屈服于金人，含有讽刺之意。隆兴二年（1164），宋、金达成和议，成“叔侄之国”，“岁币减十万”，史称“隆兴和议”。事见《宋史·孝宗纪》。戎，古时对西部少数民族的称呼，此指金人。十五年：自隆兴元年（1163）孝宗赵昚任命王之望为“金国通问使”议和，至淳熙四年（1177）诗人作此诗，恰已历十五年。 [2] 朱门：朱红色大门，指豪门贵族。按：打节拍。 [3] 戍楼：古时军队守望边界的岗楼。刁斗：古时军中用具，白天用来烧饭，夜则击以巡更。 [4] 笛里：《关山月》一般用笛吹奏。王昌龄《从军行》：“更吹羌笛《关山月》，无那金闺万里愁。” [5] 中原：此指金人所占淮河以北地区。干戈：古代两种兵器，指代战争。 [6] “岂有”句：何曾听闻异族占据“中原”，繁衍生息。金人占领中原后纷纷移民，以图长期统治。传子孙，金国自太祖完颜旻建国，灭北宋，至南宋淳熙年间（1174—1189），已传太宗、熙宗、海陵王、世宗五世。 [7] 遗民：指沦陷区的宋朝百姓。陆游《秋夜将晓，出篱门迎凉有感》：“遗民泪尽胡尘里，南望王师又一年。”

[点评]

《乐府解题》:“《关山月》,伤离别也。”陆游创造性地运用乐府旧题写时事,巧妙紧扣关、山、月三字组织材料,表现主题。诗作于淳熙四年(1177)成都任上。隆兴元年(1163),宋军在符离大败后,孝宗由主战变为主和,次年十二月十一日,“和戎诏”下,与金国达成和议。至淳熙四年,南宋朝廷仍苟且偷安,不思恢复。陆游积极主张收复失地,揭露、谴责主和派,“和亲自古非长策”(《估客有自蔡州来者,感怅弥日》),“战马死槽枥,公卿守和约”(《醉歌》)。此诗感伤时事,借守边士兵口吻,谴责统治者妥协投降,将军们歌舞宴饮,不修武备。战士空怀壮志,老死沙场;遗民忍死盼恢复,泪尽胡尘,都是和议的恶果。诗人批判统治者,同情守边战士和金人统治下的遗民。以“和戎”句统领全篇,与下文诸种场景形成因果关系,描写三种人在夜月下的不同境况,三个空间,构成三幅画面,由关山月连在一起,构思奇巧,立意深远,形象逼真。以月为线索,移步换景,把三个空间串联起来,三段式,非常有特色。统治者、守边战士、遗民对比,南宋朝与金朝对比,古今对比,手法高妙。“落”“月”“白”“发”皆为入声字。四句一换韵,分别表达三个主题。大手笔,具有高度形象性、概括性、典型性,是南宋社会缩影,是一幅悲壮的时代画卷。诗人沉痛悲愤之情充溢于字里行间,慷慨悲壮、沉郁顿挫,颇有“老杜”之风。

出塞曲

佩刀一刺山为开[1]，壮士大呼城为摧。
三军甲马不知数[2]，但见动地银山来[3]。
长戈逐虎祁连北[4]，马前曳来血丹臆[5]。
却回射雁鸭绿江[6]，箭飞雁起连云黑。
清泉茂草下程时[7]，野帐牛酒争淋漓。
不学京都贵公子，唾壶麈尾事儿嬉[8]。

境界似李贺“甲光向日金鳞开”（《雁门太守行》）。

[注释]

[1]“佩刀”句：用李广利拔刀刺山得泉典故。《后汉书·耿恭传》载，东汉时，耿恭率兵战匈奴，得疏勒城。匈奴断绝城下涧水。耿恭于城中掘井，深十五丈，仍不得水，仰天叹息：“闻昔贰师将军拔佩刀刺山，飞泉涌出。今汉德神明，岂有穷哉！”泉水遂从井中奔出。贰师将军，即李广利。 [2]三军：春秋时期，大国多设三军，各备将、佐，以中军为统帅。后以三军指称军队。 [3]银山：日光照在铁甲上，折射出的银光连成一片。此指军队数量多。 [4]祁连：又名天山、白山、雪山等，主峰在今甘肃张掖西南。 [5]血丹臆：此指猎获的老虎。臆，胸。 [6]鸭绿江：我国辽宁丹东与朝鲜新义州的界水，源出长白山南麓，流入黄海，以水色似鸭头而得名。 [7]下程：中途休息。 [8]“唾壶”句：南朝宋刘义庆《世说新语·豪爽》载，东晋王敦酒后辄咏“老骥伏枥，志在千里。烈士暮年，壮心不已”，同时以如意击打唾壶，壶口尽缺。《世说新语·容止》载，西晋王衍容貌整丽，妙于玄谈，

其手色白，与手中白玉麈尾无别。此处借以讽刺贵族士大夫生活悠闲安逸，以国事为儿嬉，只知清谈，全不关心恢复大业。

[点评]

淳熙四年（1177）春，诗人时任成都府路安抚司参议官，借乐府旧题写壮志豪情。前十句摹写行军布阵盛况。开篇用典，奠定基调，借李广利英雄气概抒发抗敌壮志。刀刺山开，声呼城催，“刺”“呼”铺开画面，由点及面，视、听并作，场景壮观。“银山”作喻，增强行军画面感，“来”字有动态传神之妙。“北”“臆”“黑”换入声韵，急促有力，与场面快速切换相谐。“祁连北”至“鸭绿江”，空间大幅位移，写出军队纵横驰骋、所向披靡的气势。“丹”“黑”二色明暗对比，突出环境奇异。又由面到点，着墨小憩情景，“清泉”“茂草”添清新之感。“争”字妙，战士割牛、斗酒，酣畅淋漓，豪气冲天。末二句转入讥讽现实政治。连用两典，借古事讽刺南宋偏安一隅，屈辱求和。全诗想象极尽夸张，激情澎湃，见击楫中流之志。行文虚、实结合，与辛弃疾《破阵子·为陈同甫赋壮词以寄之》有异曲同工之妙。两次换韵，平声、入声相间，抑扬顿挫，寄寓感情波澜。

清朱梓、冷昌言：“慷慨激昂。”（《宋元明诗三百首·七言古诗》）

楼上醉书

丈夫不虚生世间，本意灭虏收河山。

岂知蹭蹬不称意[1]，八年梁、益凋朱颜[2]。
三更扶枕忽大叫，梦中夺得松亭关[3]。
中原机会嗟屡失，明日茵席留余潸[4]。
益州官楼酒如海[5]，我来解旗论日买[6]。
酒酣博簺为欢娱[7]，信手枭、卢喝成采。
牛背烂烂电目光[8]，狂杀自谓元非狂。
故都九庙臣敢忘[9]？祖宗神灵在帝旁[10]。

清朱梓、冷昌言："题托之醉，诗托之梦，实系一片忠爱之心，顿挫出之。"（《宋元明诗三百首·七言古诗》）

[注释]

[1] 蹭蹬（cèng dèng）：失意难进的样子。 [2]"八年"句：陆游于乾道六年（1170）冬入蜀，历官夔州、南郑、益州等地，至淳熙四年（1177）作此诗，恰已八年。梁、益，梁州与益州。 [3] 松亭关：在今河北喜峰口以北、平泉以南一带，为宋时重要关隘，被金人占领。 [4] 茵席：即裀席，坐垫、枕席类。 [5] 官楼：卖官酒的酒楼。 [6] 解旗：解下酒楼旗招，即包场。论日买：指诗人独包酒楼一日之酒，与朋友宴饮。 [7]"酒酣"二句：用刘裕、刘毅掷樗蒱（chū pú）争呼枭、卢，欲胜对方的典故。事见《晋书·刘毅传》。杜甫《今夕行》："咸阳客舍一事无，相与博塞为欢娱。冯陵大叫呼五白，袒跣不肯成枭、卢。"博簺（sài），古代一种博戏。枭、卢，古时樗蒲博戏，以五木为子，刻枭（猫头鹰）、卢（猎犬）等，掷出枭为最胜，卢次之，呼枭、卢意谓希望得胜。 [8]"牛背"二句：用王戎、王衍兄弟典故，表示自己风度雅量，不计较被他人讥为"狂放"。西晋王衍曾托族人办事，族人失信未办，王衍过问时，族人恼怒，以酒

器掷其面。王衍沉默不语，盥洗后挽王导手臂坐车离去，车中对王导说：“汝看我眼光，乃出牛背上。”事见《世说新语·雅量》。王衍从兄王戎目光清明，可直视太阳而不眩，裴楷谓其“眼烂烂如岩下电”。事见《世说新语·容止》。 [9] 九庙：古时皇帝立九庙祭祀祖先，以此作为国家象征。此代指中原失地。 [10]“祖宗”句：用《诗经·大雅·文王》“文王陟降，在帝左右”句意。祖宗，指宋代皇帝之宗祖。

[点评]

淳熙四年（1177），陆游五十三岁，时居蜀州。诗人胸怀恢复故土之志，却不得朝廷重用，后又遭攻讦者以“燕饮颓放”为罪名弹劾免官，奉祠成都，故自嘲“放翁”（《早秋》）。诗分两部分，前八句发壮志难酬之感慨，隐含对朝廷求和苟安的批判。情感随形势和遭遇变化跌宕起伏。以“丈夫”起笔，表达一腔报国之志；转写满腹愁思，回首平生，八年飘零“似断蓬”（《武昌感事》），尽是“蹭蹬不称意”。诗人梦见大破松亭关，一扫愁情，但梦醒回到现实，情绪一落千丈，空留下“茵席余潸”。两起两落，结构紧凑，章法变化，始终贯穿愤懑之情的宣泄。后八句言为国效力之志，表现旷达开阔胸襟。自己仕途失意，转而游戏酒场，“解旗论日买”巧妙擒题，并未大加渲染，而醉态自见。狂放之余，诗人仍心有所守，寄情于酒，实则不忘“屡挥忧国泪”（《送范舍人还朝》），连用事典，升华情感。诗人远离“铁马秋风大散关”（《书愤》），却依然期望有所作为。缪钺《诗词散论》说：“唐诗之美在情辞，故丰腴；宋诗之美在气骨，故瘦劲。”此诗笔力狂放，慷慨激昂，气势逼人，拳拳爱国之情溢于言表，并不比唐诗少“丰腴”。清爱新觉罗·弘历等赞曰：“纵笔直书，却有沉郁顿挫之妙。范成大赠游云：‘高兴余飞动，孤忠有照临。’非虚语也。”（《御选唐宋诗醇》卷四十三）

送范舍人还朝

平生嗜酒不为味，聊欲醉中遗万事。
酒醒客散独凄然，枕上屡挥忧国泪。
君如高、光那可负[1]，东都儿童作胡语[2]。
常时念此气生瘿[3]，况送公归觐明主。
皇天震怒贼得长，三年胡星失光芒[4]。
旄头下扫在旦暮[5]，嗟此大议知谁当？
公归上前勉画策，先取关中次河北。
尧舜尚不有百蛮[6]，此贼何能穴中国。
黄扉、甘泉多故人[7]，定知不作白头新[8]。
因公并寄千万意，早为神州清虏尘。

率先占领关中，系当时有识之士共同的抗金策略，如赵鼎主张“经营中原当自关中始”（《宋史·赵鼎传》），张浚主张“中兴当自关陕始”（《宋史·张浚传》）。

[注释]

[1] 君：指孝宗赵昚。孝宗即位之初，有志收复失土，是南宋

唯一有此志向的君主，陆游对其推崇是有意为之。高、光：指西汉高祖刘邦与东汉光武帝刘秀。 [2] 东都：北宋汴京，陷落金人手中已五十余年。 [3] 气生瘿（yǐng）：《三国志·魏书·贾逵传》裴松之注引《魏略》载，贾逵与典农校尉争公事不成后，气愤生瘿。瘿，长在颈部或咽喉的囊状瘤子，古人认为气愤抑郁易得此病。 [4] 胡星：昴星，喻指胡兵及其势焰。此指金人。古时以天象附会人事，认为昴星象征胡人，见《史记·天官书》、张守节《史记正义》。 [5] 旄头下扫：喻指金人将败。旄头，又写作“髦头”，即昴宿。 [6] “尧舜”二句：贤君尧舜尚不能容忍百蛮侵扰，更何况我们。 [7] 黄扉：宰相等高官办事处以黄色涂门。甘泉：秦、汉有甘泉宫，此指宋朝宫廷。 [8] 白头新：相识很久后，还如新交般看待，指交情浅薄。《史记·鲁仲连邹阳列传》引谚语：“有白头如新，倾盖如故。”

［点评］

淳熙四年（1177）六月，四川制置使范成大奉召还京，陆游一路相送至眉州，挥泪作别，写下此首慷慨悲壮的政治抒情诗。陆游与范成大忧国忧民、志同道合，情谊胜过诗酒文章之交，故此诗超越了离愁别绪。首四句借酒起意，“醉中”片刻遗忘与“酒醒”深沉痛苦对比鲜明，忧国之泪倾洒，奠定全诗情感基调。“君如”八句承前启后，点明“忧国”具体内涵，暗含进言之意。“公归”六句舍去朋友客套，直接献言“先取关中次河北”，次以尧舜事衬托愤恨金人之情，收归故友、同仁情谊，照应诗题，凸显诗人高瞻远瞩的战略目光。末二句，分别之际，诗人位卑言轻，仍不忘将收复中原、一统山河的愿望委托挚友，再次提出“早为神州清虏尘”的请求，言辞恳恳，令人动容。全诗言送别，但离愁之意浅，爱国之情浓，“谁怜爱国千行泪，说到胡尘意不平”（梁启超《读〈陆放翁集〉》），其情可悯，其志可嘉。全诗四句一换韵，随感情起伏变化，声情和谐。

秋晚登城北门

幅巾、藜杖北城头[1]，卷地西风满眼愁。
一点烽传散关信[2]，两行雁带杜陵秋[3]。
山河兴废供搔首[4]，身世安危入倚楼[5]。
横槊赋诗非复昔[6]，梦魂犹绕古梁州。

清爱新觉罗·弘历等：“神似少陵。”（《御选唐宋诗醇》卷四十四）

清方东树：“先叙题面，三、四切地写景，后半入己情，缠绵蕴藉。”（《昭昧詹言》卷二十）

[注释]

[1] 幅巾：古代书生闲居时不戴帽而以丝巾束头，是一种儒雅装束。藜杖：藜茎做的手杖。 [2] 烽传：古时边关预警，筑高台、积薪草，夜间有寇，即举火燃烧，以相传告，称为“举烽”；白天有寇则放狼烟以望，称为“燔燧”。散关：大散关。 [3]“两行”句：两行大雁带来杜陵秋意。此借以抒发对关中失地的关切之情。唐于邺《秋夕闻雁》：“忽闻凉雁至，如报杜陵秋。”杜陵，在今陕西西安，本称杜县，以汉宣帝陵墓在此，故称杜陵。此处泛指被金人占领的广大关中地区。 [4]“山河”句：念及山河兴废，国土沦陷，自己搔首难安。“供”，明刊涧谷本作“客”。 [5]“身

世”句：登上城北门，倚楼望远，激起颠沛流离、壮志难酬之感。杜甫《江上》：“勋业频看镜，行藏独倚楼。”“入”，明刊涧谷本作“人”。 [6] 横槊赋诗：元稹《唐故检校工部员外郎杜君墓系铭》载，曹操父子常横持长矛赋诗。此处指陆游乾道八年（1172）三月至十月南郑军中生活。

[点评]

淳熙四年（1177）九月，诗人于秋日偶登成都城门，北望昔日从军地，忧思难解，作此诗。前两联叙事写景，情韵自生，后两联抒情言志。首联点题，描绘登楼北望的凄凉景象，基调苍凉悲慨。“卷地”句以我观物，所“愁”有二：表面为百草摧折肃杀之景，实因中原沦陷国难之危。颔联紧接首联，铺写所见愁景，一虚一实，集中表现关切边防与故土之情。“点”字传神，诗人忧心国事，敏感捕捉到远方点点烽烟，并联想此为前线要地大散关讯息，“大散关”意象成为诗人自慰雄心的凭借。对句化用唐于邺诗句：“忽闻凉雁至，如报杜陵秋。”（《秋夕闻雁》）大雁南飞，诗人同时感知到凉凉秋意与沦陷区百姓苦难，陷入沉思。“带”字移情于雁。颈联转入抒情，自剖心迹：国家风风雨雨，兴废更迭；个人道路坎坷，安危无定，与文天祥“山河破碎风飘絮，身世浮沉雨打萍”（《过零丁洋》）诗句异曲同工。尾联由昔及今，时事多艰，诗人依然壮志不改。此联引用曹操父子“横槊赋诗”之典，怀想以往军旅生涯。诗人曾有以古梁州为基地收复失土之计，然良机已失，只能魂牵梦萦，“梦魂”以“绕”字出之，慷慨悲壮。全诗表达匡复中土而不得的失路英雄的孤悲情怀，围绕一“愁”字，先写景叙事，后抒情，虚实结合，用典巧妙，一位卷地西风中幅巾藜杖、倚楼搔首、悲慨感叹的爱国志士形象跃然纸上。

江楼醉中作

淋漓百榼宴江楼[1]，秉烛挥毫气尚遒。
天上但闻星主酒[2]，人间宁有地埋忧？
生希李广名飞将[3]，死慕刘伶赠醉侯[4]。
戏语佳人频一笑[5]，锦城已是六年留。

退之诗：越女一笑三年留。

清陈衍：“以上二诗（编者按：指《月下醉题》和《江楼醉中作》）中两联，皆名士应有语，但裁对工整，翁所长耳！”（《宋诗精华录》卷三）

清方东树：“造句雄杰。”（《昭昧詹言》卷二十）

[注释]

[1] 淋漓百榼（kē）：开怀痛饮。榼，一种盛酒器具。 [2]“天上”二句：天上有主管酒的星宿，人间却无可埋忧愁之地。星主酒，东汉孔融《与曹操论酒禁书》：“故天垂酒星之耀，地列酒泉之郡，人著旨酒之德。”地埋忧，把忧愁埋入地下，《后汉书·仲长统传》：“寄愁天上，埋忧地下。” [3] 飞将：指西汉名将李广，被匈奴称为“汉之飞将军”，见《史记·李将军传》。 [4] 刘伶：西晋沛国（今安徽濉溪县）人，“竹林七贤”之一。性嗜酒，常乘鹿车，携一壶酒，使人荷锸相随，意为“荷锸任埋”。事见《世说新语·任诞》。赠醉侯：唐皮日休《夏景冲澹偶然作二首》其二：“他年谒帝言何事？请赠刘伶作醉侯。” [5]“戏语”二句：

陆游自乾道八年（1172）冬至锦城（今四川成都），到淳熙四年（1177），恰为六年。作者自注所引为韩愈《刘生》诗。

[点评]

淳熙四年，诗人时在成都。此前一年，他因积极主战触怒当权者，被言官指斥为“燕饮颓放”，免去摄知嘉州职任。诗人忧愤不已，一日于望江楼宴饮，酒至酣处，作此诗。首联正面点题，江楼宴饮，尽兴百榼，醉中秉烛挥毫，赋诗抒慨，意气遒迈。“淋漓”写出酣饮之状，“尚”字传达豪纵自赏之情。颔联紧承上文，文势突转，外放豪情转为内心忧愤。用“星主酒”“地埋忧”典故表达忧愤之深，放纵饮酒非“燕饮颓放”，实为排遣内心忧愤。颈联用飞将军李广和刘伶嗜酒典故感叹报国之志难成。时运不济，生作李广无望，只得逃于醉乡，慕刘伶之死赠醉侯，看似洒脱，其实无奈。尾联转回现实，宴席觥筹交错，衬得感伤情甚。诗末化用韩愈诗“戏语佳人”，以喜写悲，表达自己无可奈何消磨六年光阴。全诗写淋漓醉饮，死慕刘伶，貌似颓放，实质是对现实处境的不满，深沉愤郁。颔联、颈联对仗自然流畅，写沉郁顿挫、回环吞吐之情，尾联以“戏”“笑”写悲，相反相成，充满艺术张力。

江楼吹笛饮酒，大醉中作

世言九州外[1]，复有大九州。

此言果不虚，仅可容吾愁。
许愁亦当有许酒[2]，吾酒酿尽银河流[3]。
酌之万斛玻璃舟[4]，酣宴五城十二楼[5]。
天为碧罗幕，月作白玉钩。
织女织庆云[6]，裁成五色裘。
披裘对酒难为客[7]，长揖北辰相献酬。
一饮五百年，一醉三千秋。
却驾白凤骖斑虬[8]，下与麻姑戏玄洲[9]。
锦江吹笛余一念[10]，再过剑南应小留。

清吴焯："太白余习。"(《批校剑南诗稿》卷九)

[注释]

[1]"世言"二句：《史记·孟子荀卿列传》载，古中国亦称赤县神州，其内有九州，其外亦有九个近似赤县神州的大州。 [2]许：如许，这样多。 [3]"吾酒"句：我把天上银河中的水全部用来酿酒。 [4]酌：斟酒，饮酒。斛：量器名，古代以十斗为一斛，南宋末年改为五斗。玻璃舟：指形状如船的大玻璃酒杯。 [5]五城十二楼：位于昆仑山上，是黄帝建造用以迎候仙人的地方，见《史记·孝武本纪》。 [6]庆云：一种彩云，古人认为是祥瑞、太平的征兆。 [7]难为客：谓找不到合适的客人共饮。 [8]骖（cān）：古代驾在车前两侧的马。此处作动词，意谓驾御。虬（qiú）：神话传说中有角的龙，一说指无角幼龙。 [9]麻姑：传说中的仙女。玄洲：传说中神仙居住之处。 [10]锦江吹笛：即诗题所言"江楼吹笛"。陆游《风入松》："十年裘马锦江滨。酒隐红尘。……吹笛鱼龙尽出，题诗风月俱新。"锦江，岷江支流，

在今四川成都平原。吹笛，用江叟吹笛召龙、登仙典故，见《太平广记》卷四一六。

[点评]

淳熙四年（1177）冬，诗人于成都江楼大醉，作此诗。此前一年，他因触怒当权者，在范成大幕中被免官。报国之志未成，家国忧愁愈加深重。开头四句借九州之大极言愁之深广，虚实相衬，以空间维度展现愁之实体。中间十二句描绘借酒消愁之态，意象密集，夸张，浪漫之风尽显。酒是消愁之物，亦是平生知己。诗人嗜酒若痴，“少时凭酒剩狂颠，摘宿缘云欲上天”（《卯酒径醉走笔》）。晚年英豪洒脱之气仍未改变，酬酒为知己，邀北辰共席，意境近似李白“花间一壶酒，独酌无相亲。举杯邀明月，对影成三人”（《月下独酌四首》其一）。然李白更多孤寂之感，陆游却是感“愁”之深广，唯酒能解其苦闷。饮五百年酒，醉三千年梦，醉酒为表，消愁为里，诗人借酒沉湎于如永久仙境般的不平凡生活之中。最后四句描写酒醒之后，愁依旧未曾消散。诗人与仙女同游，驾龙驭凤，本该断绝尘世烦愁，却仍无法忘却“剑南”。“剑南”，泛指四川剑阁以南、长江以北之地。在此处，诗人怀念之地特指曾任职于抗金前线兴元府南郑王炎幕府，回忆眷恋交织着爱国情感，使其醉酒遨游仙境时依旧“余一念”。此四句透露出欲出世而不能忘却现实的矛盾心理，虽自斟自饮，半醒半醉，却无消沉淡漠之感，反而迸发出对现实的积极关怀，带有独特的个性印记。全诗运用较多神话传说，奇丽梦幻，在句式上五、七言相交错，节奏韵律变化自由，抑扬顿挫。

醉中出西门偶书

古寺闲房闭寂寥，几年耽酒负公朝[1]。
青山是处可埋骨[2]，白发向人羞折腰[3]。
末路自悲终老蜀[4]，少年常愿从征辽。
醉来挟箭西郊去，极目寒芜雉兔骄[5]。

苏轼、陆游之后，"青山埋骨"已成为典故，常用以形容漂泊游子或忠勇义士，如杭州西湖岳王墓石柱上对联"青山有幸埋忠骨，白铁无辜铸佞臣"，元顾德辉"儒衣僧帽道人鞋，天下青山骨可埋"(《自赞》)，毛泽东"埋骨何须桑梓地，人生无处不青山"(《七绝·改诗赠父亲》)。

[注释]

[1] 负公朝：贻误公务。 [2]"青山"句：苏轼《狱中寄子由二首》其一："是处青山可埋骨，他年夜雨独伤神。" [3] 折腰：陶渊明为彭泽令时，不愿为薪俸奉迎上司，慨然有归隐之志，曰："吾不能为五斗米折腰，拳拳事乡里小人邪！"事见《晋书·陶潜传》。表示不愿做官或弃官去职。 [4]"末路"句：自己不能杀敌报国，只能老死蜀中，感到一种末路的悲哀。 [5]"极目"句：放眼望去，杂草丛生，野鸡和兔子自由出入其间。寒芜，秋天杂草。骄，骄横。

[点评]

淳熙四年（1177）冬，诗人闲居成都，生活寂寥，醉中赋此诗。诗题中，明刊涧谷本无"出西门"三字。

西门，今四川成都西城门。首联由今及昔，交代眼下赋闲无事及年来嗜酒状态。颔联上句袭用苏轼《狱中寄子由》“是处青山可埋骨”句，仅微调语序，慷慨中有旷达。下句用陶潜“不为五斗米折腰”典故。诗人借陶、苏二人典故，表达对风骨气节的坚持和人格操守的维护。颔联对仗工整，青、白二色对比鲜明，皆为清冷色调，营造苍凉、寥落的氛围，折射寂寥心境。颈联对比今昔，先叙说流寓蜀地、报国无门的近况，再追忆少年时抗击外侮的志向，流露天涯漂泊之感，情调悲怆。尾联语意上扬，醉中挟箭出猎，精力饱满，犹存少年豪情。诗人以醉墨抒发胸中悲慨，愤懑却不消沉，不平之气借酒意喷薄而出。全诗记叙起，颔联用典，颈联遣怀，尾联景语作结，层层推进，先抑而后扬，余意不尽。

“倚遍”句，李煜《木兰花》：“醉拍阑干情味切。”宋王辟之《渑水燕谈录》载刘孟节“几回醉把栏杆拍”故事。朱淑真《谒金门·春半》：“十二阑干闲倚遍，愁来天不管。”韩元吉《鹧鸪天·雪》：“倚遍琼楼十二阑。”辛弃疾《水龙吟·登建康赏心亭》：“把吴钩看了，栏杆拍遍，无人会，登临意。”

次韵季长见示

倚遍南楼十二栏，长歌相属寓悲欢[1]。
空怀铁马横戈意，未试冰河堕指寒[2]。
成败极知无定势[3]，是非元自要徐观[4]。
中原阻绝王师老[5]，那敢山林一枕安。

［注释］

[1] 相属：相接连，此指相互赋诗唱和。 [2] 堕指寒：汉高

帝晋阳连战时，士兵因天寒堕指。事见《汉书·高帝纪下》。杜甫《前出塞》："径危抱寒石，指落层冰间。" [3] 无定势：无固定不变之形势，指成败可转化。《三国志·魏书·刘表传》："逆顺有大体，强弱有定势。" [4] 元自：本来，原本。徐观：慢慢观察、了解。 [5] 中原：指淮河以北沦陷区。

[点评]

淳熙四年（1177）冬，诗人因公至广都（治今四川成都天府新区），好友张缜同行，二人数有诗歌酬赠。诗人作此诗是应和，更是明志。首联摹动态之形，寓苦闷之情。国仇未报，诗人心中感慨愤懑，"遍"字一出，意悲而远，"长歌相属"，见志趣相投。中间两联，一放一收，张力十足。颔联抒怀，"空怀""未试"渲染英雄无用武之地的悲哀，"铁马""戈""冰河"等意象增添破釜沉舟之气势。十余年后，风雨之夜，"铁马冰河"（《十一月四日风雨大作》）再入梦中，报国豪情依旧不减。颈联议论，格调深沉，富有哲思，以人生智慧巧妙承上启下。尾联着眼现实，融个体价值与家国大义于一体，责任感强烈。诗人以反问语气作结，无疑而问，掷地有声，升华情感，引起共鸣。全诗精炼自然，真挚率意，一气贯注。

清爱新觉罗·弘历等："属对之妙，神韵自然，不可凑泊。"（《御选唐宋诗醇》卷四十四）

清方东树："起叙行迹，三南定楼，四急雨，五、六当前景事，收入思乡，而笔意生新。"（《昭昧詹言》卷二十）

清陈衍："雄浑处岂亚杜陵？许丁卯之'山雨欲来'，对此能无大小巫之别？"（《宋诗精华录》卷三）

南定楼遇急雨

行遍梁州到益州[1]，今年又作度泸游[2]。

江山重复争供眼[3]，风雨纵横乱入楼。
人语朱离逢峒獠[4]，棹歌欸乃下吴舟[5]。
天涯住稳归心懒[6]，登览茫然却欲愁。

[注释]

[1]“行遍”句：陆游于乾道九年（1173）春至南郑，以左承议郎权四川宣抚使司干办公事兼检法官，其间作阆中之行；冬，改除成都府路安抚司参议官，自汉中至成都。 [2]泸：泸水，指金沙江经泸州一段江流。 [3]重复：重重叠叠。争供眼：竞赴眼底。 [4]朱离：即“侏离”，形容异地语音难辨。峒獠：指西南少数民族。“朱”，明刊涧谷本作“侏”。“峒”，明刊涧谷本作“洞”。 [5]棹歌：鼓桨而歌。欸（ǎi）乃：象声词，桨橹声。“吴”，明刊涧谷本作“渔”。 [6]天涯住稳：谓自己长期宦游，已习惯于异乡生活。

[点评]

淳熙五年（1178），陆游奉召自成都东归，途经泸州，登南定楼，即景作诗。自乾道六年（1170）入蜀算起，诗人已游宦近十年。首联以宦游踪迹起笔，连用地名交代行迹。颔联点题，大有“山雨欲来风满楼”（许浑《咸阳城东楼》）之雄浑与“白雨跳珠乱入船”（苏轼《六月二十七日望湖楼醉书》）之激荡。对仗工整，风横雨乱与锦绣山河互为映衬，“争”字化静为动，“乱”字平中出奇，极富动态美感与壮阔气势，令人身临其境。颈联承山河、风雨自然之景，视野转向风俗民情，笔势纵横驰骋。诗人多次书写宦游经历和感慨，“何人不宦游”（《送王龟龄著作赴会稽大宗丞二首》其一），“宦游三十载”（《醉中作》），漂泊天涯，也渐渐依恋天涯。尾联呼应开头，与苏轼《自题金山画像》风格相仿，故作坦然，造语豪健苍凉。目断山河，心牵家国，自叹飘零，多重情感交织，人生起落尽在不言中。

楚 城

江上荒城猿鸟悲，隔江便是屈原祠[1]。

一千五百年间事[2]，只有滩声似旧时[3]。

清张完臣：“声味都尽，而语气不断，此之谓诗。”（清爱新觉罗・弘历等《御选唐宋诗醇》卷四十四引）

清陆次云：“不是寻常章法。”（《五朝诗善鸣集》）

[注释]

[1] 屈原祠：在今湖北秭归县东南，始建于唐。 [2] 一千五百年：从屈原生活的时代（约前 340—前 278）到陆游作此诗的淳熙五年（1178），约一千四百七十年，诗人取整为一千五百年。 [3] 滩声：水击险滩发出的涛声。

[点评]

淳熙五年（1178）春，诗人五十四岁，奉诏东归，抵达归州（今湖北秭归县）时恰逢端午，感触良深，作此诗怀古凭吊。楚城指战国时楚国故都遗址，在归州东，今已凋敝破落。首句“荒城”即奠定此诗苍凉基调。千年前楚国民殷国富，而今唯见荒城。荒城本已凄凉，猿鸟悲啼，愈显其悲。猿鸟之悲，实是诗人之悲，诗人没有直抒己之悲情，而移情于猿鸟，情感含蓄而又百转千回。在前句营造凝重悲凉氛围之上，“隔江”句随后而来，直切正题。屈原祠临江而建，与楚江、楚城紧密相连，恰如屈原与楚国国运也唇齿相依。诗人牵引读者目光，将楚国国运与屈原遭遇相联系。三、四两句吊古伤今，却对所提前事皆避而不谈。有此悼古之言，前文所叙猿鸟之悲也愈加厚重。当年楚怀王和顷襄王听信谗言，执行亲秦政策，贬斥屈原，流放其于沅、湘，致使楚国政治愈加腐败，为秦所灭。把国家命运托付给仇敌，何其可笑。诗人感叹，“委命仇雠事可知，章华荆棘国人悲。恨公无寿如金石，不见秦婴系颈时”（《屈平庙》），遗憾屈原雄韬大略终不见用，饮恨而死，未见秦亡。末句虽写滩声，却余韵无穷。古往今来，登临怀古的至悲之情在于人事虽改，景物如旧。正是“人生代代无穷已，江月年年望相似”（张若虚《春江花月夜》），临楚城，听滩声，怅然之情油然而生。此诗有唐人风致，顾佛影评曰：“唐人常语，宋人却少。”（《评注剑南诗钞》卷二）确实如此。此诗兼具唐诗、宋诗二者特征，转承自然，情景交融，精于造境，颇得唐人之精髓，却又融会宋诗章法，简素平淡之中，得见功力。

初发夷陵

雷动江边鼓吹雄[1]，百滩过尽失途穷[2]。

山平水远苍茫外，地辟天开指顾中[3]。
俊鹘横飞遥掠岸[4]，大鱼腾出欲凌空。
今朝喜处君知否？三丈黄旗舞便风[5]。

宋刘辰翁：“是出峡气象。”（《须溪精选陆放翁诗集·后集》卷五）

[注释]

[1]“雷动”句：此指夷陵一带的长江滩声如擂鼓般雄浑壮阔。另说古时舟人放舟出峡时，常击鼓吹箫以壮声威，鼓声雷动，声势浩大。　[2]“百滩”句：三峡一带险滩密布，水道蜿蜒，行至夷陵（今湖北宜昌）后，水道变得平阔而舒缓，此前峡中行船时的迷途失道之感顿然消失。百滩，三峡中的诸多险滩。途穷，喻处境困窘。三国魏名士阮籍常独自驾车出游，行至路穷，方痛哭而返。典出《晋书·阮籍列传》。　[3]指顾：指点顾盼之间。喻时间短暂、迅速。　[4]俊鹘（hú）：矫健的鹰隼。鹘，一种小型鹰类猛禽，又称隼，翅长而尖，飞行迅速。掠：一擦而过，形容动作迅疾。　[5]黄旗：本指战旗或天子仪仗等，此指诗人所坐船只悬挂在桅杆上的旗帜。便风：顺风。李白《送殷淑三首》其一：“天明尔当去，应有便风飘。”

[点评]

孝宗淳熙五年（1178），诗人五十四岁，结束八年蜀中宦游生涯，往临安廷对。诗人东归出峡，行至夷陵时作此诗。三峡滩多流急，诗人一路舟行险象环生，终平安出峡，出峡前后乍惊还喜的心境变化俱在诗中。首联先回顾了出峡惊险情状。“雷动”句可与诗人入蜀时所作诗歌相参看，“浪花高飞暑路雪，滩石怒转晴天雷。千艘万舸不敢过，篙工、柂师心胆破”（《瞿唐行》），水击险滩，涛声雄浑，就连久经风浪的船夫都不免怛然失色。待过尽百滩到达夷陵，诗人惊魂甫定，为平安出峡深感庆幸。颔联写初出峡谷，眼前豁然开朗的景象。诗人远望，见夷陵江面壮阔，此前峡中行船的失途之感消失，顿感地辟天开，诗境颇似“山重水复疑无路，柳暗花明又一村”（《游山西村》）。颈联展现江面鹘飞鱼跃的动景，诗人状写鱼鸟皆活泼灵动，仿佛心也随鱼鸟腾跃高飞。尾联中，诗人所喜之事有两处，一为出峡顺利，有惊无险；二为奉诏还朝，前途可期。诗人心系朝廷，望着船上黄旗，又由此联想到报效君主。“便风”即顺风，暗寓诗人仕途顺畅、建功立业之愿景。诗人渴望身担重任，为君分忧。由首联至尾联，诗人先回溯来路，有失途之叹，亦有慨然之言，情景相融，情感层层升华。诗押“东”韵，对仗工稳，节奏流畅，一泻而下，读来意气骏爽，气势非凡。

泊公安县

宋刘辰翁：“并用杜语，然亦称。”（《须溪精选陆放翁诗集·后集》卷一）

清方东树：“意亦犹是，而以兀傲之气行之，便觉超脱凡境。”（《昭昧詹言》卷二十）

秦关蜀道何辽哉[1]！公安渡头今始回[2]。
无穷江水与天接，不断海风吹月来。
船窗帘卷萤火闹，沙渚露下蘋花开[3]。
少年许国忽衰老，心折舵楼长笛哀[4]。

[注释]

[1]秦关：此指大散关。蜀道：蜀中的道路，此处代指蜀地。 [2]公安渡头：古渡口名，在今湖北公安县。杜甫《公安县怀古》："维舟倚前浦，长啸一含情。" [3]沙渚：水中沙洲。 [4]"心折"句：舵楼上传来哀婉笛声，令人伤感。心折，即中心摧折，形容极为伤感。南朝梁江淹《别赋》："有别必怨，有怨必盈，使人意夺神骇，心折骨惊。"舵楼，同"柁楼"，船只后部的操控之室，高起如楼。"长"，《须溪精选陆放翁诗集·后集》作"闻"。

[点评]

孝宗淳熙五年（1178），陆游五十四岁，离蜀东归，途中经公安县，泊舟公安渡头，赋此诗。首联追忆川、陕峥嵘岁月。诗人曾溯流而上，经公安入蜀，辗转秦关蜀道，九年戎马倥偬，而今日方回。"辽"既指空间遥远，也指时间漫长，"何辽哉"写尽九年游宦沧桑。"今始回"有对光阴疾逝的慨叹，也蕴含壮志未酬的失落。颔联写远景，先化用杜甫名句"无边落木萧萧下，不尽长江滚滚来"（《登高》），对仗工巧。"无穷"句境似"秋水共长天一色"（《滕王阁序》）。诗人胸中郁结，块垒难消，凭窗远眺，江天一色，浩渺无际，只觉愁绪稍解。"水与天接"，状景真切。后思及李白"长风吹月渡海来"（《鲁郡尧祠送窦明府薄华还西京》）诗句，生出"海风吹月"的浪漫联想，令人拍案称奇。此联造语新奇、精工，境界开阔，化李、杜诗句为己用，自然浑成。颈联写近景。萤火跃动，四下飘逸；露下蘋开，生机盎然。一动一静，以动衬静。写景灵动，信手拈来，着一"闹"字，妙用通感，而境界全出，江渚夏夜美景如现眼前。尾联有怛郁不平之气。诗人少年许国，立志“上马击狂胡，下马草军书”（《观大散关图有感》），此后宦游各地，流离颠沛，而不泯此志，可岁月匆匆，人生短暂，转眼两鬓斑白。只余一腔孤愤，徒然自嗟。适逢舵楼之上有人吹笛，闻笛愈觉悲凉，为之心折。纵观全诗，情感变幻无定，却能转承自然，毫无滞涩。诗押“灰”韵，合口呼，发声短促，沉郁低回，雄浑苍凉。清陆次云赞曰：“三四十个字，一气贯注，力有万钧。”（《五朝诗善鸣集》）

小雨极凉，舟中熟睡至夕

顾佛影：“清境逼真。”（《评注剑南诗钞》卷二）

清卢世漼：“只末一句，有多少蕴含在。”（清爱新觉罗·弘历等《御选唐宋诗醇》卷四十四引）

舟中一雨扫飞蝇，半脱纶巾卧翠藤[1]。
清梦初回窗日晚，数声柔橹下巴陵[2]。

[注释]

[1] 纶（guān）巾：头巾名，又名“诸葛巾”，用青色丝带制成。翠藤：此指青藤编制的卧榻。 [2] 柔橹：船桨轻划之声。巴陵：今湖南岳阳。

[点评]

淳熙五年（1178）五月，诗人五十四岁，去蜀东归，将至巴陵时，作此诗。首句用一“扫”字，炼字极妙。盛夏行舟，闷热难耐，且为蚊蝇所扰。一场小雨，随后带来新凉，不仅扫除恼人蚊蝇，也将盛夏酷暑与旅途疲惫一扫而空，成全了诗人半日好眠。“半脱”句勾勒诗人慵懒之态。“翠藤”色调清冷，更显藤床清凉，也为诗句增添明丽色彩，顿生画意。“清梦”二句呈现朦胧淡远的诗境。诗人伴雨声凉风入眠，醒来看向船窗外，见日已西沉，方晓已至傍晚。舟人操橹轻摇，伴着柔和而协调的橹声，小船载诗人缓行，即将抵达巴陵。诗人东归时轻松愉悦的心情尽现眼前。诗人常年身在羁旅，“客中常少睡，归梦若为成”（《梦藤驿二首》其二），“愁多憎夜雨，睡少喜晨鸡”（《枕上作》），忧思重重，难得好眠。因此，诗人对酣甜睡眠极为渴望，认为美睡的滋味无事能及，“睡味甜如蜜”（《思归示儿辈》）。诗人寓蜀八年，终得返乡，一场清梦，似解八年愁苦与困顿，故赋诗记之，回味难已。清朱彝尊赞此诗“可追踪唐贤”（清王士禛《带经堂诗话》卷九引），便因此诗天然隽永，清新淡雅，有唐人之遗风。纵观全诗，词句清丽浑然，节律舒徐，有味外之旨、韵外之致。

清方东树：“通首情景交融，收有奇气。”（《昭昧詹言》卷二十）

六月十四日宿东林寺

看尽江湖千万峰，不嫌云梦芥吾胸[1]。
戏招西塞山前月[2]，来听东林寺里钟。
远客岂知今再到[3]，老僧能记昔相逢[4]。
虚窗熟睡谁惊觉[5]，野碓无人夜自舂[6]。

清陈衍：“（掞东《剑南诗选》）评云：‘一气卷舒，却能凝炼稳重，宋人惟半山最擅胜场。’仆谓此放翁之极似东坡者，其所以能成大家在此。”（《石遗室诗话》卷二十七）

[注释]

[1] 云梦：泽名，在今湖北安陆南。芥吾胸：心胸为之鲠碍、阻塞。司马相如《子虚赋》："吞若云梦者八九于其胸中，曾不蒂芥。"芥，芥蒂，细小之物。此处用作动词。 [2] 西塞山：在今湖北大冶东，临长江。 [3] "远客"句：据《入蜀记》，陆游入蜀路过九江时，曾游庐山，并住宿东林寺，所以说"再到"。远客，陆游自称。 [4] 老僧：指东林寺主僧了然。 [5] 虚窗：即敞窗。凡开窗户，必空其中，故云。 [6] 野碓：一种舂具，此指田野间利用水力舂米的石碓。舂（chōng）：以杵捣臼，去除谷物外壳。

[点评]

淳熙五年（1178）闰六月，诗人奉诏由成都顺江东归，经过庐山东林寺，作此诗。明刊涧谷本题中无"六月"二字。东林寺在庐山西麓，因处于西林寺以东，故名，建于东晋太元九年（384），为佛教净土宗（又称莲宗）发源地。早在乾道六年（1170），诗人从山阴逆流而上，赴任夔州通判，途经庐山，就游历并宿于东林寺。前后相隔九年，诗人宦海浮沉，行迹万里，自然心境迥异，感慨万端。本诗以议论起笔，起势突兀，用西汉司马相如《子虚赋》典，极写心胸宽广，也化用苏轼"恨无乖崖老，一洗芥蒂胸"（《送路都曹》）诗意，表达开阔超然气概。颔联承接首联气势，采用流水对，用笔豪狂张扬。西塞山是著名古战场，头上高悬明月，见证过多少英雄枯骨、时代更迭。而乾道六年八月中秋，这轮明月就已与诗人相遇，其《入蜀记》写道："空江万顷，月如紫金盘，自水中涌出，平生无此中秋也。"明月见证千古兴亡悲慨，诗人经历九年跌宕漂泊，仿佛一并化在这寺院清音中，笔势至此一收，转为蕴藉内敛。颈联贯通今昔，既写惊喜，又抒世事难料、光阴不过弹指的慨叹。尾联暗寓对游宦生活的厌倦和希冀归隐田野之意。诗人敞窗而卧，恬然好睡，忽然一声野碓，惊破清梦，碓声清越，愈显四野之静，展现空灵清远的审美境界。野碓不间歇地舂米，暗蕴禅悟；诗人在睡梦中惊醒，更是在尘梦中醒悟。末句袭用韦应物“野渡无人舟自横”（《滁州西涧》）句法，浑然天成，如同己出，以此收束全篇，含不尽之意于言外。全诗豪迈洒脱，又含蓄超然，确得庄子委心任运之旨，其中对旷达境界之参悟，又如姚鼐所言“最似东坡”（《五七言今体诗钞》卷九）。

登赏心亭

蜀栈、秦关岁月遒[1]，今年乘兴却东游[2]。
全家稳下黄牛峡[3]，半醉来寻白鹭洲[4]。
黯黯江云瓜步雨[5]，萧萧木叶石城秋[6]。
孤臣老抱忧时意，欲请迁都涕已流[7]。

与“无边落木萧萧下”（杜甫《登高》）异曲而同工。

[注释]

[1] 蜀栈：蜀中栈道，此处代指今四川。秦关：秦地关塞，此指大散关。遒：强劲、有力。这里指不平常。　[2] 东游：指淳熙

五年（1178）闰六月，陆游应召离川东归。 [3] 黄牛峡：在今湖北宜昌。郦道元《水经注》载，长江流经黄牛峡，水势湍急纡曲。 [4] 白鹭洲：在今南京长江中。 [5] 瓜步：瓜步山，在今江苏南京六合区。 [6] 萧萧：风吹草木声。石城：即石头城，南京别称。 [7] “欲请”句：陆游《上二府论都邑札子》主张南宋不宜以临安为都城，而应以建康为都城，但未获朝廷采纳。诗人回忆过去，感慨万千。

[点评]

赏心亭，在今南京秦淮河畔。《景定建康志》卷二十二载，“赏心亭，在下水门之城上，下临秦淮，尽观览之胜。丁晋公谓建”。淳熙五年（1178）秋，诗人东归，途经建康，登赏心亭，作此诗。首联回忆往昔川、陕峥嵘岁月，如今“乘兴”东游，诗人心情舒畅。颔联概括东归行程，以景状情，“稳”“醉”二字点出履险如夷的愉快心境。颈联写“半醉”登亭所见、所感，连用叠词“黯黯”与“萧萧”，前后相对，暗淡冷寂之景，景中含情，以景状情。前喜后悲，为何而悲？故地重游，回念往昔，前途未卜，命运飘零，生不逢时，壮志未酬。诗人“一片丹心报天子”（《金错刀行》），终究理想落空，独自登亭。赏心亭上难赏心，尾联徒留涕泪与愁情。诗人已不再是“当年万里觅封侯”（《诉衷情》）的壮年，抱负全成空，但即使再“孤”“老”，诗人九死未悔，仍不敢忘忧国。此诗历史与现实交织，诗人登亭远望，将情感洒在亭楼之上，继而转身前行，意蕴悠长。

过灵石三峰二首

其　一

奇峰迎马骇衰翁，蜀岭吴山一洗空[1]。
拔地青苍五千仞[2]，劳渠蟠屈小诗中[3]。

清吴焯：“奇句。”（《批校剑南诗稿》卷十）

其　二

晓日曈昽雪未残[4]，三峰杰立插云间。
老夫合是征西将[5]，胸次先收一华山[6]。

[注释]

[1]“蜀岭”句：谓吴蜀大地山峰之奇皆比不上灵石三峰，相形失色。蜀，泛指巴蜀一带。吴，泛指江南一带。 [2]五千仞：极言其高。仞，古代长度单位，周制八尺，汉制七尺。 [3]渠：它，此指灵石山峰。蟠屈：盘旋屈曲，此指委屈。 [4]曈昽（tóng lóng）：太阳初出时暗而渐明的样子。 [5]合是：应当是。征西将：指东汉开国名将冯异。《后汉书·冯异传》载，冯异归顺汉光武帝刘秀后，为其征战，一次于华阴遇赤眉军，相持六十余日，收降五千余人，被刘秀任命为“征西大将军”。 [6]华山：在今陕西境内，当时被金人占领。“收”，明刊涧谷本作“牧”，误。

[点评]

淳熙五年（1178）冬，诗人自山阴赴建安（今福建建瓯），任提举福建常平茶盐公事，路经灵石山，作此二诗。灵石三峰，在今浙江江山城南，又名江郎山。山有三峰，峰上各有巨石。诗题“峰”下“二首”二字，底本原无，今据明刊涧谷本补。其一起句奇峭，渲染灵石三峰高耸雄峻，化静为动，寄主观感受于客观景物中，将“马向奇峰”巧妙转化为“奇峰迎马”，凸显山形动态感，着一“迎”字，而三峰精神、气势全出。诗人出吴入蜀，看山无数，而吴山的秀丽与蜀岭的巍峨，与灵石三峰相比，都黯然失色。后二句蟠千仞巨峰于精炼小诗中，诙谐风趣，举重若轻，显出诗人笔力遒健、才气超然，如绘画，有“尺幅千里”之妙，堪称神来之笔。独特的“逆反”对比、不对称对比，反差强烈，极具艺术震撼力与感染力。其二寓爱国情感于灵石风景。清晨曈昽日光雪色中，诗人心忧国事，由灵石三峰形貌联想到已沦陷敌手的华山三峰，以“征西大将”自许，收华山于胸次，表达扫清虏尘、收复失地的勃勃雄心。二诗构思新颖奇特，灵石三峰与华山三峰竟可大可小，随诗人笔触忽而移入小诗，忽而吐纳胸中，灵变自如。山水小诗能写得如此恢宏雄放，可见诗人的阔大胸襟与浪漫情怀，既咏叹河山壮丽，也将政治抱负、满腔热血熔入诗中。

诗人长期宦游各地，思乡念土，诗、赋中多“思故山”之作，情真意切，如《独立思故山》《晦日西窗怀故山》《思归》《病中怀故庐》《初秋梦故山，觉而有作四首》《思故庐》《念归》《思故山赋》等。

思故山

千金不须买画图，听我长歌歌镜湖[1]。

湖山奇丽说不尽，且复为子陈吾庐[2]。

柳姑庙前鱼作市[3]，道士庄畔菱为租[4]。
一弯画桥出林薄[5]，两岸红蓼连菰、蒲[6]。
陂南、陂北鸦阵黑[7]，舍西、舍东枫叶赤。
正当九月、十月时，放翁艇子无时出[8]。
船头一束书，船后一壶酒。
新钓紫鳜鱼[9]，旋洗白莲藕[10]。
从渠贵人食万钱[11]，放翁痴腹常便便[12]。
暮归稚子迎我笑[13]，遥指一抹西村烟[14]。

[注释]

[1] 镜湖：即今浙江绍兴鉴湖。 [2]“且复”句：暂且还是为您说说我的家。吾庐，指陆游山阴三山别业。 [3] 柳姑庙：在山阴（今浙江绍兴环城河内）西。 [4] 道士庄：在镜湖中，与三山连接，以贺知章号黄冠道士得名。菱为租：以菱交租。 [5] 画桥：在三山别业东南，今存。林薄：草木丛杂之地。 [6] 蓼（liǎo）：生在水边可做香料的草。菰（gū）：禾科浅水植物，嫩茎基部可做蔬菜吃，俗称茭白。蒲（pú）：浅水植物，俗称香蒲。 [7] 陂（bēi）：山坡，此处指三山别业左右韩家山和行宫山山坡。 [8] 无时：不时，随时。 [9] 鳜（guì）鱼：又称桂花鱼、桂鱼，淡水鱼类。 [10] 旋：立即，马上。 [11] 从渠：任凭他。食万钱：比喻生活豪奢。《晋书·何曾传》：“食日万钱，犹曰无下箸处。” [12]“放翁”句：诗人开玩笑说自己常大腹便便。便（pián）便，形容肥胖的样子。 [13] 稚子：幼子，指陆子遹，时年两岁。 [14] 西村：陆游三山别业所在地。

[点评]

此诗淳熙六年（1179）夏作于建安，诗人在提举福建常平茶盐公事任上，宦海浮沉，思乡念土，作此长篇歌行以自慰。诗以“吾庐”为核心，描写家乡隽美风物、悠闲驱舟出游、稚子相笑迎归等，表达对故土的眷恋之情。起四句开宗明义，兼用夸张、比较手法，直接点明故乡镜湖山水奇丽，可以入画，语带自豪，奠定全诗疏朗轻快的基调。“柳姑”六句，分别对柳姑庙、道士庄、画桥、两岸、陂南陂北、舍东舍西六个场景进行描绘，既有生活画面，又有自然风貌，两两对仗，工丽严整，取景由远及近，展现镜头推移变换的过程，有身临其境之感。“一弯”二句，“出”“连”二字尤妙，将静物写活，生机盎然，别有趣味。“正当”十句转写乡间生活，以人物活动入画，画面由远及近，回忆“船头一束书，船后一壶酒。新钓紫鳜鱼，旋洗白莲藕”的闲居生活，表达思归之情，整个画面形象鲜活，富有生活气息。“从渠”二句，将自己村居质朴的乐趣与贵人“食万钱”的生活相比较，突出表现逍遥自在、洒脱轻快的心情。“倦游我梦镜湖秋”(《送钱仲耕修撰》)，也说明倦于宦游羁绊之际，故乡山水给予诗人心灵的慰藉。“暮归”二句，镜头拉近，“稚子笑”为特写镜头，先聚焦后发散，以稚子笑指霭霭炊烟作结。整首诗极富层次感，似电影情节缓缓推进，有条不紊地表现对故乡的眷恋情思。结构上采用总、分形式，取故乡日常之景、物、人、事，展开美丽多姿的故乡画卷。在自然景观中透现人间烟火，亦是对现实追求不可得的一种情感寄寓。诗人很注意景物着色，蓼花粉红，菰蒲青白，鸦翼黑亮，枫叶火红，藕洁白，鱼淡紫，层层刷色，色彩斑斓，画面感强烈，令人目迷神夺。

鹅湖夜坐书怀

士生始堕地，弧矢志四方[1]。
岂若彼妇女，龊龊藏闺房[2]。
我行环万里，险阻真备尝[3]。
昔者戍南郑[4]，秦山郁苍苍[5]。
铁衣卧枕戈，睡觉身满霜。
官虽备幕府[6]，气实先颜行[7]。
拥马涉沮水[8]，飞鹰上中梁[9]。
劲酒举数斗，壮士不能当[10]。
马鞍挂狐兔，燔炙百步香[11]。
拔剑切大肉，哆然如饿狼[12]。
时时登高望，指顾无咸阳[13]。
一朝去军中[14]，十载客道傍。
看花身落魄，对酒色凄凉。
去年忝号召[15]，五月触瞿唐。
青衫暗欲尽[16]，入对衰涕滂。

今年复诏下[17]，鸿雁初南翔。
俯仰未阅岁[18]，上恩实非常。
夜宿鹅湖寺[19]，槁叶投客床[20]。
寒灯照不寐，抚枕慨以慷。
李靖闻征辽[21]，病惫更激昂。
裴度请讨蔡[22]，奏事犹裹创。
我亦思报国，梦绕古战场。

以壮志开篇，以豪举结尾，前呼后应，数年间仕途起伏，报国之心始终未变。

[注释]

[1]“弧矢”句：古时男子出生，以桑木作弓，蓬梗为矢，向天地四方射出，表示志在四方。《礼记·内则》载，国君世子出生后，为君掌管射事之人以桑弧蓬矢射向天地四方。李白《上安州裴长史书》：“以为士生则桑弧蓬矢，射乎四方，故知大丈夫必有四方之志。”弧矢，桑弧、蓬矢，桑木所作之弓和蓬草梗所作之箭。　[2]龊（chuò）龊：拘谨的样子。　[3]“险阻”句：真是尝尽艰险困苦。《左传》僖公二十八年：“险阻艰难，备尝之矣。”　[4]“昔者”句：乾道七年（1171），王炎宣抚川陕，驻军抗金前线南郑，召陆游为四川宣抚使司干办公事兼检法官，襄理军务。次年三月，诗人抵达南郑，八个月后离开。　[5]秦山：指从军南郑时所望秦中诸山。　[6]备幕府：陆游在范成大幕府任四川制置使参议官。　[7]颜行：前行，前列。颜即额角，额角在前，故称排在前面的人为“颜行”。　[8]沮水：汉水北源之一，源出陕西留坝县西。　[9]中梁：山名，在南郑附近。　[10]当：相当，对等。　[11]燔（fán）炙：用火烤熟。　[12]哆（duō）

然：张口欲吞的样子。 [13]“指顾”句：意谓咸阳随时可以夺回。当时咸阳已沦陷于金人之手。指顾，手指目顾，表示时间极短。 [14]“一朝”句：宣抚使王炎被朝廷召还后，幕僚皆散去。见陆游《跋〈刘戒之东归诗〉》。去，离开。 [15]“去年”二句：与下“入对”句同，指淳熙五年（1178）陆游奉诏东归在临安召对之事，中途经过瞿塘峡。忝（tiǎn），惭愧，有愧于。号召，召唤，号令。瞿唐，即瞿塘峡。 [16]青衫：唐朝低阶官服，泛指卑微的官职。暗欲尽：颜色已褪色到几乎看不见。 [17]“今年”二句：指在衢州（今属浙江）得旨，改任提举江南西路常平茶盐公事，赴抚州（治今江西抚州临川区）之事。 [18]阅岁：经过一年。 [19]鹅湖寺：在今江西铅（yán）山县东北，以鹅湖山得名。 [20]“槁叶”句：枯叶飘落，诗人在外投宿。一说谓落叶飘向客舍床铺。 [21]“李靖”二句：唐太宗时名将李靖病惫不忘征辽，击败东突厥、吐谷浑等国。事见《旧唐书·李靖传》。 [22]“裴度”二句：唐宪宗时，吴元济据蔡州叛乱，宰相裴度请讨伐之，遭刺客袭击，击中头部。见《新唐书·裴度传》。裹创，裹着伤。“裹创”，底本作“衷创”，据文渊阁《四库全书》本改。

[点评]

鹅湖，即鹅湖山，亦名荷湖山，在今江西铅山县东北。《铅山县志》：“鹅湖山在县东北，周回四十余里。”淳熙六年（1179）秋，诗人奉诏离建安任，归途经铅山鹅湖，回顾往昔，心潮起伏，旅夜难眠，遂作此诗。开头以弧矢表明自己志在四方，不图安乐。接着回忆此前经历，颠沛流离，欢喜悲苦皆备。“昔者”十六句以大段笔墨铺夸军中生活，壮志满怀，逸兴遄飞。离南郑后落魄生活仅以“一朝”四句带过，与详写军中生活大相径庭，更见寂寞凄凉。最后十八句详叙朝廷再度委任，用李靖、裴度典故表明心志，豪情尽显。全诗以南郑从军、返回成都、奉诏东归、游宦江南为脉络，总结半生经历，虽篇幅较长，但详略得当，主次分明。南郑从军，充满壮志豪情，故详叙；蜀中看花，颓唐凄凉，故略写。回忆军旅生活，笔墨含情，情随事移，场景、行动、心理描写生动细致。风格慷慨悲凉，催人泪下。

弋阳道中遇大雪

我行江郊暮犹进[1]，大雪塞空迷远近。
壮哉组练从天来[2]，人间有此堂堂阵[3]。
少年颇爱军中乐[4]，跌宕不耐微官缚[5]。
凭鞍寓目一怅然[6]，思为君王扫河洛[7]。
夜听簌簌窗纸鸣[8]，恰似铁马相磨声[9]。
起倾斗酒歌《出塞》[10]，弹压胸中十万兵[11]。

陆游诗中反复表达“从军乐”，如“投笔书生古来有，从军乐事世间无”（《独酌有怀南郑》）。梁启超说：“集中什九从军乐，亘古男儿一放翁。”（《读〈陆放翁集〉》）

[注释]

[1] 江郊：江岸。江，此指信江，一名上饶江，弋阳在信江中游。 [2] 组练：古代兵士所穿两种衣甲，后借指精锐部队武装

军容。此处指军队。组，组甲，用丝绳连缀皮革或金属而成的甲衣，车士所穿。练，被（bèi）练，披在甲外的练袍，一说指熟丝穿缀甲片而成的甲衣，步兵所穿。 [3] 堂堂阵：雄壮强大的阵容。 [4]少年：少壮之时，指青年。 [5]跌宕：放纵不拘。 [6]凭鞍：骑在马上。寓目：放眼望去。 [7] 扫河洛：驱逐金兵，收复失地。河洛，指中原。 [8] 簌簌：象声词。此处形容风吹窗纸声。 [9] 铁马：披着铠甲的战马。 [10]《出塞》：指《出塞曲》，汉乐府横吹曲名，多写边塞征戍之事。 [11] 弹压：镇压，抑制。胸中十万兵：朱熹《五朝名臣言行录・参政范文正公仲淹》引《名臣传》记载，范仲淹有军事谋略，阅兵选将得当，西夏人称赞其“腹中自有数万兵甲”。

[点评]

淳熙六年（1179）十二月冬，诗人由衢州（今属浙江）至抚州任提举江南西路常平茶盐公事，行经弋阳（今属江西）道中作此诗。此时距诗人亲临前线军旅生活已过去八载之久，宦途辗转，持戈卫国的壮志豪情却始终落空，实乃“志士虚捐少壮年”(《感愤》)。起首即叙江郊赶路，日暮而不得歇息，仍要前进，隐有前路非所志，却不得已而奔波之意。此时又遇大雪，天气恶劣，诗人却未觉烦郁，转而赏爱漫天白雪。诗以“组甲”“被练”代指军队，既寄托强军理想，也借“勿击堂堂之阵”(《孙子兵法・军争》）中“不要攻击阵容堂皇、实力强大的敌人”一意，反语正用，暗寓唯有整兵强军，才能免受侵略。诗人年轻时就一心投军卫国，不屑蜗角功名，然而岁月荏苒，如今“丈夫五十功未立，提刀独立顾八荒”

(《金错刀行》),怎能不令英雄怅惘?笔势低回至此,诗人却再度振起,表达自己仍一心想为君王扫清河、洛,北定中原。诗人“以我观物”,风吹窗纸的沙沙声也如沙场之上战马的铠甲相摩。他畅饮美酒,高歌《出塞》,却又不得不压抑雄心壮志,情感抑扬跌宕。全诗共十二句,两落两起,气象雄浑壮阔,奋起激荡中寓无奈悲慨,真是“辜负胸中十万兵,百无聊赖以诗鸣”(梁启超《读〈陆放翁集〉》)。

登拟岘台

清陈衍:“五、六二语,可括尽苏、松、常、太山水。”(《宋诗精华录》卷三)

诗人同时作有《拟岘台观雪》。此年五月,又作《雨后独登拟岘台》《冒雨登拟岘台观江涨》,其中有妙句:“燕子争泥朱槛外,人家晒网绿洲中。”“雨气昏千嶂,江声撼万家。云翻一天墨,浪蹴半空花。”值得一并欣赏。

层台缥缈压城闉[1],倚杖来观浩荡春[2]。
放尽樽前千里目[3],洗空衣上十年尘[4]。
萦回水抱中和气[5],平远山如酝藉人[6]。
更喜机心无复在[7],沙边鸥鹭亦相亲。

[注释]

[1] 城闉(yīn):城内重门。 [2] 浩荡春:宽广无边的春光,化用苏轼《正月二十一日病后,述古邀往城外寻春》:“一看郊原浩荡春。” [3] 千里目:谓远望之目。晋孙楚《之冯翊祖道诗》:“举翮抚三秦,抗我千里目。” [4] 十年尘:作者于乾道六年(1170)赴蜀中,至作此诗时已十一年,此举其整数。 [5] 中和气:极为和谐的气象和境界。陆游《和陈鲁山十首》其三:“议

论主中和，人才进耆老。”[6]酝藉人：宽容含蓄的人，此处比喻山色秀美悦人。[7]“更喜”二句：更欢喜巧诈之心已不复存在，沙边鸥鹭也乐于与我亲近。《列子·黄帝》载，有一人住在海边，与鸥鸟相亲，其父要求他将鸥鸟带回家中。他再去海边时，鸥鸟知道他有机心，便不肯飞近。表示人无巧诈之心，异类可以亲近。多比喻淡泊隐居，不以世事为怀。机心，智巧诈变之心。《庄子·天地》：“有机事者，必有机心。”

[点评]

孝宗淳熙七年（1180）正月，诗人在抚州提举江南西路常平茶盐公事任上，登拟岘台有感，作此诗。拟岘台为宋仁宗嘉祐二年（1057）州守裴材所建，曾巩作《拟岘台记》，王安石作《为裴使君赋拟岘台》诗。拟岘台后成为江南名胜。此诗首联点出游览时序和地点，“缥缈”“浩荡”形象地写出层台之高、春光之盛，赋予静态景观以动态之感，突出气势。“压”字乃点睛之笔，强调“层台”比“城闉”高耸，且给“层台”增添庄重感。颔联对仗工整，运用夸张、借用手法，写他放下酒杯，极目远眺，大地山河广阔辽远，顿感心胸开朗，洗净十年征尘，也洗净心中郁闷愁苦，表现出旷达自适的人生态度。颈联为全诗精妙所在，诗人赋予江水、峰峦以人的意志和情思，将对山水的情感体验外化为看水中和、看山蕴藉，奇譬妙喻，使冲淡平和之气尽显。王国维《人间词话》：“有我之境，以我观物，故物皆著我之色彩。”此联正是“有我之境”的写照。尾联写诗人高兴的是智巧诈变之心不复存在，可与鸥鹭相亲，用《列子·黄帝》中“沤（鸥）鸟舞而不下”典故，表明自己退隐自适，内心冲和平淡，不为世俗之事萦怀。全诗整体为“六二”结构，前六句以展现拟岘台山水风光为主，穿插呈现诗人情感外化；后两句则抒发告别十年征程，抛却“机心”，回归平和内心的喜悦。全诗层次感强，用词精准，雅洁冲淡，清新脱俗，在陆游诗风中别具一格。

五月十一日，夜且半，梦从大驾亲征，尽复汉唐故地。见城邑人物繁丽，云：“西凉府也。”喜甚，马上作长句，未终篇而觉，乃足成之

天宝胡兵陷两京[1]，北庭、安西无汉营[2]。
五百年间置不问[3]，圣主下诏初亲征[4]。
熊罴百万从銮驾[5]，故地不劳传檄下[6]。
筑城绝塞进新图[7]，排仗行宫宣大赦[8]。
冈峦极目汉山川，文书初用淳熙年[9]。
驾前六军错锦绣[10]，秋风鼓角声满天。
苜蓿峰前尽亭障[11]，平安火在交河上[12]。

凉州女儿满高楼，梳头已学京都样。

出自《云谣集》所载唐人《内家娇》“及时衣著，梳头京样”，为“城邑人物繁丽”的特写。

[注释]

[1]“天宝”句：谓唐玄宗天宝十四载（755）十一月，安禄山率胡兵叛唐，不久攻陷东京洛阳和西京长安。 [2]北庭、安西：唐时设北庭都护府、安西都护府。 [3]五百年间：唐玄宗天宝十四载（755）至宋孝宗淳熙七年（1180），相距四百余年。此处举其成数。置：废弃。 [4]圣主：指孝宗赵昚。 [5]熊罴（pí）：皆为猛兽，比喻英勇的军队。銮驾：皇帝车驾。 [6]故地：凉州（治今甘肃武威）原属宋朝，后被西夏占领，所以称为“故地”。不劳传檄下：不需要传送征讨的文书便收复。 [7]图：版图，地图。 [8]排仗：排列仪仗队。行宫：皇帝外出所居之处。 [9]淳熙：孝宗年号（1174—1189）。 [10]六军：周代，天子有六军。后泛指天子直接统领的军队，即禁军。错锦绣：锦绣战袍，五色错杂。 [11]苜蓿峰：在今甘肃、新疆交界处。亭障：古代边疆险要处用以防守的堡垒。“亭”，底本作“停”，误。 [12]平安火：唐制，每三十里设一烽堆，每日初夜举烽火以报平安。交河：县名，在今新疆吐鲁番西。

[点评]

孝宗淳熙七年，诗人时任提举江南西路常平茶盐公事。五月十一日，将近半夜，梦从孝宗亲征，完全收复汉唐故地，喜甚，马上作此七言古诗，梦醒后将未写完的诗续写完整。西凉府，即汉、唐时凉州，治今甘肃武威。开头三句追溯国土沦陷史，“五百年”，突出“故地”沦落时间漫长，时间跨度大，具有历史纵深感。诗人心怀愤懑慨叹，以曲笔讥讽统治者懦弱无能。“圣主”句，基调突转，由悲转喜，圣上终于下诏出征。“熊罴”十句，描写收复故地的过程和欢乐场面，出师胜，故地归，大赦宣，年号改，九州安靖，祥和归一，君民同欢。“极”“错”“满”“尽”，着力表现告捷盛况，准确生动，形象传神。结尾二句，通过凉州女儿学习京城发式的生活细节，说明九州已和平归一，以小见大，又极富情趣。诗人借梦境表现尽复故地的理想，充满乐观精神，而现实中，西凉府仍沦没于西夏，梦与现实反差强烈，深藏于心底的悲愤沉痛可想而知。诗每四句一换韵，平仄交替，参差错落，音律谐美，节奏感强。

中夜起登堂北小亭

幽人曳杖上青冥[1]，掠面风轻宿醉醒。
朱户半开迎落月，碧沟不动浸疏星[2]。
禽声格磔频移树[3]，花影扶疏自满庭[4]。
叹息明年又安往，此身何啻似浮萍[5]。

“迎”“浸”二字，极富动感，形象生动，见锤炼之功。

[注释]

[1] 幽人：幽居的人，陆游自称。青冥：青色的天空，谓极高处。此处指“堂北小亭”。　[2]“碧沟”句：碧绿平静的水沟中闪耀着疏朗的星星倒影。　[3] 格磔（zhé）：鸟鸣声。　[4] 扶疏：

枝叶繁茂。 [5] 何啻（chì）：何止。

[点评]

淳熙七年（1180）六月，诗人五十六岁，时在抚州，幽居郁闷，深夜难眠，拄杖登高，心生漂泊不定的身世之感，作此诗以自释。首联叙事点题，诗人自诩幽人，夜半登亭，微风拂面，宿醉初醒。至于为何饮酒，为何夜不能寐，并未明说。颔联、颈联继写登亭所见所闻，月色清辉，疏星闪烁，宿鸟移树，花影满庭，以幽谧之景衬托寂寥心境，心物交感，情景相生，对仗工稳，描绘细致，流丽婉转，意境朦胧。尾联以抒情作结，照应首联，给出答案。诗人心有感伤，不禁自问，却无回答，醉登小亭以遣兴，而登高更激起浮萍飘零、久客无成之感慨，“半世无归似转蓬”（《晚泊》）。诗撷取幽居生活的一个片段，看似随意，实则结构严谨，以叙事起，以写景承，以抒怀结，前后呼应，首尾暗合，意脉贯通。写幽人、幽境、幽情，运笔空灵，用语清隽。有声有色，诗中有画，含蓄不尽。

北 窗

白首微官只自囚，青灯明灭北窗幽。
五更风雨梦千里，半世江湖身百忧。

诗选取“尤”韵，声韵和缓绵长，深藏愤懑愁苦。

壮志已孤金锁甲[1]，倦游空揽黑貂裘[2]。
灞亭夜猎犹堪乐[3]，敢恨将军老不侯。

[注释]

[1]“壮志”句：意谓从军壮志未能实现。孤，同“辜”，辜负。金锁甲，一种质地精良的铠甲。 [2]“倦游”句：《战国策·秦策一》载，苏秦游说秦惠王，计策未见采用，落魄而归，所穿黑貂裘已破。此处借以比喻自己贫困奔走，事业无成。 [3]“灞亭”二句：《史记·李将军列传》载，汉代名将李广到老没有封侯。罢官后，一日晚上打猎路过灞亭，被灞陵尉喝止：“今将军尚不得夜行，何乃故也。”不许李广通过。

[点评]

淳熙七年（1180），诗人五十六岁，时在抚州，提举江南西路常平茶盐公事，作此诗。首联极富画面感。青灯忽明忽暗，映照诗人白首，明灭之间，何尝不是诗人幽暗心情的写照？堪称一幅“自囚者”剪影。“囚”意谓“人在围中”，作此诗时，诗人“微官”一介，何自言囚？给读者留下想象余地。颔联在空间上横跨千里，时间上历经半世，借时间之长、空间之广表现现实与梦境的反差，折射身心矛盾。颈联用典“金锁甲”“黑貂裘”，更进一步点出矛盾所在，也是“自囚”的原因：披甲上阵，壮志难酬；做官倦游，身心俱疲。“孤”“空”二字，深藏报国无门、建功无望的不甘、无奈、愤慨。时运不济，命途多舛，诗人想起飞将军李广一生功业显赫却未得封侯，不免老来境遇颓唐，借此自比、自慰。直到此处方明了，“自囚”乃是诗人苦于“天命”难测、难违，心在战场，身无所寄。大丈夫若无用武之地，行走方寸之间都是囿于囹圄。

小园四首

其　一

小园烟草接邻家[1]，桑柘阴阴一径斜[2]。
卧读陶诗未终卷[3]，又乘微雨去锄瓜[4]。

陆游《跋〈渊明集〉》：“吾年十三四时，侍先少傅居城南小隐，偶见藤床上有渊明诗，因取读之，欣然会心。日且暮，家人呼食，读诗方乐，至夜，卒不就食。今思之，如数日前事也。”

[注释]

[1] 烟草：笼罩在烟雾中的野草。　[2] 桑柘（zhè）：桑木与柘木，常作为农桑之事的代称。阴阴：茂密而幽暗的样子。　[3] 陶诗：陶渊明诗。未终卷：一卷没有读完。　[4] 锄瓜：给瓜秧松土、锄草。《史记·萧相国世家》载，秦亡后，东陵侯召平为布衣，种瓜于长安城东。后多用为安贫隐居之典。

[点评]

淳熙八年（1181），诗人时被弹劾罢官，闲居山阴，走向田园，作《小园四首》。此诗为第一首。宋庠《元宪集》卷十五误收此四首。诗表面写闲适之情，似是诗人投身田园后恬静生活的诗意表达，但若联系写作背景与组诗中其他三首，便能体味到别样微妙心境。《小园四首》其二：“历尽危机歇尽狂，残年惟有付耕桑。”表明官场风波已挫其狂傲之气，天命之年只能以耕读保全自我。这是唯一选择，更是无奈选择。本诗可将“卧读陶诗”作为切入点，管窥其幽微难言的心境。陆游十三四岁即对陶诗情有独钟，然而四十余年后，如陶渊明一样罢官归家，虽读陶诗，心境却并非完全契合，而是有着微妙的区别。陶渊明摒弃官场，寄情山水，是本性使然；而诗人离开官场却并非本意，心有不甘。陶诗只是他排遣苦闷情绪的出口之一，难怪一改少年时读陶诗的手不释卷，转向雨中锄瓜，借体力劳动舒解内心难言的苦闷。回看一、二句似写草之生长，任其蔓延，其实又何尝不是诗人芜杂心绪的隐喻？看来卧读陶诗、微雨锄瓜，不过是苦闷内心中两种遣怀方式罢了。全诗看似是对田园牧歌式生活的描绘，实则隐伏欲说还休的苦闷。

九月三日泛舟湖中作

儿童随笑放翁狂，又向湖边上野航[1]。
鱼市人家满斜日[2]，菊花天气近新霜。
重重红树秋山晚[3]，猎猎青帘社酒香[4]。
邻曲莫辞同一醉[5]，十年客里过重阳[6]。

予自庚寅至辛丑，始见九日于故山。

清陈衍：“高岩自然。”（《石遗室诗话》卷二十七）

[注释]

[1]野航：即农家小船。 [2]鱼市：卖鱼的集市。陆游《思故山》："柳姑庙前鱼作市，道士庄畔菱为租。" [3]红树：枫树，南宋时鉴湖边多红枫。 [4]猎猎：指酒旗在风中的飘动声。青帘：酒旗。社酒：社日的酒。每年有春、秋二社，此处指秋社。 [5]邻曲：邻居，邻里。 [6]十年：陆游原注"庚寅"即乾道六年（1170），"辛丑"即淳熙八年（1181），间隔十二年，此处举其成数。

[点评]

湖，指山阴鉴湖。此诗作于淳熙八年九月，诗人时居山阴三山。自乾道六年入蜀，至淳熙七年（1180）底，陆游才回故乡，在外乡已十一年，重阳节临近，别有一番情思。首联写故乡人情美、山水美，诗人受挫折的心灵得以舒展。"狂"字渲染老幼间无拘无束、天真烂漫的神态。诗人年过半百，童心未泯，以"放翁"自号，洒脱不羁，流露真情至性。次句点题，"又"字说明多次泛舟鉴湖，久别归来，总是看不够。颔联写泛湖所见之景。画面幽美，摹景逼真细腻。点明时令，写秋色，为结句"过重阳"作铺垫。颈联铺写秋色如画之美：暮色四起，层层红树铺于秋山，远近高低，起伏变化，红树颜色深浅，富有光和色，见布景设色之妙，写红叶参差，有层次感，属视觉刺激；"猎猎青帘"，视、听结合，"社酒香"关涉味觉、嗅觉，表现多种感觉。诗人如高明摄影师，湖山风物美不胜收，只选取"斜阳鱼市""新霜菊花""秋山红树""社酒青帘"四个画面，写出野趣乡情。尾联续写上岸后活动，重在表意抒情。诗人已十年宦游他乡，在客中度过一个又一个重阳节，而归来后，所见、所闻无不感到亲切、温馨。秋色撩人，加之得与乡亲们一起过重阳，能不畅聚痛饮一番，一醉方休，偿还十年相思债？陈师道《九日寄秦觏》："九日清尊欺白发，十年为客负黄花。"抒发十年客中过重阳的感慨，可为此两句作注脚。前有"青帘社酒"的铺垫，"一醉"便有着落，章法草蛇灰线，环环照应。全诗清新自然，对仗工整，一气贯注，有流转之美。

书悲二首

其一

今日我复悲，坚卧脚踏壁[1]。
古来共一死，何至尔寂寂[2]！
秋风两京道[3]，上有胡马迹。
和戎壮士废，忧国清泪滴。
关河入指顾[4]，忠义勇推激[5]。
常恐埋山丘，不得委锋镝[6]。
立功老无期，建议贱非职[7]。
赖有墨成池[8]，淋漓豁胸臆[9]。

押入声韵，爆破音，急促有力，内敛顿挫，声情并茂。

[注释]

[1]坚卧：久卧不起。 [2]尔：指自己。 [3]两京：北宋东京汴京和西京洛阳。 [4]关河：此处泛指关中和中原失地。指顾：手指目顾之间，形容唾手可得。 [5]推激：推动和激励。 [6]委锋镝(dí)：战死沙场。委，抛弃生命。锋，刀锋。镝，箭头。 [7]"建议"句：诗人想向朝廷上书建议恢复之策，但已免官乡居，地位低微，献策并非自己职分内之事。 [8]墨成池：晋王羲之为永嘉太守，临池学书，池水皆黑，见荀伯子《临川记》。 [9]淋漓：形容墨汁蘸足的样子。

[点评]

淳熙八年（1181）九月，诗人二度蛰居山阴，收身农桑，杀敌之情日夜难平，遂作二诗，此选其一。首四句从眼前落墨，以第一人称吐露心声，渴望"灭贼报国仇"(《步出万里桥门至江上》)。"复"字有力，可见悲伤已成常态。"秋风"八句承上而来，点出悲伤的具体原因，宋廷自隆兴二年(1164)与金人议和，至今已十八年，结果却是"朱门沉沉按歌舞，厩马肥死弓断弦"(《关山月》)，将士报国之志、孤臣恢复之愿都被"和戎"葬送。忠义之士相互激励，但"国仇未报壮士老"(《长歌行》)，令人感慨。"常恐"二句再次明志，诗人表示宁愿战死疆场，也不肯老死家中。结尾四句概括处境和心境，白首出征遥遥无期，即便只提计策，也无人理睬，宦海浮沉，心酸见于言外。诗人自我释怀，借酣畅笔墨，解胸中愁闷。全诗紧扣题目，将郁积已久的悲慨幽愤抒发出来。此首沉郁气多，英雄气少，满是"志士凄凉闲处老"(《病起》）的不平之鸣。

冬夜不寐，至四鼓，起作此诗

陆游的思想核心是儒家的积极进取、立德立言、建功立业，追求精神不朽，有强烈的“功名”意识，人生哲学重“事功”，《自述》：“吾年虽日逝，犹冀有新功。”

秦吴万里车辙遍[1]，重到故乡如隔生。
岁晚酒边身老大，夜阑枕畔书纵横。
残灯无焰穴鼠出，槁叶有声村犬行。
八十将军能灭虏[2]，高丽有谶云：“当有八十老将平之。”李英公实膺是谶。白头吾欲事功名[3]。

[注释]

[1] 秦吴万里：指诗人任官所到之处。秦，指秦中南郑一带。吴，泛指江南一带。 [2]“八十”句：唐初大将李勣于乾封元年（666）任辽东道行军大总管兼安抚大使，伐高句丽，总章元年（668）灭高句丽。事见《资治通鉴》卷二〇一《唐纪》。李勣（594—669）灭高句丽时年七十五，“八十”为举其成数。 [3] 事功名：干一番事业，取得功名。此指从军北伐，收复中原。

[点评]

此诗作于淳熙八年（1181），诗人时罢官归故乡山阴。首联写辗转多年，重归故里。诗人目睹故乡变化，是外在观感，更有心灵上的疏离、陌生。颔联写闲居故里岁月的单调寂寞。诗人嗜书若狂，书既是赋闲时的慰藉，也为沉郁寂寞的心灵提供一方栖居地。颈联对仗工整，写夜阑人静时所见、所闻，以动衬静，借有声写无声，反衬出万籁俱寂和内心的孤寂凄清。此句也为读者留下悬念：诗人缘何此时仍未入眠？尾联予以回答："八十将军"尚能屡建奇功，而诗人却报国无门，满腔壮志未酬的愤懑与上阵杀敌的热情灼烧着爱国之心，怎能入眠？此联用典，同时也直抒胸臆。全诗以"归乡"起，以"欲事功名"不愿居乡结，中两联点染居乡情境，层次井然，一气贯通。

草书歌

倾家酿酒三千石[1]，闲愁万斛酒不敌。
今朝醉眼烂岩电[2]，提笔四顾天地窄[3]。
忽然挥扫不自知[4]，风云入怀天借力。
神龙战野昏雾腥[5]，奇鬼摧山太阴黑。
此时驱尽胸中愁，槌床大叫狂堕帻[6]。
吴笺蜀素不快人[7]，付与高堂三丈壁。

清爱新觉罗·弘历等："与《醉后草书》一篇，各成奇致。"（《御选唐宋诗醇》卷四十四）

[注释]

[1]"倾家"二句：把家里全部资财拿出来，换成粮食酿三千石酒，即使如此也不能压下闲愁。石（dàn），容量单位，十斗为

一石。斛（hú），量器名，亦为容量单位，十斗为一斛，南宋末年改为五斗。 [2] 醉眼烂岩电：醉后双目明亮有神，如同岩石下的闪电。西晋王戎目光清澈，炯炯有神，可以看太阳而不眩，裴楷说他“眼烂烂如岩下电”。见《世说新语·容止》。烂，光芒四射的样子。岩，因人额骨眉弓突出，故以“岩”作比喻。“岩”，明刊须溪本作“崖”，误。 [3] 提笔四顾：语出《庄子·养生主》：“提刀而立，为之四顾，为之踌躇满志。” [4]“忽然”二句：趁酒力写字，挥洒自如，似乎不是自己在运笔，而是外力在起作用。天借力，北宋李育《飞骑桥》：“奋迅金羁汗沾臆，济主艰难天借力。” [5]“神龙”二句：草书如同神龙战斗于原野，又如奇鬼摧毁大山，飞腾快意，酣畅淋漓，墨迹奇崛惊人，形容写作草书的狂态和草书的纵肆神奇之状。神龙战野，语出《周易·坤卦》：“龙战于野，其血玄黄。”太阴，月亮，杜甫《戏为韦偃双松图歌》：“黑入太阴雷雨垂。” [6] 槌：通“捶”。床：交椅一类的坐具。帻（zé）：包头发的巾。“堕”，明刊须溪本作“脱”。 [7]“吴笺”二句：兴致勃发时，吴地纸、蜀地素绢都无法使人快意，只有写于堂上三丈高壁才能发挥笔力，施展本领。

［点评］

此诗淳熙九年（1182）八、九月间作于山阴。诗人神态活灵活现，狂草风格最能体现其豪放不拘、狂野恣肆的个性，借草书来排遣难以言传的郁闷忧愁。书法仰仗酒力，酒之功可谓大矣。“闲愁万斛”，极言愁苦之甚。庾信《愁赋》：“谁知一寸心，乃有万斛愁。”周邦彦《南浦》：“烟波上，黄昏万斛愁绪。”李弥逊《洞仙歌·登临漳城咏梅》：“万斛新愁，一笑端须问花借。”史浩《杏花天》词：“披衣起、闲愁万斛。”“万斛”使抽象无形的愁情有了实体，形容极大极多。酒与书法尤其是草书有着不解之缘，书法家多醉后作书，唐张旭常大醉后狂奔乱走，然后提笔疾书，有时甚至用头发蘸墨写大字，异趣横生。怀素酷爱杯中物，“一日九醉”，酒后见物即写字，人称“醉僧书”。陆游也是书法名家，尤擅草书，赵翼《瓯北诗话》卷六评其草书“横绝一时”。他喜酒后作草书，诗中多处写到，如“还家痛饮洗尘土，醉帖淋漓寄豪举。石池墨渖如海宽，玄云下垂黑蛟舞”（《醉中作行草数纸》），“酒为旗鼓笔刀槊，势从天落银河倾。端溪石池浓作墨，烛光相射飞纵横”（《题醉中所作草书卷后》），“墨翻初若鬼神怒，字瘦忽作蛟螭僵”（《醉后草书歌诗戏作》），“赐休暂解簿书围，醉草今年颇入微。手挹冻醪秋露重，卷翻狂墨瘦蛟飞”（《醉中草书因戏作此诗》）。

夜泊水村

腰间羽箭久凋零[1]，太息燕然未勒铭[2]。
老子犹堪绝大漠[3]，诸君何至泣新亭[4]。
一身报国有万死[5]，双鬓向人无再青[6]。
记取江湖泊船处[7]，卧闻新雁落寒汀。

“寒”字，用通感手法，把视觉上的“汀”赋予触觉上的“寒”，读来感到凄神寒骨。

[注释]

[1]“腰间”句：腰间箭尾羽毛早已落光，指自己离开军旅生

活已经很久。腰间羽箭，杜甫《丹青引赠曹将军霸》："猛将腰间大羽箭。" [2]"太息"句：《后汉书·窦宪传》载，窦宪等人击匈奴，深入三千余里，至燕然山刻石、作铭。此句借窦宪事反衬南宋未能击败金人，因而叹息。燕然，即杭爱山，在今蒙古国境内。 [3]"老子"句：老夫还有横穿沙漠、北伐金人的壮志。大漠，大沙漠，此处泛指金人统治的北部边远地区。 [4]"诸君"句：《世说新语·言语》载，西晋灭亡，东晋初士大夫常相约至新亭，往往哭泣而不作为，仅王导有恢复之志。此处借以批评朝廷主和派当权者。新亭，三国吴建，故址在今江苏南京南郊。 [5]有万死：有万死不辞的报国心。 [6]"双鬓"句：发白不能再恢复黑色，意谓人老不能再返回少壮。 [7]"记取"二句：我会记住，在江湖水边停船之处，我躺在船上，听见新秋从北方飞来的大雁停落在寒冷沙洲。新雁，刚从北方飞来南方的大雁。汀，水中小洲或水边平地。

[点评]

淳熙九年（1182），诗人五十八岁，闲居山阴，作此诗。托物起兴，写壮志衰减，激愤暗藏。首先把镜头聚焦于腰间凋零的羽箭，含蓄婉转。随后镜头上移，似见诗人声声叹息之状。颔联笔锋急转，一扫忧郁之气，体势突高，似劈空而来。诗人幻想中横绝大漠的高亢与主和派委曲求和的消沉对比强烈，形象生动，极具艺术张力。颈联紧承上文，层层推进，诗人豪情万丈，万死不辞，但英雄迟暮，有"廉颇老矣"的落寞。"双鬓"句，笔力顿挫，急转直下，将内在高昂与外在衰老对举，凸显痛苦心理。用"反对法"，艺术效果极强。诗人情绪在前三联中大起大落，激愤与忧伤交织，委婉曲折，摇曳不尽。尾联情感趋于冲淡，以景结情，将镜头对准泊船内无眠的自己，卧听雁落寒汀之声，镜头到此为止，留下大量空白，供读者自由填补，含蓄蕴藉。全诗押“青”韵，声情和谐，和缓深沉。

夜步庭下有感

夜绕中庭百匝行[1]，秋风传漏忽三更[2]。
星辰北拱疏还密[3]，河汉西流纵复横[4]。
惊鹊绕枝栖不稳[5]，冷萤穿竹远犹明[6]。
书生老抱平戎志，有泪如江未敢倾[7]。

一“忽”字，便知悲愤难平。

[注释]

[1] 中庭：庭中。苏轼《记承天寺夜游》：“怀民亦未寝，相与步于中庭。”匝：环绕一周。 [2] 漏：此处指计时漏壶滴水之声。三更：指半夜十一时至次日凌晨一时。 [3] 星辰北拱：北极星高悬不动，群星四面环绕。《论语·为政》载，孔子认为施行德政，就像北极星居于其位而众星环绕。 [4] 河汉西流：每至秋天，银河渐渐西斜。杜甫《同诸公登慈恩寺塔》：“七星在北户，河汉声西流。” [5]“惊鹊”句：曹操《短歌行》：“月明星稀，乌鹊南飞。绕树三匝，何枝可依？”苏轼《卜算子·黄州定慧院寓居作》：“惊起却回头，有恨无人省。拣尽寒枝不肯栖，寂寞沙洲冷。” [6]“冷

萤”句：刘禹锡《秋萤引》：“天生有光非自衒，远近低昂暗中见。” [7]“有泪”句：张孝祥《六州歌头》：“使行人到此，忠愤气填膺，有泪如倾。”

[点评]

此诗作于淳熙十年（1183）八月，诗人时退居山阴三山别业。首联扣题，点出时地，见心事深重。心有悲忧，夜不能寐，绕庭而行。“百”为虚指，言明次数之多，诗人愁肠百结，只管踱走，实不知绕庭几匝。时间流逝，浑然不觉，直至秋风传漏，方觉已是三更。颔联写抬头仰望，见星辰北拱，河汉西流。孔子以北辰喻德政，诗人心系朝廷社稷之心可明。颈联写景，亦写己，惊鹊、冷萤，皆成诗人自喻，物我相融，浑然一体。“惊鹊”句，说处境之难。本当投身报国，建功立业，如今却彷徨无依，播迁无定，报国无路，壮志难酬。“冷萤”句，表心志之坚。冷萤穿竹，虽远犹明，天生有光，暗中乃见，诗人有赤子之心，怀报国之志，虽退居山阴一隅，仍心系庙堂边疆。尾联转暗喻为明言，直吐胸襟，情真意切，明白如话，读来令人肃然生敬，又为之悲哀叹惋。诗人悲愤苦痛，积郁已久，竟致“有泪如江”，然此刻仍须倾力报国，遂不得不强忍悲情，纵泪如江，却不敢轻倾。“有泪如江”兼用夸张和比喻。全诗融叙事、写景、抒情为一体，其事、其景、其情皆缘“平戎志”主旨而发。

感 愤

今皇神武是周宣[1]，谁赋南征北伐篇[2]？
四海一家天历数[3]，两河百郡宋山川[4]。
诸公尚守和亲策[5]，志士虚捐少壮年[6]！
京洛雪消春又动[7]，永昌陵上草芊芊[8]。

清爱新觉罗·弘历等：“大声疾呼，气浮纸上，《诸将五首》之嫡嗣也。卢世㴶曰：‘南渡乐于偏安，谁能念此！’”（《御选唐宋诗醇》卷四十五）

清方东树：“起有建瓴之势，三、四阔大，五、六题之正位，收意含蓄无穷。”（《昭昧詹言》卷二十）

[注释]

[1] 今皇：指孝宗赵昚。神武：神明英武。周宣：周宣王，在位时南征北伐，四夷咸服，史称“宣王中兴”。 [2] 南征北伐篇：《诗经》中《六月》《采芑》《江汉》《常武》，分别为宣王北伐猃狁、南征荆蛮、平淮夷、平徐戎之诗。 [3]“四海”句：四海一家乃是天命所归。天历数，天之历数。《尚书·大禹谟》载，舜对禹说：“天之历数在汝躬。”即天命安排的帝王次序轮到你身上了。“历”指“日月行道”的轨迹，“数”指“气朔早晚”的周期，古人以此观盛衰兴亡之气运。 [4] 两河百郡：指黄河、淮河流域沦陷区。百郡，泛指众多郡。宋无郡制，此处借用汉代行政建制单位名称。 [5]“诸公”句：陆游《醉歌》：“战马死槽枥，公卿守和约。”和亲，通过婚姻关系与他邦结亲好之谊。此处指北面称臣，与金国结好，具体指宋、金于高宗绍兴十一年（1141）订立的“绍兴和议”和孝宗隆兴二年（1164）订立的“隆兴和议”。事见《宋史》的《高宗纪》和《孝宗纪》。 [6] 虚捐：白白舍弃、浪费。 [7] 京洛：洛阳为东汉都城，故名“京洛”，后世用“京洛”代指国都。此指北宋国都汴京。 [8] 永昌陵：宋太祖赵匡胤陵墓，在今河南巩义。芊芊：草木茂盛的样子。

[点评]

此诗淳熙十年（1183）十一月作于山阴，抒发恢复中原之志不得实现的悲愤。首联可用“有恢复之君，而无恢复之臣”概括。说“今皇”是“周宣”，并非从实际功业而言，而是就有志恢复言之，肯定孝宗之不甘偏安。以“赋南征北伐篇”代指北伐功成，以反问为句，对当朝诸公抱以期许。当然，对这一反问，陆游已了然其答案，故而首联既是本诗发端，带起全篇，实际也是全诗的总结。颔联进而述说统一是天命，“两河百郡”俱是宋之天下，因而北伐便不只是建立功业，而是一种家国责任，这就使诗歌述说意图内含一种迫切感，情绪渐趋高涨。然而事实是权臣怯懦、保守，主和议，忌北伐，使力图恢复之人志不得伸，只能在不断盼望和失望中消磨岁月，与“谁赋”句形成呼应，也使“愤”达到极点。“尚”“虚”二字形成鲜明对比，催化“愤”的生成。尾联势转，空间变换，仍是颈联情绪的延漫，而以春景作结，不说透，含不尽之意。本诗愤懑于当权执政大臣无进取北伐之志。以气运笔，直赋心中垒块，故气势磅礴，然又于尾联旁逸斜出，看似虚笔带过，实则使前势不得尽泻，郁结于中，情感更为压抑，切题所云“愤”，沉郁顿挫一如杜诗。李慈铭《越缦堂诗话》赞曰：“全首浑成，气格高健，置之老杜集中，直无愧色。”

初冬杂题六首

其　二

莫嫌风雨作新寒，一树青枫已半丹。

身在范宽图画里[1]，小楼西角剩凭阑[2]。

[注释]

[1] 范宽：北宋画家，华原（今属陕西铜川）人。善画山水，主张“师诸造化”。 [2] 剩：表示程度，更、更加，此处是更适于的意思。

[点评]

作于淳熙十一年（1184）冬，时陆游闲居山阴故里。诗写初冬村居平和心境。若按正常时序叙述，应是青枫半丹，适逢风雨新寒，尽显凄清冷苦之状；但诗句倒置，复云“莫嫌”，则个中实有自我宽解意味，可见其时诗人心境较为平和。绘画本是对山水的描绘、摹拟。此将山水比作范宽画作，乃以易明画境概括难言物景。淳熙九年（1182）九月，诗人作“数树丹枫映苍桧，天公解作范宽山”（《九月晦日作》），运字、措意绝类本诗，可参看。以绘画比山水，旨在突出绘画之真；以山水比绘画，旨在突出山水之意。宋郭若虚《图画见闻志》卷一指出范宽绘画特点是“峰峦浑厚，势状雄强，抢笔俱均（匀），人、屋皆质”。诗人所要描绘的不是初冬时节萧瑟、苍凉之象，而是内中透露出的范宽画作精义，即浑雄、质峭。面对

乾道七年（1171），诗人写有“小雨初收残照晚，阑干西角立多时”（《倚阑》）；绍熙五年（1194），又有“老病人扶气力微，阑干西角立斜晖”（《书斋壁》）。以阑干独立表阑珊意兴，物象与本诗相同，但意味迥异。

如此壮景，作者不禁凭栏远眺，神思沉浸，与造化合一。

夜 步

市人莫笑雪蒙头，北陌南阡信脚游[1]。
风递钟声云外寺，水摇灯影酒家楼。
鹤归辽海逾千岁[2]，枫落吴江又一秋[3]。
却掩船扉耿无寐[4]，半窗落月照清愁。

“递”“摇”两个动词，将原本孤立、客观存在的风、水、寺、影联系在一起，成为充满人情味的有机体，足见体物、炼字之妙。

[注释]

[1] 北陌南阡：泛指乡间道路。明刊涧谷本作“南陌东阡”。信脚：信步，随意走动。 [2] 鹤归辽海：用丁令威化鹤归辽事。见陶潜《搜神后记》。后人常用此典说明人生无常，以“辽鹤”代指旧地重游之人。 [3] 枫落吴江：指诗文佳句。《新唐书·文艺传上·崔信明》载，崔信明颇以门望、诗文自负，一日遇郑世翼于江中。郑道：“闻公有‘枫落吴江冷’，愿见其余。”崔出诗文。郑读未终卷，曰：“所见不逮所闻。”掷江中而去。 [4] 扉：门扇。耿无寐：心神不宁，不能入睡。《诗经·邶风·柏舟》：“耿耿不寐，如有隐忧。”

[点评]

淳熙十二年（1185），诗人六十一岁，闲居山阴，一个秋夜外出散步，作此诗。首联化用白居易“我寄人间雪满头”（《梦微之》）诗句，变沉重为自嘲，饶有趣味。诗人虽已步入老境，却不失赤子之心，信步而行，“信脚游”看似写脚步无拘无束，实写闲情纵逸不禁。颔联对仗工整，从山上写到水下，由听觉转入视觉，既有空门钟声超俗之音，又见酒绿灯红世俗之态，错落有致。“递”“摇”二字将风、水拟人化，“递”字既写风“善解人意”，将缥缈云寺钟声由远及近送与诗人，似是对其殷殷关怀，又状足钟声次第远近的传播动态；“摇”字写水“稚气未脱”，流动中乐此不疲地将酒楼灯影打碎又复原，似与诗人逗乐，传神描摹出水流淌与灯影灵动跳跃之姿。颈联由空间转向时间，既有辽鹤归来的千年跨度，又有一叶知秋的短暂跨度，还有空间的大（海）、小（江）对比与红枫、白鹤的色彩对比，多角度写出生命行进、催人老去之态。尾联紧承“枫落吴江冷”的“冷意”，含蓄流露“如有隐忧”之情，但又无人可诉。“清愁”缘由并未明确交代，只是“老态人未觉，孤愁心自知”（《上元前一日》）。适逢秋日，愁情一经景物触发便再度升起，但这“愁”经过时间、美景的冲淡，有“半窗落月”相伴，并不是浓得化不开，而是似水一般清淡，似月光一般清幽，淡淡笼在心头，刚刚拂去，又轻轻袭来。将愁情写得如此轻柔美丽，足见诗人审美情趣和驾驭文字技巧之高妙。

书 愤

早岁那知世事艰，中原北望气如山[1]。

楼船夜雪瓜洲渡[2]，铁马秋风大散关[3]。

塞上长城空自许[4]，镜中衰鬓已先斑。

清范大士："结句自负，妙有浑含。"（《历代诗发》）

《出师》一表真名世[5]，千载谁堪伯仲间。

[注释]

[1]"中原"句：北望中原，收复失地的豪迈志气坚定如山，不可动摇。 [2]"楼船"句：雪夜里飞奔着高大的战舰，在瓜洲渡痛击金兵。瓜洲，在今扬州之南，处于长江与运河交汇处，是当时军事重地。隆兴二年（1164），陆游任镇江通判，闰十一月二十九日，与韩元吉等踏雪登焦山，望见风樯战舰出没于烟霭间。其时金兵已渡淮，楚州失陷，江防紧张，瓜洲渡正与镇江隔江相望。 [3]"铁马"句：秋风中骑着身披铁甲的战马纵横驰骋，收复大散关的捷报频传。此处既追述绍兴三十一年（1161）秋宋人和金人争夺大散关之战，同时也回忆后来从军南郑时巡视大散关之所见。该情景在陆游诗中屡次出现，如《归次汉中境上》："马蹄初喜踏梁州，……大散关头又一秋。" [4]"塞上"二句：自己当年曾以万里长城自期，到如今鬓发已渐渐斑白，盼北伐、盼恢复都成空谈。塞上长城，《宋书·檀道济传》载，檀道济被捕前道："乃复坏汝万里之长城。"衰（shuāi）鬓，渐渐稀疏的鬓发。 [5]"《出师》"二句：诸葛亮《出师表》真是名传后世，千载以来没有人可以和写《出师表》、坚持北伐的诸葛亮相比。伯仲间，兄弟之间。伯仲，原为古代同辈兄弟长幼次序，长为伯，次为仲，后人用为评量人物等差之词。

[点评]

此诗淳熙十三年（1186）春作于山阴，时作者已闲居六年。诗人有"一片丹心"，却"报国欲死无战场"（《陇头水》），正确抗敌主张不被采纳，才能没有机会发挥，长期遭排挤、受压抑。诗抒发壮心未遂、时光虚掷、功业难成的悲愤。首联追叙早年宏图大志，气壮如山，但不知道世事艰难。颔联写宋军在东南和西北抗击金兵进犯事，概括诗人过去战斗生活。省去动词，连用六个名词，分作三组意象，上下相对，“楼船”与“夜雪”，“铁马”与“秋风”又为句中对，战场画卷雄深壮阔，意象鲜明典型，对仗工整，言简意赅。颈联用南朝宋名将檀道济自比“万里长城”典故明志，捍卫国家，舍我其谁！可惜如今一事无成，镜中衰鬓，白发先斑，忧愤悲怆。尾联用典明志，盛赞诸葛亮《出师表》，渴望效法其人，施展抱负。全诗前半忆昔，后半叹今，理想与现实对比，自己早年形象与晚年形象对比，诸葛亮慷慨北伐与南宋朝廷不抵抗对比，褒贬分明。全诗未着一“愤”字，但句句是书愤之情。慷慨悲壮，气韵沉雄，概括力强。历代论者赞不绝口，清方东树曰：“志在立功，而有才不遇，奄忽就衰，故思之而有愤也。妙在三、四句兼写景象，声色动人，否则近于枯竭。”（《昭昧詹言》卷二十）清李慈铭盛赞陆游《感愤》《书愤》：“皆全首浑成，气格高健，置之老杜集中，直无愧色。”（《越缦堂诗话》卷上）

临安春雨初霁

世味年来薄似纱[1]，谁令骑马客京华。

小楼一夜听春雨[2]，深巷明朝卖杏花。

矮纸斜行闲作草[3]，晴窗细乳戏分茶[4]。

素衣莫起风尘叹[5]，犹及清明可到家。

宋刘克庄："陆放翁少时，调官临安，得句云：'小楼一夜听春雨，深巷明朝卖杏花。'传入禁中，思陵称赏，由是知名。"（《后村诗话·前集》卷二）当为无稽之谈。明冯舒："光景气韵，必非少年作。"（李庆甲《瀛奎律髓汇评》卷十七引）

清卢世漼："三、四有唐人风韵。"（《御选唐宋诗醇》卷四十五引）

清舒位："小楼深巷卖花声，七字春愁隔夜生。较可尚书词绝妙，一晴一雨唱红情。"（《书〈剑南诗集〉后》）

[注释]

[1]"世味"二句：近年来做官的兴味淡得像一层薄纱，谁又让我骑马来到京都作客？世味，世俗情怀，即当官。 [2]"小楼"二句：住在小楼听尽一夜春雨淅沥滴答，清早听到小巷深处阵阵叫卖杏花声。化用陈与义《怀天经智老，因访之》"杏花消息雨声中"。北宋都城汴京和南宋都城临安都有卖花风习。 [3]"矮纸"句：在短纸上随意书写斜行草书。作草，即写草书。 [4]"晴窗"句：在初晴窗前悠闲品尝细乳香茶。细乳，茶中精品。分茶，宋人一种泡茶方法，即以开水注入茶碗的技术。杨万里《澹庵坐上观显上人分茶》："分茶何似煎茶好，煎茶不似分茶巧。蒸水老禅弄泉手，隆兴元春新玉爪。二者相遭兔瓯面，怪怪奇奇真善幻。纷如擘絮行太空，影落寒江能万变。银瓶首下仍尻高，注汤作字势嫖姚。"可想象其情景。 [5]"素衣"二句：不要叹息那京都尘土会弄脏洁白衣衫，清明时节还来得及回到镜湖边山阴故乡。风尘叹，言旅居于外，饱受风尘之苦，因而感叹。陆机《为顾彦先赠妇》："京洛多风尘，素衣化为缁。"此后陆游得到孝宗召见，于三月还山阴小住，至七月始赴严州任所。"莫"，1922 年扫叶山房本《瀛奎律髓刊误》卷十七下注："一作'又'。"

[点评]

诗题，明刊须溪本作"临安雨晴"。霁，雨后放晴。

淳熙十三年（1186），诗人已在家乡赋闲六年。此年春，受任朝请大夫知严州，由山阴赴召入京，本诗即作于客居临安时。诗人住在西湖边客馆里，百无聊赖，触景生情。首联写“世味”之“薄”，宦海沉浮，世态炎凉，表达对“京洛风尘”的厌倦。颔联一转，写自然风光，描绘出一幅明艳生动的春光图，夜听江南春雨和晓听深巷卖杏花声的描写，优美动人。“一夜”二字暗示诗人彻夜未眠，国事、家愁，伴着雨声涌上眉间、心头，以明媚春光为背景，与落寞情怀构成鲜明对照。用流水对仗，十四字一气贯注。语言清新隽永、细致贴切，风格自然明快、圆转流利。颈联再一转，人情实淡薄，诗人讨厌官场虚伪、应酬，所以写草书、品茶以打发时光。陆游擅长行草，其书法疏朗有致，风韵潇洒。诗人客居京华，闲极无聊，故以草书消遣，表面上闲适恬静，背后却藏着无限感慨与牢骚。尾联道出羁旅之苦，反用典故，自我解嘲，悲愤之情见于言外。

饮张功父园，戏题扇上

寒食清明数日中[1]，西园春事又匆匆[2]。

梅花自避新桃李[3]，不为高楼一笛风[4]。

清爱新觉罗·弘历等：“寓意虽刻，自足风调。卢世漼曰：‘翻案妙有讽意。’”（《御选唐宋诗醇》卷四十五）

[注释]

[1] 寒食：寒食节，清明节前一或二日。 [2] 西园：此指玉

照园。 [3] 梅花：一语双关，既指眼前谢落的梅花，又指笛子吹奏《梅花落》曲调。 [4] 高楼一笛风：在高楼上临风吹笛。

[点评]

张镃（1153—？），字功甫、功父，循王诸孙，居临安。张功父园，即张镃玉照园，在今杭州南湖旁。张镃《〈玉照堂梅品〉序》曰：“淳熙岁乙巳，予得曹氏荒圃于南湖之滨，有古梅数十，散漫弗治。爰辍地十亩，移种成列。……花时居宿其中，环洁辉映，夜如对月，因名曰玉照。”淳熙十三年（1186），陆游赋闲六年之后，得知即将起用严州知府，春二月赴临安，过阙陛辞。等候召见期间，与友人杨万里、尤袤等为文酒之会，上巳日赏海棠于张镃南湖园中。宋末周密《浩然斋雅谈》卷中载：“放翁在朝日，尝与馆阁诸人会饮于张功父南湖园。酒酣，主人出小姬新桃者，歌自制曲以侑尊，以手中团扇求诗于翁。翁书一绝云：‘寒食清明数日中，西园春事又匆匆。梅花自避新桃李，不为高楼一笛风。’盖戏寓小姬名于句中，以为一笑。当路有恚之者，遽指以为有所讥，竟以此去。”小说家街谈巷议，周密所记不是信史，不可全信，但也不应完全怀疑，诗人趁酒兴戏题诗扇上，逞才赋作，当在情理之中。诗借为朋友题扇，紧扣节令，描绘春景，赞美梅花品格，也寄寓自己不趋世俗的高洁人格，是对梅花凋落的独特诠释，与《卜算子》词“无意苦争春，一任群芳妒”异曲同工。

夜登千峰榭

夷甫诸人骨作尘[1]，至今黄屋尚东巡[2]。
度兵大岘非无策[3]，收泣新亭要有人[4]。
薄酿不浇胸垒块[5]，壮图空负胆轮囷[6]。
危楼插斗山衔月[7]，徙倚长歌一怆神[8]！

“山衔月”意境源自萧纲“青山衔月规”(《秋夜诗》)与李白“山衔好月来”(《与夏十二登岳阳楼》)。

[注释]

[1] 夷甫诸人：西晋王衍，字夷甫，官至司徒，好清谈。《世说新语·轻诋》载桓温语：“遂使神州陆沈，百年丘墟，王夷甫诸人不得不任其责。”后人将他作为误国臣子的代表。 [2] 黄屋尚东巡：皇室还未能北归中原故都的委婉说法。黄屋，帝王之车以黄绸为车盖，借指帝王所居宫室。此处指代皇帝。东巡，宋人称呼高宗东逃。靖康之变，金人掠持徽宗、钦宗北去，宋室南渡。高宗继位，乘船奔淮南扬州，金人分兵南下，高宗又从东面海上逃跑，直至金人退兵后，才在临安建立行都。 [3] 度兵大岘：指南朝刘裕度兵大岘山，灭南燕慕容超。事见《宋书·武帝纪》。大岘山在山东临朐县东南。 [4] 收泣新亭：指东晋王导指责在新亭对泣的一批士大夫。见《世说新语·言语》。 [5] 薄酿：薄酒，劣酒。浇胸垒块：比喻借酒消除郁积在胸中的不平之气。《世说新语·任诞》载王大语：“阮籍胸中垒块，故须酒浇之。” [6] 胆轮囷（qūn）：指胆量气概。轮囷，盘曲、硕大的样子。韩愈《赠别元十八协律》：“穷途致感激，肝胆还轮囷。”陆游诗中屡用此语。 [7] 危楼插斗：高楼上插星斗，形容楼之高耸入云。 [8] 徙倚：徘徊，流连不去。怆神：神情凄凉悲伤。

[点评]

千峰榭，严州城北游览台。榭，高台上的楼阁房屋。《严州图经》卷一："千峰榭，州宅北偏东，跨子城上。自唐有之，久废。景祐中，范文正公即旧基重建，经方腊之乱不存。后人重建，易名泠风台。绍兴二年，知州潘良贵复旧名。"淳熙十四年（1187）夏，陆游在严州任内，夜游千峰榭，怀古伤今，忧国情切，孤愤难平，作此诗。先叙事议论，后抒怀写景。首联叙述时事，误国臣子"骨作尘"久矣，但至今尚未收复中原故都，叙事中流露出对南宋主和派的讽刺谴责。颔联"非无策"与"要有人"相对，表达对北伐复土的期望。两联连用典故，皆与现实相贴合，妥帖流畅。颈联，诗人思绪回到现实，念报国壮志"空负"，"薄酿"亦难遣怀。古今志士多"借酒消愁"，诗人反其道而行，更显沉重。此联意近杜甫"潦倒新停浊酒杯"（《登高》）。尾联，"危楼插斗"夸张，"山衔月"拟人，精妙动人地展现夜晚千峰榭的凄凉景致。末句抒发悲愤心怀，气势高昂悲壮，余音袅袅，言有尽而意无穷。诗人登临千峰榭，深感家国之危与身世迟暮之悲。全诗情韵绵长悲怆，布局精严，气象高远。

闻鼓角感怀

鼓坎坎[1]，角呜呜，四鼓欲尽五鼓初。
老眼不寐如鳏鱼[2]，抚枕起坐涕泗濡[3]。

平生空读万卷书，白首不识承明庐[4]。
时多通材臣腐儒，妄怀孤忠策则疏。
欲剖丹心奏公车[5]，论罪万死尚有余。
雷霆愿复宽须臾[6]，许臣指陈舆地图。
亿万遗民望来苏[7]，艺祖有命行天诛[8]。
皇明如日讵敢诬，拜手乞赐丈二殳[9]。
中原烟尘一扫除，龙舟泝汴还东都[10]。

押平声韵，一韵到底，除首句外句句押韵，近于“柏梁体”，韵脚密集，一气呵成，节奏感强。

[注释]

[1] 坎坎：击鼓声。王维《祠渔山神女歌·迎神》：“坎坎击鼓，鱼山之下。吹洞箫，望极浦。” [2] 鳏（guān）鱼：鳡（gǎn）鱼，眼从不闭上，比喻愁思不眠的人。 [3] 濡：沾染。 [4] 承明庐：汉代侍臣之所，在石渠阁外。 [5] 公车：初为官署名，后指臣民上书和征召时所乘之车。 [6] 雷霆：指君主威严。 [7] 来苏：谓因其来而于困苦中获得苏息。《古文尚书·仲虺之诰》：“徯予后，后来其苏。” [8] 艺祖：初指有文德之祖，后多指开国帝王。此指宋太祖赵匡胤。 [9] 殳（shū）：古代兵器名，长一丈二尺。 [10] 泝（sù）：同“溯”，逆流而上。

[点评]

淳熙十四年（1187）春，陆游摄知严州，夜闻鼓角，愁肠百结，遂作此诗。全诗分为三层，前五句紧扣题意，以声音起兴，鼓角哀咽，为全诗笼罩萧瑟氛围。诗人触景生情，愁思难眠，初听已觉感伤，从四更到五更，凄怆之感更加浓郁，以致抚枕流涕。“平生”六句承上而来，点明悲伤原因。回想不平遭遇，纵读书万卷，白首仍为下僚。“时多”四句语含酸楚，诗人“欲为圣明除弊事”（韩愈《左迁至蓝关示侄孙湘》），“妄怀孤忠”，一片丹心，上书北阙，却不被理解。“雷霆”八句直陈平生抱负，百折不回，恋阙之心老而弥坚，年过花甲，仍愿指点江山，为国征战。“皇明”四句振起，想象宋军北定中原，恢复故土，銮舆北渡，还于东都。此诗表达忧国之思、不平之感、杀敌之志、复土之愿，以悲语起，以壮语结，起承转合，过渡自然。沉郁激愤，苍凉遒劲，感人至深。

余年二十时，尝作《菊枕诗》，颇传于人。今秋偶复采菊缝枕囊，凄然有感二首

其 一

采得黄花作枕囊[1]，曲屏深幌闷幽香[2]。
唤回四十三年梦[3]，灯暗无人说断肠。

清爱新觉罗·弘历等：“黯然自伤，与《沈园》二绝所感同，而词亦并工，盖发乎情者深也。”（《御选唐宋诗醇》卷四十五）

其 二

少日曾题《菊枕诗》，蠹编残稿锁蛛丝[4]。
人间万事消磨尽[5]，只有清香似旧时[6]。

[注释]

[1] 黄花：菊花。枕囊：枕心。　[2] 曲屏深幌：卧室内曲折屏风、幽深帷幔。闷：同“闭”，关。　[3] 四十三年：陆游与唐琬结婚，至淳熙十四年（1187）作此诗，已四十三年。　[4]“蠹（dù）编”句：被虫叮咬的残旧诗稿上布满蜘蛛丝，多年未被翻阅。蠹，书中蛀虫。　[5] 消磨：逐渐消散磨灭。唐贺知章《回乡偶书》：“离别家乡岁月多，近来人事半销磨。”　[6] 清香：清纯香气，此处喻指唐琬高洁的人品。

[点评]

两诗作于淳熙十四年初冬，诗人在权知严州军州事任上，思念唐琬刻骨铭心，历时持久，时刻不忘。诗人曾与唐琬仿效陶潜采菊东篱雅事，采菊花缝制枕囊，诗人还为此写《菊枕诗》，为时人所传诵（原诗南宋时即失传）。后劳燕分飞，唐琬早逝，成为诗人心中难以愈合的伤痛。诗人大半生漂泊，秋天来临，采菊做枕囊时，悲从中来，不能自已，凄然有感，于是写诗抒怀。其一写诗人情不自禁回忆起四十三年前情景，孤灯只影，向谁倾诉？黯然神伤，感慨万千，与苏轼《江城子》词句“千里孤坟，无处话凄凉”哀感异曲同工。“阳”韵为响韵，句中用“暗”“无”调和，声情并茂。其二触景生情，抚今追昔，温馨甜蜜的爱情生活珍藏于诗人心间，历历在目，记忆犹新，“支”韵是柔韵，低回委婉，一唱三叹。两诗首尾照应，今昔时空意象交错，情深意切，哀婉缠绵，催人泪下。

北　望

“空”字下得极沉痛，含无尽悲酸。

北望中原泪满巾，黄旗空想渡河津[1]。
丈夫穷死由来事[2]，要是江南有此人！

[注释]

[1]“黄旗”句：梦想着宋军渡过黄河讨伐金人。黄旗，黄色旗帜，为军中用旗。此指宋军大将旗。河津，泛指黄河渡口。　[2]“丈夫”二句：丈夫不遇于时、赍志而没乃是平常之事，但总希望江南有人能够率领大军驱逐金人、收复失地。韩愈《秋怀》：“由来命分尔，泯灭岂足道。”要，总之，终竟。此人，率领宋军渡河作战的人。

[点评]

淳熙十五年（1188）冬，陆游六十四岁，闲居故乡山阴，北望中原，心生感触，作此诗。首二句点题，起笔突兀，诗人遥望中原，心怀国事，忧心如焚，又无能为力，悲愤填胸臆，空流泪湿巾，情真意切，令人动容。遗民忍死渴望三军高举黄旗，扫清河、洛，恢复失地。然而年复一年，愿望一再落空，只能“南望王师又一年”（《秋夜将晓，出篱门迎凉有感》）。三、四句发议论，大丈夫不能“灭贼报国仇”（《步出万里桥门至江上》），老死牖下，赍志而没，“穷死”是“由来事”，悲慨万分，但仍希望江南能够有人收复中原，“努力待传檄，勿谓吴无人”（《哀北》）。全诗以议论为主，语悲气豪，哀而不颓，慷慨悲壮。

览 镜

白头渐觉黑丝多[1]，造物将如此老何[2]？
三万里天供醉眼[3]，二千年事入悲歌[4]。
剑关曾蹴连云栈[5]，海道新窥浴日波[6]。
未颂中兴吾未死[7]，插江崖石竟须磨。

比自三江杭海至丈亭。

首联奠定的情感基调于颔联继续发散，自然出现“三万里”“二千年”之类宏大的时空概念，作为定语修饰“天”“事”，用三一句式，更使文气陡峭奇崛。

[注释]

[1]“白头”句：诗人此年六十七，览镜而以为白发转黑。 [2] 如……何：把……怎么样。此老：陆游自指。 [3] 三万里天：指天下山河景物。 [4] 二千年事：指国家历史事件。 [5] 剑关：剑门关，在今四川剑阁县东北，两山壁立，中通一道，仅容车马，为蜀北咽喉。乾道八年（1172）十一月，陆游自南郑至成都，由陕入蜀，经过剑门关。蹴：踏。连云栈：即褒斜栈道，南起褒谷口（今陕西汉中大钟寺附近），北至斜谷口（今眉县斜峪关口），沿褒水（褒河）、斜水（今名石头河）二水行，贯穿褒、斜二谷，故名。 [6]“海道”句：据陆游自注，指近日从三江（即三江斗门，在山阴县西北。见《嘉泰会稽志》“三江斗门”，即钱塘江、曹娥江、浦阳江汇合入海处）走海道航行至丈亭（今属浙江余姚大亭镇，与河姆渡相望，宋时近海湾），见红日出海。海道，即海塘。

作者所居北边即靠海塘，《诗稿》卷二十二《予所居南并镜湖，北则陂泽，重复抵海。小舟纵所之，或数日乃归》。作者常沿海塘出行。 [7]“未颂”二句：未看到国家复兴，还不准备死，要继续磨平江中崖石，以待中兴后刻颂其上。唐元结在浯溪崖石上刻《中兴颂》，事见《太平寰宇记》。

[点评]

诗题，明罗鹤《快书小品》卷五、清赵吉士《寄园寄所寄·捻须寄》均题作《夜还驿舍》。孔凡礼《陆放翁佚稿辑存考目》视为佚诗收录，误。绍熙二年（1191）秋，诗人浮游海上返回山阴后作此诗。虽已六十七岁，但诗人出游甫还，精神状态良好，故而连带以为出现白发转黑之象，这使齿败鬓斑、凄凉衰病的陆游极其振奋，故而发出“将如此老何”的激昂宣言。由此次浮游所见想及往日剑门云栈等地，故言万里云天“供醉眼”。由家国不幸联想历代兴衰变换，故云千年国事“入悲歌”。首联引起颔联，颔联领起颈联、尾联，而首联复与颈联下半句相关，整首诗结构错落，绵密有致。年富力强则功名可期，年老体衰则难以作为，是以体察自身形貌的览镜行为，得以时常与慨叹功名相关联，如淳熙四年（1177）《遣兴》：“功名莫看镜，吾意已蹉跎。”与《遣兴》不同的是，本诗总体表现出一种奋发向上的精神，坚信中兴必定到来，颔联“悲”字于坚忍中透出自苦，尾联“吾未死”“竟须磨”复于奋发中透出坚忍。

梅花绝句二首

诗人平生爱梅，多咏梅诗，如“梅花吐幽香，百卉皆可屏”（《古梅》），“何方可化身千亿，一树梅前一放翁”（《梅花绝句六首》其三）。

其　一

幽谷那堪更北枝[1]，年年自分著花迟[2]。
高标逸韵君知否[3]，正在层冰积雪时。

[注释]

[1]“幽谷”句：意谓深谷内向北的树枝不易见到阳光。 [2]自分：自己料定。著花：开花。 [3]高标：高尚气节，此处赞美梅树高大傲立。逸韵：高逸风韵，此处赞美梅花超尘脱俗。

[点评]

此诗作于绍熙二年（1191）冬，时在山阴。诗况物自比，以梅自喻，缘情入理，选材与构思别具匠心，所咏之梅，不生庭院园林中，而开幽谷北枝上，环境险恶，更衬梅花高格。“幽谷”二句，前句为因，后句为果，于描写中夹叙夹议。首句写梅身世，层层递进，“那堪”“更”可见环境恶劣，难以忍受。次句巧用拟人，代梅发议，暗寓诗人自己官低位卑，资历不高，又力主北伐，自然不得重用。然梅着花虽迟，到底有着花之期，诗人亦存希望，相信终有报国之时。“高标”二句，一问一答，自问自答，活泼生动，摇曳生姿。愈是凌厉风霜，愈见梅花风姿气节，诗人亦如此，身处逆境而其志弥坚，自尊自傲，高风劲节。两句蕴含哲理，与《论语·子罕》“岁寒，然后知松柏之后凋也”相近。此诗构想托意，不落窠臼，比兴深婉，境界幽远。

秋夜将晓，出篱门迎凉有感二首

其　二

三万里河东入海[1]，五千仞岳上摩天。

遗民泪尽胡尘里[2]，南望王师又一年。

此种悬拟遥想写法，白居易《西凉伎》已发其端："遗民肠断在凉州，将卒相看无意收。"南宋诗人多用此法，如范成大《州桥》："忍泪失声询使者，几时真有六军来。"韩元吉《望灵寿致拜祖茔》："殷勤父老如相识，只问天兵早晚来。"有异曲同工之妙。

[注释]

[1]"三万"二句：三万里长黄河奔腾向东流入大海，五千仞高华山耸入云霄触摸青天。三万里，极言其长。五千仞，极言其高。仞，古代长度单位，周制八尺，汉制七尺。岳，高大的山。此处指西岳华山，在今陕西华阴，《山海经 · 西山经》载其高五千仞。摩天，迫近、接触到天。黄河和华山当时都在金人控制下。　[2]"遗民"二句：中原沦陷区百姓在金人的压迫下眼泪已流尽，他们一年又一年盼望南宋军队北伐。

[点评]

此诗是绍熙三年（1192）秋作者闲居山阴时所作，原诗共二首，此为其二。将晓而出篱门迎凉，暗示秋天燠热难熬，诗人彻夜难眠，更因忧念国事。秋天是作战季节，诗人想到收复失地，想到沦陷区百姓。陆游三山别业南临镜湖，湖水流向西北，诗人迎凉之时，由眼前山水联想到沦陷区大好河山。黄河东流入海，华岳屹立摩天，劈空而来，气势不凡，先声夺人，以夸张手法创造出两个作为华夏民族象征的壮丽意象，山河之壮与遗民之悲，对比强烈鲜明。后两句用“对面飞来”手法，展现遗民泪尽胡尘，年复一年南望王师北伐的情景。“尽”与“又”字，可见等待之久，一次次盼望，一次次落空，沉痛酸辛。诗人尽管“食且不继”，疾病缠身，但依然不忘恢复大业，感情沉痛。诗人《关山月》有“遗民忍死望恢复，几处今宵垂泪痕”句，《寒夜歌》有“三万里之黄河入东海，五千仞之太华磨苍旻”句。此诗绾合二者，气势雄健。形式上打破七言律句“二二三”节奏常规，作“三一三”对起。用壮阔景色烘托悲凉心情，以遗民南望写自己北望，代表南北百姓渴望统一的共同心声。全诗以“望”字为眼，表现诗人希望、失望而终不绝望的心情，悲壮深沉，言短情长，景中见情，意境雄浑壮阔，格调苍凉悲壮。

晚　眺

秋晚闲愁抵酒浓[1]，试寻高处倚枯筇[2]。
云归时带雨数点，木落又添山一峰。
鸣雁沙边惊客艭[3]，行僧烟际认楼钟[4]。
个中诗思来无尽[5]，十手传抄畏不供。

“带”“添”二字堪称“诗眼”，点睛传神，带动全篇，既描写优美景色，又蕴含怅然之情。

[注释]

[1] 抵酒浓：像酒一样浓。 [2] 筇（qióng）：竹杖。 [3] 沙边：

指河岸旁边的沙滩。惊客艣：惊动客船。艣，“橹”的异体字，使船前进的工具，比桨长而大。此处代指船。 [4] 行僧：指客船上的行脚僧人。认楼钟：指辨认旅行中所经之地。行僧在外，往往随时辨认行程中所经地域之特征，如楼钟、桥梁等，借以辨清路线，计算抵达目的地的时间。 [5]“个中”二句：此中引发无穷作诗灵感，十双手传抄恐怕也来不及写下来。黄庭坚《戏答欧阳诚发奉议谢余送茶歌》：“诗成十手不供写。”

[点评]

此诗绍熙三年（1192）秋作于山阴。首联交代因愁登高，照应诗题。中间两联如一幅秋景图，由远及近，写出历历在目之景，动中寓静。“云归”二句对仗工整，数点雨和一山峰相互映衬，更具韵味。尾联表达诗人对所见之景的感受，“十手”句运用夸张手法，表露自己兴致之盛。诗人经历由“愁”到喜的情感变化，湖光山色一洗心中烦闷抑郁，转而激起作诗灵感。但愁闷心绪无法完全消除，诗人晚年蛰居故乡山阴，报国无门，诗中时常透露出无奈与愤慨。“晚秋”“落叶”“大雁”等景物经过巧妙组合，渲染惆怅落寞气氛。诗人晚年反对雕琢辞藻，诗风趋向质朴，自然成趣。

九月一日夜，读诗稿有感，走笔作歌

我昔学诗未有得[1]，残余未免从人乞[2]。

力孱气馁心自知[3]，妄取虚名有惭色。
四十从戎驻南郑[4]，酣宴军中夜连日。
打毬筑场一千步[5]，阅马列厩三万匹[6]。
华灯纵博声满楼[7]，宝钗艳舞光照席[8]。
琵琶弦急冰雹乱[9]，羯鼓手匀风雨疾[10]。
诗家三昧忽见前[11]，屈贾在眼元历历[12]。
天机云锦用在我[13]，剪裁妙处非刀尺[14]。
世间才杰固不乏，秋毫未合天地隔[15]。
放翁老死何足论[16]，《广陵散》绝还堪惜。

（“天机”二句）可与诗人《文章》“文章本天成，妙手偶得之”句对读。

[注释]

[1] 学诗：指当年向“江西诗派”诗人曾幾请教作诗。得：心得。　[2] 残余：指不完整的方法。　[3] 力孱（chán）：力薄。气馁（něi）：气虚。　[4] 四十：陆游到南郑时四十八岁，此处举整数而言。　[5] 打毬：指蹴鞠、击球，古代用以练武的马球运动。毬，同“球”。步：古时长度单位历代不一，周以八尺为步，秦以六尺为步。　[6] 阅：检阅。厩：马棚。　[7] 纵博：纵情博戏。博，古代一种棋类游戏。　[8] 宝钗：华贵的双股簪子，此处借指装饰华丽的妇女。　[9]“琵琶”句：琵琶声急促，如同冰雹乱落。白居易《琵琶行》：“大弦嘈嘈如急雨，小弦切切如私语。”　[10] 羯（jié）鼓：出于羯族（匈奴的一支），形状如桶，两头可击。风雨疾：形容鼓声迅疾。　[11] 三昧：佛教用语，意为禅定。此处指诀窍、真谛。　[12]“屈贾”句：好像清楚地看到屈原和贾谊，指领会到其创作精神。元，同“原”。　[13] 天机云锦：天上织女的织机

和她所织彩云般的锦缎。此处比喻作诗的辞藻。用在我：为我所用。 [14]“剪裁”句：意为剪裁得当。刀尺，比喻简单的标准和规律。 [15]“秋毫”句：谓失之毫厘，差之千里。秋毫，秋天鸟兽新生细毛，喻微小之物。 [16]“放翁”二句：自己死去并不足惜，遗憾的是作诗心得从此绝传。《广陵散》，古琴曲名。三国时，魏国嵇康善弹此曲。后嵇康为司马昭所害，临刑前要求再弹一次，叹息道：“《广陵散》于今绝矣！”事见《世说新语·雅量》。

[点评]

题中“诗稿”，指《剑南诗稿》。走笔，提笔快写。此诗绍熙三年（1192）九月作于山阴，自述其诗歌创作发展变化过程，深刻总结创作经验。起首四句，直言自己诗句是“从人乞”和“力孱气馁”，不满以往创作成果，虽已成名，却只是工于辞藻，还未形成独特风格。气是艺术生命的体现，当诗人远离生活，则诗作必然“气馁”。接下八句自述从军南郑特殊经历开辟创作新天地，描写极有画面感。其实，戍边艰苦异常，铁马秋风，卧冰冒雪，诗人却选用浪漫眼光看待，心态积极乐观。“诗家”八句是理论总结，诗人亲身感受现实艰苦生活磨难，领会屈原、贾谊的创作精神，内化于心，外化于诗歌创作。“天机”二句，诗人进入自由状态，体会超越之乐。结尾四句再次强调生活体验的重要性。诗用入声韵，一韵到底，一气呵成，节奏明快，显露诗人才思如泉涌。

禹迹寺南有沈氏小园，四十年前尝题小阕壁间。偶复一到，而园已易主，刻小阕于石，读之怅然

枫叶初丹槲叶黄[1]，河阳愁鬓怯新霜[2]。
林亭感旧空回首，泉路凭谁说断肠[3]。
坏壁醉题尘漠漠，断云幽梦事茫茫。
年来妄念消除尽[4]，回向禅龛一炷香[5]。

清吴焯："情深歌可涕。"（《批校剑南诗稿》卷二十五）

清李慈铭："自然清转，情韵甚佳，亦刘随州（刘长卿）、许丁卯（许浑）之亚矣。"（《越缦堂诗话》卷上）

清陈衍："古今断肠之作，无如此前后三首者（按：指本首及《沈园二首》）。"（《宋诗精华录》卷三）

［注释］

[1] 槲（hú）叶黄：槲树叶开始凋零。槲，槲树，一种枝干很高的落叶乔木。 [2]"河阳"句：自己如同当年河阳令潘岳，为新增白发而感伤。河阳，晋潘岳曾为河阳令。愁鬓，语本潘岳《〈秋兴赋〉序》："余春秋三十有二，始见二毛（即鬓发斑白）。"《秋兴赋》："斑鬓发以承弁兮。"后世因以"潘鬓"代指鬓发斑白。 [3] 泉路：黄泉路，即阴间。 [4] 妄念：虚妄而不切实际的念头，为佛家语。 [5] 回向：佛教用语，指回转自己的功德，趋向众生和佛果。禅龛（kān）：佛龛，指供佛的小室。上海辞书出版社 2015 年版《宋诗鉴赏辞典》作"蒲龛"。

［点评］

此诗绍熙三年（1192）秋作于山阴。禹迹寺，在山阴城东。沈氏小园，即沈园，为陆游题写《钗头凤》处。

周密《齐东野语》、陈鹄《耆旧续闻》记述陆游被母亲逼迫与表妹唐琬离婚，后春日出游，遇唐琬于沈园，陆游怅然，遂赋《钗头凤》，题于园壁间，唐氏未几怏怏而卒。这段旧情，陆游刻骨铭心，终难释怀。旧地重游，但见亭台深锁，鸿影不再，墨迹犹存，往事涌现，悲难自禁，遂题此诗发抒怅恨。“空”字为全诗主旨，首联写空冷之景，颔联吐空落之感，颈联抒空寂之怀，尾联露空无之念，触物伤怀，寓情于景，排遣积聚四十年的衷情。诗末似乎说消除尽“妄念”，看破一切，然而虔心礼佛，果真能四大皆空，平复悲情？答案显见。往事随水，人去楼空，空余怅恨，墨痕背后是诗人的泪迹和血痕，“此恨绵绵无绝期”（白居易《长恨歌》），情真语婉，感人至深。颔联与颈联重复一“断”字，是小疵。

夜读范至能《揽辔录》，言中原父老见使者多挥涕，感其事作绝句

清吴焯：“本朝敢作此等诗！”（《批校剑南诗稿》卷二十五）

清爱新觉罗·弘历等：“南渡之不振，实由于此，扼腕而言，自成高调。”（《御选唐宋诗醇》卷四十五）

公卿有党排宗泽[1]，帷幄无人用岳飞[2]。
遗老不应知此恨，亦逢汉节解沾衣[3]。

[注释]

[1] 公卿：“三公九卿”的简称，夏朝始设，周代沿袭，“公”为周代封爵之首，“卿”为高级长官或爵位的称谓。后泛指高官。

此处指高宗亲信主和派大臣黄潜善、汪伯彦等。有党：官员结成党派以谋取政治利益。排：排挤。宗泽：抗金名将，屡败金兵。任东京留守期间，二十余次上书，请驾还都东京，未获采纳，忧愤而终。 [2] 帷幄：军营帐幕，此处指军事决策机关。岳飞：抗金名将。高宗和秦桧为贯彻求和政策，以“莫须有”罪名杀害岳飞。 [3] 汉节：汉朝使节，此处借指宋朝使节范成大。解：懂得。沾衣：泪水沾湿衣裳。

[点评]

绍熙三年（1192）冬，陆游退居山阴，仍不忘国事。夜晚读范成大（字至能）《揽辔录》，至中原父老见故国使者挥泪沾衣处，有感而发，作此诗。首二句单刀直入，一政一军，一有一无，互文见义，控诉主和派置遗民于水深火热而不顾，表达无限愤慨。宗泽抗金建议不被采纳，反遭怀疑、监视。岳飞在抗金战场立下赫赫战功，却惨遭杀害。报国无门，英雄无用武之地，诗人自身经历与宗泽、岳飞有共鸣，用典以抒发愤懑。末二句揭示这种愤恨之深广，通过遗老“沾衣”，侧面批判统治者不思进取、苟且偷安，直意曲说，更显深沉。诗作以议论抒发感慨，前两句，朝廷高官与宗泽、岳飞形成对比，后两句，中原父老泪水沾湿衣裳，进一步加深心中苦楚。诗人眼光敏锐，直斥主和派的胆量与强烈的爱国之情全部倾注于诗中。

“铁马”为南宋诗中典型军事意象，陆游诗中反复咏及，如“楼船夜雪瓜洲渡，铁马秋风大散关”（《书愤》），“扫尽烟尘归铁马，剪空荆棘出铜驼”（《书事》），“三更骑报河冰合，铁马何人从我行”（《夜寒》），“铁马渡河风破肉，云梯攻垒雪平壕”（《雪中忽起从戎之兴戏作》），“忽闻雨掠蓬窗过，犹作当时铁马看”（《秋雨渐凉，有怀兴元三首》其三）。

诗人有许多抗战复土梦，如“壮心自笑何时豁，梦绕祁连古战场”（《秋思》），“三更抚枕忽大叫，梦中夺得松亭关”（《楼上醉书》）。寄托老而弥坚的报国理想，为国雪耻的壮志至老不衰。

十一月四日风雨大作二首

其　二

僵卧孤村不自哀[1]，尚思为国戍轮台[2]。
夜阑卧听风吹雨，铁马冰河入梦来[3]。

[注释]

[1] 僵卧：直挺不动地躺着。此处形容天寒老病，无所作为。陆游《赠惟了侍者》：“雪中僵卧不须悲，彻骨清寒始解诗。”孤村：指别业所在三山。　[2] 轮台：今新疆轮台县，汉武帝发兵守其地。此处泛指边疆。　[3]“铁马”句：梦中骑上披着铠甲的战马北征，在冰河上驰骋。

[点评]

此诗绍熙三年（1192）十一月四日风雨大作时作于山阴，其时诗人免职回乡已四年，但“烈士暮年，壮心不已”（曹操《步出夏门行·龟虽寿》）。诗人灵感随风雨而至，前二句写居荒僻山村，“卧”而“僵”，老弱衰病，“村”而“孤”，处境艰难，但“不自哀”，没有怨天尤人，慨叹个人不幸遭遇，悲哀处境与乐观情怀强烈对比。诗人“老病虽惫甚，壮气颇有余”（《夜读兵书》），“壮心埋不朽，千载犹可作”（《醉歌》），仍对复国大业充满信心，坚定不移，渴望驰骋疆场。“尚”字表明有过无数次渴念，情之深、思之切溢于言表，“为国”两字点明主题。后两句转写耳边之声、梦中之境，情有所牵，梦必随之，“风吹雨”为写梦境做铺垫，“铁马冰河”闯入梦境，对面写来，化宾为主，凄风苦雨幻化成冰河铁马之声，千军万马驰骋疆场，场面雄壮，将感情推向高潮。“铁马冰河”虽是名词，一个“来”字传达出动态感。现实与梦想反差巨大，收复国土的夙愿无法实现，亦无法抑制，于是借梦境展现出来，表现出英雄气概。欲扬先抑，实情虚写，“卧听”与“僵卧”相照应。全诗感情炽烈，笔酣墨饱，悲壮深沉，气势豪迈，想象奇特，有尺幅千里之势。

落梅二首

其　一

雪虐风饕愈凛然[1]，花中气节最高坚。
过时自合飘零去，耻向东君更乞怜[2]。

其　二

醉折残梅一两枝，不妨桃李自逢时[3]。
向来冰雪凝严地[4]，力斡春回竟是谁。

[注释]

[1] 雪虐风饕（tāo）：语出韩愈《祭河南张员外文》：“岁弊寒凶，雪虐风饕。”饕，古凶兽名，此处指风势凶猛。 [2] 东君：

清吴焯：“公之咏梅，直是‘横看成岭侧成峰’，无往不妙，即至飘零，亦写至好处。”（《批校剑南诗稿》卷二十六）

自北宋“清旷之士”林逋以来，咏梅诗中“梅花”意象带有隐逸色彩，是“处士梅”，内涵侧重于闲雅清淡、逍遥超脱。陆游咏梅诗则力推“梅格”之高，梅花象征高尚人格。

传说中的太阳神，此处喻指朝廷。 [3] 桃李：桃李于春天梅花残落后始开，此处喻指逢时得意的朝中权贵。 [4]“向来”二句：意谓严寒之时，百卉凋零，只有梅花不畏风雪。斡（wò），旋转，扭转。此处为挽回之意。

[点评]

此诗绍熙三年（1192）冬作于山阴。其一不写斗寒先发、傲雪凌霜的梅花，而赞颂春来“过时”落梅的高洁品行，手法别具一格。其二将桃李与梅花对比，鄙夷桃李逢迎得意之态，赞颂梅花力挽春回的功绩，以反问结尾，无疑而问，掷地有声。二诗咏“气节高坚”“力斡春回”的梅花，赋予其人的感情，托物言情，实际是自赞不随时俗的高尚人格，借题发挥自赏，与《卜算子·咏梅》主题一致。诗人遗形取神，挖掘“梅花”意象的精神内涵，有个性与深度。

稽山农

余作《避世行》，以为不可常也，复作此篇。

华胥氏之国可以卜吾居[1]，

无怀氏之民可以为吾友[2]。

眼如岩电不看人[3]，腹似鸱夷惟贮酒[4]。

周公礼乐寂不传[5]，《司马兵法》亡亦久[6]。

赖有神农之学存至今[7]，扶犁近可师野叟。
粗缯大布以御冬[8]，黄粱黑黍身自舂[9]。
园畦剪韭胜肉美[10]，社瓮拨醅如粥酴[11]。
安得天下常年丰，老死不见传边烽。
利名画断莫挂口[12]，子孙世作稽山农。

诗人有强烈的“乡农”情结，诗多写“农”“村”“乡”，欣赏美景、美俗，羡慕农家淳朴散淡、其乐融融的生活状态。

[注释]

[1] 华胥氏之国：古代传说中的国家，民风自然。卜吾居：询问神灵我该去何方居住。　[2] 无怀氏：传说中上古帝号。《路史·禅通纪》载，无怀氏之时，民“甘其食，乐其俗，安其居，而重其生。……形有动作，心无好恶”。　[3]“眼如”句：目光像山岩下闪电一样不看俗人。晋代裴楷谓王戎“眼烂烂如岩下电”，见《世说新语·容止》。　[4] 鸱（chī）夷：盛酒器。　[5] 周公：姓姬，名旦，周武王之弟。武王死后，周公摄政，制礼作乐，巩固周朝统治。　[6]《司马兵法》：《司马法》为夏商周朝历代司马所作兵书，周《司马法》由吕尚等人作，后附入司马穰苴（ráng jū）。见《史记·司马穰苴列传》《史记·太史公自序》等。　[7] 神农之学：相传上古神农氏始制农具，教民耕种，后世称有关农业的学问为“神农之学”。　[8] 粗缯（zēng）大布：指粗糙的布帛。苏轼《和董传留别》：“粗缯大布裹生涯。”缯，丝织品。　[9]“黄粱”二句：化用杜甫《赠卫八处士》“夜雨剪春韭，新炊间黄粱”之意。舂（chōng），用杵臼捣去谷物皮壳。　[10] 园畦（qí），即菜园。　[11] 社瓮：盛社酒之瓮。醅（pēi）：未过滤的酒。酴（nóng）：通“浓”，指酒味浓厚。苏轼《过高邮寄孙君孚》：“社酒粥面醲。”　[12] 画断：割断，切断。

[点评]

此诗作于绍熙四年（1193）春，诗人闲居山阴四年有余。稽山，会稽山。此前，诗人曾作《避世行》，抒写厌恶官场倾轧的避世隐居之情，然而认为避世究竟“不可常”，旋又作此诗述怀，提出让子孙世代在山阴务农。统观全诗，流露出对自由、丰足、平和农村田园生活的向往之情。起六句，直言对道家理想境界的向往，愿卜居田园，农家为友，远离官场，轻松无拘，与酒做伴，乐陶无羁。“赖有”六句，转而赞美从事农耕的俭朴生活，与野叟近处，着“粗缯大布”，舂“黄粱黑黍”，食“园畦剪韭”，饮“社瓮拨醅”，羡慕自给自足的农耕生活。最后四句，盼望天下太平，常得“年丰”，愿子孙世世作“稽山农”。“不看人”“利名画断”，鄙夷权贵，抛弃名利。诗人罢官后，仍以恢复大业为念，心怀愤懑，但激动平息之余，心生安贫乐道之念。若得“不见传边烽”，做一自耕自食的“稽山农”，过恬淡生活，何尝不是一种幸福？纵使礼乐“寂不传”、兵法“亡亦久”，但与野叟往来，何需利名“挂口”？诗末卒章显志，言尽而意不尽。

读陶诗

我诗慕渊明，恨不造其微[1]。
退归亦已晚[2]，饮酒或庶几。
雨余锄瓜垄[3]，月下坐钓矶。

千载无斯人[4]，吾将谁与归？

陆游对陶渊明推崇备至，诗中反复写到读陶诗，如“平生慕陶、谢，著语终不近”（《春晚》），“莫谓陶诗恨枯槁，细看字字可铭膺”（《杭湖夜归》），“细读《养生主》，长歌《归去来》”（《书适》）。

[注释]

[1] 恨：遗憾。造：达到。微：指深远微妙的境界。 [2] 退归：退职归隐。陶渊明四十一岁便弃官归隐。 [3]“雨余”二句：在雨后锄瓜，在月下垂钓。钓矶，可供垂钓的岩石。 [4]“千载”二句：千年来如果没有出现陶渊明这样的人，我将追随谁？《礼记·檀弓下》：“死者如可作也，吾谁与归？”范仲淹《岳阳楼记》：“微斯人，吾谁与归？”归，追随，归从。

[点评]

此诗绍熙四年（1193）秋作于山阴。诗人对陶渊明推崇备至，认为“竹林嵇、阮虽名胜，要是渊明最可人”（《家酿颇劲戏作》）。首联写追慕陶渊明，“慕”字既指醉心陶诗，又指尊崇其人。一“恨”字体现对陶渊明诗歌境界无限向往之情。中间两联，“退归”“饮酒”“瓜垄”“钓矶”，为隐居代名词。王国维《人间词话删稿》说：“昔人论诗词，有景语、情语之别，不知一切景语皆情语也。”颈联写雨后锄瓜，月下垂钓，不只是写景，更是抒情，体现对陶渊明“采菊东篱下，悠然见南山”（《饮酒二十首》其五）田园生活的神往。语气舒缓清朗，清新质朴，韵味无尽。尾联抒发感慨，呼应首联。诗人将陶渊明视若高标，异代知己，追随终生。

溪上作二首

其　二

"一枝筇"，并非仅仅象征衰老，更寄托无穷"暮年心事"，句法新奇，意味与谢灵运《游南亭》"药饵情所止"句相近，为一篇之眼。

伛偻溪头白发翁，暮年心事一枝筇[1]。
山衔落日青横野，鸦起平沙黑蔽空。
天下可忧非一事[2]，书生无地效孤忠。
《东山》《七月》犹关念[3]，未忍沉浮酒盏中[4]。

[注释]

[1] 筇（qióng）：竹杖。 [2]"天下"句：语出柳宗元《岭南江行》："从此忧来非一事，岂容华发待流年。" [3]《东山》《七月》：皆为《诗经·豳风》篇名，前者写戍边军士，后者写农家生活。此处借指国事和民间疾苦。 [4] 沉浮酒盏：糊里糊涂喝酒度日。《晋书·毕卓传》载，晋毕卓喜酒，常谓人曰："右手持酒杯，左手持蟹螯。拍浮酒船中，便足了一生矣。"

[点评]

绍熙四年（1193）冬作于山阴，表现忧国忧民情怀。诗人感到将不久于人世，壮志未成，死有余憾，仍不改初衷，忧念国事民瘼。首联写白发老诗人的自我形象，蕴含牢骚与感慨。颔联移情于景，写站立溪边所见之景。英雄老去，所见皆萧索苍凉，主观色彩浓。颈联笔锋一转，直抒胸臆，道出暮年心事，感慨系之。尾联关合首联"心事"、颈联"孤忠"，首尾贯通，神完气足。全诗情感真挚，写景如画，用典贴切，境界浑成，沉郁顿挫，可见杜甫影响。

书室明暖，终日婆娑其间，倦则扶杖至小园，戏作长句二首

其　二

美睡宜人胜按摩[1]，江南十月气犹和。
重帘不卷留香久[2]，古砚微凹聚墨多[3]。
月上忽看梅影出，风高时送雁声过。
一杯太淡君休笑[4]，牛背吾方扣角歌[5]。

[注释]

[1]美睡：睡得香甜酣适。 [2]重帘：指一层层帘幕。 [3]古砚：指素心砚，陆游从蜀都带回。 [4]“一杯”句：一杯酒太淡，请您不要笑话。《晋书·张翰传》载张翰语：“使我有身后名，不如即时一杯酒。” [5]“牛背”句：《吕氏春秋·举难》载，卫人宁戚家贫，未出仕前为人挽车，在车前“扣牛角而歌”，后被齐桓公任用，拜为上卿。以上二句自表颓放，兼叹怀才不遇，隐含有待君王任用之意。

[点评]

此诗作于绍熙五年（1194）冬，诗人闲居山阴三山别业。本年秋天，他曾说：“恩许还山已六年，誓凭耕稼饯华颠。”（《忧国》）此诗便写耕稼之余的悠闲生活。大体上，前四句摹写白昼室内生活情景，后四句写夜晚室

陆游注重睡眠，深得睡中三昧，《美睡》：“老来胸次扫峥嵘，投枕神安气亦平。漫道布衾如铁冷，未妨鼻息自雷鸣。”美美睡上一觉，神安气平，俗念全无。“微倦放教成午梦，宿酲留得伴春愁”（《柳林酒家小楼》），“小屏烟树远参差，吏散身闲与睡宜。谁似炉香念幽独，伴人直到梦回时”（《焚香昼睡，比觉，香犹未散，戏作》），“高眠得三昧，梦断已窗明”（《懒趣》）。无事睡眠，得懒中闲趣。

清戴第元：“三、四工细。”（《唐宋诗本》卷七十一）

外之景。首联紧扣题目中“明暖”二字，诗人善于养生，享受惬意“美容觉”。颔联极具烟火气息，运用多重感官体验，满室飘香写嗅觉，浓墨古砚写视觉，摹绘景物细腻、真切，后世广为流传，甚至成为《红楼梦》中香菱学诗的偏爱：“我只爱陆放翁的诗‘重帘不卷留香久，古砚微凹聚墨多’，说的真有趣！”颈联转而描写小园景色，诗人神倦时，漫步小园，看月照梅影，听风送雁声，有林逋《山园小梅》意境美，以雁声反衬寂静，以动写静，如同王维《皇甫岳云溪杂题五首·鸟鸣涧》“月出惊山鸟，时鸣春涧中”。尾联化用春秋时宁戚扣牛角而歌的故事，感叹命运不济、壮志难酬，自嘲、自慰，自我开解。全诗意蕴深厚，结构严整，声情和婉，语句精雕细刻，风格清丽闲雅，为诗人晚年生活的真实写照。

岁暮感怀，以“余年谅无几，休日怆已迫”为韵十首

山阴陆氏鲁墟耕读，诗书传家，绵延二百年辉煌，诗人感到自豪荣耀，诗中屡屡写及，“五世业儒书有种”（《闲游》），“七世相传一束书”（《园庐》），沐此家风，诗人亦学高身正。

其　二

我家释耒起[1]，远自东封前[2]。
诗书守素业，蝉联二百年。
长老日零落，念之心惕然[3]。
每恐后生辈，或为利欲迁。
我少亦知学，蹭蹬及华颠[4]。

讼过岂不力[5]，寿非金石坚[6]。

[注释]

[1] 释耒：放下农具，停止耕作，由农为官。耒，古代一种农具。 [2] 东封：帝王行封禅事，昭告天下太平。 [3] 惕然：惶恐的样子。 [4] 蹭蹬（cèng dèng）：路途险阻难行。此处指仕途不畅。华颠：头发花白，指年老。 [5] 讼过：自责过失。 [6]“寿非”句：年寿无法像金石那样坚固、长存。《古诗十九首·驱车上东门》：“人生忽如寄，寿无金石固。”

[点评]

绍熙五年（1194）冬，诗人蛰居山阴时作。思及家族老辈零落，感慨系之，自己桑榆暮景，壮志未酬，不禁怆然伤怀，同时劝诫子孙。世风浮躁，皆为利往，若子孙受利欲诱惑，随波逐流，不务正业，不求上进，则先祖家风将何以为继？诗人念之，心中惕然，故自言少而知学上进，是劝之、勉之；言世事艰险，人生坎坷，功业无成，无奈发白体衰，已入老境，是教之、诫之。末句自省己身困顿，“岂不力”三字，反问得轻，却有千钧沉重。一生倥偬，诸种无奈，皆只能汇作岁暮时“寿非金石坚”的感叹，是自叹，又是勉励后辈珍惜光阴、刻苦攻读，谆谆教诲，殷殷嘱托，箴言警句，语重心长。全诗一韵到底，气脉连贯，音调起伏变化，或急促，或和缓，声情并茂，如“释”“百”“日”“落”“惕”“学”“及”“力”“石”同为入声，发音短促急迫，与发音平和悠长的平声字错落组合，反差强烈，形成艺术张力。

农家叹

有山皆种麦，有水皆种秔[1]。
牛领疮见骨[2]，叱叱犹夜耕[3]。
竭力事本业[4]，所愿乐太平。
门前谁剥啄[5]，县吏征租声。
一身入县庭，日夜穷笞搒[6]。
人孰不惮死，自计无由生。
还家欲具说，恐伤父母情。
老人傥得食[7]，妻子鸿毛轻[8]。

诗作剪辑三个特写镜头，富有画面感。

[注释]

[1] 秔（jīng）：同“粳”，粳稻。 [2]“牛领”句：牛颈被轭磨破成旧疮，露出骨头。 [3] 叱（chì）叱：赶牛的吆喝声。 [4] 本业：农业。古人以农业为“本业”，以工、商等为“末业”。 [5] 剥啄：叩门声。韩愈《剥啄行》：“剥剥啄啄，有客至门。” [6] 笞搒（chī péng）：用刑杖拷打。 [7] 老人：此处指父母。傥（tǎng）：通“倘”，倘若。 [8] 鸿毛：形容极其轻微。司马迁《报任少卿书》：“人固有一死，或重于太山，或轻于鸿毛，用之所趋异也。”

[点评]

此诗庆元元年（1195）春作于山阴，诗人闲居三山别业，代农家自述，写出其悲不自禁的悲惨遭遇和无限辛酸。前六句极写“竭力夜耕”，“门前”六句转写“催征遣笞”。末四句写“忍悲自白”，欲言又止，欲吐还休。“老人”二句，摹状出农人一家求饱不得、无以自存的“哀哀欲绝”境况。诗作揭露贪官虐吏巧取豪夺的凶残本相，展现出农人求生无门、求死不得的凄惨情状。全诗语言质朴，而旨意深远。采用“代言体”，以农人口吻来叙事，用对比手法，作典型艺术概括，辞约义丰，表达农人的痛苦、无奈与绝望，真实而形象，催人泪下。诗人退居后，亲躬农事，心忧百姓，以为“救民之贫，莫先于轻赋”（《上殿札子》），不少诗作以“悯农”为主题，此为代表作。

初夏行平水道中

老去人间乐事稀，一年容易又春归。
市桥压担莼丝滑[1]，村店堆盘豆荚肥。
傍水风林莺语语，满原烟草蝶飞飞。
郊行已觉侵微暑[2]，小立桐阴换夹衣[3]。

“压”“滑”“堆”“肥”，状物传神，生动形象，炼字炼句，极见功力。

[注释]

[1]“市桥”句：市桥附近的人挑着整担莼菜丝，把扁担都压弯了。莼，莼菜，水生植物，可以做羹。 [2] 侵微暑：开始感到暑气袭人。 [3] 夹衣：有里有面的夹层单衣。

[点评]

庆元元年（1195）三月，诗人退居山阴，初夏漫步平水道中，作此诗。平水在绍兴东四十余里，流入镜湖，水南有村市桥渡，以产茶著称。首联欲扬先抑，以议论发端。诗人仕途坎坷，壮志未酬，赋闲在家，年已老迈，“乐事”自然不多，因此选择到山水田园寻找乐趣。“一年”句点明时令，流露惜春忧时之情。中间两联上承“春归”，扣合诗题，描绘扑面而来的水乡佳景。颔联写山乡集市风光，将镜头聚焦时令鲜蔬和市桥村店，既有春末夏初时令特点，又显越中水乡特色，着墨不多，却饶有生活气息。颈联转写原野景观，疏林傍水，风送鸟语，碧草如烟，蝶舞翩翩，有声有色，极具诗情画意。“莺语语”“蝶飞飞”叠词相对，情景热闹，读来倍觉亲切。尾联以叙事结，写郊行之感。春夏交替，出游已久，不觉暑气袭人，于是诗人小立桐阴，换下夹衣。“小立桐阴”为点睛之笔，写出诗人游兴正浓，乐不思归的风神意态。诗押“微”韵，声韵与文情丝丝相扣，宛转谐美。全诗笔触细腻，层次分明，诗境清新，淡而有味，洋溢着诗人对田园生活的热爱。

诗人常写“拄杖边”，如“行歌惊起鸥鹭眠，三万里在拄杖边”(《月下野步》)，“欲寻梅花作一笑，数枝忽到拄杖边”(《探梅》)。

舍北晚眺二首

其　一

清爱新觉罗·弘历等：“自然入画。”(《御选唐宋诗醇》卷四十六)

红树青林带暮烟，并桥常有卖鱼船[1]。
樊川诗句营丘画[2]，尽在先生拄杖边[3]。

[注释]

[1] 并：靠着，傍着。 [2] 樊川诗句：指晚唐诗人杜牧（号樊川）《山行》："停车坐爱枫林晚，霜叶红于二月花。"营丘画：北宋画家李成，号营丘，擅画山水寒林。 [3] 先生：诗人自称。

[点评]

此诗庆元元年（1195）九月作于山阴。描写江南水乡秋天傍晚景色，抒写欣赏自然美而产生的喜悦之情。诗人拄杖所到之处，美景自然呈现，诗情画意自来，如杜牧诗、李成画，充满乡土气息，令人心爽神怡。诗人扣住"舍北"，是"眺"望，视野辽阔；是"晚"眺，故曰"带暮烟"。"红""青"二字，色彩明丽。炼字、炼句，以少总多，言简义丰。结句以"拄杖边"生动呈示出沉醉于水乡美景的诗人自我形象。赵翼认为，所谓炼者，"在乎言简意深，一语胜人千百，此真炼也。放翁工夫精到，出语自然老洁，他人数言不能了者，只用一二语了之"（《瓯北诗话》卷六）。全诗意境优美，闲淡隽永，清丽脱俗。

小舟游近村，舍舟步归四首

其　四

斜阳古柳赵家庄[1]，负鼓盲翁正作场[2]。
死后是非谁管得，满村听说蔡中郎[3]。

诗人是故作旷达，实际上十分重视死后是非评价，相信历史最公正，如说"位卑未敢忘忧国，事定犹须待阖棺"（《病起书怀》），"无涯毁誉何劳诘，骨朽人间论自公"（《落魄》），"不妨举世无同志，会有方来可与期"（《衰疾》）。

[注释]

[1] 赵家庄：陆游故乡山阴的一个村庄。 [2]“负鼓”句：背着鼓的老年盲人正在说唱故事。作场，在众人中说唱故事、演奏歌曲或表演各种游艺。 [3]“满村”句：南宋民间已演说蔡中郎故事，情节不尽符合蔡邕生平事迹。南戏《赵贞女蔡二郎》写蔡中郎及第后抛弃父母妻室，入赘相府等事。蔡中郎，蔡邕，字伯喈，官左中郎，东汉人。

[点评]

组诗写于庆元元年（1195）十月，此选其四。诗人时已僻居山阴七年，不以是非萦心。首二句抓住一个场面，用速写手法，描绘盲人说蔡中郎故事，交代时间、地点、人物，富有生活趣味。“斜阳古柳”意象是人间风雨的见证物，富于苍凉感。后二句借题发挥，说人死之后，功过是非全由后人评定，不必太认真，思考人生哲理，发人深省。全诗写景、记事、议论真实生动，笔墨简洁，概括精练。

悲歌行

士如天马龙为友[1]，云梦胸中吞八九[2]。
秦皇殿上夺白璧[3]，项羽帐中撞玉斗[4]。
张纲本不问狐狸[5]，董龙何足方鸡狗[6]。
风埃蹭蹬不自振[7]，宝剑床头作雷吼[8]。

忆遇高皇识隆准[9]，岂意孤臣空白首。
即今埋骨丈五坟，骨会作尘心不朽。
胡不为长星万丈扫幽州[10]，
胡不如昔人图复九世仇[11]。
封侯庙食丈夫事[12]，龊龊生死真吾羞[13]。

一韵到底，且韵脚密，一气呵成，节奏感强，声情并茂。

[注释]

[1] 龙为友：语本汉乐府《郊祀歌·天马》："今安匹？龙为友。" [2] "云梦"句：司马相如《子虚赋》："吞若云梦者八九，于其胸中，曾不蒂芥。"云梦，古代楚国大泽名。 [3] "秦皇"句：《史记·廉颇蔺相如列传》载，秦昭王向赵国索要和氏璧，谎称愿以十五城为偿。赵臣蔺相如奉璧入秦，当面将白璧交给秦王后，发觉秦王无意交换十五城，于是用计夺回白璧，送回赵国。 [4] "项羽"句：《史记·项羽本纪》载，刘邦逃出鸿门宴后，命张良奉白璧一双给项羽，玉斗一双给亚父范增。项羽受过白璧，置于坐上；范增受过玉斗，置于地上，拔剑击碎，道："竖子不足与谋！夺项王天下者，必沛公也！吾属今为之虏矣！" [5] "张纲"句：《后汉书·张纲传》载，汉安元年（142），张纲奉令与杜乔、周举等八人徇行风俗，七人赴任，张纲独埋车轮于洛阳都亭下，曰："豺狼当路，安问狐狸！"回朝上书弹劾大将军梁冀及其弟梁不疑罪行，京师为之震动。 [6] "董龙"句：崔鸿《十六国春秋》载，前秦王堕性刚峻疾恶，不喜佞幸之臣董荣（小字龙），尝曰："董龙是何鸡狗，而令国士与之言乎？" [7] 蹭蹬（cèng dèng）：遭遇挫折。 [8] "宝剑"句：王嘉《拾遗记》卷一载，颛顼有曳影之剑，常于匣里作龙虎之吟。苏轼《郭祥正家，醉画

竹石壁上，郭作诗为谢，且遗二古铜剑》：“剑在床头诗在手，不知谁作蛟龙吼？” [9] 高皇：汉高祖刘邦，此处代指宋高宗赵构。隆准：高鼻梁，此指刘邦。《史记・高祖本纪》载刘邦“隆准而龙颜”。 [10] 长星：星名，与彗星相似，有长形光芒，或说即彗星别名。唐胡曾《咏史诗・五丈原》：“长星不为英雄住，半夜流光落九垓。”扫幽州：指扫平北方，收复失地。幽州，治今北京，当时为金统治中心区域。 [11] 九世仇：积累九代的旧仇。春秋时，齐哀公遭纪侯诬害，为周天子所烹，至襄公灭纪国，历九世始复远祖之仇。事见《公羊传》庄公四年。后世指君国累世深仇。 [12] 庙食：指死后立庙，享受祭祀。 [13] 龊（chuò）龊：拘谨的样子。

[点评]

此诗作于庆元元年（1195）冬。淳熙十六年（1189），诗人被谏议大夫何澹以“嘲咏风月”罪名弹劾论罢，奉祠山阴，至此已七年。在此期间，他也想避世脱俗，与世无争，但对志士来说，绝非易事。此诗用乐府旧题写英雄之悲。诗分三层，前六句指明英雄应有的品质，总结英雄特征，以蔺相如、范增、张纲、王堕等为例，表明古来才智之士皆心胸宽广、耿直刚毅，有所作为。连用四典，对仗工稳，排闼而来，颇有气势。“风埃”六句自述入仕经历，谗谤如影随形，报国无门，年华老去，投闲置散，即使如此，仍表示“壮心未与年俱老，死去犹能作鬼雄”（《书愤》）。最后四句进一步阐明志向：自己即便是死，也要作万丈长星，横扫敌穴，以报九世深仇，可见坚定不移之志。诗人《纵笔》也写道：“会须沥血书封事，请报天家九世仇。”诗以感慨作结，大丈夫本应“灭贼报国仇”（《步出万里桥门至江上》），如今却憔悴渔村，失意之状，令人唏嘘。诗人有强烈的“英雄”情结，喜论恢复，谈“英雄”“丈夫”，报国之心老而弥坚。全诗满怀幽愤，豪放悲壮。

枕上偶成

放臣不复望修门[1]，身寄江头黄叶村[2]。
酒渴喜闻疏雨滴[3]，梦回愁对一灯昏。
河潼形胜宁终弃[4]？周汉规模要细论[5]。
自恨不如云际雁[6]，南来犹得过中原。

以鸿雁自由往来南北，反衬因国土分裂，南北百姓往来不自由，人不如雁，更显悲情。杨万里《初入淮河四绝句》有“只余鸥鹭无拘管，北去南来自在飞”，“却是归鸿不能语，一年一度到江南”之语，两位爱国诗友，可谓灵犀相通。

[注释]

[1] 放臣：放逐之臣。陆游奉祠闲居，不在官位，故有此语。修门：原指楚国郢都城门，此指南宋都城临安城门。 [2] 黄叶村：苏轼《书李世南所画秋景》：“扁舟一棹归何处？家在江南黄叶村。” [3]“酒渴”句：长时没有饮酒，想饮酒的心情正似口渴思水，而疏雨声声，听来犹如把酒沥壶。 [4]“河潼”句：表达陆游对中原的关切和要收复中原须先经营关中之意，时黄河和潼关皆被金人占领。河，指黄河。潼，指潼关，东汉设，在今陕西潼关县东南，为军事要冲。形胜，险要之地。 [5]“周汉”句：意为详细研究周汉定都立国的规模策略，以便收复中原后定都关

中或洛阳。周汉，周朝和汉朝，皆建都关中。陆游献策指出中兴的关键在建都关中，见《宋史·陆游传》。 [6]“自恨”句：杨万里《初入淮河四绝句》其四：“却是归鸿不能语，一年一度到江南。”

[点评]

庆元元年（1195）秋冬之际山阴闲居作此诗。诗人以“放臣”自称，身寄荒村，借屈原、苏轼酒杯，浇一己身世块垒。酒渴忽闻窗外雨滴，“喜”之情溢于言表。梦回清醒，唯有一盏孤灯，昏昏悠悠，忽暗忽明，愁绪满怀，挥之不去。欣喜对愁苦，反差鲜明，情绪浓厚。深秋雨夜，倍显孤独，忧思所在，并非“酒”或“雨”，而是莫弃河潼，复国中兴。反问句式显得不甘，周汉细论，立意深远。此等挂念与愁苦，无从说起，反而羡慕云雁，还能自由南来过中原。诗至末尾，即景抒情，宕开一笔，不再说愁，却尽显愁情，首尾呼应，凸显心系国事情怀。

寒夜歌

陆子七十犹穷人[1]，空山度此冰雪晨。
既不能挺长剑以抉九天之云[2]，
又不能持斗魁以回万物之春[3]。
食不足以活妻子，化不足以行乡邻[4]。

忍饥读书忽白首，行歌拾穗将终身[5]。
论事愤叱目若炬[6]，望古踊跃心生尘[7]。
三万里之黄河入东海，
五千仞之太华磨苍旻[8]。
坐令此地没胡虏[9]，两京宫阙悲荆榛[10]。
谁施赤手驱蛇龙[11]？谁恢天网致凤麟[12]？
君看煌煌艺祖业[13]，志士岂得空酸辛[14]。

“三万里”“五千仞”描写黄河、华山壮丽雄浑，笔墨夸张，与诗人“三万里河东入海，五千仞岳上摩天”（《秋夜将晓，出篱门迎凉有感》）句异曲同工。

[注释]

[1] 七十：陆游时年七十二岁，七十取其整数。穷：困厄，处境艰难。此处指诗人仕途偃蹇，生活拮据。　[2] 抉（jué）九天之云：拨开乌云以见天日，喻指扫尽一切障碍。语出《庄子·说剑》：“上决浮云。”以“云”为碍，源自《古诗十九首·行行重行行》：“浮云蔽白日，游子不顾反。”抉，挑开，穿破。　[3]“又不”句：又不能持斗魁以使斗柄东指、万物回春。此指自己不能挽救局势，造福国家百姓。北斗七星一至四星为魁，五至七星为柄，《鹖冠子·环流》：“斗柄东指，天下皆春。”　[4]“化不”句：德行不足以教化乡邻。　[5] 行歌拾穗：一面歌唱，一面捡拾稻穗，代指安贫乐道的生活。《列子·天瑞》载，林类年近百岁，仍“拾遗穗于故畦，并歌并进”。　[6] 目若炬：形容气怒时目光亮如火炬。李延寿《南史·檀道济传》载，檀道济被捕时“目光如炬”，顷刻间饮酒一斛。　[7] 望：企望。心生尘：指心情激动，心中似有尘土飞扬。　[8] 太华：华山。磨：通“摩”，迫近，接近。苍旻（mín）：古时以春为苍天，秋为旻天。此指天空。　[9] 坐：白白地。　[10] 两京：北宋东京汴京和西京洛阳。

荆榛：形容野草丛生，境况凄凉。 [11] 驱蛇龙：驱逐金人。《孟子·滕文公下》曰："驱蛇龙而放之菹。"意思是将蛇龙都驱赶到沼泽中。 [12]"谁恢"句：谁能张开天网，广泛收罗人才。唐陈陶《闲居杂兴》："中原莫道无麟凤，自是皇家结网疏。"恢天网，张开天网，语出曹植《与杨德祖书》："吾王于是设天网以该之。"凤麟，凤凰和麒麟，喻指杰出人才。 [13] 艺祖：此指宋太祖赵匡胤。 [14] 空酸辛：徒然悲伤，于事无补，暗示应以实际行动来恢复失地。

[点评]

庆元二年（1196）春，陆游穷居山阴，壮心未已，却报国无门，百感交集，慨然赋此诗。全诗以自叹始，以劝勉结。由己及国，逐层推进。"陆子"为诗人自称，"穷"，叹生活拮据，又寓仕途偃蹇，"七""十"入声，后接平声字"犹"，阻塞中又显无奈愤懑。寒夜后迎"冰雪晨"，象征诗人境遇艰难，亦暗喻白首之心。开头二句之后，紧跟12字长句，连用数典，情绪渐浓。两句对偶，语势波澜壮阔，情近"心在天山，身老沧洲"(《诉衷情》)。后"读书"壮志与"拾穗"现实相对，自比春秋时林类。此句看似归隐惬意，实则悲愤自嘲。"目若炬"二句承上启下，以"炬""尘"为喻，化无形为有形，形象跃然纸上。"三万里之黄河"二句又转入赞美壮丽山河，爱国之情溢于言表。"坐"谓白白地，高昂情绪急转直下。"两京"句借宫阙荒芜写金瓯残缺，前后对比鲜明，情感跌宕。后接两个问句，次第深入，讽刺南宋朝廷埋没人才，亦抒发对"江山代有才人出"（赵翼《论诗五首》其二）的热切期盼。末二句慷慨呼号，回应开头，变沉郁为昂扬。诗取“真”韵，一韵贯之，句式长短相间，对偶、排比与散句交替，韵味绵长。全诗开合动荡，哀而不伤，柔中带刚，平浅简明却涌动万丈豪情。

幽居初夏四首

其 一

湖山胜处放翁家，槐柳阴中野径斜。
水满有时观下鹭[1]，草深无处不鸣蛙。
箨龙已过头番笋[2]，木笔犹开第一花[3]。
叹息老来交旧尽，睡余谁共午瓯茶[4]。

清爱新觉罗·弘历等：“写得幽字意出。潘问奇曰：‘颈联对句更胜。’”（《御选唐宋诗醇》卷四十六）

[注释]

[1] 观下鹭：观看白鹭往下飞翔。 [2] 箨（tuò）龙：竹笋别名。 [3] 木笔：辛夷。其花未开时，苞有毛，尖长如笔，故名。 [4] 午瓯茶：午后新泡的茶。瓯，盛酒、茶的器具。

[点评]

庆元二年（1196），陆游闲居山阴已多年，作《幽居初夏四首》。此诗为第一首。首联开门见山，诗人带着自豪感，称自家为“胜处”，仿佛邀读者穿过槐柳成荫的小径，前来一叙。颔联似乎可见一位老翁门前闲坐，张目远望，侧耳倾听。“有时”“无处”对仗，是诗人有心探索得出的结论，表明不论陆地、水上，只要有一双善于发现美的眼睛和不随年龄消减的童趣，目之所及，耳之所闻，都充满夏日盎然生机。诗人不仅对动物体察入微，对植物时令也了如指掌，用欣赏的眼光看待自然万物。诗人晚年幽居简出，复归于简单纯真心境，观白鹭，觅蛙声，采夏笋，赏木笔，安眠熟睡，听蝉、饮酒（《幽居初夏四首》其二、其三），“门外纷纷百不知”（《幽居初夏四首》其二），如《老子·第二十八章》“复归于婴儿”。此时，寻求陪伴、与人闲话的需求尤显迫切。老来虽夏日长、闲情足，可旧友减、寂寞生，幽居家中，午后酣眠醒来，举目四望，面对湖山胜景，无人共赏，良辰美景虚设，诗人不免落寞，这是其晚年幽居心境的真实写照。

陇头水

陇头十月天雨霜[1]，壮士夜挽绿沉枪[2]。
卧闻陇水思故乡[3]，三更起坐泪数行。
我语壮士勉自强，男儿堕地志四方[4]。
裹尸马革固其常[5]，岂若妇女不下堂[6]？
生逢和亲最可伤[7]，岁辇金絮输胡羌[8]。
夜视太白收光芒[9]，报国欲死无战场。

清爱新觉罗·弘历等：“有古直悲凉之气。”（《御选唐宋诗醇》卷四十六）

[注释]

[1] 陇头：即陇山，在今陕西陇县西北。此处泛指南宋西北边境。 [2] 绿沉枪：枪杆漆深绿色，其色深沉，故名。一说绿沉竹制成之枪。杜甫《重过何氏五首》其四："雨抛金锁甲，苔卧绿沉枪。" [3] "卧闻"句：北朝乐府《陇头歌辞》："陇头流水，鸣声幽咽。遥望秦川，肝肠断绝。"表现战士思乡之情。 [4] 堕地：出生。志四方：指有远大理想抱负。见《礼记·内则》、李白《上安州裴长史书》。 [5] 裹尸马革：英勇无畏，在沙场力战而死，用马皮包裹尸体运回家。《后汉书·马援传》载马援语："男儿要当死于边野，以马革裹尸还葬耳，何能卧床上在儿女子手中邪！" [6] 妇女不下堂：古时礼教规定，妇人不能随意离开内堂。见《春秋穀梁传》襄公三十年。 [7] 和亲：指与敌国议和，结为姻亲。此指南宋朝廷与金人签订的屈辱和约"绍兴和议"（1141）与"隆兴和议"（1164）。 [8] 辇：以车运载。金絮：金银绸绢类的贡物。胡羌：胡人和羌人，此指金人。 [9] "夜视"二句：夜观天象，太白星收敛光芒，国家不再有军事行动，想要报国却无战场。太白，即金星，又名启明星、长庚星。古人认为太白星主杀伐，故多以喻兵戎，收敛光芒则预示朝廷屈辱求和，无意北伐。

[点评]

庆元二年（1196）冬，诗人闲居山阴，念及国事，忧虑重重，遂作此诗。《陇头水》，又名《陇头吟》，汉乐府横吹曲有《陇头流水歌》《陇头歌》，抒发游子漂泊在外的悲苦之情。唐王维《陇头吟》、张籍《陇头》、王建《陇头水》等作此旧题，皆言征人哀怨，叙国仇家恨。此诗采用古乐府笔法，虚拟对话双方，实际上表现诗人自我悲愤情怀。全诗分三段，前四句模仿战士口吻，“霜”“夜”“绿”“沉”皆为冷色调，读来如有寒气侵身，令人战栗。战士闻陇水而思故乡，夜半泪下数行，情景有如范仲淹“羌管悠悠霜满地。人不寐，将军白发征夫泪”（《渔家傲·秋思》）。接下四句为作者口吻，勉慰战士为国立功，“固”和“岂”加重语气。最后四句仿战士作答，慷慨陈词，“欲死”呼应“马革裹尸”，说明壮士绝非贪生怕死，而是英雄无用武之地。全诗虚构中抒真情，借历史积淀的离情别绪为全诗奠定凄恻悲凉的情感基调，从低沉哀伤到积极昂扬，最后跌落低谷，情感起伏，文情跌宕。句句押平声“阳”韵，一韵到底，节奏急促，一气呵成，铿锵有力。风格沉郁顿挫，悲凉中含激愤，忧伤中寓悲慨。

元方回：“悲壮感慨，不当徒以虚语视之。”（《瀛奎律髓汇评》卷三十二）

清纪昀赞《书愤二首》：“此种诗，是放翁不可磨处。集中有此，如屋有柱，如人有骨。”（《瀛奎律髓汇评》卷三十二）

书愤二首

其　一

白发萧萧卧泽中[1]，只凭天地鉴孤忠。
厄穷苏武餐毡久[2]，忧愤张巡嚼齿空[3]。
细雨春芜上林苑[4]，颓垣夜月洛阳宫[5]。
壮心未与年俱老，死去犹能作鬼雄[6]。

［注释］

[1] 萧萧：头发花白稀疏的样子。泽中：诗人时居镜湖之滨，

故称泽中。泽，聚水的洼地。 [2] 厄穷：困厄穷迫。苏武餐毡：苏武被扣匈奴，拒不投降，啮雪、吞毡，不改气节。事见《汉书·苏武传》。 [3]“忧愤”句：《旧唐书·张巡传》载，至德二载（757），安庆绪派部将尹子琦率十三万叛军南犯江淮屏障睢阳（今河南商丘睢阳区），张巡率军死守数月，粮尽援绝，城破后，宁死不屈，高声骂贼，贼断其舌，落其齿，巡嚼舌、吞齿而死。 [4] 春芜：春草。上林苑：秦汉宫苑名，周三百里，有宫室九十座，故址在今陕西西安周至县、鄠邑区一带。后世常用以代指皇家园林。此处代指北宋都城皇宫旧苑，时沦陷于金人之手。 [5] 洛阳宫：洛阳苑，隋唐时洛阳内苑，又名芳华苑、禁苑，时在沦陷区。 [6]“死去”句：屈原《国殇》：“身既死兮神以灵，魂魄毅兮为鬼雄！”李清照《夏日绝句》：“生当作人杰，死亦为鬼雄。”

[点评]

此诗作于庆元三年（1197）春，诗人退居山阴三山别业。诗题《书愤》，诗人《〈澹斋居士诗〉序》：“盖人之情，悲愤积于中而无言，始发为诗。不然，无诗矣。”首联自述境遇，苍劲有力，定下全诗“孤忠”基调。“萧萧”二字，其态凄凄，“只”“孤”二字，悲愤无奈，深难自抑。颔联用典，自比苏武、张巡，表明心迹，情绪激昂，更进一层。苏武与己，均处穷厄，时日已久；张巡及我，皆怀忧愤，烈烈难消。然苏武餐毡、啮雪，高节不改；张巡吞齿、嚼舌，壮气不衰。我亦如斯，矢志不移。颈联思及失地，描写山河破碎、凄凉惨淡景象，令人陡生悲凉，心绪难平。尾联与首联呼应，直抒胸臆，发为雄声，慷慨悲壮，有扛鼎力，振起全篇。此诗重在明志，悲凉沉郁，雄壮激荡，可见诗人心系家国，至老未改，至死不渝。

暮　春

诗人《长歌行》抒其“但愿少赊死，得见平胡年”夙志，《书愤》感叹：“关河自古无穷事，谁料如今袖手看。”可作注脚。

数间茅屋镜湖滨[1]，万卷藏书不救贫[2]。
燕去燕来还过日[3]，花开花落即经春。
开编喜见平生友[4]，照水惊非曩岁人[5]。
自笑灭胡心尚在，凭高慷慨欲忘身。

[注释]

[1] 镜湖：又名鉴湖，时陆游别业在鉴湖旁三山。 [2] 万卷藏书：陆游藏书颇丰，见《书巢记》。不救贫：不能避免贫困。 [3]“燕去”二句：晏殊《浣溪沙》：“无可奈何花落去，似曾相识燕归来。” [4]“开编”句：打开书卷，仿佛遇见平生所仰慕的朋友，感到十分高兴。 [5] 曩（nǎng）岁：往年。

[点评]

此诗作于庆元三年（1197）暮春三月，叙写山阴家居生活，表现读书之乐、岁月蹉跎之惆怅及决心舍身报国之志。首联写归家后生活清贫，表现怀才不遇的感慨。颔联抓住物候变化特征，一鸟一花，一动一静，静中寓动，生动形象，感叹虚度年华。“开编”句，写读书中找到寄托，诗人与书为伴，如对良师益友。此句照应“万卷藏书”四字。“照水”句写出岁月流逝、日渐衰老的变化，一“惊”字写出慨叹。此句照应“镜湖滨”三字，用笔巧妙。尾联发抒抗敌报国豪情，诗人虽然退居，且年逾古稀、贫病交加，但灭胡雄心仍在，登高远望，慷慨悲歌，期盼有机会舍身报国。“自笑”二字，表面上轻松洒脱，却饱含辛酸和不甘，是“含泪的微笑”，意味深长，流露出壮志难酬的感叹，间接批判朝廷苟安妥协。此诗高度形象概括，抒情性强，构思精妙，呼应自然。诗歌史上暮春诗不可胜数，或摹景，或伤春、惜春，或叹老嗟卑。此诗抒写爱国情怀，意蕴深厚，别具一格。

三山杜门作歌五首

其　一

我生学步逢丧乱[1]，家在中原厌奔窜。
淮边夜闻贼马嘶，跳去不待鸡号旦。
人怀一饼草间伏，往往经旬不炊爨[2]。
呜呼！乱定百口俱得全[3]，孰为此者宁非天。

一“夜”一“旦”，言时间之短，一“闻”一“跳”，言恐惧之深、仓皇之状。

[注释]

[1]“我生”四句：追述生逢丧乱，随家南渡历程。陆游生于宣和七年（1125），次年随父陆宰居荥阳（今属河南），四月，陆宰罢职，移居汴京。十一月，金兵围攻汴京，次年，汴京陷落，

陆游随家逃难至淮河之滨的寿春（今安徽寿县），后为避金兵渡江，南归山阴故居。厌，饱尝。奔窜，为躲避战乱而奔走逃难。跳，通“逃”。鸡号旦，即鸡鸣天亮。　[2] 经旬：十多天，十日为一旬。炊爨（cuàn）：烧火煮饭。　[3] 百口：一家百口，言家中人口甚多。

[点评]

庆元四年（1198），诗人闲居山阴三山，闭门不出，作《三山杜门作歌五首》。此诗为第一首。“三山”在山阴西约九里，临近镜湖。诗人以平静口吻，叙述幼时几个生活片段。一、二句叙写幼年逢乱，“学步”，言年尚幼，一“厌”字表明童年无嬉游之乐，不谙世事之年已饱受颠沛流离之苦。三、四句记叙诗人一家连夜奔走逃难之状，不待天明，可见惊惧深重。五、六句写躲藏艰辛，描写真实细腻，仿佛可听到草下惶恐瑟缩之人的心跳声。前六句是年过七旬的诗人回忆战争生活时有意选取、呈现的几个片段。据美国人本主义心理学家马斯洛提出的需求层次理论，人的生理需求、安全需求需要率先被满足，而诗人逃难食不果腹、居无定所，童年阴影直到老年仍记忆犹新，因而选取的几个场景与细节，看似无一字抒情，实则句句饱含惊惧之状、厌战之情。前六句情感隐而不彰，借叙事暗暗蓄力，直到末二句才直抒胸臆，让感情喷涌而出，水到渠成。战乱平定，家人保全，深感为幸事，然归功于谁？只是苍天，是命运的安排。足见对南宋统治者昏庸无能、消极抗敌行为的埋怨与讽刺。

沈园二首

其 一

城上斜阳画角哀[1]，沈园非复旧池台。
伤心桥下春波绿[2]，曾是惊鸿照影来[3]。

其 二

梦断香消四十年[4]，沈园柳老不吹绵[5]。
此身行作稽山土[6]，犹吊遗踪一泫然[7]。

[注释]

[1]画角：古代管乐器，军中多用来警示昏晓，振奋士气。 [2]伤心桥：即罗汉桥。 [3]惊鸿：受惊飞起的鸿雁，形容女子风姿绰约，体态轻盈。曹植《洛神赋》："翩若惊鸿。"此处比喻诗人前妻唐琬。 [4]梦断香消：指唐琬逝世。陆游与唐琬于绍兴二十五年（1155）在沈园相逢，其后不久唐琬去世，距庆元五年（1199）已四十余年。此处"四十年"是取其整数。 [5]绵：柳絮。 [6]"此身"句：言自己将不久于人世，行将化为会稽山上一抔泥土。稽山，即会稽山，在今浙江绍兴东南。 [7]吊：凭吊。泫（xuàn）然：泪水暗流的样子。

[点评]

庆元五年春，陆游前妻唐琬离世已四十余年，继妻王氏两年前亦故去，诗人晚年孤独，复至与唐琬离婚后

清爱新觉罗·弘历等："张完臣曰：'写得幽艳动人。'又：'又深一步，其痛愈深。'绍兴郡刻本题下注：'此放翁忆其前妻作也。妻以失欢于姑被遣，后于沈园见之，未几下世。翁再游此地，追感赋诗，凄苦不忍多读。'"（《御选唐宋诗醇》卷四十六）

清陈衍："无此绝等伤心之事，亦无此绝等伤心之诗。就百年论，谁愿有此事？就千秋论，不可无此诗。"（《宋诗精华录》卷三）

不期而遇的沈园，睹物思人，作《沈园二首》。诗堪称“伤心人语”，目之所见，耳之所闻，都令人肝肠寸断。其一首句从远处、听觉着笔，奠定全诗感情基调。落日残照，号角的哀声阵阵，正值现实黄昏，也是诗人生命历程的“黄昏”，用一“哀”字，“以我观物，故物皆著我之色彩”（王国维《人间词话》）。不止为时令、年岁悲哀，次句点出“哀”的主要原因，并非沈园变化，只因人事迁变，似无理实有情。后二句具体展开，春波犹绿，惊鸿不在，欲抑先扬。诗人直呼“伤心”，可见记忆刻骨铭心。悲伤至极，率露表达，顾不得含蓄。其二写绵绵不尽的柳絮让诗人想起“满城春色宫墙柳”（《钗头凤》），柳絮因风而起，勾起多少昔日欢情，撩弄起愁绪。然而四十年过去，柳树无力吹绵，暗喻二人欢情不复，年华老去，不禁哀惋叹息。陆游与唐琬初会沈园，作《钗头凤》，一腔怨愤；六十八岁时，诗人游沈园，作《禹迹寺南有沈氏小园，四十年前尝题小阕壁间。偶复一到，而园已易主，刻小阕于石，读之怅然》，年华老去，频频回首往昔；七年后再作此诗，“犹吊遗踪一泫然”，可见诗人用情至深，至死不渝。“沈园”已带有浓重的爱情悲剧氛围，这两首七绝也成为宋代爱情诗的绝唱。

北望感怀

荣河温洛帝王州[1]，七十年来禾黍秋[2]。

大事竟为朋党误[3]，遗民空叹岁时遒[4]。
乾坤恨入新丰酒[5]，霜露寒侵季子裘[6]。
食粟本同天下责[7]，孤臣敢独废深忧。

清爱新觉罗·弘历等："有名论，非寻常所及。"（《御选唐宋诗醇》卷四十六）

[注释]

[1] 荥河温洛：指黄河、洛水流域等中原地区，当时被金人占据。《文心雕龙·正纬》："荥河温洛，是孕图纬。"荥河，黄河，以尧世河水中出现荥光五色而得名，见《尚书中候》。温洛，洛水，以其应帝盛德变温而得名，见《周易乾凿度》。帝王州：帝王所居之处，多指京都。南朝谢朓《入朝曲》："江南佳丽地，金陵帝王州。" [2] 七十年：自靖康元年（1126）冬汴京沦陷，至庆元五年（1199），已过七十四年，七十年是举其整数。禾黍秋：指中原沦陷于金人手中。《毛诗序》载，周大夫过故宗庙宫室，禾黍弥望，其人哀周室之颠覆，作《黍离》。 [3] 朋党：政见不同而形成的相互倾轧的宗派，此指结党营私、不图收复中原沦陷区的主和派。 [4] 遗民：指中原沦陷区百姓。遒：迫近。 [5] 新丰酒：指怀才不遇、壮志难酬的志士。用唐马周怀才不遇而醉饮新丰（今陕西西安临潼区新丰镇）故事，见《旧唐书·马周传》。 [6] 季子裘：苏秦游说秦王遇挫，生活几陷于绝境，黑貂皮衣也破损不堪，回家时受尽嫂子嘲笑，被其称为"季子"。事见《战国策·秦策一》。此处借指作者北伐建议未被采用，兼形容落魄之态。 [7] 食粟：官俸。

[点评]

此诗庆元五年冬作于山阴。诗人忧国之思，因眼前之景兴感。首联发抒议论，帝王州沦陷于金人手中，通过《诗经》中周大夫过故宗庙宫室，见其尽为禾黍，彷徨不忍离去事，表现对故国的深切怀念。京都沦陷七十四年之久。颔联控诉主和派结党营私，不思恢复，而遗民空叹岁月流逝，现实中“朋党”与“遗民”尖锐对立，形成鲜明对比，抒发忧国热忱。诗人晚年有“公卿有党排宗泽，帷幄无人用岳飞”（《夜读范至能〈揽辔录〉，言中原父老见使者多挥涕，感其事作绝句》）诗句，对时局表示无限忧思。颈联以典明志，借马周、苏秦自况，抒发壮志未酬之感。中原未复之恨刻骨铭心，愤懑之情溢于言表。尾联点明为国分忧的志向，既领官俸，就应担起“天下兴亡，匹夫有责”的重任。诗人虽为远臣，却并未因此意志衰颓。结句着一“敢”字，仍期有所作为，并嘲讽朝廷无所作为。此诗形式新颖，情感跌宕，节奏顿挫，于深沉中洋溢乐观，超脱中蕴含不平。

陆游特别强调学与行即知与行的关系，诗中反复写道“躬行”“力行”。提醒自己“善言铭座要躬行”（《自诒》），教育儿子“人人本性初何欠，字字微言要力行”（《睡觉闻儿子读书》），“学虽在力行，要是从此始”（《感遇四首》其四）。重要的是“力行”，学以致用。

冬夜读书示子聿八首

其　三

古人学问无遗力[1]，少壮工夫老始成。
纸上得来终觉浅，绝知此事要躬行[2]。

［注释］

[1] 无遗力：竭尽全力，毫无保留。　[2] 绝知：深究、完全弄懂。此事：书本知识。躬行：亲身实践。躬，亲自。

[点评]

子聿（1178—1250），也写作子遹，陆游幼子，妾杨氏所出，时二十二岁，居家奉侍陆游。组诗作于庆元五年（1199）冬，诗人在山阴，教导子聿努力读书。此诗教育子聿不要死读书，要知行合一，从书中获得的知识终究浅显微薄，并非真知，只有亲力亲为、躬行实践，才能彻底理解知识的真谛。陆游谆谆告诫儿子要“躬行”，即强调亲自实践书本知识，加深理解，理论联系实际，以实际印证所学知识，与韩愈自述读书体会“行之乎仁义之途，游之乎《诗》《书》之源”（《答李翊书》）一脉相承。在书海中遨游，还要在仁义大道上行进，二者统一起来。强调实践的重要性，指出学问的关键所在。陆游观点对当今教育也有积极意义。

陆游生长于山水美如画的江南水乡，诗文中屡屡赞美故乡山水如画。《跋韩晋公牛》：“予居镜湖北渚，每见村童牧牛于风林烟草之间，便觉身在图画。”《小雨泛镜湖》：“吾州清绝冠三吴，天写云山万幅图。”《舟中作》：“村村皆画本，处处有诗材。”

春日六首

其　五

雪山万叠看不厌[1]，雪尽山青又一奇。
今代江南无画手[2]，矮笺移入放翁诗。

[注释]

[1] 万叠：万重。　[2]“今代”二句：现今江南没有画家可以描绘如此奇景，我用短纸将它写进诗里。画手，绘画能手。矮笺，短小纸张。

[点评]

此诗作于庆元六年（1200）初春诗人退居山阴时。宋刻《放翁先生剑南诗稿》残本诗题“日”下有“绝句”二字。同为赏山，李白《独坐敬亭山》“众鸟高飞尽，孤云独去闲。相看两不厌，只有敬亭山”心境悠然，内心平静，欣赏云“闲”；陆游内心激动，突出山“奇”，写出快感。“雪山万叠”，比李白诗境界更阔大。这是少见的江南美景，“江南无画手”，表明对自己诗作“诗中有画”的自信、自赏。读其诗，真如在画中游，如身临其境，美不胜收，流连忘返。此诗语浅意深，言简义丰。

写“夕阳红”有名的是明代杨慎《临江仙》词句“青山依旧在，几度夕阳红”。其实陆游诗中反复写到“夕阳红”，巧妙精美，值得品味，如“白帝城边微雪过，青衣江上夕阳红”（《探梅》），“城角危楼晴霭碧，林间双塔夕阳红”（《将至京口》），“渔艇往来春浪碧，人家高下夕阳红”（《近村》），“山径欹危细栈通，孤村小店夕阳红”（《纵游深山，随所遇记之》）。

东 村

雨霁山争出[1]，泥干路渐通。
稍从牛屋后，却过鹳巢东[2]。
决决沙沟水[3]，翻翻麦野风[4]。
欲归还小立，为爱夕阳红。

[注释]

[1] 雨霁：雨过天晴。霁，雨停止。 [2] 鹳（guàn）：鸟名，形似鹤与鹭，喜于池沼旁、高树上筑巢。 [3] 决决：流水声。 [4] 翻翻：麦浪随风翻涌。

[点评]

此诗作于庆元六年晚春，诗人退居山阴时，乡居生活悠然闲适，常有歌咏。前三联描写雨后漫步乡间所见，尾联写流连美景而忘返。首联“争”字用得极妙，原本若隐若现的峰峦，如顽皮小儿争先恐后涌现出来。山峰本是静态之物，古今诗人多以“出”字将其动态化，如张九龄“数峰湖心出”（《彭蠡湖上》），王维“碧峰出山后”（《新晴野望》），张耒“数峰清瘦出云来”《初见嵩山》，俱臻妙境。颔联流水对，状诗人信步而行的闲适之貌。颈联刻画所见、所闻，听觉上，以“决决”拟流水声，潺潺小溪如悦耳银铃汩汩涌出；视觉上，以“翻翻”比麦田状，金色麦浪随风轻柔摇曳。运用叠字，既增添声韵美，又呈现一场感官盛宴。尾联直抒胸臆，诗人眷恋故乡山水的同时，亦享受如刘禹锡《陋室铭》“无丝竹之乱耳，无案牍之劳形”的悠闲。全诗以写景为主，笔墨简淡，风格清新，声情隽永。

燕

初见梁间牖户新[1]，衔泥已复哺雏频。

只愁去远归来晚[2]，不怕飞低打着人。

清吴焯：“咏燕别肠。”（《批注剑南诗稿》卷四十三）

[注释]

[1]“初见”二句：燕子初归，眼中梁间窗户还都是新鲜的，便已开始频繁衔泥筑巢、哺喂雏燕。牖（yǒu）户，窗户。 [2]“只愁”二句：燕子只担心前往远地觅食，回巢哺雏过晚，于是低空

疾飞，顾不得会碰着人。

[点评]

此诗作于庆元六年（1200）夏，陆游时在山阴。诗歌描写燕子初见窗户新、衔泥筑巢、觅食哺雏、牵挂雏燕而低飞归急一系列动作、情态和心理，突出其轻盈、敏捷，不辞辛劳，母爱无私，情景感人，见出诗人“物吾与也”的博爱情怀。诗多动态刻画，体物入微，描写细腻，生动传神，笔调清新活泼，情趣盎然。杜甫咏燕：“熟知茅斋绝低小，江上燕子故来频。衔泥点污琴书内，更接飞虫打著人。”（《绝句漫兴九首》其三）此诗是对杜诗的翻新，提升了思想境界，有青出于蓝之妙，为咏物诗经典。

十月二十八日夜风雨大作

风怒欲拔木，雨暴欲掀屋。
风声翻海涛[1]，雨点堕车轴[2]。
拄门那敢开[3]，吹火不得烛[4]。
岂惟涨沟溪，势已卷平陆[5]。
辛勤蓺宿麦[6]，所望明年熟。
一饱正自艰，五穷故相逐[7]。

南邻更可念，布被冬未赎。
明朝甑复空[8]，母子相持哭。

诗人晚年罢官居故乡，“忍贫辞半俸”（《自述》），日渐清贫，甚至饔飧不继，“贷米东村待不回，钵盂过午未曾开”（《贫甚戏作绝句》），却有“民胞物与”的情怀，自责无力接济贫苦农民，“米贵仅供糜粥用，自伤无力济元元”（《夜寒》）。

［注释］

［1］“风声”句：意谓风声猛烈，如海涛翻滚时所发出的啸声。［2］“雨点”句：形容雨势急骤，雨点很大，滴落时如车轴堕地。［3］拄：支撑。［4］烛：照耀。［5］卷：席卷。平陆：平地。［6］蓺：种植。宿麦：麦子，秋季种植，来年始得收成，故称。［7］五穷：五穷鬼。民间有“扫五穷”风俗，又称“扫五魔”，即扫除邪、怪、灾、病、贫五种魔鬼。又，韩愈《送穷文》以智穷、学穷、文穷、命穷和交穷为“五穷”。此处指这场暴风雨所带来的一系列灾难性后果。相逐：相追赶。［8］甑（zèng）：古代蒸饭的瓦器。

［点评］

此诗作于庆元六年（1200）冬，诗人时居山阴，以同情笔调描述一场狂风暴雨给穷苦农民带来的饥寒交迫等种种灾难。前八句入手擒题，直叙暴风雨凶猛来势，一“怒”一“暴”，以拟人化手法，状其凶猛已极，连用两个“欲”字，把暴风雨肆虐情状写得惊心动魄！接着用形象比喻，从声音和形体着笔，笔势夸张。接下先写室内，继写室外，“势已”，推测之辞，但合情合理。后八句写暴风雨灾难性的后果，先写自己的困境，丰收之望已空，一饱难得，“五穷”相逐，由此推己及人，想到南邻困境更值得同情，一家饥寒交迫，至“母子相持哭”

戛然而止，想象空间巨大。全诗层次井然，行文针线细密，一路写来，环环相扣，句畅意达，无雕琢奇险之弊。诗为五言古体，句式上颇具匠心：写暴风雨，全为对偶与排比句，风声和雨势两两相对，相互映衬；写暴风雨造成的灾害及自己的联想，多用散句，为情造文，有参差跌宕之美。

陆游《西岩翠屏阁》："人生适意方为乐，甲第朱门只自囚。"可对读。

追感往事五首（选三）

其 一

太平翁翁十九年[1]，绍兴中，禁中谓秦太师为太平翁翁。父子气焰可熏天[2]。
不如茅舍醉村酒，日与邻翁相枕眠。

清爱新觉罗·弘历等："千年而后，如闻叹息之声，'善谋身'一言，尤中庸臣病根。潘问奇曰：'此诗虽欠含蓄，然亦可知南渡后虽周伯仁亦难得。'文集《跋吕侍讲〈岁时杂记〉》：'年运而往，士大夫安于江左，求新亭对泣者，正未易得，抚卷累欷。'"（《御选唐宋诗醇》卷四十六）

其 四

文章光焰伏不起[3]，甚者自谓宗晚唐。
欧、曾不生二苏死[4]，我欲痛哭天茫茫。

清潘德舆："此类纯以劲直激昂为主，然忠义之色，使人起敬，未尝非诗之正声矣。"（《养一斋诗话》卷五）

其 五

诸公可叹善谋身[5]，误国当时岂一秦[6]。
不望夷吾出江左[7]，新亭对泣亦无人[8]。

[注释]

[1] 太平翁翁：高宗绍兴年间（1131—1162），宫中称秦桧为“太平翁翁”。《宋史·奸臣传·秦桧》载，秦桧绍兴元年（1131）为参知政事，拜右仆射、同中书门下平章事兼知枢密院事，次年被罢，绍兴八年复位，直至绍兴二十五年（1155）去世，其间两据相位，凡十九年。 [2] 父子气焰：秦桧养子秦熺官至少师。 [3] 文章光焰：韩愈《调张籍》：“李、杜文章在，光焰万丈长。”伏：低伏。 [4] 欧、曾：指欧阳修、曾巩。二苏：苏轼、苏辙，一说指苏舜钦、苏轼。 [5] 诸公：此处指汪伯彦、黄潜善、秦桧等奸臣。 [6] 一秦：指秦桧，宋高宗宰相，南渡初期主和派首领，与金国签订“绍兴和议”，诬杀岳飞。 [7]“不望”句：已不期望南宋能出现王导那样的政治家。夷吾，管仲，名夷吾，字仲，以字行，春秋时期齐国贤相，助齐桓公成就霸业。此处指王导。江左，即江东，长江下游以东地区，指东晋。晋室南渡，政权衰微，王导为丞相，稳定时局。温峤因称：“江左自有管夷吾，吾复何虑！”事见《晋书·温峤传》。 [8]“新亭”句：南宋朝廷甚至没有像周颉这样为国事伤心落泪之人。“新亭对泣”事，见《世说新语·言语》。

[点评]

此组诗作于嘉泰元年（1201）春，作者时居山阴。秦桧高宗朝当十九年宰相，权势熏天，禁中称为“太平翁翁”，据传常梦厉鬼索命，惶惶不可终日。

其一对比秦桧权势熏天与百姓茅舍村酒、悠然闲眠的平静生活，直言前者不如后者，一抑一扬，笔法近于李商隐《马嵬》“如何四纪为天子，不及卢家有莫愁”。

陆游《老学庵笔记》中有关秦桧及其家族成员的记载多达十七处，揭露其专权误国、迫害正直之士的丑恶行径，表达憎恶之情，语言生动，穷形尽相。

其四主论诗文。陆游诗虽濡染晚唐风习，论诗却推尊盛唐李、杜，鄙视晚唐。《宋都曹屡寄诗，且督和答，作此示之》："天未丧斯文，杜老乃独出。陵迟至元、白，固已可愤疾。及观晚唐作，令人欲焚笔。此风近复炽，隙穴始难窒。淫哇解移人，往往丧妙质。苦言告学者，切勿为所怵。杭川必至海，为道当择术。"批评永嘉诗派，恐学者堕入晚唐纤仄之习。诗人还写道，"数仞李、杜墙，常恨欠领会。元、白才倚门，温、李真自郐"(《示子遹》)，"李白、杜甫生不遭，英气死岂埋蓬蒿？晚唐诸人战虽鏖，眼暗头白真徒劳"(《记梦》)。诗人《醉中歌》："文章日益近衰陋，风节久已嗟陵夷。元祐大苏逝不返，庆历小范今谁知。"欧阳修、苏轼等人气节凛然，文章雄隽，为陆游所称赏。他认为，如果想要挽救气节陵夷、文章衰坏的时弊，就必须重振元祐之风，进行诗文革新。然而南宋偏安江左，诗坛、文坛萎靡不振，吟风弄月，琐细卑弱，变革诗文后继乏人。陆游痛心疾首，希望一扫诗文颓弊，以起衰自任，不以江西、晚唐自限。

其五深化批判锋芒，直指南宋朝廷。首二句批判南渡初秦桧等主和派误国之举，末二句斥责宁宗朝臣不思收复故土偏安之态，诗人一腔报国热忱展露无遗。"公"为尊称，"善"为褒义，首句运以讥讽笔墨，曲笔传情。次句以"岂"反问，无疑而问，强化"可叹"心情。二句皆倒装，"可叹""当时"后置，既谐格律，又增拗折感，具有“陌生化”效果。“国”“一”入声，收以“秦”字阳平，阻塞中又饶纡徐。二句情感跌宕，曲折而不失喷涌之气，有一唱三叹之致。后二句转入而今，连用二典，皆关涉王导，以东晋比南宋，虽皆偏安一隅，东晋犹有王导、周顗等关怀国事之人，反衬南宋群臣不思复土。诗人虽未直写其人乐不思蜀，然其态已自见于言外。二句构成转折、递进关系，层次分明，句意显豁，与辛弃疾《水龙吟·登建康赏心亭》下片俱臻事典妙境。“出”字入声，“出”“江”句内自救，为律句变格，声情与起承转合之“转”相应，“泣”入声，与“合”相应，气势通贯。全诗纯用议论，多用事典，文气却不阻滞，今昔并置，皆为“可叹”“可感”之事，情感行乎其间，激荡顿挫，而不说破，于当逗之处逗住，风格清劲。

柳桥晚眺

小浦闻鱼跃[1]，横林待鹤归[2]。
闲云不成雨，故傍碧山飞[3]。

清爱新觉罗·弘历等：“有‘手挥目送’之趣。”（《御选唐宋诗醇》卷四十七）

[注释]

[1] 小浦：小溪汇入江河的入口处。 [2] 横林：平远的成片树林。横，东西为横，此指广远、宽阔。 [3] 故：有意。

[点评]

此诗作于嘉泰元年（1201）八月，陆游时闲居山阴。“柳桥”，游国恩《陆游诗选》注为：“在浙江绍兴东南。”陆应南《陆游诗选》所注略同，均误。柳桥当在三山附近，在今绍兴西九里，为诗人经常游赏之地。《戏作绝句，以唐人句终之》：“雨细穿梅坞，风和上柳桥。”诗写到“梅坞”，作于三山别业，咏附近柳桥。《柳桥秋夕》描绘鉴湖景象。《忆三山》：“柳桥南北弄烟霏，门不常关客自稀。”《柳桥秋夜》：“正是吾庐秋好夜，上桥浑不要人扶。”皆写三山附近柳桥。本诗从“眺”字着墨，“晚眺”所见，水乡黄昏优美景象，近景、中景、远景三个层次，由近及远，依次将近景之小浦、鱼跃，中景之横林、白鹤，远景之闲云、碧山组织进画面中，诉诸听觉、视觉，闻鱼跃、待鹤归、观云飞，“故”字妙，以动显静。画中有人，画中有情，表现出悠然闲适的情致；用拟人手法，生动传神；语言朴素自然，无雕琢痕迹；风格清新明丽，似一幅江南水乡风景画。

不寐

丽谯听尽短长更[1]，幽梦无端故不成[2]。
寒雨似从心上滴，孤灯偏向枕边明。
读书有味身忘老，报国无期涕每倾。

敢为衰残便虚死，誓先邻曲事春耕。

［注释］

[1] 丽谯（qiáo）：高楼。此指更楼，即专作报更用的楼，设有更鼓。短长更（gēng）：谓长更短更相续。更，古时夜间计时的单位，一夜分为五更。 [2] 无端：无缘无故。

［点评］

嘉泰元年（1201）秋冬，陆游七十七岁，闲居山阴第十二年。老态渐侵，报国无期，忧思难眠，作此诗。诗用起承转合，大体前四句叙事描物，后四句抒情，然前四句物事之中情蕴自生。“丽谯”指高楼，即更楼，本应在“短长更”前，提至句前，意在强调楼高声远，以楼起笔，又有气势。“听”附加主动义，“尽”字语尽意不尽，“无端”欲说还休，看似因更声、雨声不眠，实则“忧多梦自惊”（《秋晚》），暗寓“终不悔”意。诗人善写梦，此首写梦不成，入笔擒题，次第深入。颔联出句摹声状，强化愁情，对句设色相，意境近黄庭坚“江湖夜雨十年灯”（《寄黄幾复》）。“似”“偏”以物拟人，物我交融。该联体式疏朗，意象鲜明，较诗人其他诗中雨、灯意象更精警。颈联点明“书生”“报国”（《太息二首》）。诗人中年作“但悲鬓色成枯草，不恨生涯似断蓬”（《武昌感事》），此诗更进一步，不悲身老，只忧报国，情怀近临终《示儿》。结句点明耕读生涯，“敢”谓岂敢，激愤之语，仍期作为。诗用“庚”韵，首句入韵，尾联出

清彭孙贻《不寐彷放翁和吴二仲木》：“四更残月似侵晨，破榻寒鸡伴隐沦。难过好春偏作客，不成美睡为怀人。半床絮薄分瓶冷，隔岁粮荒共鹤贫。红日三竿花一阵，看梅看柳解伤神。”可对读，各有巧妙。

句变格，声情跌宕而和婉。全诗寓细密于悲壮，风格清刚。

梅花绝句六首

其　三

闻道梅花坼晓风[1]，雪堆遍满四山中[2]。
何方可化身千亿[3]？一树梅前一放翁。

清陈衍《宋诗精华录》："柳州之化身何其苦，此老之化身何其乐！"说出此诗借前人意境以创新的特点。

[注释]

[1]坼（chè）：裂开，此处指梅花开放。明刊涧谷本作"折"，误。 [2]雪堆：谓梅花像雪堆一样盛多。四山：指石帆别业四周的射的山、白鹤山、浪网山、宛委山、会稽山等。 [3]"何方"二句：梅花太多，无法遍赏，有什么方法化出千万个身子，让每一棵梅花树前都有一个陆放翁在那里。《梵网经卢舍那佛说菩萨心地戒品第十》："千花上佛，是吾化身；千百亿释迦，是千释迦化身。""前"，明刊涧谷本作"花"。

[点评]

此诗作于嘉泰二年（1202）正月初，陆游时在山阴。诗人对梅花有特殊感情，把凌寒而开的梅花当作爱国士人高洁人格的象征，经常描写和歌颂，集内咏花之作，梅花诗最多、最好。此诗重点不在梅花本身，而在人对梅花的爱。柳宗元《与浩初上人同看山寄京华亲故》:“海畔尖山似剑铓，秋来处处割愁肠。若为化得身千亿，散上峰头望故乡。”柳宗元与僧人一起在异乡看山，因而联想到佛教化身之说，设想自己化身登上千万个山头去望乡，心情苦痛。陆游化用其意，要化身千万去饱看每一株梅花，表达对梅花近乎痴迷的喜爱之情，有出蓝之妙。

秋思三首

其　一

乌桕微丹菊渐开[1]，天高风送雁声哀。
诗情也似并刀快[2]，剪得秋光入卷来。

[注释]

[1] 乌桕（jiù）：即“乌臼”，落叶乔木，以乌喜食其实而得名。夏日开黄花，秋天其叶经霜变红。宋林逋《水亭秋日偶书》：“巾子峰头乌臼树，微霜未落已先红。”[2]“诗情”二句：诗人才思敏捷，好像一把并州快剪刀，能剪取秋天景物，收进诗卷里。并，并州，宋时治今山西太原，所产剪刀以锋利著称。杜甫《戏题王宰画山水图歌》：“焉得并州快剪刀，剪取吴松半江水。”卷，诗篇。

[点评]

嘉泰三年（1203）秋，诗人闲居山阴，已步入迟暮之

剪刀本只能剪物，在文人笔下，却变得神妙无比。如宋之问“今年春色早，应为剪刀催”（《奉和立春日侍宴内出剪彩花应制》），用剪刀催春色；杜甫“焉得并州快剪刀，剪取吴松半江水”（《戏题王宰画山水图歌》），用剪刀剪江水；李煜“剪不断，理还乱，是离愁。别是一般滋味在心头”（《乌夜啼》），用剪刀剪愁绪。

年，触景生情，作此诗。前两句描写秋天特有景象，后两句抒情，真挚浓郁。前两句选取秋日典型景色，绘出一幅生机勃勃的秋景图，视、听结合，以一“哀”字形容雁声，图画虽美，感情却悲哀。诗人一生以抗金北伐、恢复中原为志愿，看到北方飞来的大雁，听到雁声，想起故都百姓，心中顿感哀伤。大雁回南方取暖过冬，哪里会悲哀？这是诗人心生哀情，移情于物。诗情难以抑制时，像并州剪刀一样快，剪取秋景，一“剪”字表现出对秋景的喜爱、作诗的自信。并州剪刀以锋利出名，诗人将自己的诗情比喻成剪刀，用来剪秋光，恰如其分，不显得突兀。全诗情景交融，寓情于景，用生花妙笔表达深厚感情。

送辛幼安殿撰造朝

稼轩落笔凌鲍、谢[1]，退避声名称学稼[2]。
十年高卧不出门[3]，参透南宗牧牛话[4]。
功名固是券内事[5]，且葺园庐了婚嫁[6]。
千篇昌谷诗满囊[7]，万卷邺侯书插架[8]。
忽然起冠东诸侯[9]，黄旗、皂纛从天下[10]。
圣朝仄席意未快[11]，尺一东来烦促驾[12]。
大材小用古所叹，管仲、萧何实流亚[13]。
天山挂旆或少须[14]，先挽银河洗嵩、华[15]。

中原麟凤争自奋[16]，残虏犬羊何足吓[17]。
但令小试出绪余[18]，青史英豪可雄跨。
古来立事戒轻发[19]，往往谗夫出乘罅[20]。
深仇积愤在逆胡[21]，不用追思灞亭夜。

诗人家居鉴湖之畔，房屋破旧，辛弃疾很关心老诗人生活，主动提出为他修造新房，但被婉言辞谢：“幸有湖边旧草堂，敢烦地主筑林塘？”（《草堂》）诗句下自注：“辛幼安每欲为筑舍，予辞之，遂止。”

[注释]

[1] 稼轩：辛弃疾退处乡间十年，常说“人生在勤，当以力田为先”（《宋史・辛弃疾传》），遂以“稼”名轩，自号稼轩居士。凌：超过，高于。鲍、谢：指南朝宋诗人鲍照和谢灵运。杜甫《遣兴》：“赋诗何必多，往往凌鲍、谢。” [2] 学稼：学种庄稼，务农，《论语・子路》载樊迟问孔子学稼事。 [3]“十年”句：指辛弃疾在绍熙五年（1194）被免知福州兼福建安抚使职后，在江西乡间隐居十年。高卧，指隐居。 [4]“参透”句：意谓辛弃疾退居十年期间修养功夫十分到家。参，证验。南宗，指佛教禅宗中以惠能为宗的一派。牧牛话，佛家以牧牛比喻修行，意指一刻也放松不得。 [5] 券内事：指有把握做到的事。券，契约，契据。 [6] 葺：原指用茅草覆盖房屋，也泛指修理房屋。了婚嫁：指办完子女的婚事。 [7] 昌谷：唐诗人李贺在昌谷（今河南宜阳县西）居住，人称李昌谷。诗满囊：李贺常骑驴出游，携一小书僮背锦囊随行，每写下诗句便放入锦囊中。见李商隐《李贺小传》。此处借李贺故事称赞辛弃疾勤于创作。 [8] 邺侯：唐德宗时宰相李泌，封邺侯，以藏书多著称。韩愈《送诸葛觉往随州读书》：“邺侯家多书，插架三万轴。”此处借李泌故事称赞辛弃疾藏书丰富。 [9]“忽然”句：指辛弃疾于嘉泰三年（1203）知绍

兴府兼浙东安抚使。诸侯，西周、春秋时分封各国的国君。此处比浙东安抚使。 [10] 黄旗、皂纛（dào）：指安抚使的仪仗。黄旗，大将旗。皂纛，黑色大旗。 [11] 仄席：即“侧席”，指皇帝侧席，倾听贤臣言论，表示尊重贤者。意未快：指皇帝虽以辛弃疾为安抚使，心意仍未满足，打算召入朝廷，给予更大任务。 [12] 尺一：指诏书，古代以一尺一寸长的版写诏书。东来：指皇帝下诏浙东。烦促驾：指皇帝的诏书催促辛弃疾启程入京。 [13]“管仲”句：陆游认为辛弃疾的才能和管仲、萧何不相上下。管仲，春秋时期齐国名相，辅佐齐桓公称霸诸侯。萧何，汉初名相，协助刘邦建立西汉。流亚，同等称为流，差不多的称为亚，即同一类人物。 [14]“天山”句：把宋军大旗挂到天山，亦即收复天山一带，或许只需稍待时日。天山，此处泛指金人后方领土。旆（pèi），旌旗末端形如燕尾的垂旒飘带，此处泛指旌旗。 [15]“先挽”句：先挽银河之水来洗刷被金人玷污的嵩山和华山，即收复河南、陕西一带沦陷区。洗，洗刷，杜甫《洗兵马》：“安得壮士挽天河，净洗甲兵长不用。”嵩，嵩山。华，华山。 [16] 麟凤：喻杰出人才。此处指沦陷区起义抗金的志士。陈陶《闲居杂兴》：“中原莫道无麟凤，自是皇家结网疏。”争自奋：争着起来响应宋朝北伐军。 [17] 残虏犬羊：残虏像犬羊一样。残虏，指金侵略者。犬羊，对外敌的蔑称。何足吓：哪里经得起威吓，亦即禁不住宋军攻打。 [18] 小试：稍展才能。绪余：剩余部分，指余力。 [19] 轻发：没有经过慎重考虑的举动。 [20] 谗夫：专说坏话以中伤好人的小人。乘罅（xià）：指利用裂缝钻空子进行破坏。罅，裂缝。 [21]“深仇”二句：深仇大恨都在金人身上，不要计较过去个人恩怨。灞亭夜，用李广记仇杀人典故。李广被判死罪赎为平民后，曾夜出同人在田间饮酒，经过霸陵亭，遭霸陵尉呵止，遂宿于亭下。后任右北平太守，邀霸陵尉至军中，将其斩杀。此处劝辛弃疾不要计较过去两次被朝中主和派弹劾罢官之事。辛弃疾《八声甘州·夜读李广传》:“故将军饮罢夜归来，长亭解雕鞍。恨灞陵醉尉，匆匆未识，桃李无言。”又《贺新郎(碧海桑成野)》:“千骑而今遮白发，忘却沧浪亭榭。但记得、灞陵呵夜。”灞亭，即霸陵亭，在今陕西西安东。

[点评]

嘉泰三年(1203)，诗人七十九岁，五月初退官还乡，是年辛弃疾知绍兴府兼浙东安抚使。二人相慕已久，一见如故，常相过从，成为投契的忘年交。次年春，南宋朝廷欲北伐，辛弃疾奉召入京，商讨国事。临行前，陆游作诗送行。诗分四段，前八句赞扬辛弃疾才华“凌鲍、谢”，又感叹其十年“退避声名”、躬耕田园，叹友，亦自叹。“忽然”四句写辛弃疾被起用后，很快又接到朝廷诏令入京，“忽然”表示振奋。“大材”八句以前贤作比，极力勉励友人奋勇报国。诗人心知好友“大材小用”的怨愤，再度肯定其勇气和才能，期盼他“先挽银河”，“小试”才能，胜敌复土。末四句将夙愿实现寄托于友人，惊喜过后，告诫他留意小人中伤，且先放下过往恩怨，以收复大业为重。可见诗人胸怀宽广，富有远见，对友人情谊真挚。全诗激情昂扬，意蕴深厚，既是为前路光明的友人送行，也是诗人爱国之情的表达。

稽山行

稽山何巍巍[1]，浙江水汤汤[2]。

千里亘大野[3]，勾践之所荒。
春雨桑柘绿[4]，秋风秔稻香[5]。
村村作蟹椵[6]，处处起鱼梁[7]。
陂放万头鸭[8]，园覆千畦姜[9]。
舂碓声如雷[10]，私债逾官仓[11]。
禹庙争奉牲[12]，兰亭共流觞[13]。
空巷看竞渡[14]，倒社观戏场[15]。
项里杨梅熟[16]，采摘日夜忙。
翠篮满山路，不数荔枝筐。
星驰入侯家[17]，那惜黄金偿[18]。
湘湖莼菜出[19]，卖者环三乡。
何以共烹煮，鲈鱼三尺长[20]。
芳鲜初上市[21]，羊酪何足当[22]。
镜湖滀众水[23]，自汉无旱蝗。
重楼与曲槛[24]，潋滟浮湖光[25]。
舟行以当车，小伞遮新妆[26]。
浅坊、小陌间[27]，深夜理丝簧[28]。
我老述此诗[29]，妄继古乐章。
恨无季札听[30]，大国风泱泱。

押“阳”韵，一韵到底，一气呵成，韵脚密，且为开口音，声情相谐，通达流畅，格调明快。

[注释]

[1]巍巍：山势高大的样子。 [2]浙江：即钱塘江。汤（shāng）汤：水盛大的样子。 [3]“千里”二句：广大原野绵延千里，为勾践所开辟。《国语·越语上》载，勾践在位时越国领土“南至于句无，北至于御儿，东至于鄞，西至于姑蔑，广运百里”。亘，横贯，延续不断。勾践，春秋末期越国君主，被吴打败，屈服求和，退守会稽山中，卧薪尝胆，奋发图强，终于转弱为强，消灭吴国，并北上大会诸侯，成为霸主。事见《史记·越王句践世家》。荒，开辟。 [4]柘：桑科植物，小乔木，叶可饲蚕。 [5]秔稻：晚稻。秔，同“粳”。 [6]蟹椵：即蟹簖，编插竹枝，横在水中，趁蟹爬上时取之。椵，通“簖”。 [7]鱼梁：捕鱼的竹笼，大口窄颈，腹大而长，颈部装有细竹倒刺，鱼只能入而不能出。 [8]陂（bēi）：池塘。 [9]畦（qí）：田垄，菜圃间划分的长行。 [10]舂（chōng）：用杵臼捣去谷物皮壳。碓（duì）：舂谷的设备，掘地安放石臼，上架木杠，杠端装杵或缚石，用脚踏动木杠，使杵起落，脱去谷粒皮，或舂成粉。 [11]“私债”句：私人放债超过官家库存，此句极言地主殷实。 [12]禹庙：在绍兴东南。《越绝书》载，庙为少康所立，农历三月五日，传为大禹生日，地方官和百姓前来祭祀。奉牲：供奉牛、羊、猪等祭品。 [13]兰亭：在绍兴西南，东晋王羲之等人宴集于此，见王羲之《兰亭集序》。流觞：王羲之和友人在兰亭集会宴饮，在曲水上游，把羽觞放在水面，随流而去，待觞停下时，取觞饮酒，称为“曲水流觞”。 [14]空巷：形容看竞渡者众多。竞渡：旧历五月五日为端午节，民间有赛龙船的风俗，谓之“竞渡”，起于屈原投汨罗江时，当地百姓竞相驾舟前往打救的传闻。见宗懔《荆楚岁时记》。 [15]倒社：即倾社，指社日村人全部走出家门看戏。社，古代二十五家为社。 [16]项里：地名，在绍兴西南。 [17]星驰：如流星奔驰，

形容运送迅速。 [18] 偿：酬报。 [19] 湘湖：在今浙江杭州萧山区西。莼菜：又名水葵，一种水生植物，生于湖沼或河流浅水里，深绿色，可做菜，柔滑鲜美。 [20] 鲈（lú）鱼：巨口细鳞，银灰色，味鲜美。 [21] 芳鲜：指莼菜和鲈鱼。 [22] 羊酪：羊乳炼制的食品。 [23] “镜湖”二句：镜湖汇聚附近诸山之水，以资灌溉，周边地区自汉以来没有旱灾，也没有因旱而起的蝗灾。镜湖，即鉴湖，汉代会稽太守马臻所修。滀（xù），汇聚。 [24] 重楼：层叠的楼。曲槛：曲折的栏杆。 [25] 潋滟：水波荡漾的样子。 [26] “小伞”句：山阴妇女游湖，多持小伞。 [27] 浅坊：短街。 [28] 丝簧：弦管乐器。此处泛指乐器。 [29] “我老”二句：我企望继承《诗经》传统，写此首《稽山行》。述，指作诗。妄继，谦词，企望继承。古乐章，指《诗经》。 [30]“恨无”二句：我歌颂具有与古代齐国一样泱泱大国之风的山阴，遗憾的是没有季札那样善于评论诗歌的人来听。季札，春秋时期吴国公子，到鲁国观乐，当乐工奏到《齐风》时，云：“美哉！泱泱乎大风也哉！表东海者，其太公乎？国未可量也。”见《左传》襄公二十九年。泱泱，宏大的样子。

[点评]

开禧元年（1205）冬，诗人时居山阴，报国无望，遂借故乡风物抚慰心灵，创作了大量反映乡村生活的诗歌。“稽山”四句写会稽历史地理，总领全篇，笔力恢弘。先从空间起笔，写巍巍稽山和浩荡浙水；又从时间着手，回顾勾践开拓越地的历史，时空书写，气势阔大。“春雨”八句承上而来，白描铺叙，富足幸福的图景跃然纸上。“禹庙”四句变静景为动景，写越地节日和民俗，宛如一幅幅风俗画。“争”“共”“空巷”“倒社”，描写村中老幼竞相参加活动，场面热烈，生动传神。“项里”十二句选取有代表性物产，先写杨梅，与荔枝、黄金对比，突出其珍美；后写莼羹、鲈脍，与羊酪作比，点出其鲜美，喜爱之情溢于言表。“镜湖”八句写镜湖风光，十分细致。诗人先叙其功用，接着将镜头瞄准三组画面，湖水、水上、水边依次写来，声色兼备，情趣洋溢。结尾四句收束全篇，交代写诗缘由，借“季札观礼”之典，进一步抒发对故乡的热爱。“恨”字情感稍转，表达泱泱大国之风少有人识的遗憾。诗为长篇五古，自然淳朴，不假雕饰，不用丽藻，以家常话言家常事，赞美湖光山色和风土人情，滔滔不绝，如数家珍，字里行间满是自豪。读此诗，浓郁芬芳的生活气息扑面而来，令人无比神往。

诗人懂医术，喜方药，自称“胸次岂无医国策，囊中幸有活人方”（《小疾偶书》）。整理过祖传《陆氏续集验方》一书，深谙摄卫养生之道，身老愈健。宦游四方，曾行医蜀中，“我游四方不得意，阳狂施药成都市。大瓢满贮随所求，聊为疲民起憔悴”（《楼上醉歌》）。

山村经行因施药五首

其　四

驴肩每带药囊行[1]，村巷欢欣夹道迎。
共说向来曾活我[2]，生儿多以陆为名。

[注释]

[1]“驴肩”句：我每次外出总将药袋挂在驴肩上。　[2]“共说”二句：大家都说陆游过去曾救活了他们，因而生下孩子多用“陆”字命名，以示纪念。《后汉书·循吏传·任延》载，任延帮

助百姓婚聘，百姓感恩，生子多以“任”为名。

［点评］

开禧元年（1205）冬，诗人退归三山故里，此诗当作于会稽石帆别业，此为组诗中第四首。诗人晚年热心救治穷苦百姓，常为村民赠药治病，与村民融洽无间，建立了深厚友情。村民眼里，诗人就是救命恩人，心中常怀对诗人的感激、爱戴之情。诗写与普通村民间真挚情谊，体现出诗人“推己及人”“民胞物与”的情怀。“每”字表示诗人常常赶着毛驴前去为村民治病，村民热烈欢迎，“欣”字见诗人欣慰自得之情，大家“共说”，见出诗人到山乡送药次数频繁，治病之多，收效之好，村民无不感激。陆游用白描手法，抓取富有感染力的生活镜头，逼真再现自我形象，既有人物特写，又有场面描绘，如叙家常，明白如话，平易亲切，具有浓厚的人情味。清徐晓亭《塵谈笔存》赞陆游诗“从至性至情流出”。此诗自然纯真，达到不刻意求工而自工的境界。

十二月二日夜，梦游沈氏园亭二首

其　一

路近城南已怕行，沈家园里更伤情[1]。

香穿客袖梅花在，绿蘸寺桥春水生[2]。

其　二

城南小陌又逢春，只见梅花不见人。
玉骨久成泉下土[3]，墨痕犹锁壁间尘。

[注释]

[1] 沈家园：为陆游与前妻唐琬离异后再次相逢之处。事见周密《齐东野语》卷一。 [2] 寺桥：又名罗汉桥。 [3] 泉下：黄泉之下，指人死后埋葬的墓穴。

[点评]

开禧元年（1205）十二月二日冬夜，诗人梦中至沈园，作诗二首。沈园，是山阴城南一处园林，唐琬离世后，便成伤心处。其诗中经常写及，壁间曾留下他思念前妻唐琬的《钗头凤》，水中曾有“惊鸿照影来”（《沈园二首》其一）。其一，首句将伤情“泛化”到沈园周围城南一带，让人“怕行”，一“怕”字，饱含往事不堪回首又无处逃遁的苦痛。次句紧承上句，将“伤情”汇聚在沈园中。第三句照理应叙写伤情缘由或伤情之状，诗人却打破读者的阅读期待，宕开一笔，转写春日之景，梦中春日不仅可见、可闻，还可嗅、可触：梅花依旧，馨香盈袖，一“穿”字富有动态美，写出梅花清芬缠绕、流连于访客身边，缭绕的是香气，又何尝不是缠绵缱绻之幽情？一“在”字，以平常之语叙写寻常之态，梅花

诗中多重对比：尘埃代表微渺之物，墨痕代表隽永之物，用一“锁”字连接，是时间长与短、影响浅与深的句内对比；末二句，“犹锁”指向存在，“久成”指向消逝，存在之短暂与消逝之长久，故园依稀与佳人已逝，所愿与所得相违背，是句间对比。诗句以外，又有真（现实）与幻（梦境）对比、生（诗人）与死（伊人）对比、物理时令（寒冬）与心理时令（早春）对比、哀情与乐景对比，反差强烈，极具艺术感染力。

年年绽放于沈园，再平常不过，然“花在”而故人已去，读来更令人动容。末句用笔清新，一“蘸”字分外传神，写春日罗汉桥旁草树转绿，绿意像蘸了颜料的画笔，先染过草木，又蔓延至寺桥，最后只轻蘸点染，一池春波便荡漾开来，“生”字写出满眼绿意似要流动。这种写法看似缺乏事理逻辑，却有“无理而妙”的匠心。后二句对仗工整，用通感、拟人手法，笔墨灵动，“梅花”“春水”极具人情味。写诗时正值寒冬，梦中沈园却春意盎然，花香水碧，一如庆元五年（1199）作《沈园二首》时春日模样。可见诗人潜意识里，沈园永远是一片令人流连忘返之地，一个美好的记忆符号。诗中春日如昨与诗外冬日现实、乐景与“伤情”界限似在消失，亦真亦幻，恍惚悒郁。其二，前二句与“路近”句呼应，解释“怕行”原因，“又”字点出乐景常有，暗含当年携行赏花的唐琬已不在世上。后二句紧承上文，道明人未可见的原因，“久成”“犹锁”对比鲜明。若不是标题点明“梦”字，读者难免视其为纪实之作，可见沈园已成为诗人心灵的“原风景”，是永恒的美好，未经世事沧桑侵扰，依稀如昨。

春游四首

“春游”一语双关，既是今朝春日独游沈园，亦指往昔春日与唐琬同游沈园。

其　四

沈家园里花如锦，半是当年识放翁。

也信美人终作土[1]，不堪幽梦太匆匆。

[注释]

[1] 美人：指唐琬。

[点评]

此诗嘉定元年（1208）春作于山阴。沈园是陆游与唐琬离异后的重逢之处，园中花团锦簇，美景依旧，触引陆游思念唐琬，春日盛景与内心凄恻顿成鲜明对照，乐景之中弥漫诗人对往事的感叹、悲伤之情，但不以一语直接道出，而是尺水兴波，情意深浓。诗人感叹大半繁花都认得自己，自然生出物是人非之感，不仅带出时间上的相似，亦与诗题呼应。前两句诗串联起现在和过去，一今一昔，时间与空间皆成对照。后两句写美人作土，断香零粉，生命短暂悲慨和爱情悲剧皆融会于幽梦之中。缠绵悱恻的儿女之情，诗人终生难以排遣。

感事六言八首

其　一

老去转无饱计[1]，醉来暂豁忧端。
双鬓多年作雪[2]，寸心至死如丹。

诗人还有句“镜里流年两鬓残，寸心自许尚如丹”（《书愤二首》其二），“丹心自笑依然在，白发将如老去何”（《纵笔三首》其二），可参看。

[注释]

[1]“老去”二句：年老后反而没有谋生之路，只有在醉时暂时忘却忧愁。豁，消除，排遣。　[2]“双鬓”二句：语出杜甫《郑

驸马池台喜遇郑广文同饮》“白发千茎雪，丹心一寸灰”。作雪，变成白色。“寸心”句：直到死亡也保持自己一片赤诚之心。丹心，红心，赤诚忠贞之心。

[点评]

嘉定元年（1208）夏，诗人闲居山阴时作，时年八十四岁。《感事》组诗凡八首，此选第一首。前两句写诗人年衰、贫困与忧愁。诗人晚年一直过着清贫生活，写作此诗前，明言“僵卧孤村不自哀，尚思为国戍轮台”（《十一月四日风雨大作二首》其二），不是忧己，而是忧国忧民，忧端深广。诗人在醉酒中获得暂时解脱，但酒醒之后当如何？故言“暂豁”，更借醉语曲笔抒发壮志未酬的忧愤。后两句集中表达穷当益坚、老当益壮之志。“双鬓”与“寸心”对举，“作雪”与“如丹”两个比喻对照，一白一红，表明虽早已年迈，但一颗赤心不变，活画出爱国者形象。诗以自陈口吻，言老、穷、忧，归结为言志。运用比喻、对比之法，直抒胸臆，淋漓酣畅、慷慨悲壮。语言朴实无华，诗友姜特立称赞陆游诗“淡处有味枯中膏”（《应致远谒放翁》）。陆游六言诗共有三十七首，以抒情为主，不少写爱国之情，也有田园诗描绘乡间美景，表现自由、闲适生活。还有的写酬唱、交游，或者议论说理，思想深刻，富有理趣。上下诗句相对，多为双音节句式，语言质朴自然。宋代前六言诗，句式以“三三”“二二二”为主，陆游六言诗句式较为固定，多为“二二二”或“二四”“四二”句式。

示子遹

我初学诗日，但欲工藻绘[1]。
中年始少悟，渐若窥宏大。
怪奇亦间出[2]，如石漱湍濑[3]。
数仞李、杜墙[4]，常恨欠领会。
元、白才倚门[5]，温、李真自郐[6]。
正令笔扛鼎[7]，亦未造三昧。
《诗》为“六艺”一[8]，岂用资狡狯[9]？
晋人谓戏为狡狯，今闽语尚尔。
汝果欲学诗[10]，工夫在诗外。

清吴焯：“造微。”（《批校剑南诗稿》卷七十八）

[注释]

[1]藻绘：指华丽文辞。藻，文采。绘，彩画。 [2]“怪奇”句：在诗歌创作里间或出现一种险怪奇特之风。 [3]“如石”句：即“如湍濑漱石”的倒装。以湍急流水冲击岩石为喻，形容其诗激昂跌宕。漱，冲荡。湍濑，石滩急流。 [4]“数仞”二句：《论语·子张》载，子贡用围墙作比喻，认为自己的围墙只有肩膀高，能够看见墙内的房屋，而老师孔子的围墙有几丈高，找不到大门进入，也看不见里面的宗庙和房屋之美。此处借以赞扬李白、杜甫诗歌，认为自己对两位诗人的诗作缺乏领会，还恨身在门外。 [5]“元、白”句：意谓元稹、白居易只是在李白、杜甫创作的大门处，并没有能登堂入室。 [6]“温、李”句：意谓温庭筠、李商隐诗歌

不值得评论。郐（kuài），古国名，在今河南东北部。春秋时期吴国公子季札在鲁国观乐，先一一评论周及各诸侯国乐曲，“自郐以下无讥焉”，认为郐国等国的诗歌、乐曲微不足道，故不加评论。见《左传》襄公二十九年。后以“自郐以下”指称等而下之、不屑评论之作。 [7]“正令”二句：意谓学诗若不领会李白、杜甫的作品，即使笔力雄健，也得不到作诗要诀。扛鼎，比喻笔力雄健。造，达到。三昧，指事物要诀或精义。 [8]“六艺”：即“六经”，指《诗经》《尚书》《礼记》《易经》《乐经》《春秋》。 [9]资狡狯：作为游戏之资。资，供给。 [10]“汝果”二句：意谓学作诗应在诗本身以外的生活实践中下功夫。

[点评]

陆游幼子名子遹，即陆子聿。此诗作于嘉定元年（1208）秋，诗人闲居山阴，教育幼子写诗，以诗教诗，说理却不枯涩。开篇回忆自己学诗经历，现身说法。“数仞”四句连续用典，自然精当，赞扬李白、杜甫诗不分轩轾，以之为学习楷模。陆游被称作“小太白”，同样具有豪放本色。但李白不为世事所羁，追求自由的人生境界；而陆游一生心系复国大业，多沉郁顿挫之作，故又与杜诗相类。杜甫、陆游二人皆经历家国丧乱，诗中多有表现，堪称“诗史”。陆游评价元、白之诗未达到李、杜门径，运用郐国音乐的典故委婉批评温庭筠和李商隐的诗歌，不满中晚唐诗风轻浅凄迷。对前代诗歌，陆游有褒有贬，为后辈指示学诗之途。诗人赞扬先秦《诗经》是“六艺”之一，如今写诗也不可以游戏态度对待。“工夫在诗外”是诗人作诗的经验之谈，学“江西诗派”而能出，不局限于书卷学问中，而要在生活中寻求诗思。正如《题庐陵萧彦毓秀才诗卷后二首》其二“君诗妙处吾能识，正在山程水驿中”，羁旅风波、疆场岁月无不拓展陆游诗境。诗人多次强调“工夫”，学问靠积累，要勤奋苦学，坚持不懈，不遗余力，教育儿孙“学问参千古，工夫始一经”（《示元敏》），“古人学问无遗力，少壮工夫老始成”（《冬夜读书示子聿八首》其三）。真正的学问没有捷径可走，不可以速成。他善读书，但绝不是书呆子死读书、读死书，强调“书外工夫”“诗外工夫”，即向生活学习，感悟生活，从生活中得到灵感，“莫道终身作鱼蠹，尔来书外有工夫”（《解嘲》）。

诗人与农民感情深厚，为他们忧而忧，也喜而喜，“丰岁欢声动四邻，深秋景气粲如春。羊腔酒担争迎妇，鼍鼓龙船共赛神。处处喜晴过甲子，家家筑屋趁庚申。老翁欲伴乡闾醉，先办长衫紫领巾”（《丰岁》）。以欢快笔调描写乡邻们丰收时敲锣打鼓娶亲、赛神等庆祝活动。

春日杂兴十二首

其　四

夜夜燃薪暖絮衾[1]，禺中一饭直千金。
身为野老已无责[2]，路有流民终动心[3]。

闻有流移人到城中。

[注释]

[1]“夜夜”二句：流亡百姓每晚都要烧柴来暖和棉被，在将近中午时吃到一顿饭价值千金。禺中，将近午时。禺，通“隅”。直，通“值”。　[2] 野老：陆游自称。开禧二年（1206），韩侂胄北伐失败。陆游赞成韩侂胄北伐，且为其写过《南园记》等文，因此北伐失败后，他被主和派劾免宝谟阁待制，故自称“野老”。　[3] 流民：流亡逃难的百姓。宁宗开禧（1205—1207）、嘉定（1208—

1224）年间，长江、淮河地区连年发生旱灾、蝗灾或兵灾，至嘉定二年（1209）春天，大批百姓饿死，不少人流亡到城市。

[点评]

此诗作于嘉定二年春。诗人早已在野为民，自身贫困，几乎断炊，且接近生命终点，但当听说有饥饿灾民流离失所时，仍忧心忡忡，充满同情和关切。他还写道："布衾岁久真如铁，讵敢私怀一己忧？"（《岁晚》）诗人与农民感情深厚，忧民之所忧。元结《舂陵行》："追呼尚不忍，况乃鞭扑之。"韦应物《寄李儋元锡》："身多疾病思田里，邑有流亡愧俸钱。"皆为知州任上作，责任在肩，同情民生疾苦。刘克庄评论说："太守能为此言者鲜矣。若放翁云：'身为野老已无责，路有流民终动心。'退士能为此言，尤未之见也。"（《后村诗话·续集》卷二）比较而言，陆游精神更珍贵，真有"民胞物与"的高尚情怀。

夏日六言四首

其　三

似一幅水墨画，意境淡远。

溪涨清风拂面[1]，月落繁星满天。
数只船横浦口[2]，一声笛起山前[3]。

[注释]

[1] 溪：指若耶溪，在今浙江绍兴东南，陆游石帆别业在其下

游樵风泾西侧。 [2] 浦口：指若耶溪入口。 [3] 山：此处指石帆别业对面的浪网山。

[点评]

此诗作于嘉定二年（1209）夏，诗人退居山阴，描写夏夜浦口景色，表现悠然恬淡心境。两组对偶句，四组意象合成一幅江南水乡迷人图画。溪涨，写视觉，表明刚下过一场雨，拂去人心头燥热，是俯视。清风拂面，写触觉，“拂”字轻柔，令人心旷神怡。月落，可见夜更深，写仰视。一俯一仰，境界开阔。“数只”句，静态描写星、月夜下江边。前三句，寂静无人，颇有“野渡无人舟自横”（韦应物《滁州西涧》）的意境。末句，笛声打破安静，以动写静。全诗对仗工整，一句一景，有动有静，层次分明，清新自然，韵味无穷，为宋代六言诗佳作。

清吴焯：“占地步。”（《批校剑南诗稿》卷五十四）

清爱新觉罗·弘历等：“深识妙解，非浅人所能与。游常言：‘诗欲工，而工亦非诗之极。锻炼之久，乃失本指；斫削之甚，反伤元气。’观其所言，其自命可知矣。李东阳谓宋人之诗，但一字一句对偶雕琢之工，而天真兴致未可与道者，不知能识此意否？”（《御选唐宋诗醇》卷四十七）

文 章

文章本天成，妙手偶得之。
粹然无疵瑕 [1]，岂复须人为。
君看古彝器 [2]，巧拙两无施。
汉最近先秦，固已殊淳漓 [3]。
胡部何为者 [4]，豪竹杂哀丝 [5]。
后夔不复作 [6]，千载谁与期。

[注释]

[1] 粹然：纯然，纯正。 [2] 彝器：古代宗庙常用礼器的总名。 [3] 淳漓（lí）：厚与薄。 [4] 胡部：唐代掌管胡乐的机构，亦指胡乐。胡乐从西凉一带传入，含有西凉乐等成分，当时称“胡部新声”。 [5] 豪竹：指音调嘹亮昂扬的管乐器。哀丝：指哀婉的弦乐声。 [6] 后夔（kuí）：虞舜时乐官。唐潘存实《赋得玉声如乐》：“后夔如为听，从此振琮琤。”

[点评]

此诗作于嘉定二年（1209）秋，是一首论诗诗。开篇即明确表达自己诗学观：崇尚不事雕琢、自然而然、浑然天成的诗风，捕捉偶然瞬间灵感，摒除人为造作痕迹，近于李白所言“清水出芙蓉，天然去雕饰”（《经乱离后，天恩流夜郎，忆旧游书怀，赠江夏韦太守良宰》）。追求纯正无瑕，并非偏执于不讲求书卷学问，而是融会贯通、水到渠成，这与陆游强调生活体验对作诗的重要性相辅相成，二者并不矛盾。诗人以古代礼器作比喻，处于不巧不拙之间，没有过分夸饰，也没有璞玉未雕的缺憾，以此为喻，重视溯源，推崇诗歌传统。他提出汉代已有浇薄之风，唐代音乐更杂以胡音，不复纯正。此论风俗与音乐，虽无关于文风，然“治世之音安以乐，其政和；乱世之音怨以怒，其政乖”（《毛诗序》），社会变化也反映于文学作品中，诗人正是从此角度着笔，论证有力。《杂兴六首》其一：“秦汉区区了目前，周家风化遂无传。君看八百年基业，尽在《东山》《七月》篇。”也指出秦汉文风已不如周代，为后来学者指引学诗路径。

示 儿

死去元知万事空[1]，但悲不见九州同[2]。
王师北定中原日[3]，家祭无忘告乃翁[4]。

[注释]

[1] 元：通"原"。"死"，明刊须溪本作"老"。 [2] 九州同：指驱逐金人，统一全国。九州，古时中国分为九州，此指全国。 [3] 王师：指南宋军队。北定中原：用诸葛亮《出师表》"当奖率三军，北定中原，……兴复汉室，还于旧都"语。 [4] 家祭：家中对先人的私祭。乃翁：你们的父亲，作者自谓。

[点评]

嘉定二年（1210）十二月二十九日，诗人临终之际作绝笔诗，以诗的形式写遗嘱，气壮河山，谆谆告诫儿子务存恢复中原之志，表达对抗金复土的必胜信念。开头"死去"二字，从容道出，"死去"是自然规律，"不见"与"死去"、"但悲"与"元知"相应，加深"悲"的程度。"九州同"为想象中的现实，末句承上句收绾题目。"无忘"，父之命子，表示郑重叮嘱。临终不言他物，只说"北定中原"，个人与国家命运紧密联系起来，爱国胜过自己的生命。诗人一生最钦佩诸葛亮，用《出师表》中语，表示至死都希望看到收复中原那一天。明徐伯龄称赞陆游《示儿》诗："较之宗泽三跃渡河之心，何以异哉！"（《蟫精隽》）诗人坚守民族气节，爱国之志坚贞

清祖应世："放翁易箦嘉定中，国弱已极，而尚作此想，其赍志可悲矣。"（《御选唐宋诗醇》卷四十七引）

清袁枚："余尝叹陆放翁临终时，犹望九州恢复，而终于国亡家破，不遂其愿。禄百有句：'散关铁马平生愿，愁绝他年家祭时。'"（《随园诗话》卷十）

清李元春："忧国至此。此诗之本。放翁固同子美。"（《历朝诗要》）

不渝。全诗直抒胸臆，一句一转，起伏跌宕，铿锵有力，朴素无华，至性至情，沉痛悲壮，感人肺腑，堪称千古绝唱。钱锺书说：“这首悲壮的绝句最后一次把将断的气息又来说未完的心事和无穷的希望。”（《宋诗选注》）此诗影响极其深远，具有强大感召力，激励一代又一代爱国志士仁人，尤其在山河破碎、外敌入侵之际，更引起无数人共鸣。

南唐书

宋齐丘传论（节录）

论曰：世言江南精兵十万，而长江天堑，可当十万；国老宋齐丘[1]，机变如神，可当十万，周世宗欲取江南，故齐丘以反间死。方五代之际，天下分裂大乱，贤人君子，皆自引于深山大泽之间，以不仕为得，而冯道有重名于中原[2]，齐丘擅众誉于江表[3]，观其人，可以知其时之治乱矣。周师之犯淮南，齐丘实预议论，虽元宗不尽用[4]，然使展尽其筹策，亦非能决胜保境者。且世宗岂畏齐丘之机变而间之者哉？盖钟谟自周归[5]，力排齐丘，杀之，故其党附会为此说，非其实也。予论序齐丘事，尽黜当时爱憎之论[6]，而录其实，览者得详焉。

文中明确提出“录其实”的主张，堪称《史记》“实录”精神异代嗣响。

[注释]

[1]“国老”五句：宋齐丘为国家重臣，机智权变，神妙莫测，抵得上十万精兵。周世宗欲攻占江南，便使用反间计害死他。事见《江南野史》。陆游并不认可此说法。宋齐丘，初字超回，改字子嵩，吉州庐陵（今江西吉安）人，官至宰相。周世宗，即五代后周世宗柴荣，邢州尧山（今河北隆尧县）人。在任期间，励精图治，于显德二年（955）十一月至显德五年二月间攻打南唐，取得光州（治今河南潢川县）、黄州（治今湖北黄冈）等位于长江以北、淮河以南的十四州。 [2] 冯道：字可道，号长乐老，沧州（今属河北）人，历仕后唐、后晋、后汉、后周四朝。 [3] 江表：即江南，指长江以南地区。 [4] 元宗：李璟，五代南唐第二位国主，彭城（今江苏徐州）人。在位期间，南唐国力达到顶峰。后期政治腐败，被后周击败，失去江北、淮南十四州。 [5] 钟谟：字仲益，会稽（今浙江绍兴）人。周世宗进攻南唐，李璟派李德明与钟谟等人出使后周。李德明、钟谟力主割地求和，宋齐丘力斥其说。李璟不满李德明的主张与态度，将其处死。最终南唐无法抵挡后周进攻，割地求和。周世宗将钟谟召至京城，倍加器重。钟谟返回南唐后，欲为李德明报仇，屡次在李璟面前陈说宋齐丘有非分之想，导致宋齐丘被杀。事见陆游《南唐书·宋齐丘列传》。 [6] 黜（chù）：降职或罢免。

[点评]

陆游关心现实，在宋、金对峙背景下写作《南唐书》，借南唐灭亡警示南宋，以古鉴今、经世济用之意十分明显。不同于《史记》每篇皆有“太史公曰”，《南唐书》选择性地加入“传论”，表达史学见解和对历史人物的评价。此“传论”重在反驳《江南野史》“齐丘以反间死”之说，认为宋齐丘即使尽施谋略，也无法取得胜利、保护国家，并不值得周世宗忌惮，其人实死于钟谟之手。与一般论说文开门见山、直陈己见不同，本篇引用他人说法后，并未直接亮明自己观点，而是先荡开一笔，由五代分裂背景写起，交代宋齐丘的重要地位，再表明见解，展开论说，卒章显志。这则传论观点鲜明，逐层递进，首尾照应，有开有合，简明扼要，既是优秀的史学“传论”，又是出色的说理文章。

常梦锡传

常梦锡[1]，字孟图。扶风人，或曰京兆万年人也。岐王李茂贞不贵文士[2]，故其俗以狗马、驰射、博弈为豪。梦锡少独好学，善属文[3]，累为秦、陇诸州从事[4]。茂贞死，子从曮袭父位[5]，承制补宝鸡令[6]。后唐长兴初[7]，从曮入朝，以梦锡从。及镇汴[8]，为左右所谮[9]，遂来奔。烈祖辅吴[10]，召置门下，荐为大理司直[11]。及受禅[12]，擢殿中侍御史、礼部员外郎[13]，益见奖遇，遂直中书省[14]，参掌诏命[15]，进给事中[16]。

时以枢密院隶东省[17]，故机事多委焉[18]。梦锡重厚方雅[19]，多识故事[20]，数言朝廷因杨氏霸国之旧[21]，尚法律，任俗吏，人主亲决细事[22]，烦碎失大体，宜修复旧典，以示后代。烈祖纳其言，颇议简易之法。

元宗在东宫[23]，有过失，梦锡尽言规正，无所挠。始虽不悦，终以谅直多之。及即位，首召见慰勉，欲用为翰林学士以自近[24]。宋齐丘党恶其不附己，坐封驳制书[25]，贬池州判官[26]。及齐丘出镇，召为户部郎中[27]，迁谏议大夫[28]，卒以为翰林学士。复置宣政院于内庭[29]，以梦锡专掌密命。而魏岑已为枢密副使[30]，善迎合，外结冯延巳等[31]，相为表里。梦锡终日论诤，不能胜，罢宣政院，犹为学士如故，乃称疾纵酒，希复朝会。

钟谟、李德明分掌兵、吏诸曹[32]，以梦锡人望言于元宗，求为长史[33]，拜户部尚书、知省事[34]，梦锡耻为小人所推荐，固辞不得请，惟署牍尾[35]，无所可否。延巳卒文致其闺门罪[36]，贬饶州团练副使。梦锡时以醉得疾，元宗怜之，留处东都留守。周宗力劝梦锡止酒治疾，从之，乃少瘳[37]。召为卫尉卿[38]，改吏部侍郎[39]，复为学士[40]。交泰元年[41]，方与客坐谈，忽奄然卒[42]，年六十一。卒后财逾月[43]，齐丘党与败，元宗叹曰："梦锡平生欲去齐丘，恨不使见之。"赠右仆射[44]。谥曰康。

梦锡文章典雅，有承平之风；歌诗亦清丽，然绝不喜传于人，刚褊少恕[45]，每以直言忤物[46]。尝与元宗苦论齐丘辈，元宗辩博[47]，曲为解释。梦锡词穷，乃顿首曰："大奸似忠，陛下若终不觉悟，家国将为墟矣。"元宗不答，而心善之。及割地降号之后[48]，公卿在坐，有言及周以为大朝者[49]，梦锡大笑曰："汝辈尝言致君尧舜[50]，何故今日自为小朝邪！"众皆默然散去。每公卿会集，辄喑呜大咤[51]，惊其坐人[52]，以故不为时所亲附。然既没，皆以正人许之，虽其仇雠[53]，不敢訾也[54]。

"大笑""喑呜大咤""不敢訾"等细节刻画常梦锡的音容笑貌、个性气质，简洁精炼、生动传神、饱含感情，人物形象有血有肉，栩栩如生。

[注释]

[1] 常梦锡：字孟图，五代时扶风（今属陕西）人，一说为京兆万年（今陕西西安）人。 [2] 李茂贞：字正臣，深州博野（今

属河北）人，官至凤翔、陇右节度使，封岐王。 [3] 属文：撰写文章。 [4] 秦、陇：今陕西、甘肃地区。从事：又称从事掾，汉代刺史佐吏，后用以代称刺史下属官吏。 [5] 从曮：李从曮，李茂贞长子，官至凤翔节度使，封秦国公。“曮”，底本作“俨”，据百衲本景印吴兴刘氏嘉业堂刻本《旧五代史》、清乾隆武英殿刻本《新五代史》、《四部丛刊》景宋刻本《资治通鉴》改。 [6] 承制：沿袭旧制。宝鸡：今属陕西。令：县令。 [7] 后唐：五代之一。李存勖灭后梁称帝，国号唐，史称后唐。长兴：后唐明宗李嗣源年号（930—933）。 [8] 镇汴：出任开封地方长官。汴，今河南开封。 [9] 谮（zèn）：诬陷，中伤。 [10] 烈祖：南唐开国君主李昪。辅吴：辅佐吴王杨行密。 [11] 大理司直：为大理寺属官，参与商议疑难案件、审阅法状等事宜。 [12] 受禅：王朝更迭，新君主承受旧君主让给之位。天祚三年（937），李昪建立齐国，十月，受禅称帝，国号大齐。升元三年（939），改国号为唐。 [13] 殿中侍御史：掌管纠察、弹劾百官朝会失仪之事。礼部员外郎：属尚书省礼部下设礼部司，协助礼部侍郎处理国家典章制度、祭祀、学校、科举等事宜。 [14] 直中书省：进入中书省值班供职。直，入直，谓官员入宫值班供职。中书省，主管制命决策、发布政令等事宜。 [15] 参掌：参与掌管。诏命：皇帝的命令。 [16] 给事中：主管批驳、纠正政令的过失。 [17] 枢密院：五代至元朝最高军事机构，主管军国机务、兵防、边备、戎马等政策法令。东省：门下省，与中书省同掌机要，共议国政。 [18] 机事：国家重要之事。委：委任，付托。 [19] 方雅：典雅纯正。“重厚”，明嘉靖四十三年（1564）钱穀钞本作“厚重”。 [20] 故事：旧时典章制度。 [21] 杨氏霸国：指杨国忠、杨贵妃兄妹独霸朝政。 [22] 人主：人君，君主。此处特指唐中后期皇帝。 [23] 元宗：南唐第二任君主李璟。东宫：太子所居之宫。 [24] 翰林学士：皇帝亲近顾问兼秘书官，负责撰拟有关任免将相、册立后妃、立太子等文告。 [25] 坐：定罪。封驳：缄封、退还诏书，并对其中不当之处加以驳正。制书：古代皇帝命令的一种。 [26] 池州：今属安徽。判官：地方长官的僚属，负责辅理政事。 [27] 户部郎中：户部属官，掌管户籍、土田、赋役、婚姻等事宜。 [28] 谏议大夫：负责谏议得失，在举行典礼时报告进行程序、赞礼唱名、引导各种仪式等事宜。 [29] 宣政院：五代时吴国有承宣院。南唐中主李璟时，改为宣政院，置于内朝，专门主管秘密敕命。 [30] 魏岑：字景山，五代郓州须城（今山东东平县西北）人。为人谄媚，善于奉承，宋齐丘荐为校书郎，后迁谏议大夫，官至枢密副使。枢密副使：五代后唐庄宗同光元年（923）改崇政院副使置，为枢密院副长官，协助枢密使处理国家军政。 [31] 冯延巳：字正中，五代广陵（今江苏扬州）人。初入李昪元帅府，授秘书郎。李璟在位时，累官左仆射同平章事。工诗，尤善词。 [32] 李德明：初为兵部员外郎，与钟谟友善。李璟在位时，累官工部侍郎、文理院学士。兵、吏诸曹：兵部、吏部官署。兵部，六部之一，主管武官选用和兵籍、军械、军令等事宜。吏部，六部之一，主管官吏任免、考课、升降、调动等事。 [33] 长史：唐代州刺史下设长史，名为刺史佐官，却无实职，具有幕僚性质。 [34] 户部尚书：户部最高长官，主管户口、税收、统筹政府经费等事宜。知省事：主管政府中央机构事宜。省，台省。 [35] 惟署牍尾：只在文书末端写上自己名字。 [36] 致其闺门罪：常梦锡无子，女婿王继沂持掌家务。有人告诉常梦锡，王继沂其人行为不检点，常梦锡便将妻妾全部休掉。事见马令《南唐书》。 [37] 少瘳（chōu）：病情转好。少，稍。瘳，病愈。 [38] 卫尉卿：负责仪仗帷幕供应、武器库藏等事务。 [39] 吏部侍郎：吏部副长官，与吏部尚书共同主持六品以下文官选拔、授官事宜。[40] 学士：本为主管文学撰述之官，因接近皇帝，往往参议机要。[41] 交泰元年：公元 958 年。[42] 奄（yǎn）然：忽然。[43] 财：通“才”。[44] 右仆射（yè）：尚书右仆射，唐初相当于宰相。唐代后期至宋，仆射成为虚职，多作为节度使、观察使等加官，用以表示品秩高下。[45] 刚褊（biǎn）：倔强固执。[46] 忤物：触犯人，与人不合。[47]“辩博”，清道光绿签山房刻汤运泰注释本作“辨博”。[48] 割地降号：指李璟在后周进攻下，割让光州（治今河南潢川县）等十四州，削去“元宗”帝号，改称国主。[49] 周：后周（951—960），五代时期中原最后一个王朝。从后周太祖郭威灭后汉建国至北宋建立，共历三帝，享国十年。[50] 致君尧舜：辅佐国君，使其成为圣明君主。语出应璩《与从弟君苗君胄书》：“思致君于有虞，济蒸人于涂炭。”杜甫《奉赠韦左丞丈二十二韵》：“致君尧舜上，再使风俗淳。”[51] 喑呜（yīn wū）大咤（zhà）：怒喝，呵叱。[52]“坐”，贞介堂录藏乾隆钞本《南唐书》作“座”。[53] 仇雠（chóu）：仇人。[54] 訾（zǐ）：毁谤，非议。

[点评]

陆游写作人物传记时，往往按照一定顺序安排材料，使文章脉络清晰，层次井然。本文以文学才能、政治才能为主线，先写常梦锡“善属文”，具有文学才能；再写其“尚法律”，政治才能突出，性刚直，敢于直谏，具有高尚政治品格；最后加以总结，突出其文章典雅、诗歌清丽等特点，收束全文，首尾呼应，神完气足。文章重点突出常梦锡与宋齐丘之间的矛盾，写常梦锡不屈从于元宗李璟之见，力陈宋齐丘之奸。宋齐丘之徒“恶其不附己”，将其贬往池州，双方势如水火。常梦锡去世后不久，宋齐丘之徒便身败名裂，元宗叹息常梦锡未能亲见此事，为之加官、赠谥。主线之外，穿插常梦锡与冯延巳等人论争，结以常梦锡对公卿的讽刺及其身后之事，叙述主次分明，详略得当，兼具史学、文学价值。

老学庵笔记

毛德昭

毛德昭名文，江山人[1]。苦学，至忘寝食，经史多成诵。喜大骂极谈[2]。绍兴初[3]，招徕[4]，直谏无所忌讳。德昭对客议时事，率不逊语，人莫敢酬对，而德昭愈自若。晚来临安赴省试[5]，时秦会之当国[6]，数以言罪人，势焰可畏。有唐锡永夫者[7]，遇德昭于朝天门茶肆中[8]，素恶其狂，乃与坐，附耳语曰："君素号敢言，不知秦太师如何[9]？"德昭大骇，亟起掩耳，曰："放气[10]！放气！"遂疾走而去，追之不及。

语言、行动、心理刻画，用语极简，绘声绘色，人物形象呼之欲出。

[注释]

[1] 江山：今属浙江。 [2] "极谈"，明商濬《稗海》本、陶宗仪《说郛》节编本作"剧谈"。 [3] 绍兴：高宗赵构年号

（1131—1162）。[4] 招徕（lái）：招引，延揽。[5] 省试：唐宋时由尚书省礼部主持举行的考试。[6] 秦会之：秦桧，字会之，江宁（今江苏南京）人，生于黄州（治今湖北黄冈），官至右仆射同平章事，南宋初主和派代表人物。当国：执政，主持国事。[7] 唐锡：字永夫，生平未详。[8] 朝天门：五代吴越国开国君主钱镠建，在今浙江杭州吴山东。[9] 秦太师：秦桧，绍兴十二年（1142）加太师，进封魏国公。[10] 放气：放屁。

[点评]

《老学庵笔记》所记多亲历、亲见、亲闻之事，内容丰富，思想深刻，文笔简洁、生动，兼具史料价值和文学价值。本文运用漫画笔法，对比毛德昭评论他人时趾高气扬、不可一世情态与听到秦桧之名便连呼“放气”“疾走而去”的神态、行为，明写毛德昭装模作样、“欺软怕硬”，暗寓秦桧权势滔天、专制独裁、残害异己。此文明暗相映，层次分明，结构上转折、变化，出其不意，而又合情合理。用语夸张、形象，不杂议论而其意自明，堪称妙文。

家世旧闻

蔡京既为相

先君言：蔡京既为相[1]，以为异时大臣皆碌碌，乃建白置讲议司及大乐[2]。然京实懵不晓乐，官属亦无能知者。或言有魏汉津知铸鼎作乐之法[3]。汉津，蜀中黥卒也[4]。自言年九十五，得法于仙人李良[5]，良盖年八百岁[6]，谓之李八百者是也。数往来京师，京师少年戏之，曰："汝师八百，汝九百耶？"盖俗狂痴者为九百[7]。惟京见，悦其孟浪敢言[8]。汉津谓："以秬黍定律[9]，乃常谈不足用，今当以天子指定之。"京益喜。顾以其师李良特方士[10]，恐不为天下所信，则凿空为言汉津所传，乃黄帝、后夔法，皇祐中，尝与房庶同召至京师，陈指尺之法，会阮逸作黍律已成，遂见排摈。时好事者言京为汉津撰脚色乐[11]，局官又从而为之说曰[12]："昔禹以身为度[13]，即指尺也。"其诬伪牵合如此。汉津乃请上君指三节为三寸三[14]，三为九而成黄钟之律[15]。君指者，中指也。久之，或献疑，曰："上春秋富[16]，手指后或不同，则奈何？"汉津亦语塞。然乐已垂成，所费钜万，因迁就为说，曰："请指之岁，上适年二十四，得三八之数，是为大簇人统[17]，过是，则寸余□不可用矣。"其敢为欺诞[18]，盖无所不至。然初谓汉津皇祐中尝陈指尺，是时仁庙已近四十[19]，则三八之说，不攻自破矣。乐成，实崇宁丙戌秋也[20]。赐名大晟[21]，府置大司乐、典乐、乐令主簿、协律郎[22]。汉津积官至太中大夫[23]，老病卒。

《家世旧闻》写于陆宰辞世前后，记述陆宰言及蔡京丑行罪状，可感觉到愤怒形于辞色，对蔡京的态度主要出于陆宰，陆游只是认同，属于自己的判断并不多。比较而言，《老学庵笔记》中有关蔡京的记述更如实客观，评价冷静，不带个人恩怨好恶，不少地方不加评论，见出优秀史家"史心"和"史笔"。

[注释]

[1] 蔡京：字元长，兴化军仙游（今属福建）人，先后四次任宰相。此指崇宁元年（1102）拜尚书右仆射。 [2] 建白：指对国事有所建议及陈述。讲议司：崇宁元年置，论宗室、冗官、国用、商旅、盐铁、赋调、尹牧等事宜。大乐：此指大乐署，掌教习鼓吹、乐舞等事宜。 [3] 魏汉津：北宋音乐家，精乐律，晓阴阳术数。"津知"，北京大学藏影钞穴砚斋本误作"知津"。 [4] 黥（qíng）

卒：宋时在士兵脸上刺字，以防逃跑。黥，古代在人脸上刺字并涂墨之刑。 [5] 李艮：道教神仙，号李八百，生平事迹不详。道教另有李阿、李宽号李八百，见《抱朴子·道意》。 [6]“岁”，台湾“中央图书馆”藏吴兴张珩所藏钞本作“世”。 [7]“盖俗”句：世人将癫狂痴呆之人称为“九百”。一说“九百”指精神不足，见叶寘《爱日斋丛钞》、朱彧《萍洲可谈》；一说以“九百”为草书“乔”字，见项安世《项氏家说》。 [8] 孟浪：鲁莽，冒昧。 [9] 秬黍：黑黍，古时选其中等形状者作为度量标准。 [10]“顾以”以下九句：但是蔡京因为魏汉津的师父李艮只是方术之士，担心不足以让天下人信服，便凭空捏造魏汉津所传为黄帝、后夔制乐之法。仁宗皇祐（1049—1054）年间，与房庶一同被召至京城，陈说以指为尺之法。恰逢阮逸已制定音律，遂遭排挤。方士，方术之士，古代自称能访仙炼丹以求长生不老的人。凿空，凭空无据，穿凿。黄帝，上古时期华夏部落联盟首领，其乐官伶伦用竹子制作箫管，审定五音十二律。后夔，舜时掌管音乐的官员。房庶，又名房昭庶，益州（今四川成都）人，通晓乐理，宋祁、田况举荐于朝，遂陈说累黍为尺之法，用以制作乐律。著有《乐书补亡》三卷，已佚。事见元马端临《文献通考》卷一三一、明曹学佺《蜀中广记》卷九十一。阮逸，字天隐，建阳（今属福建）人，仁宗景祐（1034—1038）初，与胡瑗同校音律。事见《宋史·胡瑗传》。“陈指尺之法”，北京大学藏影钞穴砚斋本无“尺”字，中华书局 1993 年版孔凡礼点校本据后文“即指尺也”等语补。 [11] 脚色：犹履历。宋朝官员入仕，须具备籍贯、户主、三代姓名及官衔、家中人口等履历。 [12] 局官：主管部门的官员。 [13]“昔禹”句：传说大禹以自己身高作为当时长度标准，见《史记·夏本纪》。 [14] 君：君王，此处指仁宗赵祯。 [15] 黄钟之律：乐律十二律中的第一律。 [16] 春秋富：指年少、年轻。

春秋，春季与秋季，代指年岁。　[17] 大簇：即太簇，十二律中阳律的第二律。太簇位于寅位，象征人统。　[18] 欺诞（dàn）：虚夸骗人。　[19] 仁庙：指仁宗。北京大学藏影钞穴砚斋本作“神庙”，误。　[20] 崇宁丙戌：徽宗崇宁五年（1106）。　[21] 大晟：指大晟府，掌管音乐的官署，徽宗崇宁（1102—1106）年间创立。　[22] 大司乐：又称大乐正，乐官之长，以乐舞教国人。典乐：掌管朝廷音乐事务。乐令主簿：主管音乐舞蹈的法令，包括乐器、乐队、乐曲、舞蹈队的名称、编制、服饰等。协律郎：掌管乐律，负责指挥大祭祀及宴享时奏乐。　[23] 积官：累积官衔和爵位。太中大夫：北宋初为从四品上文散官，神宗元丰（1078—1085）年间改制后，相当于原先左、右谏议大夫职位，掌管讽喻规谏。

[点评]

《家世旧闻》记载家族长辈轶闻旧事，旁涉北宋社会政治、制度等内容，具有一定史料价值。陆游祖、父与蔡京同朝共事，瓜葛较多。《家世旧闻》将其父讲述的有关蔡京及蔡氏家人事迹记录下来，如记载其与辽相李俨臭味相投，“卒为国祸基”，借黄安之口，咒骂其“败坏天下至此，若使晏然死牖下，备极哀荣，岂复有天道哉”等，表达对蔡京的愤恨之情。本文记录蔡京为相之后，认为大臣碌碌无为，上奏请置讲议司及大乐一事。蔡京并不通晓乐理，恰巧听到蜀中黥卒魏汉津传闻，二人相见后一拍即合。蔡京为魏汉津造势，用其所谓“指尺之法”，花费大量钱财作乐。作者着重描写魏汉津在面对他人质问时信口雌黄，虚报皇帝年岁，曲为其说之态，“语塞”二字形象、传神，准确写出魏汉津不学无术之貌，与前文蔡京“益喜”形成对照，同为点睛之笔。文章夹叙夹议，将人物评价穿插于叙述中，通过“诬伪牵合”“敢为欺诞”等语，巧妙显露对蔡京、魏汉津之徒的批判，用语精简，笔法高妙。

放翁逸稿

南园记

庆元三年二月丙午[1]，慈福有旨，以别园赐今少师、平原郡王韩公。其地实武林之东麓[2]，而西湖之水汇于其下，天造地设，极山湖之美。公既受命[3]，乃以禄入之余，葺为南园，因其自然，辅以雅趣。

方公之始至也，前瞻却视，左顾右盼，而规模定；因高就下，通窒去蔽，而物象列。奇葩美木，争效于前；清流秀石，若顾若揖。于是飞观杰阁，虚堂广厅，上足以陈俎豆、下足以奏金石者[4]，莫不毕备。高明显敞，如蜕尘垢而入窈窕[5]，邃深疑于无穷。既成，悉取先时魏忠献王之诗句而名之[6]。堂最大者曰许闲[7]，上为亲御翰墨以榜其颜。其射厅曰和容[8]，其台曰寒碧[9]，其门曰藏春，其阁曰凌风，其积石为山曰西湖洞天；其潴水艺稻[10]，为囷为场，为牧羊牛、畜雁鹜之地，曰归耕之庄。其它因其实而命之名，则曰夹芳，曰豁望，曰鲜霞，曰矜春，曰岁寒，曰忘机，曰照香，曰堆锦，曰清芬，曰红香。亭之名则曰远尘，曰幽翠，曰多稼。

自绍兴以来[11]，王公将相之园林相望，莫能及南园之仿佛者。公之志，岂在于登临游观之美哉？始曰许闲，终曰归耕，是公之志也。公之为此名，皆取于忠献王之诗，则公之志，忠献之志也。与忠献同时、功名富贵略相埒者[12]，岂无其人？今百四五十年，其后往往寂寥无闻。韩氏子孙，功足以铭彝鼎、被弦歌者[13]，独相踵也[14]。逮至于公，勤劳王家[15]，勋在社稷，复如忠献之盛，而又谦恭抑畏，拳拳志忠献之志，不忘如此。公之子孙，又将嗣公之志而不敢忘，则韩氏之昌，将与宋无极[16]，虽周之齐、鲁[17]，尚何加哉！或曰：上方倚公如济大川之舟，公虽欲遂其志，其可得哉？是不然，知上之倚公，而不知公之自处，知公之勋业，而不知公之志。此南园之所以不可无述。

游老病谢事，居山阴泽中，公以手书来曰："子为我作《南园记》。"游窃伏思：公之门，才杰所萃也，而顾以属游者，岂谓其愚且老，又已挂衣冠而去[18]，则庶几其无谀辞、无侈言[19]，而足以道公之志欤？此游所以承公之命而不获辞也。

中大夫、直华文阁致仕、赐紫金鱼袋陆游谨记[20]。

嘉泰二年（1202），陆游入都修孝宗、光宗实录，其时韩侂胄当政，确有可能恃其力。是年韩侂胄生日，陆游作《韩太傅生日》诗歌致贺。嘉泰三年四月乙巳，陆游又为韩侂胄作《阅古泉记》，描写花木林泉之胜，写与韩侂胄一起游赏畅饮之乐，可见韩侂胄闲情雅趣，文末顺便表达早归故里的愿望。开禧二年（1206）春，北伐迫在眉睫，陆游情绪激动，《书〈贾充传〉后》一文驳斥主和派，支持韩侂胄北伐。皆可参看。

[注释]

[1]"庆元"以下三句：庆元三年（1197）二月二十日，慈福皇太后将南园赐予韩侂胄。慈福，指孝宗赵眘皇后，淳熙三年（1176）册立为后，号成肃静慈福皇后。少师，与少傅、少保合称"三少"，多为大官加衔，以示恩宠而无实职。平原郡，今山东德州中南部及齐河县、惠民县、阳信县一带。韩公，韩侂胄，字节夫，相州安阳（今属河南）人，庆元二年（1196）七月加封开府仪同三司，后官至太师、平章军国事。 [2]武林：杭州灵隐、天竺诸山的总名。 [3]"公既"以下三句：韩侂胄接受君主之命后，用俸禄所余修葺南园。禄入，俸禄收入。南园，又名胜景园、庆乐园，在今浙江杭州吴山下。 [4]陈俎（zǔ）豆：南园中有家庙，可以祭祖。俎豆，俎和豆，古代祭祀、宴飨时盛食物用的两种礼

器。奏金石：南园中有厅堂，可以奏乐宴客。金石，指钟、磬一类乐器。　[5] 蜕（tuì）尘垢：退去灰尘和污垢。蜕，动物脱皮。窈窕：幽深。　[6] 魏忠献王：韩琦，封爵魏国公，谥忠献。"先时"，底本、清摛藻堂《钦定四库全书荟要》俱作"先得"，清文渊阁《四库全书》本《放翁逸稿》作"先时"，今据改。　[7]"堂最"二句：面积最大的堂名为"许闲"，皇帝亲自题词作为牌匾挂在堂前。许，应允，许可。上，专指皇帝。此处指宁宗。榜，匾额。此处用作动词，指挂匾额。颜，本指人眉、目之间，此指堂前。　[8] 射厅：即射室，考试讲武之地。和容：即"和颂"，谓能合《雅》《颂》之乐。颂、容为古今字。《周礼·地官·乡大夫》载，古时通过"和""容""和容"等五个方面观察射箭之人。　[9] 寒碧：给人以清冷感觉的碧色。　[10]"其潴（zhū）"以下四句：蓄水种稻，建有谷仓、场院，用来放牛牧羊、养雁养野鸭的地方称作"归耕之庄"。潴，水积聚。艺，种植。囷（qūn），圆形谷仓。鹜（wù），野鸭。　[11] 绍兴：高宗年号（1131—1162）。　[12] 相埒（liè）：相等。　[13] 铭彝鼎：商、周时代君王将功臣的功绩刻于青铜制作的彝、鼎之上，赐予他们。彝，盛酒之器。鼎，烹饪之器。被弦歌：用诗歌将功绩流传下来。弦歌，诗歌，古时诗歌能入乐歌唱，故称。　[14] 相踵（zhǒng）：脚后跟相接，喻指接连不断。　[15] 勤劳：忧劳，辛劳。　[16] 与宋无极：与宋朝一起传至无穷。　[17] 周之齐、鲁：周朝初年，吕尚封于齐地，姬旦封于鲁地，二人皆有大功于周而家世繁衍数百年。　[18] 挂衣冠：古人称致仕为"挂冠"，陆游时已致仕，故称"挂衣冠"。　[19] 侈言：夸大不实的言辞。　[20] 中大夫：神宗元丰（1078—1085）改制后，为正五品寄禄官，主管参谋议论。直华文阁：宁宗庆元二年（1196）置，因皇帝特殊恩典而被授予的兼职。紫金鱼袋：作为荣誉职位授予官员。紫，指紫衣。金鱼袋，用以盛放鲤鱼状的金符，宋朝以后不置鱼符，但仍佩鱼袋。

[点评]

陆游记体文中，影响最大的是应韩侂胄之请所作的《南园记》。该文作于庆元六年（1200），时陆游已致仕居山阴。南园是韩侂胄临安西湖别墅，开头一段记南园来历及位置，写南园依山傍水、天造地设，极山湖之美，借此赞美韩侂胄志趣清雅。接下详细描绘南园各处美景及命名由来，各景点皆取曾祖韩琦诗句命名，如“许闲”“和容”“寒碧”等，可见其家学渊源、文化修养和审美趣味。然后荡开一笔，由南园生发议论，说南园虽美，但主人志趣并不在于“登临游观”。“许闲”“归耕”是韩琦之志，也是韩侂胄之志。作者称赞韩侂胄虽“勤劳王家，勋在社稷”，但“谦恭抑畏”以“自处”。韩氏之昌，不赖其功名勋业，而赖其高雅志趣，南园即是明证，作者自称“知公之志”。第四段自称“愚且老”，言此记“无谀辞，无侈言”，说明陆游答应作《记》，乃因“老病谢事”后，与韩侂胄既无政治瓜葛，又对其无所企求。陆游颂赞韩侂胄无以复加，但意在劝勉其继承韩琦之志，对其领导北伐、收复故土寄予厚望，认为他功勋卓著，却不居功自傲，善于“自处”，且有雅趣，可谓立言得体。此记立意明晰，层次清楚，详略得当，描写与叙述、议论结合，语言洁净清雅，堪称优美的园林小品。

此记因与韩侂胄有关，历来争议最大。友人杨万里《寄陆务观》诗“不应李、杜翻鲸海，更羡夔、龙集凤池”

讥讽之；朱熹批评其与韩氏交往，是“能太高，迹太近”，皆是政治立场不同，“党同伐异”。宋末元初方回《至节前一日》诗感到惋惜：“惜为平原多一出，诗名元已擅无穷。”《宋史·陆游传》承朱熹观点，说：“晚年再出，为韩侂胄撰《南园》《阅古泉记》，见讥清议。朱熹尝言：‘其能太高，迹太近，恐为有力者所牵挽，不得全其晚节。’盖有先见之明焉。”后代学者亦多承《宋史》之说。戴表元、钱谦益、吴景旭、赵翼、袁枚等，则为陆游“辩诬”“翻案”。赵翼说：“即其为侂胄作《南园记》《阅古泉记》，一则勉以先忠献之遗烈，一则讽其早退。此亦有何希荣附势、依傍门户之意！而论者辄藉为口实以訾议之，真所谓‘小人之好议论，不乐成人之美’者也。”（《瓯北诗话》卷六）袁枚说：“宋人訾陆放翁为韩侂胄作记，以为党奸；魏叔子责谢叠山作《却聘书》，以伯夷自比，是以殷纣比宋，皆属吹毛之论。”（《随园诗话》卷八）袁枚还从“权门之草木”“权门之鹰犬”角度立论，认为前者犹胜于后者（见《随园诗话补遗》卷一）。陆游写的主要是生活中的韩侂胄。开禧二年（1206），韩侂胄发动北伐，兵败求和，次年，因金人欲罪首谋，被斩首，函送至金。北伐失败，《宋史》又将之列入《奸臣传》，韩侂胄变成“反面”人物，这是他的悲剧。陆游一直力主北伐，是站在抗敌御侮、收复失地立场上与韩侂胄接近，同时又是世交，有人情往来，于公于私，受其请托撰记都合情合理。

主要参考文献

陆放翁全集 （宋）陆游撰　毛氏汲古阁后印本

陆游集 （宋）陆游撰　中华书局 1976 年校点本

陆放翁全集 （宋）陆游撰　中国书店 1986 年排印本

陆游全集校注 （宋）陆游著　钱仲联、马亚中主编　浙江古籍出版社 2016 年版

渭南文集 （宋）陆游撰 《四部丛刊》影印明华珵活字本

渭南文集 （宋）陆游撰　宋嘉定刻本　国家图书馆藏

新刊剑南诗稿 （宋）陆游撰　宋刻严州本残本　国家图书馆藏

入蜀记 （宋）陆游撰 《知不足斋丛书》本

入蜀记 （宋）陆游撰 《丛书集成初编》本

陆氏南唐书 （宋）陆游撰　明嘉靖四十三年（1564）钱榖手录王谷祥钞本

南唐书 （宋）陆游撰　汲古阁《津逮秘书》本

南唐书 （宋）陆游撰 （清）周在浚笺注 （清）高醇补校本

陆氏南唐书　（宋）陆游撰　《四部丛刊续编》影印本

陆氏南唐书　（宋）陆游撰　商务印书馆 2008 年《文津阁四库全书》影印本

老学庵笔记　（宋）陆游撰　明穴砚斋钞本

老学庵笔记　（宋）陆游撰　明《稗海》本

老学庵笔记　（宋）陆游撰　毛晋汲古阁《津逮秘书》本

老学庵笔记　（宋）陆游撰　《丛书集成初编》影印本

家世旧闻节本　（宋）陆游撰　《丛书集成初编》影印《稗乘》本

家世旧闻足本　（宋）陆游撰　明穴砚斋钞本民国影钞本　北京大学图书馆藏

放翁词　（宋）陆游撰　毛晋汲古阁刻《宋六十名家词》本

放翁词　（宋）陆游撰　《四部丛刊》影明翻宋刻本

景宋本渭南词　（宋）陆游撰　吴昌绶辑双照楼景刊宋元本词本

渭南词　（宋）陆游撰　唐圭璋《全宋词》本

涧谷精选陆放翁诗集前集十卷　须溪精选陆放翁诗集后集八卷　别集一卷　（宋）罗椅、（宋）宋刘辰翁、（明）刘景寅选　《四部丛刊初编》景刘氏嘉业堂藏明弘治丁巳（1497）刻本

陆放翁剑南诗选　（清）朱陵选　清康熙二十五年（1686）刻本

放翁诗选　（清）王复礼辑　清康熙刻本

批校剑南诗稿　（清）吴焯批校　汲古阁吴尺凫批校本

剑南诗钞　（清）杨大鹤选　上海扫叶山房宣统二年（1910）石印本

陆游诗　黄逸之选注　王新才校订　中国文史出版社 2020 年版

陆放翁诗钞注　陈延杰注　商务印书馆 1938 年版

剑南诗钞　顾佛影评注　上海中央书店 1935 年第 2 版

陆游诗选　游国恩、李易选注　人民文学出版社 1957 年版

陆游选集　朱东润选注　上海古籍出版社 2013 年版

陆游诗歌赏析　段晓华著　陕西人民出版社 1988 年版

陆游诗词赏析集　陆坚主编　巴蜀书社 1990 年版

陆游诗歌选译　朱德才、杨燕选译　山东大学出版社 1991 年版

陆游选集　王水照、高克勤选注　人民文学出版社 1997 年版

陆游及其作品选　齐治平、孔镜清著　上海古籍出版社 1998 年版

陆游诗词选评　蔡义江著　上海古籍出版社 2002 年版

陆游诗词选评　刘扬忠注评　三秦出版社 2008 年版

陆游诗词导读　严修著　中国国际广播出版社 2009 年版

陆游诗词选译（修订版）张永鑫、刘桂秋译注　凤凰出版社 2011 年版

新译陆游诗文选　韩立平注译　三民书局 2013 年版

陆游集　蒋凡、白振奎编选　凤凰出版社 2014 年版

陆游诗文鉴赏辞典　上海辞书出版社文学鉴赏辞典编纂中心编　上海辞书出版社 2013 年版

放翁词编年笺注 （宋）陆游著　夏承焘、吴熊和笺注　陶然订补　上海古籍出版社 2012 年增订本

陆游词新释辑评　王双启编著　中国书店 2001 年版

南唐书 （宋）陆游撰　上海古籍出版社 2002 年版《续修四库全书》影印本

南唐书 （宋）陆游撰　商务印书馆 2008 年版《文津阁四库全书》影印本

老学庵笔记 （宋）陆游撰 （清）傅山手批　人民日报图书馆藏

老学庵笔记 （宋）陆游撰　李剑雄、刘德权点校　中华书局 1997 年版

老学庵笔记 （宋）陆游撰　杨立英校注　三秦出版社 2003 年版

入蜀记 （宋）陆游撰　中华书局 1985 年版

入蜀记校注　（宋）陆游撰　蒋方校注　湖北人民出版社 2004 年版

《入蜀记》约注　（宋）陆游撰　刘蕴之、黄立新编注　中国文联出版社 2004 年版

日记四种（与黄庭坚《宜州家乘》等合刊）　陈文新译注　湖北辞书出版社 1997 年版

西溪丛语　家世旧闻　（宋）姚宽、陆游撰　孔凡礼点校　中华书局 1993 年版

古典文学研究资料汇编·陆游卷　孔凡礼、齐治平编　中华书局 1962 年版

陆游年谱（补正本）　欧小牧著　天地出版社 1998 年版

陆游年谱　于北山著　上海古籍出版社 2006 年版

陆游传论　齐治平著　岳麓书社 1984 年版

陆游传　朱东润著　上海古籍出版社 1979 年版

陆游评传　邱鸣皋著　南京大学出版社 2002 年版

亘古男儿——陆游传　高利华著　浙江人民出版社 2007 年版

陆游研究　朱东润著　中华书局 1961 年版

陆游研究　欧明俊著　上海三联书店 2007 年版

陆游研究　邹志方著　人民出版社 2008 年版

陆游闲适诗研究　李建英著　首都师范大学出版社 2012 年版

陆游诗歌传播、阅读研究　张毅著　复旦大学出版社 2014 年版

但悲不见九州同：陆游集　高利华编著　河南文艺出版社 2015 年版

全宋诗　傅璇琮等主编　北京大学出版社 1999 年版

孔凡礼古典文学论集　孔凡礼著　学苑出版社 1999 年版

宋代文学四大家研究　欧明俊著　人民出版社 2013 年版

宋史　（元）脱脱等撰　中华书局 1977 年版

四库全书总目　（清）永瑢等撰　中华书局 1965 年版

后村诗话 （宋）刘克庄撰 王秀梅点校 中华书局 1983 年版

瀛奎律髓汇评 （元）方回选评 李庆甲集评校点 上海古籍出版社 2005 年版

御选唐宋诗醇 （清）爱新觉罗·弘历等选 清乾隆十五年（1750）刻本。

瓯北诗话校注 （清）赵翼撰 江守义、李成玉校注 人民文学出版社 2013 年版

宋诗纪事 （清）厉鹗辑撰 上海古籍出版社 2013 年版

宋诗钞 （清）吴之振、吕留良、吴自牧选 （清）管庭芬、蒋光熙补 中华书局 1986 年版

宋诗精华录 （清）陈衍编 高克勤导读 秦克整理集评 上海古籍出版社 2008 年版

宋诗选注 钱锺书选注 生活·读书·新知三联书店 2002 年版

谈艺录（补订重排本） 钱锺书著 生活·读书·新知三联书店 2001 年版

《中华传统文化百部经典》已出版图书

书　　名	解读人	出版时间
周易	余敦康	2017 年 9 月
尚书	钱宗武	2017 年 9 月
诗经（节选）	李　山	2017 年 9 月
论语	钱　逊	2017 年 9 月
孟子	梁　涛	2017 年 9 月
老子	王中江	2017 年 9 月
庄子	陈鼓应	2017 年 9 月
管子（节选）	孙中原	2017 年 9 月
孙子兵法	黄朴民	2017 年 9 月
史记（节选）	张大可	2017 年 9 月
传习录	吴　震	2018年11月
墨子（节选）	姜宝昌	2018年12月
韩非子（节选）	张　觉	2018年12月
左传（节选）	郭　丹	2018年12月
吕氏春秋（节选）	张双棣	2018年12月
荀子（节选）	廖名春	2019 年 6 月
楚辞	赵逵夫	2019 年 6 月
论衡（节选）	邵毅平	2019 年 6 月
史通（节选）	王嘉川	2019 年 6 月
贞观政要	谢保成	2019 年 6 月
战国策（节选）	何　晋	2019年12月
黄帝内经（节选）	柳长华	2019年12月
春秋繁露（节选）	周桂钿	2019年12月
九章算术	郭书春	2019年12月
齐民要术（节选）	惠富平	2019年12月
杜甫集（节选）	张忠纲	2019年12月
韩愈集（节选）	孙昌武	2019年12月
王安石集（节选）	刘成国	2019年12月
西厢记	张燕瑾	2019年12月

书　　名	解读人	出版时间
聊斋志异（节选）	马瑞芳	2019 年 12 月
礼记（节选）	郭齐勇	2020 年 12 月
国语（节选）	沈长云	2020 年 12 月
抱朴子（节选）	张松辉	2020 年 12 月
陶渊明集	袁行霈	2020 年 12 月
坛经	洪修平	2020 年 12 月
李白集（节选）	郁贤皓	2020 年 12 月
柳宗元集（节选）	尹占华	2020 年 12 月
辛弃疾集（节选）	王兆鹏	2020 年 12 月
本草纲目（节选）	张瑞贤	2020 年 12 月
曲律	叶长海	2020 年 12 月
孝经	汪受宽	2021 年 6 月
淮南子（节选）	陈　静	2021 年 6 月
太平经（节选）	罗　炽	2021 年 6 月
曹操集	刘运好	2021 年 6 月
世说新语（节选）	王能宪	2021 年 6 月
欧阳修集（节选）	洪本健	2021 年 6 月
梦溪笔谈（节选）	张富祥	2021 年 6 月
牡丹亭	周育德	2021 年 6 月
日知录（节选）	黄　珅	2021 年 6 月
儒林外史（节选）	李汉秋	2021 年 6 月
商君书	蒋重跃	2022 年 6 月
新书	方向东	2022 年 6 月
伤寒论	刘力红	2022 年 6 月
水经注（节选）	李晓杰	2022 年 6 月
王维集（节选）	陈铁民	2022 年 6 月
元好问集（节选）	狄宝心	2022 年 6 月
赵氏孤儿	董上德	2022 年 6 月
王祯农书（节选）	孙显斌	2022 年 6 月
三国演义（节选）	关四平	2022 年 6 月
文史通义（节选）	陈其泰	2022 年 6 月

书　名	解读人	出版时间
汉书（节选）	许殿才	2022 年 12 月
周易略例	王锦民	2022 年 12 月
后汉书（节选）	王承略	2022 年 12 月
通典（节选）	杜文玉	2022 年 12 月
资治通鉴（节选）	张国刚	2022 年 12 月
张载集（节选）	林乐昌	2022 年 12 月
苏轼集（节选）	周裕锴	2022 年 12 月
陆游集（节选）	欧明俊	2022 年 12 月
徐霞客游记（节选）	赵伯陶	2022 年 12 月
桃花扇	谢雍君	2022 年 12 月
法言	韩敬、梁涛	2023 年 12 月
颜氏家训	杨世文	2023 年 12 月
大唐西域记（节选）	王邦维	2023 年 12 月
法书要录（节选） 历代名画记	祝　帅	2023 年 12 月
耶律楚材集（节选）	刘　晓	2023 年 12 月
水浒传（节选）	黄　霖	2023 年 12 月
西游记（节选）	刘勇强	2023 年 12 月
乐律全书（节选）	李　玫	2023 年 12 月
读通鉴论（节选）	向燕南	2023 年 12 月
孟子字义疏证	徐道彬	2023 年 12 月
嵇康集	崔富章	2024 年 12 月
白居易集（节选）	陈才智	2024 年 12 月
李清照集（节选）	诸葛忆兵	2024 年 12 月
近思录	查洪德	2024 年 12 月
林则徐集	杨国桢	2024 年 12 月